齐心奔小康

发生在燕赵大地上的小康故事

王　凤◎主编

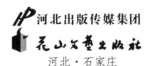

河北出版传媒集团

花山文艺出版社

河北·石家庄

图书在版编目（CIP）数据

齐心奔小康：发生在燕赵大地上的小康故事 / 王凤
主编. 一石家庄：花山文艺出版社，2022.3（2023.7重印）
ISBN 978-7-5511-6090-2

Ⅰ．①齐… Ⅱ．①王… Ⅲ．①报告文学－作品集－中
国－当代②散文集－中国－当代 Ⅳ．①I217.1

中国版本图书馆CIP数据核字(2022)第031216号

书　　名：**齐心奔小康**—— 发生在燕赵大地上的小康故事
　　　　　Qixin Ben Xiaokang Fasheng Zai Yanzhao Dadi Shang De Xiaokang Gushi
主　　编：王　凤
责任编辑：刘燕军　王李子
责任校对：李　伟
封面设计：陈　淼
美术编辑：胡彤亮
出版发行：花山文艺出版社（邮政编码：050061）
　　　　　（河北省石家庄市友谊北大街330号）
销售热线：0311-88643217/96/99
印　　刷：永清县晔盛亚胶印有限公司
经　　销：新华书店
开　　本：700 毫米×1000 毫米　1/16
印　　张：22
字　　数：290千字
版　　次：2022年3月第1版
　　　　　2023年7月第2次印刷
书　　号：ISBN 978-7-5511-6090-2
定　　价：68.00元

目　录
CONTENTS

太行山上的夜莺

◎关仁山

他像一只夜莺，走到哪里哪里就亮起来。

冷山是周合伟的笔名，他出生在保定市阜平县吴王口村。他个头不高，白白的脸庞，大大的眼睛，自带微鬈的黑发，朴素中透着贵气，孤独中透着文气，厚实，庄重，飘逸。

他毕业于南京艺术学院设计学院，毕业后在景德镇创办了陶艺公司。冷山虽然不是纯粹的油画家，但是他有文化情怀，回故乡搞文化扶贫的想法不是心血来潮，而是应该抓住的机遇。

几年前他在景德镇聚餐，从电视上看到习近平总书记来到自己的家乡阜平，去看望骆驼湾和顾家台的困难群众，冷山激动了好几天："阜平要变了，我应该为老家做点儿事。"他并不匆忙，而是细细准备，虽然在艺术乡建方面自己是个新兵，但时代的条件和机遇不可错过。

二〇一九年正月，雪花飞扬，龙泉关镇刘俊亮书记带冷山到了黑崖沟。看见这高山、这村庄、这山坡上的樱桃园、这高耸的大桥，他眼睛一亮，双手有些颤抖，仿佛未来激动人心的日子已经在眼前展开。这一刻，他想承担点儿什么——既是黑崖沟需要自己，也是自己需要黑崖沟。妻子常常责怪他是个理想主义者，理想主义者难道不好吗？尽管理想主义时代结束了，但是阜平的红色文化滋养了他，用知识回报故乡，是他心中永久的理想。

刘俊亮带冷山到黑崖沟村村主任赵利民家吃饭，村支书赵志国也到了。赵主任漂亮的妻子姜红燕做得一手好菜，冷山感觉饭菜很香，在城市里几乎闻不到这种香。冷山向刘俊亮敬酒，激动地说："刘书记，我喜欢这个地方！"刘俊亮微笑着说："那就别走啦！黑崖沟属于就地提升村，我们有意打造文化旅游村，这里是你施展理想的舞台！"

赵利民还蒙着，不懂冷山要干什么。

刘俊亮走后，冷山想在黑崖沟走一走，看看这里需要他做什么。他有时发愣，想心事。他转到养猪的老顾家里，见到了樱桃园老板李建立，李建立见到艺术家分外亲切，两个人有说不完的话。

冷山笑着问："你是黑崖沟人吗？"

李建立说："不是，我是高阜口村人！"

冷山眨了眨眼问："为什么在黑崖沟承包樱桃园？"

李建立憨憨一笑："黑崖沟山水好，人更好，我这是扶贫项目，樱桃属于林果开发！"

冷山问："投资多少？"

李建立说："我的樱桃园流转一百多亩地，总投资六百万元！"

冷山又问："什么样子的管理方式呢？资金从哪里来的？"

李建立舒展着眉头说："首先是政府下拨四十万的启动资金，这是扶贫基金。我过去开矿，为了保护山林，矿山统一关闭了，手里有点儿积蓄。现在我流转了黑崖沟乡亲们的土地，雇用乡亲们给樱桃园干活儿，浇水，剪枝，采摘，我按月发工资，年终还要给他们土地分红！樱桃销路挺好，乡亲们都脱贫啦！"

冷山用欣赏的目光望着他："你是好样儿的，向你学习！"

两个年轻人的手紧紧地握在一起。

李建立带着冷山到了樱桃园。冬天的樱桃园小路，远看像驼黄色的绳头。樱桃树的枝上挂着白雪，寒流刚过，天气明显好转了，冷风并没有吹散他们的热情。李建立带着冷山进了一个大大的木屋别墅。别墅只有一层，但是设计新颖，有点儿海外风格。走进别墅里边，暖风扑面，李建立请冷山喝茶。喝茶的时候，冷山与李建立谈了自己扎根黑崖沟的想法，李建立笑着说："欢迎你，我这樱桃园里的别墅可以免费供你使用！"冷山感动了："谢谢你，好人呀！"李建立说："我们都是阜平人，你是有文化的人，愿意来到黑崖沟，应该支持！你来了，这里人气就旺了，黑崖沟就有希望啦！"李建立憨笑时，脸上的表情都变了，他诚实、友善、热情的样子让冷山永远忘不了。

李建立告诉冷山，黑崖沟缺少文化滋养。黑崖沟属于就地提升村，高高的牌楼、老百姓盖的新房、人民大戏台格外醒目。黑崖沟刚刚摆脱贫困，精神上急需给养。冷山有了一个大胆的设想，在黑崖沟建设一个公益画院，让孩子、中年人、老人都来集中学习画画，画家乡山水，画英雄，潜移默化地提升精神境界！

回到家，冷山把这个想法一说，家里即刻炸了窝。父亲差点儿栽倒，大声吼："你是个大学生，毕业以后在外混得好好的，回黑崖沟扶贫？你的前途不就完了吗？"

冷山梗着脖子犟："你说啥是前途？"

父亲喊道："啥叫前途？前途就是有钱就图。啥叫理想？理想就是有利就想！"他的声音里有杂音，呼噜呼噜的。冷山对父亲的话失望至极，他的脑袋像撞上了什么东西，顿时一阵迷糊。

母亲深深地叹息一声，坐在炕沿儿上，默默无语。丈夫的话，她也有同感，毕竟贫困之家培养个大学生不容易，既然在城市里已经安家生子，就过一种世俗而幸福的生活。听说儿子想回到黑崖沟文化扶贫，母亲的心也彻底乱套了。扶贫，当娘的没有意见，为人行善，是他们祖上的家风，如今家里过上了好日子，不就是靠党和政府扶贫吗？土地流转、菌菇大棚，这可是政府干的事，你一个人怎么扶贫？一个人浑身是铁能打几颗钉？儿子的选择，在她看来不可思议。

母亲默默揩了一下眼睛，嘟囔说："小儿，别怪你爸生气，这么大的事，你可要想周全啊！"

父亲黑着脸继续吼："乱弹琴，老婆孩子都在南京，赶紧回去！"

冷山脸色慌慌地站在屋里，蒙了。

父亲喊："咱把丑话说头里，你要是任性胡来可不行！"他呼呼喘着，内心是心疼的、难过的。

一瞬间，冷山心中是孤单的，孤单不是寂寞，而是无奈的寂寥。其实，景德镇那里有许多让他牵肠挂肚的事，公司怎样继续经营？家庭怎么处理？女儿培养怎么办？这些都是他必须面对的问题。但是，人生有得就有失。

屋里沉默了，房间弥漫着看不清的白气。冷山望着纠结的母亲，母亲的脸又幻化成奶奶的模样。他的心头一热，几乎落下眼泪。奶奶瘦弱，眼睛井一样陷在深处。奶奶早去世了。奶奶没有文化，说不出什么深刻道理，但是言传身教，影响着冷山的人生观。他忽然想起了小时候的一件事：村里一户邻居，常常找奶奶借盐吃，奶奶从来没有让人家空过手。那人前脚刚走，小冷山仰着脖子问："奶奶，他家为啥老借盐？借了也不还！以后不能再借给他们啦！"奶奶训斥他："你不懂，人家不到穷得活不下去的地步，怎么会张嘴借盐呢？"小冷山接着问："她为啥不管别人家借？我家也不富裕啊！"奶奶和蔼地说："咱这山里的日子，哪家不是东凑西借，苦苦巴巴的？"冷山眨巴着眼睛。奶奶慈祥地微笑着说："傻孩子，也就奶奶心眼儿好，别人不会借给她！"此时他似乎明白了什么。虽然他家也穷，但是奶奶帮助过村里很多人，那都是从牙缝儿里挤出来的。奶奶就像一根蜡烛，燃烧自己照亮了小山村的人心。奶奶去世的时候，乡亲们都来参加葬礼。奶奶留给自己的是一笔精神财富：自强，善良，乐于助人。对弱者的体恤和帮助，不正是他今天要追求的吗？

山里天黑得早，这些折磨、狂热、犹豫使冷山彻夜难眠。他一骨碌爬起来，独自沿着村子走了几圈儿，两眼迷迷瞪瞪。表面来看，村里人以为他是一个怀才不遇、看破红尘、自命不凡的家伙！其实不然，他只是完成了一种精神的还乡。这个世界，每天都变化着，有人倒霉了，有人走运了，有人创造了历史，有人被历史抛弃。有人说："人生到处都是康庄大道。"这是骗人的话，其实人生的路很窄很窄，就在那短暂的选择中。你走上这条道，就永远告别了那条道。在南京读大学的时候，冷山读了路遥的小说《平凡的世界》。主人公孙少安、孙少平，虽然出身贫穷，平凡却不平庸，不甘受命运摆布，在苦难中奋起，即使失败了，也有勇气面对生活的担当，获得了劳动者的尊严。自己虽然也是草根，生活的路有困难、有坎坷，但不绝望、不气馁。虽然开了公司，也没有大富大贵，但是从小到大跟着爷爷奶奶、姥姥姥爷，跟着父母，唯一不缺的一样东西，就是爱，爱让他充实，让他富有。他到黑崖沟村做文化扶贫，带给乡亲们的不是钱，是精神，是美好情怀，是爱心！

风停在唇边，突然没有安全感，需要大山的拥抱，但冷山有了莫名的兴奋。他不要那一套泛泛之谈，他要遵从自己内心的呼唤，做一个创造历史的人！

黑崖沟就是他创造新生活的最好平台。不论结果是悲是喜，他总算在这个世界上拼了一场，有了这样的认识，你就会珍重生活，而不会玩世不恭。故乡啊，给了他激情，这激情像一团火，在内心燃烧起来，同时也给他注入一种强大的内在力量。

天亮了，村里最后一遍鸡叫，冷山回家了，见到父亲，他嘴上不再争吵。父亲是勤劳的，他敬重父亲。如果自己是一棵成材的树，父亲就是土壤、铺路石，是泥土里的根，他慢慢就会想通的。

冷山内心已经决定了，回到阜平，回到黑崖沟。

春节后，冷山开车回南京了。母亲佝偻着身子望他，他摇下车窗向母亲招手，汽车缓缓离开，他远远地看见母亲头顶飘着一缕灰白的炊烟。炊烟缓缓散到空中，消失在山顶。一股说不出来的温暖和甜蜜刹那间涌上他的心头，他忍不住鼻子一酸，几乎要哭了。

永远叫我动情依恋的太行山啊！等着我，我很快就回来啦！

冷山回来了，在黑崖沟办起了冷山公益画院。

六月，黑崖沟的樱桃红了，黑崖沟樱桃艺术节开幕。艺术节格外隆重，有艺术家来，也有许多游客过来。樱桃艺术节之后，冷山的画院也开业了。冷山笑了，笑容里有阳光的味道。

画院设在人民大戏台右侧的黑崖沟村委会。村委会办公室连着会议室，从会议室左拐，就看见一个走廊，走廊墙壁上悬挂着孩子们的画，一律是油画。再左拐，就到了冷山的公益画院。严格说，是冷山教村民画画的地方，画院有两百多平方米，画板、画笔、颜料、小椅子，摆得满满当当，都是免费提供。冷山讲课除了讲艺术理念，还讲家国情怀，并且有一个硬性规定，只要是来学习画画的村民，必须学满七天，学满七天就可以全部免费。

一朵野山花初绽了，淡雅又娇艳。水土养分充足，随便插在院里、屋角、墙头，它们就会肆意地开着，香气弥漫。冷山看着村民在画画，自己无比欣慰，好像一下子找到了根。生活可以漂泊，可以孤独，但是灵魂必须有所归依。他体会到了什么叫"培根铸魂"！

令人惊奇的是，狗小报名参加了冷山的画院。狗小叫张拥军，是聋哑人，五十岁。他母亲改嫁到山西，女儿成了家。老伴儿残疾，几年前去世了。狗小特别想画画。那天，狗小去见冷山，担心冷山不收他，还特意打扮了一番。尽管脸上的褶皱像一根酱瓜，但他的衣服规规整整，戴着眼镜，戴上了手表，兜里还装着一盒高级香烟。狗小来到樱桃园的院里，冷山闻到了狗小身上有土豆的气味儿，这气味儿熏着他。

让狗小拿树枝在地上画画，狗小画了几只小鸡、小狗。冷山觉得狗小画得挺好，就用肢体语言与狗小交流，狗小也"哇哇"叫着比画着。

冷山给了狗小一个大拇指。

狗小胸中涌满了欢愉，急忙给冷山递烟。冷山收下了狗小的烟，还与狗小建立了很深的友谊。狗小画画进步很快，思想觉悟也有所提升。村里有一位英雄陈万昌，不仅当过村支书，还是省级劳模。1985年，各家各户通自来水，他去龙泉关镇拉水管，途中出了车祸，陈万昌为了营救两个残疾人光荣牺牲。陈万昌是黑崖沟的英雄，村民们崇尚英雄，曾为陈万昌塑了雕像。冷山便发动村民把塑像摆在画院的走廊里，有时搬进课堂，供孩子、村民们写生，画英雄成为一种风气。

狗小朝着陈万昌的塑像敬礼。狗小自己是残疾人，内心敬仰陈万昌。有一天中午，倾盆大雨"哗啦"一声，窗子被吹开，瓢泼的雨水飞进来，淋到陈万昌的塑像上。走廊里没有人，狗小看见被雨水浇湿的英雄塑像，"哇"地叫了一声，猛地扑过去，一把抱起了塑像，用自己的衣服紧紧遮盖着塑像，而墙壁上挂着的自己的画却被大雨淋湿了！

狗小保护英雄陈万昌塑像的行为，得到大家的表扬。通过画画，狗小的精神境界提升了！

奇迹还在后面。那一天，冷山带领孩子们和狗小上山写生。到了歪头山脚下，设卡的护林员把他们截住了。护林员放下杆子，严肃地说："你是谁？你不能上山。"冷山疑惑地问："别人能，我为什么不能啊？"护林员说："村里有规定，防火啊！"冷山刚要说话，狗小急眼了，猛地扑过来，大喊："抬起！"

冷山和护林员都惊呆了：狗小会说话了！

冷山瞪着眼说："你刚才说什么，再说一遍！"

狗小红着脸吼："抬起！"

冷山拍打着他的脑袋，惊奇地说："狗小，狗小会……会说话了。"

孩子们跳着脚欢呼起来。

狗小通过画画会说话的消息，在黑崖沟传开了。黑崖沟老百姓十分好奇，就来逗他，他都简单地回答。

狗小不仅在画板上画画，在墙壁上画画，还在草帽上画画。

冷山在骆驼湾为狗小举办了个人画展。县委书记刘靖自掏腰包，花二十元买了狗小的一顶手绘草帽，还与狗小做了简单的交谈，刘书记对黑崖沟建设文化产业村坚定了信心。冷山的画院在黑崖沟还有一些效应，比如村主任赵利民妻子姜红燕，自从在保定带孩子陪读，人生地不熟，思念家乡，很是孤独。假期回来跟冷山学画画，在保定陪读期间就通过画画打发时间，慢慢情绪得到了纾解。孩子们更是得到了艺术的熏陶。

公益画院的不远处是东坪村，闲暇的时候冷山经常去那里转转，散散心，顺便看望跟他学陶艺的村民老蔚。到了村里才知道老蔚也搬到龙泉关镇上了。按理说，老蔚也是他公益画院的一员，只是他不画油画，一头迷恋上了陶艺。过去老蔚喜欢雕刻，从大山里挖来树根，雕刻成花鸟或动物，活灵活现。见到冷山，听说他从景德镇来，老蔚就向冷山请教陶艺的问题。冷山第一次来到老蔚的小院，看见根雕、泥巴和木条，感觉他是个酷爱艺术的人。

老蔚在冷山的帮助下，很快在自家院里建起了烧陶的炉子。老蔚由一位种地的农民，摇身一变成为"陶艺家"！

冷山经常回景德镇，因为那里的公司还在运营。由于交通问题，冷山回景德镇一般不坐高铁或飞机，大多是开车，这样方便带一些东西。有一次他就从景德镇给老蔚带回来一车的泥、釉和一些设备。老蔚分外感动，想一定要搞好陶艺。后来老蔚还弄得有模有样了，作品在骆驼湾集市上销路不错，既让他充实了生活，又有了收入，两全其美，冷山的苦心总算没有白费。

秋后的山风渐渐凉了，冷山徒步走过石桥走进东坪村，感到寒气钻到脖领里去了。这次冷山没有见到老蔚，却有意外的收获。他碰上村里最后一对老人搬家，东西都装好了，没有什么可带走的家具，车斗里都是一些破破烂烂的东西。看着冯福生和老伴儿周玉兰依依不舍的模样，冷山心中为之一震。周玉兰颤颤巍巍地走到窗前，将塑料窗户捅了个洞，两只猫在洞前钻来钻去，周玉兰抱着猫亲了又亲。冯福生双手紧紧抱住了香椿树，眼泪顺着老人眼角的皱褶淌了下来……

冷山有些感动，抬头望了望冯福生拥抱的香椿树，粗壮的树干撑起巨大的树伞。他走过去与老人交谈，冯福生说，这棵香椿树五十年了，是五十年前他与老伴儿结婚时共同栽下的，如今已经长成参天大树了。冯福生老伴儿说："老头儿爱植树，我爱养猫。"说着，她又辛酸地叹气了。

冷山抬头望见山坡，这片山上明显树木茂盛，这都是冯福生老汉栽的树木，还都是自费买的树苗。冯福生今年七十七岁了，见到冷山便来了兴致，抬手指认他当年种的石榴树、槐树、杏树、李子树、桃树、落叶松和核桃树。冷山听明白了，这棵香椿树是周玉兰的嫁妆，自从冯福生与老伴儿结婚时亲手栽下这棵香椿树，他就把种树当成爱老伴儿的一种方式了！大山里的庄稼人全部智慧在哪儿？在于想干什么干什么！冷山觉得他们的爱情方式更为真实，更接近自然。男人植树，女人浇水，日子虽然穷困，但是他们因植树而幸福，有了生命的寄托。冯福生说："香椿树是有灵性的，有一年我种树摔下大山，昏迷了，人们把我背下来，坐在香椿树下就缓过来了！"

"您家几口人，这要搬哪儿啊？"冷山打听着。冯福生说："五口人，每人二十五平方米，我们家在龙泉关镇安置了一百平方米大房子！"冷山愣了愣问："应该一百二十五平方米啊。"冯福生笑了笑说："儿媳妇户口没有在村里，如今他们都在北京一家医院工作。"冷山问："您家脱贫了吗？"周玉兰说："早就脱贫了，土地流转分红，国家补助款，加上孩子给的，够花的！"冯福生补充说："说心里话，我们舍不得离开大山，早晨听鸡叫，中午听猪叫，晚上听狗叫，夜里听猫叫，多好啊！可是党和政府对我们老百姓好啊，给分了新房子，不能不去，冬天有暖气哩！"

"噗嗒"一声，两只猫突然跳到门口的一块巨石上。冷山看见猫的脚下有四个并排的小洞，黑黑的洞。他疑惑地问："大爷，这是干什么用的啊？"冯福生说："放炮用的炮眼儿，逢年过节插上二雷子炮，'嘭'一响钻天的那种，我跟你大娘结婚时，我亲手用锤子凿的！"

冷山伸手摸了摸石头上的炮眼儿，一个一个摸，眼前幻化出东坪村过年的喜庆场景，那时候的小村庄该有多红火啊！

司机开始用汽笛声催促两位老人了。冯福生和周玉兰突然跪在老宅前，不知是给老宅还是给香椿树磕头，连连磕了三个响头！

冯福生搀扶着周玉兰起身，缓缓上了汽车与冷山挥手告别，汽车颠簸着驶出东坪村，慢慢消失在山路上。两位老人也许探出了头，久久回望着村庄的影子、歪头山的影子、树木的影子、父老乡亲的影子及猫的影子。越来越远，就不免生出忧伤的情绪。

冷山与两位老人挥手的时候，不知不觉地流泪了。东坪村安静了，现在只有他一人，冷山随心所欲地对着大山吼了一通，除了大山的回音，还招来四处乱窜的猫。

老百姓上楼了，猫留在了村里，一地的流浪猫，几十只，"嗖嗖"乱窜，"喵喵"叫着，处于自生自灭的状态了。冷山脑子里"轰"地打了一个闪念，他要向刘俊亮书记反映，把这个小村保留下来！

猫在冷山眼前跳来跳去，"猫村"的创意逐渐清晰！对，建设一个猫村，专门收留乡亲们搬迁后的留守村猫，还让画院的画友们集中画猫，这将是一个不小的慈善文化产业！

事情总是有坎坷，冷山的文化扶贫，也遇到阻挠。有人认为劳民伤财，画画不能像菌菇一样，马上给黑崖沟百姓带来实际利益。也有人说，脑袋刚刚几天不顶玉米花了，画啥画？还油画，洋东西，这玩意儿能换钱吗？还有人说，这会影响孩子学习，影响升学率！持有这些看法的，不仅有村民，也有村干部。

冷山听到这种杂音，心中有些委屈。他独自一人站在樱桃园，一阵狂风袭来，冷山的头上落满树叶。在黑崖沟搞公益画院，冷山没有占村里便宜，甚至还从景德镇公司拿钱贴补。既然黑崖沟老百姓想不通，他也不想解释，那就专心在东坪打造猫村。他听刘俊亮书记说过，这个小村庄整体搬迁到龙泉关镇集中安置小区了。

刘俊亮听了冷山的猫村设想，也很感兴趣。一次偶然的机会，刘俊亮把黑崖沟村民对冷山的质疑及他的打算，向贾瑞生县长做了汇报。

贾瑞生迟疑了一下，问："冷山在黑崖沟，没有伤害百姓利益吧？"

刘俊亮摇头说："没有，他的办公场地是樱桃园老板主动借用的，村里只是提供了村委会闲置房间，当了画院！画院办得挺好，参加学画的孩子、妇女、老人都有，聋哑人狗小也参加了！一律免费，听说画室开销是他景德镇公司贴补的。"

贾瑞生激动地说："刘书记，我在黑崖沟调研的时候见过冷山，聊了聊，感觉他有情怀，有爱心，有才气。我也看了你们龙泉关镇党委关于黑崖沟发展文化旅游的报告，非常好！阜平过去穷，如今脱贫了，脱贫以后路怎么走？就是靠文化来培根铸魂，老百姓精神富有了，才能真正幸福。冷山公益画院开了个好头，我们要坚定不移地支持他！"

刘俊亮说："好的，我也这样看，回去做村民的工作。还有，冷山去了东坪村，这个村全部搬迁了。老百姓'上楼'的时候，留下一些猫。他发现了大批流浪猫，想打造一个猫村，不仅养猫，还要让农民画猫。南方有个画老虎的村庄，靠画画致富，他们想弄个猫村，开发以猫为主题的旅游景区。拍乡建电影，画猫，然后打出品牌。"

贾瑞生"哈哈"笑了，毫不犹豫地说："好点子！冷山是我们阜平太行山走出去的大学生，见多识广。我就说嘛，天生我材必有用啊！猫，温顺可爱，还能让城里孩子们到这里旅游，看猫、画猫。将来，黑崖沟文化村、东坪猫村、骆驼湾与顾家台民宿旅游结合起来，龙泉关的旅游就能与城南庄的红色旅游衔接啦！"

刘俊亮笑了："贾县长，这是一步好棋啊！"

贾瑞生说："好牌，要打好；好棋，要下好。阜平能有今天的巨变，是党和政府领导、社会各界支持的结果，我们阜平人一定要感恩啊！所以，提升文化水平，非常重要，没有文化的人，是不懂得感恩的。利益伙伴两肋插刀，只限有利可图，利散了，就袖手旁观、过河拆桥，这是一种恶习，我们不能染上社会病。我们感恩，不能停留在嘴上，更要付诸行动。"

冷山的文化扶贫故事在阜平逐渐传开了，身边有越来越多的人为黑崖沟艺术乡添砖加瓦，黑崖沟正迎来一个崭新的开始。

这一天，女儿从南京过来了。看着女儿逐渐长高的个头，冷山心中万分感慨。因为自己的选择，孩子少了陪伴，他对于女儿是愧疚的。冷山让女儿与画院的孩子们见面，带她到黑崖沟看山看水，女儿像过年一样快活。可是，一不小心女儿登山摔了一跤，两条腿拧巴着，有淤血，变得青紫。冷山心疼地揉着女儿的腿，然后背着女儿下山，一边下山一边问："奇奇，你喜欢黑崖沟吗？"女儿天真地说："喜欢！"冷山欣慰地笑了。女儿说："爸爸，我要把妈妈叫来，让她看一看。"冷山没有吭声，心中一阵刺痛，妻子虽然没来，但能够放女儿来到黑崖沟，他已经知足了。冷山对女儿说："妈妈有妈妈的生活，不要勉强她，你在城里好好读书，节假日过来到黑崖沟玩，这里会让你身体健壮，让你学到城里学不到的东西！"女儿点点头，"嗯"了一声。冷山觉得女儿长大了，理解父亲了，他的希望里多了一分暖意。其实泪花一直在奇奇的眼眶里打转，只是冷山看不见。

冷山的父亲听说县领导表扬了儿子，说他有功劳，他更加糊涂了。儿子建画院，功劳在哪呢？还说冷山是潜力股，以后作用和价值会更大。在孙女奇奇的请求下，他首次到黑崖沟看望儿子。

黑崖沟以前来过很多次，自从儿子到了这，他就再也不愿来了，总是觉得老脸挂不住，觉得儿子是瞎折腾。爷爷牵着孙女的手，缓缓地走到村委会一侧的画院，看儿子正在画院讲课，台下有孩子、妇女和老人听课。父亲怕打扰他，就拉着孙女的小手隔着玻璃窗子望着、听着，有时候他还听到"哗啦啦"的掌声。他不懂儿子在干什么，但是有一点他懂了：儿子回来是对的。

奇奇拉着爷爷的手说："爷爷，我们进去吧。""奇奇，你去吧，爷爷外边待一会儿。"孙女一跳一跳地进去了。

室外阳光扑面，冷山的父亲没说什么话，沉默地从烟布袋里挖了一锅烟，蹲在地上吸起来，眼睛似乎挂着几滴泪珠。

他在懊悔自己当初吗？周家在吴王口村几辈也没出个识文断字的先生，自己和老伴儿也是睁眼瞎，除了种地，日子过瞎了。如果不是政府扶贫，自家哪有今天的幸福生活？唉！世界咋变，说来说去总是识字人的天下。儿子有文化，眼界总比庄稼人开阔。儿子热心公益，建了画院，竟然还有这些人追随他。世道真的不一样了，当初竭力反对儿子，除了脸面上的原因，他还担心儿子在黑崖沟怎样挣钱生活。如今冷山在这不活得好好的？还为黑崖沟做了贡献，成了对社会有用的人，也为周家赢得了荣耀！当初自己拼命反对，一定是错了……

他吐了一口烟，欣慰地舒了口气，站立起来，慢慢地走向了黑崖沟的村路。

正好课间休息，冷山和女儿出来迎接父亲，可是老人转身走了。冷山望着父亲远去的背影，喊了一声："爸，等一等，我陪您转转。"

他没有回头，没吭声，默默地走了。

最近樱桃园的老板李建立有些心事，心情不好，乱事缠身，焦头烂额。一种抑郁的思绪似乎蒙住了他的眼睛，他想找冷山喝酒，痛痛快快地说一说心里话。

冷山似乎悟出了什么，迟疑一下说："我们就在樱桃园食堂喝酒。"喝酒之前，他带李建立登上了黑崖沟后山的白衣寺。白衣寺建于明朝，在清朝进行了重修，里面有大肚弥勒佛，有观音菩萨。特别是白衣观音足蹬莲花，怀抱婴孩，慈眉善目，和蔼可亲。李建立对白衣寺非常熟悉，他说："你请我到白衣寺来，是想用佛家思想启发我解脱烦恼吗？"冷山带李建立来到门口的古松前，说："不是的，我是请你看门口这棵千年古松的，听说当年聂荣臻元帅在这里指挥过一场战役，你看这树冠上还残留着子弹的痕迹，树干当时被炸弹炸去了一枝，说明了什么？"

李建立有些疑惑："说明这不仅是佛家圣地，也是革命圣地！"

冷山毫不隐瞒，"哈哈"大笑起来："好，说来这两个'圣地'其实都是文化，我们今天晚上好好聊聊啊！"

下山的时候已是黄昏。冷山和李建立默默地走着，他有些心里话要跟李建立说，因为刚来的时候，李建立慷慨地帮助了自己，于是两个年轻人的心碰到了一起。一个是文化扶贫，一个是产业扶贫，你就往樱桃园里一蹲，什么烦心事都忘啦！

冷山和李建立来到樱桃园喝酒。其实常年喝酒使李建立的胃受到了很大伤害，时常疼痛。他老婆叮嘱他近期不能喝酒了，可是他今天一定要破例开喝。

吃什么喝什么都无所谓了，黑崖沟脱贫了，谁都不短口吃喝，更别说是李建立这样的老板了。冷山和李建立喝的是当地的枣木杠子酒。几杯酒下肚，冷山问建立："你有啥想不开的？哪出事了？家庭还是樱桃园？"

李建立一筹莫展地叹了口气："我还想在外地上马樱桃园，家里不同意，闹得挺僵，我也不知道咋办了！"

冷山红了脸说："首先对你的创业精神我非常赞同，但是凡事要来回想，站在家人和你个人幸福角度想一想。"

李建立愣了，不太明白。冷山想了想说："我给你举个例子，美国大老板贝克尔，刚刚毕业说自己富裕了就是幸福，拼命追求财富，二十八岁就成功了，过上了上等人的豪华生活。豪车豪宅、一百多家店铺，绝对的人生赢家，但是他的生活越来越糟，他的时间全部投入到工作和应酬中，在飞机上错过与母亲最后离别。孩子日益疏远，妻子失望地离开，自己身体也垮了，人们簇拥他、恭敬他，但他内心是挫败、懊悔和痛苦！"

李建立身上的每个细胞都绷紧了，他简直听怔了，就那么傻傻地端着酒杯……

冷山嘴上的酒气似乎要喷到对方的脸上："宁吃仙桃一口，不吃烂杏一筐。养好樱桃，多陪陪家人，学学画画，如果不愿意画画，就读读书，那样会精神愉快。可能啊，樱桃园会挣钱，会更体现你的价值。可是人啊，舍得就是有得有失，学会舍弃，就能够获得。我回乡了，用世俗眼光看，是舍了景德镇得到黑崖沟，还有下一步的猫村，对我个人来讲黑崖沟哪有景德镇好挣钱啊。表面看，这是傻子行为，失败的举动，可是我看乡亲们高兴、充实，这种愉快是别人体会不到的！科学征服了世界，美术美化了世界，艺术滋养了灵魂！可是有人诋毁我，黑崖沟脱贫了才来到这里，明显是对黑崖沟有所图嘛！当然也有人赞扬我文化扶贫！"

李建立仰脸干了一杯，说："你有文化，加上政府支持，听说刘靖书记和贾县长都力挺你呢，黑崖沟真的需要你。我自从见到你就觉得你是干事的，阜平和黑崖沟是脱贫了，甚至有人富裕了，富裕就一定能够幸福吗？未必！幸福是需要精神层面的东西的。"

冷山拍着李建立的肩膀说："李总，你这不是挺明白嘛！我今天喝高啦。哥们儿之间说点儿心里话，乡亲们脱贫了，别看文化低，可是精神上比我富有。真的，反过来乡亲们的温情也给了我这个游子以最大的精神力量，一切都是相互的，你说是吗？"

李建立忽然眼一亮："你能这么想问题？"

冷山说："是啊，你说你想找我倾诉，其实我也想找你说说心里话。我得承认，我是一匹狼，太行山上的狼，在南京那样的城市混，在景德镇混，为了那点儿利益，得装成羊，小心翼翼地活着，有意思吗？"

李建立摇着胳膊，声音提高了八度："好了，不说啦，我都明白了！"

冷山继续说："李总，你应该明白了，我们为啥去白衣寺。大道至简，道理明白了，你就能够破解心中的魔！"

李建立"嘿嘿"一笑："人都说我在转型吧，其实种樱桃不是我的强项，可是命运让我种上了樱桃。人都说我穷，其实我不穷；人都说我富，其实我不富。富贵一黄粱，转眼化尘埃，我们俩最后给黑崖沟的还是这份情、这份爱。这辈子有情有爱，就算没有白活！"两个人碰杯，一饮而尽。

冷山又与李建立说了说猫村的设想，李建立说要参与投资，两个人再次举杯。

冷山思维上的高明可见一斑，这样的谈话对于李建立是一种精神启迪，同时也是巨大的考验。对于任何一个活过的人，谁又没有时间？一旦失去时间，才会觉出你曾经是多么富有，而今已追悔莫及！他从冷山身上感受到，人哪，特别是年轻人，如果放弃了对生命意义的追求，就等于放弃了生活！

李建立摇晃着走了……

冷山酒量不行，喝多了就和衣而眠。梦中有许多猫在叫，他的猫文化产业村破土动工了！一觉醒来，外边的樱桃树正挑着月亮，月光把忧郁和冷清涂在他的脸上。啊，月亮！他忽然奇怪地想，月亮是不是天庭的贫困户，需要人间用尽激情与力量，用尽离别与孤独去精准帮扶？冷山酒醒就睡不着了，对着月亮轻轻哼唱起了喜欢的歌曲《总有一天等到你》。人生是一场等待，没有归期，没有结局，可我还是相信，终有一天等到你……

太行山上的夜莺翩翩起舞，闪闪发亮。

刘俊亮书记马上组织学习，成立"乡村振兴学堂"，认真落实。黑崖沟在抗击新冠肺炎疫情期间，为了配合打造黑崖沟文化旅游村，还专门挂牌成立了启福旅游开发有限公司，总投资三千万元的文化旅游项目开始兴建……

2020 年 6 月 12 日，猫村正式开村。冷山投资二十多万元在东坪村启动了第二个乡建内容——猫村！狗小和各地来的画友们开始喂猫、画猫，现场购买狗小画儿的人越来越多。狗小和猫村一起成为社会关注的焦点，吸引着全国各地的艺术家和游客……

2020 年，冷山的黑崖沟艺术乡建之花正在开放，成功也指日可待。夜莺在夜色里闪亮，有人把冷山比喻成太行山上的夜莺。

荒山变成"花果山"

◎刘庆邦

我小时候听爷爷说过，花果山，还有水帘洞，属于孙悟空，是孙悟空的故乡。孙猴子对其美丽的故乡十分喜欢和留恋，取经途中一遇到唐僧对他的误解、惩罚，他一个筋斗就回到老家享乐去了。据《西游记》里说，花果山、水帘洞位于东胜神洲傲来国。您听听这地名，又是胜又是神的，就知道是吴承恩虚构出来的，实际并不存在。而我今天所说的"花果山"，却有名有实，存在得实实在在，山存在，花存在，果存在，经得起实地踏访，尽情观赏。那么，这座"花果山"在哪里呢？答：在河北省阜平县阜平镇的大道村。

我所说的这座"花果山"，有的朋友或许还不知道，但对阜平县应该是知道的。阜平县属保定市，离首都北京只有260公里。阜平县是闻名全国的革命老区，1925年就成立了中共党组织，1931年建立北方第一个红色县政权，1938年创建了晋察冀抗日根据地，被毛泽东誉为"模范抗日根据地"。抗战时期，英雄的阜平人民以9万人小县，支援了9万多人的部队和工作人员，2万多人参军参战，5000余人光荣牺牲，为民族独立、人民解放做出了巨大贡献。以聂荣臻为司令员兼政委的晋察冀军区司令部就设在阜平县的城南庄。1948年4月11日，毛主席率领中央机关从陕北来到城南庄，召开中共中央书记处扩大会议，审时度势，调整了南线战略，为"三大战役"的胜利奠定了基础，还发出了建立新中国的动员令。党的十八大胜利召开之后的 2012 年 12 月 29 日至 30 日，习近平总书记所走访的第一个贫困县就是阜平县。

七年多来，阜平县委、县政府和各级干部，围绕"两不愁三保障"，脚踏实地，开拓创新，一年更比一年抓得紧，一仗更比一仗打得精，高质量完成了预定的脱贫任务。截至 2019 年底，全县贫困人口由 2014 年的 10.81 万人，下降到 832 人；综合贫困发生率由 2014 年的 54.4%，下降到 0.45%；农村居民人均可支配收入增长到 9844 元，是 2012 年 3262 元的 3 倍。2020 年 2 月 29 日，河北省政府正式宣布，阜平县退出贫困县序列。

阜平县的脱贫攻坚是多种模式并举，多管齐下，形成合力。以"老乡菇"为典型的产业扶贫，以"顾家台、骆驼湾乡村旅游"为示范的旅游扶贫，以"太行山农业创新驿站"为代表的科技扶贫，"集团化职业教育加区域协同发展"的职教扶贫，"荒山绿化"的土地扶贫，"联办共保、风险共担"的金融扶贫。这些扶贫模式因地制宜，扎实有效，可复制，可推广，都取得了经得起检验的扶贫效果。全县在富民产业、公共服务、基础设施建设、群众精神面貌等诸多方面都发生了可喜的变化。

阜平地处太行深山区，人们开门见山，抬头望山，四面八方都是连绵起伏的群山，被称为"九山半水半分田"。俗话说"靠山吃山"，在抗日战争最艰苦的年代，阜平的抗日战士和老百姓只能靠吃山上的树叶和野菜维持生命。现在虽说不用再吃树叶了，但要实现就地脱贫，还必须挖掘山地的资源，在山头上做文章。大道村的荒山之所以变成了"花果山"，就因为他们在大型企业的扶持下，在山上做出了锦绣文章。

帮助大道村脱贫攻坚的企业是河北建设集团。集团公司抽出精干力量，投入开发资金，在大道村成立了乾元农业科技开发有限公司。

公司 2013 年 4 月成立，其定位和宗旨是，以产业扶贫为出发点，变"输血"为"造血"，把荒山变成"花果山"和"金山银山"，带动大道村及周边百姓增收致富。第一步，他们动员村民把山地流转给公司，由公司按每亩地每年 800 元的价格付给村民流转费，而且签订协议，村民一次就可领取四年每亩地 3200 元的流转费。第二步，他们吸收有劳动能力的村民到公司务工，和公司员工一块儿修路，平整土地，栽树，通过就业扶贫的方式，给务工者发工资，增加收入。公司已吸收了 200 多位村民到公司务工，使全村人均年收入增加 3000 元左右。第三步，村民的土地流转集中到公司后，并不意味着村民从此就失去了和土地的联系，而是以土地入股的形式，成为公司的股东。四年之后，村民所参股的每亩地不但可以得到 800 元的底金，更让人高兴的是，公司所种的果树开始挂果并有了收益，所有股东可以与公司五五分红。这样一来，大道村的村民就能旱涝保收，长期受益，所得到的利益一年更比一年高。乾元公司、大道村及大道村周边的百姓不仅得到了经济效益，还收获了花果满山的生态效益和社会效益。

2020 年 7 月，我们一行来到了"花果山"的山顶。既然上"花果山"，我以为要爬山，不料我们乘坐的中巴，沿着山间的柏油路，一路盘旋着，就开到了海拔一千多米的山顶。陪同我们参观的县领导告诉我们，这座山上原来没有路，连羊肠小道都没有，只有野草、荆棘和一些灌木，为了开发这座荒山，公司才修了这条柏油路。山顶有一座八面来风的观景台，我们拾级登上观景台，远眺近观，即可看到"花果山"的全貌。往远处看，山上建起了层层梯田。梯田里种的不是庄稼，大都是梨树和苹果树。夏风徐徐吹来，满目都是青山。往近处观，观景台下面的梨树正在挂果，每颗果实上都套着白色、黄色的纸袋，或套着透明的塑料袋。因果子结得比较稠密，套了白色纸袋的梨树上如同开了满树白花一般。我对身旁的作家说，树上是不是像开满了花？他对我说，他正在阜平县定点深入生活，春天的时候，他已经来山上看过，那时节，漫山遍野都是盛开的梨花和苹果花，一片雪白，像花的海洋一样，壮观极了！

听得梨树林子里一阵欢声，原来有的朋友到林子里摘梨子吃去了。这里的梨子是河北的赵州梨和新疆的库尔勒香梨嫁接的，特别好吃。说着我们下了观景台，也走进梨树林子里，看到树上用透明塑料袋包着的梨子，一位作家叹道："梨子已经红了。"我一看，梨子上面的确有了一些胭脂色。朋友随手摘了两个梨子，递给我一个。我剥开塑料袋一尝，梨子又脆又甜，真的很好吃，像是从嘴里一下子甜到了心里。我想这样的梨子应该有一个新的名字，叫它"大道酥梨"如何？

在地球这个星球存在之初，我想阜平县大道村的这座山就有了，亿万年来，它一直是一座荒山。直到21世纪的20年代，它才变成了"花果山"，才开始造福人类。从"花果山"建了观景台来判断，那里还会发展旅游业，变成观光点。倘若被孙悟空知道了，说不定他也会到新的"花果山"看一看呢！

扶贫办主任

◎李春雷

2009 年 10 月上旬，刚刚上任的河北省广平县扶贫和农业开发办公室主任郑贵章到省城开会。

会上，公布了全省同行业工作成绩：广平县倒数第一！

郑贵章心情十分沉重。会后，他没有吃饭，便匆匆赶回。回到单位，马上开会。他当场发下誓言：苦干几年，彻底摘帽！

三年后，广平县的扶贫工作便发生了翻天覆地的变化：

2013 年、2014 年，连续两年在全省考核中名列榜首！

2015 年，再次在全省同类县考核中位居第一！

在此期间，他们创造的一系列独特、有效的扶贫工作经验和做法，在国家、省、市各级扶贫系统内推广……

2016 年，是广平县扶贫攻坚历史上最关键的一年。按照工作进度和安排，二十多年的"贫困县"帽子就要彻底摘除，三十余万名群众全部脱贫的梦想即将真正实现。

可是，11 月 16 日，就在梦想成真的前夕，长期超负荷工作的郑贵章却突然病倒在工作岗位。脑干大面积出血，两次开颅。一年多来，深度昏迷，不省人事……

贫困的童年

1963年4月，郑贵章出生于广平县一个贫穷的农民家庭。兄弟三人，他是老小。三岁时，父亲去世。在那个特殊贫困的年代，其家境贫寒，生活可想而知。上学期间，他特别刻苦。高中毕业时，终于考入邯郸市卫生学校。

毕业后，虽然当上医生，家境却并未好转。及至婚龄，尽管他已经长成身高一米七八的帅气小伙，但由于家徒四壁，负债累累，仍没有中意的姑娘愿意下嫁。没有办法，他只得倒插门入赘女家，甘做养老女婿，任由后代改姓。这在当时当地，是一件极其无奈和羞愧的事。

特殊的人生经历，使郑贵章对贫困乡亲有着一种天然的亲情。无论在医生岗位，还是调入政府部门工作，他都全身心投入。特别是被组织任命为县扶贫和农业开发办公室主任之后，他对这份工作更加珍惜，格外倾情。

广平县位于华北平原腹地，地处偏僻，没有一条国道通过，地下无资源，地上无优势，是一个典型的内陆农业小县。全县4镇3乡169个行政村30万人口，主要依靠35万亩耕地生活。1994年至2010年，被确定为国家级贫困县。2011年，被确定为省级贫困县。长期以来，广平县的扶贫工作特别艰巨。

但郑贵章决心如山，信念如磐。绞尽脑汁，践行誓言。

黄瓜与草莓的合唱

扶贫，主要是精准对象。

甫一上任，郑贵章就改变以往相对粗放的扶贫模式，和县扶贫办、乡镇村工作人员一起走村串户，对全县贫困情况展开拉网式大普查。

经过精准识别，分类造册，共筛选出 96 个村 2 万多户共计 9 万余人作为重点帮扶对象。

胜营镇马宋固村是郑贵章接手的第一批扶贫村。2009 年，全村 718 口人，人均年收入只有 700 多元，是全县有名的光棍村。

村委会没有办公场所，郑贵章就把群众召集到村中心的一家农户院里开会。他反复讲解"一亩园十亩田"的老道理，启发大家搞蔬菜大棚种植，并承诺提供技术和资金支持。但连续三次开会，效果并不明显，任凭他讲得口干舌燥，村民们依旧各自抽烟、说笑、打瞌睡。

郑贵章马上意识到，"与会代表"还需要进一步"精准"。原来前来参加会议的大多是各家各户的"在野派""闲散人"。于是，他和村干部一起挨家挨户地确定既管事又管钱的当家人。

确定对象后，他租用 3 辆大客车，组织这些"当家人"到山东省寿光市等地参观。一路上管吃管住，细细讲解，耐心开导。

生机勃勃的现代高效农业，一点点地激活了传统的、僵化的头脑。

但仍有个别村民迟迟疑疑。

郑贵章主动找上门去，响亮承诺："只要你按规定程序干，赚钱是你的；赔了，我用工资顶！"

时间不长，村民便建起 30 多座大棚，种植黄瓜等反季节蔬菜。

初冬，一棚棚绿莹莹的黄瓜秧上，开满了金灿灿的花朵，长出了毛茸茸的瓜胎。突然，一场大雪不期而至。天刚蒙蒙亮，郑贵章就踏着深雪，火急火燎地跑进村里，拍门呼叫村干部，立即组织村民清除大棚上厚厚的积雪，防止压塌顶棚。

春夏之交，雨水淅淅，道路泥泞，外地前来收购蔬菜的车辆难以通行。村民们只好用小推车把一筐筐顶花带刺的黄瓜搬运到两公里外的大路上。一番倒腾，不仅累得气喘吁吁，还破坏了蔬菜品相，每斤减少收入两三角钱。郑贵章十分心痛，立即协调筹资 30 多万元，当年便修通了一条长约 1900 米的通村水泥路。

三年过去了，马宋固村不但培养起来一批蔬菜种植户，还出现了一伙头脑灵活的蔬菜经纪人。全村人均收入近万元，不仅盖起了村委会办公楼，修建了宽大的文化广场，更关键的是，全村百分之八十以上的光棍汉，集体脱"光"了。

…………

郭强彬是十里铺乡南小刘村的青年农民。

2013年春节，他发现新鲜草莓虽然价格昂贵，却颇受青睐，便动了心思。

"我想种草莓，可不懂技术，也没有多少本钱，不知道行不行？"

"只要你肯带头，组织大家一起干，资金、技术我们可以支持。"郑贵章说。

有了扶贫资金和技术支撑，郭强彬便联络几户贫困农民，拿出全部家底，很快建起9座长88米、宽12米的大棚，种植美称"甜宝"的优良品种——嫜姬牛奶草莓。

郑贵章几乎每天都来查看指导，他仿佛看到了小村未来的产业雏形。

11月中旬，气温骤降。此时，正值草莓开花时节，披着塑料薄膜的大棚，在冷风中瑟瑟发抖。如果不能及时穿上保暖"棉大衣"，娇嫩无比的草莓不仅将错过"双节"销售的黄金期，而且将颗粒无收。

必须马上购置防寒棉毯，刻不容缓！

郭强彬心急如焚，郑贵章马上赶到。联系银行，贷款手续最快也要第二天办理。实在没办法，他当即给妻子打电话，把自家的5万元定期存款送来。

元旦前，红艳艳的牛奶草莓，鲜美芳香、诱人垂涎，销售火热。此时的郭强彬，多么想把第一篮鲜嫩的草莓奉献给恩人品尝啊。可是，任凭多少通电话联系，平时几乎每天踏访大棚的郑贵章，却再也不肯露面了。

节后，销售日渐冷淡。大棚里满地熟透的草莓，汁液饱满，吹弹即破，却无人问津，郭强彬一筹莫展。这时，郑贵章又出现了。他立即协调县电视台，组织策划了一场草莓采摘活动。一时间，电视台、网络助势，游客满棚，竞相采购。

郭强彬赚钱了，便有些得意和自满。

"年轻人，天地还大着呢，挣少了就迈小步，挣多了就迈大步，却不能原地踏步啊。"郑贵章再一次来到大棚，帮助他策划营销，开辟网上销售主渠道。

郭强彬，一颗乡村致富新星，冉冉升起……

穷光蛋的尊严

66 岁的农民高凤彬，是一个典型的"穷光蛋"。

为了给四个儿子娶媳妇，他借遍了大部分村民，多年无力偿还。走在村街上，满眼讨债人。贫穷和落后，使原本高高大大的他，常年佝偻着身体，像一只畏畏缩缩的刺猬。

2013 年，高凤彬所在的南阳堡镇后大寨村被列为第三批扶贫对象。

"有生之年再不拼一回，真是无颜见爹娘啊！"在县扶贫办的支持下，高凤彬破釜沉舟，毅然再次贷款举债 6.8 万元，建起了两座大棚，栽植反季节葡萄和蔬菜。

四个儿媳妇冷言冷语，当面指责他"穷折腾""瞎胡闹"。

大棚终于建好。却万万没有想到，塑料薄膜刚刚撑上几天，一场无名大火从天而降，瞬间将高凤彬数万元的心血化为灰烬。

这一下，他的境遇更惨了。村民们都像躲避瘟神一样，老远就绕开他。儿媳妇也不再往来，不按当地风俗称呼他"爹"了。

高凤彬绝望地大哭，给郑贵章打电话。

郑贵章从小没有父亲，他似乎从高凤彬身上，看到了一个贫困无奈却又倔强的父亲形象。于是他一边安慰高凤彬，一边再次帮助联系贷款。可几家银行出于风险考虑，担心高凤彬没有偿还能力，不肯放贷。最后，还是郑贵章想办法，以自己的公职身份担保，贷来 4 万元救急金。

苦心人，天不负。第二年春天，反季节葡萄、蔬菜高价上市。高凤彬净收入 10 多万元，不但还清贷款，还略有结余。于是，他扩大生产，又建起两座大棚。

第三年，老高收入 20 万元。

生活宽裕了，家庭也变得和睦起来。四个儿媳妇一起登门谢罪，不但对他改回了往日的称呼，而且还提升档次，按城镇习惯，亲热地称呼他"爸爸"。

更令人惊讶的是，一向抠门过日子的高凤彬，在还清全部欠款后，竟然拿出 1.8 万元，购买了两盏大型宫廷式照明灯，高高地安装在门口的街道上。

明晃晃的街灯，照亮了小村的路，也照亮了小村的心。

窝囊大半生的高老汉，终于在这个世界上直直地挺起了腰杆。

2016 年初，高凤彬联合 37 户村民，注册成立了"扶勤"合作社。不但种大棚蔬菜，还搞起了箱包、手套等加工业。

…………

几年来，广平县的大棚蔬菜和设施农业从零零散散的几十亩，发展到现在的 2.9 万亩。一年两茬变四茬，亩均增收 8000 元。

清贫扶贫

在郑贵章的办公桌上，永远放置着一个天蓝色文件夹。里面夹着一沓散装打印纸，每页都规规矩矩地写满了一行行文字。

这是郑贵章以周为单位的工作记录。

郑贵章有一个极其良好的工作习惯：每天，他都第一个到达办公室。周一的时候，他会把自己本周的工作要点清清楚楚地写在白纸上，十几项，或二十几项。放在眼前，时时提醒。

每办结一项，就画线勾掉。没有办结的，累积到下周，并注明原因。

八年多来，郑贵章每周的工作日志，从未遗漏。这六百多页日志，装订成册，便是一部完整的广平县扶贫工作大事记。

的确，他是一个有心人。在真情帮扶重点贫困户的同时，他更注重探索和创新工作机制和方法。

为了使全部贫困村齐头并进，集体脱贫，他将工作重心下移，在全县 7 个乡镇设立扶贫工作站，在 37 个贫困村设立扶贫工作室，专人负责，职责分明，形成县、乡（镇）、村三级联动扶贫攻坚模式。这一经验受到国务院扶贫办肯定，并在全系统倡导推广。

如何用工业化理念统筹扶贫工作，进一步提升农民素质和工作效率？他设计创新了一种"合同联结、合作联结、股份联结、劳务联结"的产业扶贫新模式，发展大面积订单农业，拉动粮食生产和蔬菜深加工。"四个联结"模式已在河北省扶贫系统广泛推广。

他还积极探索现代农业、旅游、科技、电商、家庭手工业、龙头带动六大新型扶贫模式，培育发展箱包加工、藤椅编织、坐垫加工等手工加工专业村 116 个，发展养殖户 760 家，辐射带动 2.5 万名农民增收 2.6 亿元……

多年来，郑贵章和同事们的笔记本，全是最简易的软抄本，每本价格不足 2 元。而塑料皮外封的硬抄本，每本虽然只需 4 元，他却舍不得购买。

从家里到办公室，足有几公里。即使在国家公车政策改革之前，郑贵章的上下班和业余时间，也极少动用公车。每天清晨，吃过饭后，他早早地从家里出发，步行半个小时，第一个赶到办公室。

郑贵章逼仄的办公室里，只有一张办公桌，两组书柜，几把简便椅子，竟然放不下一张可供小憩的床铺。

郑贵章的家，更是罕见的简陋：不足100平方米的老式楼房，没有任何装修。昏暗的客厅里，一台普通电视机，一组老式沙发。只有墙角处立着一架五彩斑斓的地球仪，骨架傲然，脉络清晰，沉静地彰显着主人的大爱与情怀。

这，俨然是一个刚刚解决温饱的清贫之家！

他的妻子赵文华，直到退休，仍是县石油公司的一名普通加油工。

唯一的孙子，应该是郑贵章最疼爱的人了。可是，他总是早出晚归，从来没有闲情含饴弄孙，也没有与孩子建立格外亲密的感情。有一次，孙子突患脑炎，昏厥过去，极其危险，在邯郸市住院治疗一周。他忙于工作，竟然没有去看望。

还有一次，妻子因腰椎间盘突出，住院治疗多日。他也没有前往陪护。

郑贵章总是对家人说："你们不是贫穷户，不缺少关爱，更不需要扶贫。我要把更多的关心，给他们，给他们……"

这些年，郑贵章每年经手的扶贫资金都在数千万元以上。他把所有的经费和心血，都用在了这片贫瘠的土地上！

冠军的冲刺

2016年，是国家决胜小康的开局之年。

河北省庄严承诺：高质量完成20个贫困县的摘帽任务。

广平县，位列其中。而对照标准，全县还有24个村8450户17608个贫困人口。

时间紧，任务重。是压力，更是动力。

为此，全县上下将这项工作作为当前最大的机遇、最大的挑战，全力以赴，下定决心，坚决如期脱贫出列，打赢这场硬仗。

他们采取扶贫、开发、农牧、财政、农工委等涉农资金打捆使用的方式，整合资金5771万元；同时，设立"农户贷"风险补偿金，即用县财政扶贫款项600万元为本金，与中国邮政储蓄银行签订合作协议，使对方放大10倍额度，提供信贷资金6000万元；构建政府＋银行＋企业＋贫困户＋保险公司"五位一体"的金融贷款扶贫模式，发放小额信贷资金1.4亿元；建成盛融通、广融通等四家融资平台和三家小额贷款公司，为企业和农户融资2.2亿元。

在郑贵章的建议下，全县成立脱贫攻坚会战指挥部，由县委书记任政委、县长任指挥长，下设12个分指挥部和6个中心，逐一明确工作职责和完成时限。指挥部每天下午4点召开碰头会，听取情况汇报，每隔十天对进展情况进行排队。层层签字背书，倒逼落实责任，挂图作战，倒排工期。

另外，郑贵章还促成建立"互联网＋制度"督导机制，在指挥部中心建立一座微信平台，让包括县四套班子领导在内的500名党员干部全部加入微信群，随时督导、随时调度。

广平县扶贫工作的最大亮点还在于，把贫困村全部按照国家"美丽乡村"高标准推进。这需要巨大的勇气，更是一个巨大的工程。

24个贫困村的角角落落，时时刻刻都在发生着精彩的蜕变！

…………

一系列措施和行动，实打实，硬碰硬，细细碎碎，却又轰轰烈烈。

作为牵头部门第一负责人，郑贵章工作之繁忙，不可想象。既要参与全县顶层设计，协调沟通，又要深入现场排查，身体力行。

他把所有的心血，全用在了工作上，独独忽视了自己的身体。

本来，学医出身的他，深谙健康之道，从不抽烟，基本戒酒，多多步行，所以身材适中，身体健壮，多次体检从无异常。但是现在……

…………

2016年11月16日，市贫困督导组前来督导工作。

上午，郑贵章汇报本县工作进展情况。随后，陪同督导组一行到各乡镇和贫困村检查。

其间，他感觉头痛异常。同事劝他回家休息。他说，现在是冲刺阶段，他怎么能撤退呢。

下午，他继续陪同市督导组在各村走访。其间，疼痛加剧，脸色蜡黄。他强打精神，咬牙坚持。

下午5点，市督导组离开。他回到单位，马上开会，制定整改方案。会后，头疼欲裂，他回到自己办公室，关上门，给儿子打电话，命令其火速赶来。隔壁房间的同事，正在紧张工作，他不忍打扰啊。

儿子将他背进医院。医生警告：脑血管破裂，严重出血，立即转诊邯郸市中心医院！

当天晚上，左脑开颅手术。随后，右脑开颅手术。从此，他陷入深度昏迷状态。

十天，半月，三个月过去了，他依旧不醒。

的确，他太累了，太累了……

誓 言 永 恒

鉴于郑贵章深度昏迷的状况，医生建议家属用患者最熟悉的声音、最牵挂的心事，频频呼唤，以刺激神经，配合治疗。

丈夫最大的心事是什么呢？

妻子思来想去。不是儿子，不是自己，也不是孙子，只是工作，只是扶贫。

于是，每日每夜，妻子就俯在他的耳边，千百次地诵读中央扶贫文件、省市县扶贫快报，或再三呼唤：

"贵章，马宋固村打电话，让你去看大棚！"

"喂，小郭（强彬）来看你了，你还没有尝过他的牛奶味草莓呢。"

"老高（凤彬）的合作社开会，请你参加呢。"

"贵章，贵章，省脱贫验收组来了，你赶紧去汇报工作！"

…………

2017年初，省脱贫检查验收组终于来了。

经过验收组和贫困退出第三方评估组深入细致的调查验收，他们再次为广平县精细的扶贫工作而震撼。

2017年7月，从河北省扶贫开发办公室传来消息，广平县的扶贫工作，再次名列全省第一！

这一天，中共广平县委书记董鸣镝再一次来到郑贵章的床头，俯在他耳边，深情地说："贵章，告诉你一个好消息，咱们县扶贫工作又获得全省第一了，咱们县23年的穷帽子终于摘掉了！"

"伙计，醒醒吧，快起来去领奖吧！"

"贵章，你听到了吗？"

说到这里，一向坚强的县委书记，哽咽难言。

也许本能使然，也许冥冥感应，几个月来深度昏迷的郑贵章，嘴角竟然略略抽动一下，眼角颤颤地流下了一行泪水……

誓言永恒，生死与共！

妙哉，骆驼湾

◎王方晨

七月份，我来到河北阜平。从网络地图上查过了，阜平地处山区。

骆驼湾是阜平大山里的一个村庄。我们入住骆驼湾的当日下午，在茶室饮茶，就有当地人遥指西边连绵黑绿的山峰，言其为五台山。

说到五台山，我就会想到老和尚。我没去过五台山，为什么一提起"五台山"仨字儿就觉"妙哉"？可能跟和尚有关……

想这骆驼湾触目皆风光，走在骆驼湾街头，但觉灵气盈盈，或许缘故是在这里。

作为阜平乡村振兴、脱贫攻坚的典范，骆驼湾已经找不到人们记忆中那种破旧的模样。虽然有人家在门口栽种了一些扁豆、丝瓜之类的植物，却更像园艺。过去很长时间，我对农村的发展有过自己的想象：每一个村庄都会是一个现代化的小镇。

在骆驼湾，缥缈的想象变成了现实。

眼望五台山影，一恍惚，就像置身在了想象中。

与同行人交流，就被提醒，现当代作家孙犁先生曾生活在阜平。按艺术成就而论，孙犁在我心目中的排位十分靠前。我忽然就有了喜出望外的感觉。

可不是吗，早在三十多年前我在师范学校读书，课本上就有他的《红

棉袄》《荷花淀》。对课文内容，日久难以复述，但觉文字清朗里有
两处特别的闪光：

"一件深红的棉袄，便像蔓延着火焰一样"和"苇眉子潮润润的"。

而孙犁的《山地回忆》可就对阜平应了景。骆驼湾其实就在阜平
的一个深山沟。

至于《荷花淀》中的"苇眉子"印象，得益于我们老师特别的渲染。
照现在的说法，他可谓一个彻头彻尾的孙犁粉儿。估计所有市面上出
现的孙犁著作，他都读过。

在他字斟句酌的教读中，我领会了文学纯粹的意味。这方面为孙
犁所长，与其同时代的作家，却有所欠缺。

《荷花淀》与《红棉袄》《山地回忆》所描写的环境有别，不料
有人说："那也是在我们保定啊。"原来我竟不知阜平即为保定所辖，
这一下子，感觉拉近了与保定同行的距离。

好像是在第三天一早，果真就在保定同行的引领下，深入到阜平
的另一个深山沟。但见陡崖壁立，林木森森，山道无人，两位保定女
作家呵护有加，让我倍显怯懦、弱小。

不得不说，这山林生态，真是好，随处即景。而对一个作家来说，
不是处处都会有"山地回忆"吗？

骆驼湾的夜晚来临。躺在骆驼湾民宿舒适洁净的大床上，很难想
到自己身在乡村，身在曾经交通不便的深山沟。白天所见的那些服务
人员，本来自骆驼湾村，但言谈举止无不合乎大城市高级宾馆的服务
规范。所以，在座谈会上，一位作家就说，在这里跟北京的三里屯又
有什么两样呢？

在刚刚完成的短篇小说《老夫怀乡》中，我写到了自己亲身经历
的一件往事。那年，我考上了师范学校，开学前，村里分苹果就被除名。
现在想来，两斤苹果有什么稀罕？可当时村里人就这么没出息，眼看
一个孩子将要远行也不给留个念想。

离开村子后，相对于村里人，我绝对是吃苹果最多的。我敢说有时候一年吃的苹果比村里很多人一辈子吃的都多。工作调到外地那几年，单位分的苹果成箱成篓，一个人常常吃不了，又没人可送，就眼看着白白烂掉。

如果是现在，怎么会把两斤苹果看在眼里？

人穷志短是偏见，但有时候人穷志短确实存在。有书上说，贫困是罪恶的根源，我看不是没有道理。在以往的岁月中，无数农民子弟，深为贫穷所苦而立志走出乡村，追求更美好的生活。

在座谈会上，我特别想说时代发展、脱贫攻坚、乡村振兴的意义在于农民由此获得一个现代人的成长，原因就是自己曾经有过类似的沉痛体验。你不能还去做那种狭隘、冷漠、目光短浅的人。

在我希望中的农民身上，既有淳朴善良，也少不了通达智慧、自强自立的优秀品质。人活在现代社会，不能再给人一种可怜巴巴的印象。

现在的骆驼湾，是为时代改变的骆驼湾。多少人为此付出了自己的心血。这些人当中，肯定有为数众多的、像我一样走出乡村的农民子弟。这次活动中，我们接触的县领导们，大部分都是。他们在以自己的实际行动反哺乡村。

走在骆驼湾街头，除了村民，还能见到不少游客。遇上村民，我就想，多少年前，他们是不是也算计过一个苹果，而无意间戳伤了一个孩子的心？我相信他们即便没算计过一个苹果，也算计过别的——算计一口吃的。据了解，过去山区人民常种那巴掌大的"鸡刨地"，几棵玉米就是一块田。耕种条件与我老家不能比，很能想象出生活的困苦。遇上游客，我就想，他们是从什么地方来？来此有什么目的？他们有着什么样的过去？

通过自己的眼睛，我看到了骆驼湾一座座保持传统风格的农舍。街头一幅导览图把村子介绍得清清楚楚，书画院、特产店、酒坊、豆腐坊、大戏台、根雕馆、陶艺馆，不一而足。

在山脚下一个很适宜的位置，能看到村子的全貌。背倚青山，我在想，过去村子肯定不是这样。当地人介绍过，村中留下的那几栋有特殊意义的房舍，都是在原有基础上抬高了三十多厘米。恰巧在离开的那天早上，与保定两位女作家游览了搬迁之后的空村黑林沟，那里处处遗留着当地农舍原有的模样，对我的想象做了实证。

从骆驼湾的变化来看，农村的确可以很好。落后不是理所当然，只能说人类还没有尽到自己的努力。我宁愿相信，从很早，人类都没有放弃自己的成长。

再过几年，哪怕现在再去骆驼湾，品尝着骆驼湾的大红枣、山泉水，说起这次经历，就又是旧事。

没旧何来新？

时光绵绵不绝，到了今天，我们经历的那些往事都似乎已经不被相信，但不相信不等于不存在，不等于没有价值。寻找一只遗失的苹果，是为了收获更多的苹果，不对吗？我愿人人有苹果。

骆驼湾物丰村美，再去已是旧相识，何其妙哉！

阜平的笑脸

◎杨　遥

　　绿。进入阜平境内，一路绿色。

　　近些年，"绿水青山就是金山银山"的理念逐渐深入人心。退耕还林，合村并镇，整村搬迁，院房复垦，许多不适合人类生活的地方被挪腾出来，让位给自然，自然毫不谦让，几年时间，许多荒山秃岭变得郁郁葱葱，野鸡、野兔、野猪等一些野生动物也多了起来。

　　这次到阜平，是为参加一个"脱贫攻坚"采访交流活动。我们住在龙泉关镇的骆驼湾村。

　　一进骆驼湾村，首先看到几个醒目的大字：脱贫攻坚实践课堂。骆驼湾村规划整齐，黄泥巴做的墙面带着乡村特有的暖意，欢迎着来它们这里的客人。整个街道整洁干净，各个农家小院中的花草果蔬生机勃勃，像街上洋溢着笑脸的人们。另有一面黄泥墙上写着：我们一定要想方设法、群策群力，尽快让乡亲们过上好日子。这是 2013 年元旦前夕，习近平总书记视察阜平时提出的要求。

　　很快，见到了县委书记，也许是他的亲切，也许是他的朴素，我脱口而出："你是我见过的最不像县委书记的书记。"确实，不是当地同志介绍，谁也不会想到他是县委书记，他没有穿常见的标配式的白衬衫、黑皮鞋，衬衫塞进裤腰里，而是简单的 T 恤衫、运动鞋，关键是他的脸，不是常见的油光水滑，而是像一张农民的脸，黑、粗粝、憨厚，一看就经常在老百姓群里打滚。在此之后，见到了其他县领导，无一不是这种脸，这种装扮。我好奇，特意问了一下："县里是不是对干部着装专门有规定？"得到的回答是："没有专门的规定，但我们除了开会穿正装，其他时间一般穿便装，尤其是下乡，容易和老百姓打成一片。"

他们的脸黑、粗，可一见老百姓，黑色就褪去，露出阳光一般的笑容。

早上，我出去散步，见到了一起来参加活动的刘庆邦老师。刘老师起得比我还早，手里拿着本子，边走边记录，已经在村子里转了一圈。我们一起在一个卖手工布老虎的摊位前停下。卖布老虎的是位六十多岁的大妈，她的布老虎都是自己手工缝制的，大小形态各异，里面有的装着棉蕊，有的装着荞麦皮。看见刘老师对布老虎感兴趣，我想买两个，送给刘老师一个带回去做纪念，便问老人布老虎的价钱。刘老师说他不要。我们正谈论间，一位县领导过来了，看见我们和老人，便打招呼。

老人眼睛一亮，大声说："你也不买我个东西，早晨还没开张呢。"这位县领导便说："买一个。"我以为他在开玩笑，毕竟，这玩意儿，对于他们当地干部，应该不是稀罕物。没想到他指着最小，但挺有特点的一只黑老虎问："这只多少钱？"卖老虎的老人迟疑了一下，回答："五十。"他掏出手机，扫了一下，给老人付了钱。恰好一位村里人路过："这只老虎顶多值十五。"老人和县领导都笑了。他们这种笑，不是一方占了便宜，一方上当了，不是得意和无奈的笑，而是像一位调皮的孩子从家长那里谋得了什么，双方心照不宣开心的笑。看到他们笑，我和刘老师也笑了。

上午，我们参观了总书记视察过的两个小院，唐荣斌和唐宗秀家的小院。唐荣斌住的小院是总书记走访的第一户人家，现在已是一处免费景点，供游人参观。墙上有块屏幕，滚动播放着总书记视察时的视频。从前的阜平，完全是个破败、萧条的小山村。农民家的墙壁上，还有一道道裂缝。

现在房子做了简单的改造，但基本还是维持原样。唐荣斌不在家，他的妻子顾保青说："总书记来时，上边特意叮嘱家里是啥样就是啥样，千万不要故意收拾，总书记就是想看看村里人生活的样子，我家的鞋摆的地方都没动。"顾保青说话时，脸上洋溢着掩饰不住的笑容，她家现在住进了政府帮他们盖的一幢二层小楼里。

之后，进了唐宗秀的院子。院子里到处种着花，开得异常鲜艳。有朋友故意问："总书记来你们家是不是事先告诉你了？""哪里呀，"唐宗秀笑眯眯地回答，"做梦也想不到总书记会来我家里。那天下着雪，路挺滑，我走到门口，总书记看见我就进来了。"人们问："你就搀上总书记了？""哪里啊，人家那么大领导，我哪敢先搀人家？是人家怕我滑倒，搀上我，我也怕他滑倒，搀上了他。我叫他慢着点儿，他也叫我慢着点儿，说路不好走。"

之后，阜平脱贫攻坚的奋斗开始了。短短一年时间，阜平危房全部改造，通自然村公路200公里，解决了105个村、36所学校、9.42万人的饮水安全问题……阜平呈现出了全新的面貌。骆驼湾村大力发展食用菌种植和林果业，同时也推动农家乐旅游项目，用多种措施加快农民脱贫致富。

我们看到的骆驼湾村，是已经改造过后的骆驼湾村，而且还在继续改造。行走在这个村落里，仿佛回到了儿时记忆的村庄，豆腐坊、酒坊、醋坊、酱菜坊、面食坊，一个自给自足的自然社会。可是它又有那么多的现代气息，青年旅社、唱吧、无人售货店、饮吧、停车场、书画院、民俗记忆坊、茶室……它的受欢迎程度，从络绎不绝的游客就可以看出。太行山中贫穷落后的小村落，现在变成了一个美丽乡村。

在阜平，我们还参观采访了晋察冀边区革命纪念馆、移民搬迁小区、香菇种植园、灵芝种植园等，我最感兴趣的却是阜平县生态综合治理工程。因为他们造地种植玉露香梨，而我2017年10月开始在山西隰县阳头升乡挂职扶贫，后又任驻村工作队员，隰县的主导产业就是玉露香梨。

实施阜平县这项工程的是河北建设集团。2012 年 12 月 29 日，总书记看望阜平困难群众后，要求推动阜平县脱贫致富。河北建设集团遵循总书记指示，响应河北省委号召，2013 年 4 月成立了河北乾元农业科技开发有限公司，驻扎在阜平县，带动百姓增收致富。

乾元公司流转农民土地，推平山头造地，建立了大道生态示范园，种植玉露香梨和红富士苹果。经过几年努力，玉露香梨已经挂果，放眼望去，郁郁葱葱的山坡上到处都是梨树。

高标准建设整治，高品质果园打造，项目区防风固沙能力提高，空气得到了净化，环境得到了改善。农民以土地入股，参与开发经营，有租金收入、股金收入、薪金收入，经济效益挺好。项目完成后，增加了耕地面积，有效推动了农业产业化进程，富有社会效益。

企业负责人说："现在已经有了梨味儿，大家可以摘几个品尝。"朋友们摘梨去了，我找到一位干活儿的女人，与她聊了起来。

女人名叫赵淑梅，今年 36 岁。家里加上老人共五口。爱人 40 岁，在县城周边打工，干些建筑上的活儿。两个孩子，大孩子 17 岁，初中刚毕业，中考完分数还没有下来；小孩子读小学三年级。

赵淑梅家住在大道村，是贫困户，家里条件差，以前没房，老人有病，公公已经去世了，地不多，只有四五亩。山上两亩多地种枣树，有二三十棵，大的大，小的小，差不多十年树龄了，谁都不管，有时青枣下来，每斤能卖个几毛钱，一年下来卖个几百块钱。平整的地种些玉米、小麦，连吃也不够，玉米一亩地最多打八百斤，后来就不种了，租给别人。那会儿孩子小，赵淑梅照顾小孩儿，啥也干不了，全凭丈夫一个人，她说吃个菜都是个事儿。

乾元公司来了之后，把她家那两亩多枣树地流转了过来，一亩地给八百元，一共给了三年，两千四百元。2016 年，头一年种梨树，赵淑梅就在这儿务工，家里孩子都大了，村里有小学，几步就到了，婆婆帮她照顾。开始她一天能挣六十元，2016 年从 2 月份开始，干到 12 月份，挣了一万多。2017 年工资涨到了一天八十元，每年挣两万多。后来因为疫情，赵淑梅丈夫没干活儿，赵淑梅在山上干活儿，受影响不大，3 月份以来已经挣了将近一万元。

我说："你比你爱人挣得多。"

赵淑梅呵呵笑了起来，说："人家后边多，总的来说，男人比女人挣得多吧。"

赵淑梅自从 2016 年打上工，家里就好多了，她挣了工资敢给孩子买东西了。去年梨树挂了果，没往外卖，公司打品牌，没见效益，今年果子长得不错，能给分红了，合同签的是第五年分红。

大道村有五百多户一千多口人，像赵淑梅这样常在这儿干活儿的有三四十个人。

写这篇文章时，距离去阜平县已经半个多月，回忆赵淑梅的样子，怎样也想不起来，但能清晰地记得她脸上充满希望的笑容。

在阜平，见到了许多笑容，整个阜平，给人欣欣向荣的感觉。

在阜平，我看到……

◎赵大河

在阜平，我看到群山环抱，路在山的褶皱中蜿蜒，山上多是灌木丛，没有高大的树木，由此知道山其实是贫瘠的，土层很薄，无法像大兴安岭那样生长参天大树，但有灌木也不错，至少可以涵养水土，使群山看上去不那么荒凉。灌木在过去的岁月会被人们砍回去烧火，现在不会了，人们有烧的，不需要上山砍柴，是以灌木得以自在地生长，自由地享受阳光雨露。

在阜平，我看到山坡上有大片大片的太阳能板，像镜子一样，收集阳光的热量，转化为电力。据说是扶贫项目，政府贷款给农民，建设太阳能发电系统，电由国家收购，农民可轻松获益。

在阜平，我看到一种青翠的蔬菜，长势喜人，我不认识那是什么蔬菜，问同行的朋友，多数不认识，最后有认识的人告诉我，这叫根瘩菜。吃叶子吗？不，吃茎。叶子呢？叶子喂猪。很快就吃到了这种菜，好像一转身，菜就从地里跑到了餐桌上，还带着阳光的味道，果然好吃。

在阜平，我看到"一号院"中有块巨大的山石，仿佛是从盘古开天辟地以来就在那里，经历无数岁月和风雨，它存在着，一言不发。我突然想起《天才在左，疯子在右》中的一个故事，说石头是有记忆的，它记住的是大尺度的时间，比如千年为一瞬，人的一生在石头的记忆中如蠓虫过眼，难以留下痕迹，不由得发出感慨。不过，我相信与石头相比，人的记忆是鲜活的，我喜欢记住独特的画面和生活的细节。比如此刻，院中的游人，屏幕上播放的内容，等等。

在阜平，我看到"二号院"有条小巷，穿过去，可以抄近回到住宿的地方。从人家院子里过合适吗？我虽然这样问，还是和朋友一起从那里过去了。天要下雨，我们想早点儿回去，这算是理由吧。我们采访过"二号院"的主人，一个和善的老太太，她会予人方便的，要不，这条路早就不存在了。院子整洁，是理想中的农家小院。临近黄昏，炊烟升起，鸡鸭回笼……

在阜平，我看到一个细雨中的村庄，像水墨画一样意境幽远，人们一点儿也不慌张，从容干着各自的活计，街上有游人，游人也不打伞，从容地逛着，享受着山村的闲适和恬静，还有细雨的润泽。

在阜平，我看到一片崭新的高楼，矗立在风景优美的山坳中。一块大石头上刻着村名——龙头新村。初看到这片楼房，我产生错觉，以为是某个城郊楼盘。其实，这是一个易地扶贫安置点。也就是说，政府建新楼房，让住在山里的村民搬出交通不便的深山区，住到交通便利的新村。这是改变贫穷的根本性措施之一，在全国多地实施。我见过一些新村，但我从没见过这么漂亮的新村。如果不是四周的大山提醒我，我还以为这是大城市中的某个楼盘呢。

在阜平，我看到新村一楼住户门前摆放着一盆盆盛开的红花，花呈喇叭状，但不是喇叭花，喇叭花我认识。问门口的老太太，这叫什么花，老太太淡然地说不知道。看到老太太转身回到家里，两名同行的朋友跟进去，要做深度采访。她们在老太太家里待了很久，误了下一个采访项目，我们要离开新村时，她们才姗姗来迟。从她们那里，我知道老太太有一个瘫痪卧床的儿子，由她照看。从她脸上的表情我们看不出什么，至少她没有被生活打败，她没有表现出一丝一毫的沮丧。是坚忍，还是认命，我无法区分，也许二者都有吧。生活，并不是简单的词语所能概括的。所能想象的是，她替儿子喂饭、擦洗、翻身之后，可以出来在门口平静地看看花，看看天上的云，听听鸟叫……听到她的情况，我们有片刻的沉默。沉默中，每个人心头都是一番难以形容的滋味。我，则想，"母亲"这个词包含了多少内容啊。

在阜平，我看到一户人家的墙上挂有鲁迅先生身穿长衫、左手背后右手持烟的站立画像。这个简笔画像很传神，我似乎在印刷品上看到过。这是真品吗？一位同行者问。主人说是真品。画上的题字是"鲁迅先生诞辰一百周年敬画"，落款是李琦。百度一下"李琦"，果然画有多幅鲁迅先生的画像，风格就是这种风格，字和落款，也是李琦的。再看李琦经历，曾在晋察冀生活和学习过，1950 年入中央美院任教。有这些渊源，是李琦真迹也说不定。主人详说画的来历，我们姑且听之。不管怎样，一帮作家在农民家中看到一幅鲁迅先生的画像，还是觉得蛮亲切的。

在阜平，我看到一户搬迁人家的新居，一切都是崭新的，门楣、墙壁、家具、摆设等，都是新的、干净的、整齐的。新居中没有一件旧家具。靠墙的一个大立柜引起我们注意，因其突兀和庞大。问起来，主人说也是新买的。你们的旧家具呢？主人说都不要了，孩子们看不上。不心疼吗？主人笑笑，算是回答。不知出于什么样的心理，我特别想在这个新居中看到一件旧家具，旧家具也许不好看，也许和新家不协调，但旧家具附带着一个家庭的历史和记忆，那是一份情感，不能抛弃的。可是，新居中没有旧家具的容身之地。

在阜平，我看到一个小小的工厂。这正是我要寻找的。集中居住、旧房拆除、土地流转，那么，人们以什么为营生呢？人是需要劳动的。青壮可以出去打工，留守的人终究要做点儿什么。工厂，特别是劳动密集型的小工厂，几乎是必须的。厂房建在一个地势稍高的地方，全钢结构，铁皮墙壁，刷蓝漆，醒目，亮丽。厂房说大不大，说小不小，能容纳百名工人。工厂是作为扶贫项目引进过来的。如果没有政策扶持，很难想象有人会来这里建一个小小的工厂。别看这样一个小小的工厂，背后不知道凝结着多少基层干部的心血。有这样一个小小的工厂，这个新建的搬迁村的生活便充实起来。

在阜平，我看到二十多名女工正在加工一种帽子，由半成品加工成成品。帽子样式古怪，两边带两个护耳。有人试戴一下，看上去很滑稽。这帽子销往哪里？出口。也许是出口俄罗斯吧，只有寒冷的地方才需要这样的帽子。我们的参观并没有影响到女工们的工作，她们乐意和我们交流。这帽子卖多少钱？她们说不知道，她们只负责加工。每人一台电动缝纫机，她们一天可以挣七十到一百元。能在家门口上班，自然比出远门打工要强。

在阜平，我看到工厂管理人员是一个南方小伙子，他说话有南方口音。他被派到这里，负责管理。他向我们介绍了工厂的基本情况，包括工人工作时间、如何计酬、收入情况等。他是否结婚，我们不得而知。这里，对他来说，自然是异乡。他适应吗？他说这是工作，口气带着无奈。这里没有城市的灯红酒绿，夜晚大概也很安静，他想家吗？我想，在中国，在大山的褶皱中，在不起眼的小乡村，在无名的小地方，有无数这样的小伙子，出于工作的需要，或者挣钱的欲望，默默地耕耘，带给地方变化，带给人们希望。

在阜平，我看到村子中间的一座建筑，墙上刷着标语，院中升有国旗。那是什么？陪同人员说是活动中心，有图书室、棋牌室、乒乓球室等，室外有健身器材。村子里该有这么一个地方，供人们休闲娱乐。如同农村的饭场，或打麦场，是乘凉、交际、讲鬼狐故事的地方，也是乡村价值传承、伦理形成、吹牛八卦的地方。这个地方应该让人很自在。自在，这是个简单而又奢侈的词，是人存在的理想状态，意识到自我，意识到存在，觉醒而不刻意，万物安详，万事顺遂，"我"不强求，也不消沉，自然而然，任时光如水流去。

在阜平，我看到楼前楼后种有蔬菜，辣椒、西红柿、莴苣、豆角、南瓜等，或红，或白，或青，或紫，或黄……生机盎然、芳香四溢。城里种花草，这里种瓜果，别有风味。粮食和蔬菜都是农民关心的，粮食好说，可以囤一批，蔬菜呢，就这样种出来，他们说这是有机的。农民也知道要吃有机的，或者说，农民从来都是吃有机的。记得，小时候，每家有一片菜地，自种自吃，从挖地、耖土、下种、移苗、浇水、除草、捉虫，到看着小苗一天天长大，贡献出嫩绿的叶子，或者开花、结果，贡献出果实……因为参与了整个过程，所以懂得珍惜。

在阜平，我看到一座荒山变成了花果山。山上全种的是果树，横平竖直，整整齐齐。树上果实累累，一派丰收景象。什么果？香梨。引进的优良品种，由农科大专家指导种植。正是果实成熟季节，主人请我们品尝，香甜可口。

在阜平，我看到田华一张照片，那是她20世纪80年代回阜平时照的。田华战争年代曾在阜平待过。据说田华回京后去看望聂帅，向聂帅汇报，老区人民还是那么好，老区人民还是那么穷。聂帅听后，久久无语，最后说："阜平不富，死不瞑目。"抗日战争时期，阜平是模范根据地。那时候，阜平县人口不足十万，却养活了八万多抗日战士。阜平县革命战争前后有两万人参军，牺牲五千余人。就是这样一块为革命做出巨大牺牲的地方，几十年来一直贫穷。脱贫攻坚以来，这里才发生了翻天覆地的变化。

在阜平，我看到年轻的县委书记。他和我们一起在地摊吃烧烤，海阔天空地聊天。县委书记和一群作家也能找到话题来聊，和我们聊得很热烈，看似随意，不着边际，聊天之后，我们都对阜平的干部作风、历史地理、风土人情、脱贫攻坚等，有了深刻的认识。他精力充沛，谈锋甚健，智商、情商都很高。他一点儿也不矜夸成绩，只是展望未来，为我们描画阜平的美丽愿景，那种自信、踌躇满志的劲头，仿佛在说，没有什么人间奇迹不能够创造。我想起老家的县衙的一副对联中有这样的句子："勿道一官无用，地方全靠一官。"县委书记对地方经济文化发展举足轻重。

在阜平，我看到一些官员和百姓并无二致。也就是说，官员和百姓在一起，如果不给我们介绍，我们很难分辨出来哪位是官员，哪位是百姓。一位作家采访时就闹了笑话，他去找一个乡长采访，人们指给他说，在那边，一群人中间。他误把一名百姓当成了乡长。"乡长太土了。"他说，"扑下身子的乡长，风吹日晒，和农民已经没有区别了。"后来，我们见到这位乡长，他的穿着、气质，还有憨厚的笑，都是一个活脱脱的农民。

在阜平，我看到大棚里种出来的灵芝，简直要惊掉下巴，因为太壮观了，可以说遍地都是。拍出来照片，人们肯定会说是假的。的确，看上去，一棵棵肥硕、鲜艳，很像漂亮的塑料制品。如果让我看到这样的照片，我也不会相信。可是，在大棚里，看到它们如何从菌袋里拱出来，你就不得不信了。传说中的仙草，难得一见之物，在这里竟是如此平常。

在阜平，我看到……

最美的乡村（节选）

◎杨　勇　郭靖宇

第　一　章

青山镇镇党委郭书记到市里参加领导干部学习班多日，回到机关，汽车开进镇政府大院，两名工作人员迎了上去。

秘书走上前说："郭书记，学习回来了，您累了吧？""嗯，回来啦，不累。哎，这些日子家里消停不？"办公室主任走来说："放心吧，郭书记，一切正常！"郭书记停下脚来说："哎，新来的唐副书记咋样？跟大家见面了没有？"

两个人听后对视一下，凑近了郭书记。办公室主任压低声音说："来七天了，前三天一直在办公室里看电脑，这几天，天不亮就走，他还不让我们跟着，也不知道去的哪几个村……"秘书说："不过有一点，晚上九点他准时熄灯，宿舍卫生搞得特好，被子叠得像豆腐块似的，有棱有角。哎，可他看着不像当过兵的样啊？"郭书记说："人家就是当过兵。"

正说着话，一声女人的呐喊，惊得正要进办公楼的郭书记停住了脚步。她在用沙哑声频喊："郭书记，郭书记啊！可算堵住你了！今儿你非得给我说明白了不可，凭啥我家就评不上贫困户？！"郭书记回头，见是那家沟村村民赵凤仪。

赵凤仪风风火火地冲上来说："整个那家沟，属我们家最穷，天下没地儿讲理了呀！政府就欺负我爹老实，我们孤儿寡母没人管——今儿个这事解决不了，我就不走了！"三位干部尴尬无比，赵凤仪使劲儿挣扎着往台阶上坐，与架着她的两个人成撕扯状，"我就是狗皮膏药，今儿贴定你们啦。"

一个男中音传来："从那家沟村到镇里，九里多路，赵凤仪同志这是走累了，想坐就让她坐，你们别架着了！"众人望去，手里端着保温杯的唐天石站在大楼门口，满脸笑容。

赵凤仪说："你谁啊？你咋知道我叫啥？"听语气便知，来者不善，没等唐天石回答，郭书记便迎了上去："哎，老唐，正赶上我去市里学习，都没顾上接你呢，你可别挑眼啊！"唐天石笑着说："哪的话呀，郭书记，您客气了！"郭书记瞅了眼四周，走近了压低声音，"让你见笑了……我必须帮你解这个围，这个赵凤仪，她三天两头来闹……"

赵凤仪耳朵尖，听见了郭书记的话说："还三天两头？那是你们当官儿的没给我解决问题！要是喜欢这口儿，我以后天天来这给你们闹！"说着，她彻底挣开两个人的拉扯，一屁股坐在了地上，"连我们老娘们儿全知道，能哭会闹的孩子有奶吃！这话糙理不糙……"她站了起来，边说边挺胸往前蹭。郭书记吓一跳，忙说："哎哎！这是镇政府，你这样成何体统！"

唐天石伸手制止了郭书记，笑着走向赵凤仪，拧开保温杯递上去说："你也嚷嚷半天了，渴了吧？杯子我早上刚刷干净，沏上茶，还没动过，要不，你先喝两口，润润嗓子？"赵凤仪也不客气，一把抢过杯子喝了起来，三口水下肚说："还是当官儿的，真滋润哪！水都甜丝丝的……"唐天石仍然一脸笑容说："我泡了十颗枸杞一块冰糖，觉得好喝，你就都喝了吧。"

赵凤仪"咕咚咕咚"一口喝干了保温杯里的水，把杯子还给唐天石，说："看来是个新官儿，还有百姓味儿。咱还是别扯没用的！你帮我把贫困户评上，比啥都强！"郭书记说："老唐你别理她，我叫管扶贫工作的同志来！"唐天石制止说："哎，不用，要不……郭书记你先忙去，我跟她聊两句。"郭书记很尴尬，"这……好吧。"他又不好意思离开。

唐天石看向赵凤仪说："赵凤仪同志，你1982年出生在青山镇那家沟村，2003年户口迁出了……"赵凤仪说："那是我嫁人了！"唐天石说："这个我知道，今年1月，你又带着两个闺女把户口迁回了那家沟村，跟你爸赵良合户了，对吧？"赵凤仪说："我男人死了，带着两个孩子回娘家，有啥不行的吗？"唐天石说："青山镇是你娘家，你啥时候愿意回来就回来，谁敢说不行？作为镇领导，我们欢迎！"

赵凤仪"腾"地站了起来说："说的比唱的都好听！要是真欢迎，赶紧把贫困户给我评上！"赵凤仪句句不离贫困户，唐天石有些无奈地说："贫困户没评上，不能全怪别人吧？你丈夫是车祸去世，责任方给了五万块赔偿款，按规定，你就是评不上。"赵凤仪说："那五万块钱不在我手里，我都给老太婆留下了！"唐天石说："这是你申诉的理由，我知道，但是半年来，你从未向有关部门提供过证明啊。"赵凤仪有些疑惑说："这……你咋也知道哇？"

唐天石说："我是青山镇新来的党委副书记，之前在市扶贫办工作，三个月前你上访，信访办就把你的资料转给我们看了。"秘书说："对呀，她上访，回来我要求村里搞民主评议了，可她没通过，这赖谁啊？"赵凤仪说："民主评议是没通过，那是因为全村百分之八十老少爷们儿都姓'那'，一笔写不出两个那字，明明是他们欺负外姓人，你们瞎吗？"

唐天石说："哎，话可不能这么说，2001年青山镇评选农村劳动能手，也是民主评议，那时候你还没出阁，全票当选，这也是欺负外姓人？"赵凤仪愣了说："这……连这你也知道？你神哪？"唐天石又笑了说："既然来当副书记，各村的情况总得摸清楚了吧？"郭书记凑了过来说："行啊老唐，你在办公室里看了三天电脑，原来都在熟悉业务啊！"

唐天石笑了笑，转向赵凤仪，转慢了语速说："赵凤仪同志，我叫唐天石，你们家评贫困户的事儿交给我，咱们一起努力，争取两个星期把这个事儿捋清楚好吗？你先回去吧。"和蔼可亲的唐天石，令人信服的口气，让她无法再闹下去了。

第二天，青山镇所有党员干部都来参加欢迎会，由郭书记主持："下面，让我们用热烈的掌声欢迎唐天石同志来青山镇，担任党委副书记！"众人鼓掌，派出所李所长也在场。唐天石起立，向大家点头致敬。郭书记说："十八大以来，党中央把扶贫工作列为重中之重，全党动员，是国家重任。作为镇党委书记，我是第一负责人，责无旁贷，关于扶贫的任何事都可以直接找我。按新研究的党委分工，镇党委副书记唐天石同志负责抓扶贫脱贫工作的具体落实，他是从市扶贫办下来的，这方面工作很有经验。下面就请天石书记讲几句！"郭书记把麦克风推向唐天石。

唐天石说："同志们好，被调到青山镇当这个副书记我很意外，说实话，心里也不愿意来。市委书记亲自给我做了工作，最能说服我的是，省里的扶贫工作暗访组，给咱们青山镇打了个'不合格'。"听到这儿，郭书记有些尴尬。唐天石接着说："我在扶贫办工作三年，青山镇不合格，我也有责任，光在办公室里纸上谈兵看来是不行啊。到了青山镇这段时间，我分别了解了十一个村的概况，我觉得之所以被省里打了'不合格'，主要是因为个别村拖了后腿，其中最重要的两个村，一个是那家沟村，一个是上河峪村……"

话音未落，上河峪村支部书记卢振兴"腾"地站了起来，虎目圆睁。郭书记说："哎，振兴，你干啥？"卢振兴说："说我们上河峪村拖了后腿，唐书记，你有啥凭证？"唐天石说："哦，你就是上河峪村村支书卢振兴同志吧？正想跟你商量，市扶贫办打算组织一次'贫困户建档立卡精准识别'，我来之前，市扶贫办王主任就跟我商量了，想让我在青山镇找两个试点，你们上河峪算一个，有意见没有？"卢振兴说："识别啥呀，我们上河峪村的贫困户弄得非常精准，再说省里暗访组根本没到过我们村！"唐天石笑了一下说："既然是暗访组，你咋知道人家来没来过呢？"这话一出，听得卢振兴愣住了。唐天石说："再说，如果真的没有问题，可以作为正面典型，供其他村学习嘛，要是有问题，及时改正也为时不晚，等着省里通报批评可就不好了。"卢振兴话说不上来了："我……"

郭书记瞪起眼睛，手一挥。卢振兴坐回了椅子上。唐天石仿佛没看出来卢振兴有情绪，继续说："既然振兴同志没意见，那就这么定了，下午我就去你们村落实具体情况。"卢振兴盯着唐天石，目光中充满了不屑。

唐天石继续说道："那家沟村村支书那文斌同志来没来？"秘书说："没有，他请假了。"唐天石说："那村主任安满仓同志呢？"秘书说："也没来。""请假了吗？"秘书说："今儿这个会就要求到村支书这层，村主任自愿参加，所以没请假……"唐天石点了点头说："那……整个村里一个人没来？""来了！"一个干瘦的年轻人站了起来说："我是那家沟村的文书那栋梁，我替支书来的，领导有啥精神我回去传达！"唐天石说："告诉那书记和安主任，我明天到那家沟驻村，先住十天吧，帮我安排一下。""哎……"那栋梁面露难色，答应得很牵强。

会后，郭书记和唐天石聊天说："老唐，上河峪的卢振兴可是个好同志……"唐天石说："我知道，他是烈士的后代。"郭书记点了点头说："振兴他爸是对越自卫反击战时牺牲的，没过几年他妈也病死了，他在上河峪吃百家饭长大，十八岁当了兵，因为文化差点儿，没能提干，转成志愿兵又干了十二年，已经符合了国家分配工作的标准，可人家自愿放弃了，就要回上河峪。去年村里改选，高票当选村主任，今年年初，镇党委又任命他当了村支书，他可是难得的基层干部，真正地做到了以村为家啊！"

唐天石说："所以我说上河峪村拖了后腿，他不高兴。"郭书记说："能高兴吗？他把集体荣誉看得比生命都重要！"唐天石点了点头说："你放心吧，我心里有数，今天一打照面，我就非常欣赏这位知耻而后勇的同志。"唐天石笑了笑。郭书记说："是吗？没看出来，我还以为你拿上河峪当试点，是要收拾他呢。对了，省里的暗访都到了咱们镇哪个村啊？具体看出了哪些问题？"唐天石说："老郭呀，这个按组织要求可得保密，我是从市里下来的呀。"郭书记说："噢，对对，不过有问题，也是让赵凤仪这种没事就上访的人闹的！""这人挺能闹吗？""嗯，说实话，她们家确实有实际困难，可是评定贫困户国家有标准，我们不能违反政策啊！唐副书记，这事儿你可担了，两个星期解决，看你本事喽。"

郭书记多少有点儿将军之意。唐天石也还只是一笑。

卢振兴到上河峪村老支书邢铁山家，狼吞虎咽地吃完一碗面条，汤都没剩，将空碗往桌上一放说："我走了！"邢铁山说："什么就走了？再来一碗！"邢大娘说："来，我给你盛上！"卢振兴说："不用了大娘，吃不下了，让那个姓唐的把我气饱了！"邢铁山说："振兴啊，他可是新来的副书记，你可不能跟人家顶着干，对你、对村里都没好处。"卢振兴说："我就是不服气，凭啥说我们拖了全镇扶贫的后腿？无论什么工作，上河峪都是先进！从您当支书的时候到现在，一直都是！"

邢铁山认同地点了点头说："那倒是，可你跟他生气，也不耽误再吃碗面条啊。"卢振兴说："真不吃了，我赶紧去给二奶奶把水挑了，唐天石下午就要来，我还得准备准备，看看怎么对付他。"

位于山坡上的上河峪村，房子都是石头做的，古朴而富有魅力。卢振兴从屋里出来，挑起院里的扁担，拎起两个空水桶，走上了下山的路。他向高处仰视便能看到巍峨的万里长城。

两名十七八岁的半大小子带着唐天石从山坡上下来。半大小子甲指着卢振兴说："哎，叔叔，那个……就是那个！"唐天石立刻伸手在嘴前"嘘"了一声，制止说："我认识你们的村支书卢振兴同志。"

半大小子甲说："你不是镇里来的吗，怎么不让支书接待？"唐天石说："不用……不过他大中午的，挑着扁担干啥呢？"半大小子乙说："给大家挑水呗。"唐天石说："哦……"唐天石思考了片刻，岔开话题说，"不用说，他去的那个院子，就是邢铁山家？"半大小子说："对。"唐天石蹲下说："好嘞，叔叔刚才交给你们的任务，十天能不能完成？"半大小子说："保证完成！"唐天石笑了："好！今儿星期一，下星期四咱们长城垛口见，叔叔相信你们一定能完成任务，咱们奖励先给！"说着，唐天石从双肩背包里掏出两支碳素笔，分别送给了两个孩子，孩子高兴地跑了。

唐天石向邢铁山家走去。老伴儿正在收拾碗筷，邢铁山听到敲门声说："谁啊？"唐天石的声音："老班长在家吗？"邢大娘一愣，开开门说："啥？谁是老班长？走错门了吧？"邢铁山有些兴奋地说："别瞎说，部队上来人了。"见邢铁山走出门，唐天石微笑着一个立正，敬标准的军礼，邢铁山还礼。

唐天石说："您是邢铁山同志？我叫唐天石，刚到青山镇工作，特意前来看望老班长！"邢铁山笑了说："老班长这称呼听起来真亲切，有些年头没人这么叫了……"邢铁山突然想到什么，"等会儿，你就是新来的副书记？咋到我这来了？振兴在村委会等着你呢！"唐天石说："我跟他约的是下午，还不到时间，先来跟您老唠唠。"邢铁山说："吃了吗？"唐天石说："还真没吃。"邢铁山本来是客气客气，这一下弄得没辙了，只好说："那……进屋吧。"

话分两头说，卢振兴掏出手机看时间，对文书小周说："差不多了，走吧，咱们去村口迎接唐副书记，谁让人家是官儿呢。"卢振兴和小周顺着小道迎了出去，从情绪上看，卢振兴很有意见。

唐天石吃着邢铁山家面条。邢铁山直嘬牙花子说："你看，这也没给你炒俩鸡蛋！"唐天石咬断嘴里的面条连忙说："千万别！您要是炒鸡蛋，我就得付伙食费了！"邢铁山尴尬地笑了笑说："唐书记来我家，有啥事啊？"唐天石说："主要是看望。"说着，唐天石继续吃着面条，弄得邢铁山反倒有点儿坐立不安。

邢铁山说："那还是有事啊……我听振兴说，上河峪拖了扶贫的后腿？"唐天石说："上午才开的会，振兴同志就来跟您汇报了？看来到上河峪先来您家，我是找对门儿了！"邢铁山说："嘿，振兴他一个人，在我们家搭伙吃饭，就顺便唠了两句。"唐天石说："您是老支书，他有什么事就该来找您商量……我呢，会上点了上河峪的名，卢振兴对我有意见吧？"邢铁山说："没有！"唐天石说："您没说实话，在镇里边开会的时候，他就站起来了，双拳紧握，一副准备战斗的样子，咋会没意见？"邢铁山说："既然你看出来了，那就不藏着掖着了，别说振兴，我都有意见！""那您说说看……""从合作化到人民公社，再到改革开放，我们上河峪从来都是扛大旗的，到现在，怎么就拖后腿了？"

唐天石仿佛猜到了邢铁山会这么问，不紧不慢地说："老班长，您家去年收入多少？"邢铁山一下被问住了说："啊？这个……"唐天石说："我帮您算算？"邢铁山说："算吧，我家的事你还能算明白？"唐天石说："有不对的呢，您再纠正我……首先是地，您有两亩二分地，按种植玉米算，就算国家给的补贴把种子、化肥、农药全都摊平了，您一点儿成本都没有，最多收入1800块，进院的时候我看养着鸡呢，十只以内按规定不计收入；有头牛，那算生产工具，也不计收入，另外没养羊没喂猪吧？"邢铁山说："没有。"唐天石说："山上有果树吧？有几种，多少棵？"邢铁山说："栗子树六棵，山楂树七棵。"唐天石说："去年行情不好，栗子树按一棵树平均收入按 410 块算，2460 块；山楂树七棵，统共算 500 块，没别的了吧？"邢铁山答道："没了。"唐天石说："1800 加 2460 再加 500，您家的实际收入为 4760 元，老两口，人均纯收入 2380，您认账吧？"邢铁山默认。

唐天石说："国家每年都在调整贫困线标准，已经从 2014 年的人均 2800 元提高为今年的 3146 元，您的收入差距还挺大呀，为什么没有评上贫困户呢？"邢铁山说："我儿子孝顺！两个儿子在外打工，月月往家寄钱！"唐天石笑了说："您俩孙子都在镇里上学，一个初中一年级，一个小学六年级，儿子寄回来的钱，恐怕得供孩子上学吧？"邢铁山说："上学不花钱！"唐天石说："那吃、喝、买衣服也不花钱？"邢铁山有点儿急了，嗓门大了起来："我们家的事儿你管得着吗？！"唐天石说："按说您的家事我确实管不着，可要是收入没达标，又不是贫困户，我就得管了，这叫假脱贫。老班长，咱都是当过兵的，部队里最讲究的就是实事求是。"邢铁山说："我是 1968 年的兵，退伍以后当了三十年的支书，难道不懂实事求是？！去年评贫困户的时候，我跟老伴儿掰着手指头算的，人均收入过了线儿，绝没弄虚作假！"唐天石说："您老别激动……不贫困是好事，可收入总得明确进项，得能说清楚。"

邢大娘插话道："那不是振兴转业回来硬塞给老头子 2000 块钱嘛，说报答当年的养育之恩，他把这个钱算上了……"唐天石说："哦……馈赠，也是收入！老班长，算我错了，不该怀疑您！那今年呢，卢振兴还能再给您家 2000 块吗？"邢铁山夫妇面面相觑。

卢振兴站在村口往路上张望着，没等到唐天石，他有些意外。小周已经累了，蹲在地上。一大嫂路过说："支书，你这带着文书迎接谁呢？"卢振兴没好气道："镇委副书记，说下午来，这都啥钟点了还没见人影？八成想让上河峪管饭。"大嫂说："副书记？是姓唐吧？早就来了！走访好几户了！这会儿在五婶子家院里呢！"卢振兴说："啥？"卢振兴撒腿就往山上跑，小周连忙跟上。

　　唐天石正在跟三四个妇女聊天，妇女们七嘴八舌。一位大娘说："你别看我们村守着水库，可我住得高，没人挑，水可到不了家缸里。我们家你大爷岁数大了，挑不动了，前几年吃水真困难，自从振兴回来，挑水的事他全包了！"又一个大嫂说："我两个儿子都不在家，那口子腰又不好，过去吃水全靠我半桶半桶往山上拎，现在每天早上只要推开门，两桶水准满满地摆在院里，振兴兄弟这兵可没白当，活雷锋啊！"另一个大嫂说："我们家的活儿振兴兄弟也没少帮着干，就盼着他娶媳妇，我好好给他绣两床被面儿！"说着拍了拍身边老旧的绣工架子。
　　唐天石把双肩背包放在腿上，做着记录。
　　卢振兴跑来，有些生气地说："哎，唐副书记——你这是……"唐天石看向卢振兴，笑了笑说："振兴啊，坐下一起聊！"卢振兴哪有心思坐，说："你说你下午来，我在村委会可干等你好几个钟头了！"唐天石慢条斯理地说："我说下午来上河峪，没说到村委会开会啊，你在那等我干啥？"卢振兴说："你……""你过来听听，大伙儿都表扬你呢，最关心你的终身大事……"卢振兴急了，大着嗓门说："行，你行！我哪有工夫跟你们扯老婆舌头！"所有人都愣了。卢振兴指着唐天石说："唐副书记，我在村委会等着你，我要跟你汇报工作！"卢振兴话虽这么说，但语气却像是要跟唐天石打架，说罢，他转身就走。唐天石起身，仍然满脸堆着笑说："那行，咱们回头再聊啊……"大娘说："镇里面有合适的，可别忘了给振兴张罗一个！"唐天石说："放心放心，这事包在我身上啦！"

上河峪村妇女主任跑来说："铁山叔！铁山叔！"邢铁山从屋里走出说："啥事？大呼小叫的。""你快去看看吧，振兴和新来的唐副书记在村委会吵起来了，还不让我们进去，那架势是要动手啊！"邢铁山说："动手？不能吧，那是上级领导，振兴咋能这没觉悟？"说着，邢铁山急匆匆地出了门。

邢铁山和妇女主任匆匆赶来，见村委会门外聚集着一群老人、妇女、孩子。邢铁山说："让开让开！有啥看的？什么点儿了，都回家做饭去！"众人一见邢铁山，不自觉地往后退着。

邢铁山一把推开了门。见唐天石和卢振兴僵在那里，瞪眼睛较着劲儿。邢铁山连忙打圆场说："哎，唐副书记……"唐天石突然出声，一反之前的温文尔雅说："老支书来得正好，妇女主任、文书小周也在，都进来！"

跟在邢铁山身后探头的妇女主任和文书小周被点了名，有些惶恐。唐天石说："上河峪村已经被定为'贫困户建档立卡精准识别'的试点村，人均年收入3146元以下的属于贫困户，这是国家标准，你们一定要严格自查，脱贫攻坚是政治任务，意义重大，含糊不得！要想搞好这项工作，首先得知道到底有多少贫困户！我们不能弄虚作假骗取国家的低保名额，也不能虚报收入，搞假脱贫！我知道上河峪村光荣的历史，我想说的是，贫困并不可耻，但是为了要面子、讲虚荣、争先进而损害老百姓的利益才是可耻的！"

卢振兴被气得两眼冒火，说："你说谁损害老百姓的利益？！"邢铁山也有点儿急，说："唐副书记，你这话说得可有点儿过分！振兴当支部书记以来一心为了上河峪村，他把老百姓都当自己的亲人！"唐天石毫不给邢铁山面子，说："我并没有点名批评卢振兴同志个人，在贫困户的识别上，上河峪村有没有问题，十天后，我等你们的调查结果！"说完，唐天石将笔记本塞进了双肩背包，背起包就往外走。

卢振兴一声断喝："站住！"唐天石说："怎么？振兴同志，你还有事？"卢振兴双拳紧握，完全是一副想要动手的样子，顿了顿，他压下怒火说："唐副书记，你新官上任，头一回来我们上河峪村，我留你吃饭。"唐天石说："不必了，明天我要去那家沟驻村，得回镇里准备材料。"说完，继续往外走。

唐天石刚出门，卢振兴一拳砸在了桌子上，桌上的杯子"咣当"乱响。邢铁山示意妇女主任和文书说："你们还不送送！"妇女主任和文书立刻追了出去。

邢铁山关上了门，卢振兴咬牙切齿地说："上午开会您是没听见，说什么不愿意来当这个副书记，是市委书记动员他才来的，我呸！就这副德行，市委书记会搭理他？！因为我顶撞他两句，就给我扣帽子，给咱们上河峪穿小鞋？我要不当这个支书，非揍他不可！"邢铁山安慰说："你就别说气话了。依我看，这个唐天石，你斗不过他……"卢振兴说："铁山叔，你怎么长他人志气，灭自己威风？"邢铁山笑了，说："人家是镇党委副书记，你的领导……他刚才那番话说得也不无道理，振兴啊，唐书记也是当过兵的。"卢振兴说："就他？当过兵？"卢振兴咧了咧嘴，有些意外。

邢铁山说："他说的那个什么'精准识别'，你还是认真点儿，千万别被挑出毛病。"卢振兴听了很不服气。

回到镇办公室，唐天石整理着材料，不时地在电脑上找着资料对比着。这时的上河峪村村委会也在亮着灯，文书小周、妇女主任兼会计和卢振兴一起加班。卢振兴一户一户地核对收入，怒气难消，眉头紧锁。

地理方位与上河峪村截然不同，那家沟村坐落在山坳里。背着双肩背包的唐天石走在村子里，挨家挨户地张望着。村里贫富差距明显，有的人家房子盖得很漂亮，有的人家房子较为破旧。唐天石拿起手机拍着照片。

赵凤仪胡乱地给二闺女梳着头对付几下，说："行了行了，快走吧！别再迟到了！"大闺女伸出手说："中午饭钱。"赵凤仪抄起饭盒装了两个凉馒头说："带饭！"大闺女很委屈地说："又带干粮，没菜，让同学笑话……"赵凤仪说："怕笑话就别上学！咱家穷你不知道吗？"大闺女要哭，赵凤仪说："把眼泪给我憋回去！"大闺女无奈，接过饭盒出门，二闺女连忙跟上。赵凤仪没好气地又接着给自己梳头。大闺女的声音突然从门外传来："妈，你快来！"赵凤仪一愣，说："咋了？！"抄起笤帚疙瘩冲了出去。

院子里，两个女孩正怯生生地看着唐天石。唐天石见赵凤仪气势汹汹地冲了出来，问道："哎，你这是干啥？"赵凤仪见是唐天石，看向大闺女说："这死丫头，大早上吵吵的，我以为来贼了呢……"唐天石说："不好意思啊，您家院里没锁门，我就进来了。"

大闺女说："妈，你认识他？他谁啊？"赵凤仪说："镇里的大官儿，帮咱家解决贫困户来了，快上学去，别瞎打听！"

待两个闺女走了，赵凤仪看向唐天石说："还真来了，说话倒是算数……来吧，看看我家够不够穷？"说着，赵凤仪就把唐天石往屋里引。唐天石说："哎，不用进屋了，话说回来，这要想致富啊，首先得勤快，早上六点钟我就看见村里有下地的了，六点半就有人放羊……你们家也有羊……"赵凤仪说："我爹管放羊，他身体不好，早上起不来。"唐天石说："你爹赵良身体确实不好，放羊的时候也不尽心，羊经常啃别人家的果树，有时候还祸害庄稼，所以民主评议的时候没人愿意给你们家投票，对吧？"赵凤仪说："羊跑得快，我爹追不上，怪不得他！"唐天石说："你爹说话也比较这个……幽默。"赵凤仪说："我爹嘴是不好，没少得罪人，你就直说得了呗，还幽默……哎，你来是替我做主的吧？咋挑上我们家毛病了？"唐天石笑了笑说："不扯别的，什么时候回趟婆家，把证明开了？"赵凤仪说："我不回去！"
唐天石说："跟婆婆闹意见了？"一句话，让赵凤仪的泪水夺眶而出。
唐天石立刻明白其中有隐情，露出同情的目光。

那家沟村支书那文斌，在文书那栋梁的引领下满脸堆笑地快步走
过来。五十来岁了，还是个壮汉子。那文斌快步来到村口，说："哎呀！
唐副书记，您咋这么早就来了呢？吃早饭了没？走吧，家去！"唐天
石看着来人说："不用，我带了，刚吃完。"说着，唐天石指了指放
在一旁的军用饭盒，又拿起泡着枸杞的保温杯喝了一口。那文斌说："这
您不是见外了吗，来了那家沟咋还自己带干粮呢？要是传出去我这老
脸往哪搁啊？走走走，家去家去，让我媳妇给您烙饼！"唐天石说："真
不用了……"唐天石把饭盒和保温杯都装进背包，直奔主题，"文斌大哥，
那家沟村上报了二十七户贫困户，要不这么着，您带着我挨家走走？"
那文斌一愣说："这就要开始走访啊？您这工作作风真是值得我们学
习，可……""有什么不便吗？""是这样，我这两天手头有点儿事，
这不都在抓脱贫嘛，有个项目想落到我们村，这事说得有点儿眉目了，
今天还得赶到市里跟老板接着谈……"唐天石点了点头说："嗯，这
是大事，可不能耽误！"那文斌说："其实，我们村定贫困户这个工
作做得非常严谨，那都是按步骤来的，应该没啥问题。"唐天石笑了说：
"你要是忙就让安主任陪我。"那文斌说："满仓大哥媳妇病了，在
市医院住院呢。"唐天石说："嗯……那栋梁对吧？"唐天石指了指
那栋梁。那栋梁连忙立正说："对！"唐天石说："要不让栋梁陪着我？"
那文斌微微一愣。

唐天石察言观色，说："其实没人陪，我自己走访也没问题。"
那文斌连忙换脸说："这叫什么话！"那文斌看向那栋梁说："那栋梁，
你可给我陪好唐副书记，挨家挨户地了解情况，唐副书记不满意，我
就撤了你这个文书！"那栋梁吓得瘦弱的身体挺得更直了，虽不情愿，

也只好当了这"陪同"。

那家沟一对老夫妻正送唐天石出来。那栋梁有些不耐烦地说："行了行了，甭送了。"从那栋梁的反应可以看出老夫妻说了些不该说的话，让他很为难。再看这唐天石，却心满意足，待老夫妻回屋，他转过头说："栋梁啊，你这工作态度咋有点儿急躁呢？"那栋梁说："这老两口……不是，唐书记，村里可没亏待过他们！"唐天石说："人家不一直感谢村委会嘛，没说有人亏待他们啊。"那栋梁说："可是他们扯那么多没用的干吗？"唐天石说："如实反映情况，怎么能叫扯没用的呢？"那栋梁被噎住了，见唐天石仍一脸微笑，他有些不安。

这时，三五成群的人急匆匆地跑过。唐天石说："咋回事？"那栋梁招呼住一个人说："老七，出啥事了？"一个中年人回身说："张金柱他们家，要闹出人命了！"唐天石一惊，军人的直觉让他立刻警惕起来，"走，快走！"

几十号村民围在张金柱家门外看热闹。壮小伙林志强是个外乡人，手里拿着一把大斧子，虎目圆瞪着掐腰守在自家门口的张金柱。

林志强说："金柱大叔，你给我让开，要不然我手里的斧子可……"四十七八岁的张金柱把脖子一梗，指着颈部说："来来来，照这砍！我借你八个胆儿，你敢吗？！"金柱媳妇是个胆小怕事的女人，上前拉住张金柱，怕他激怒林志强。林志强握斧子的手在颤抖，他确实不敢。张金柱粗暴地甩开媳妇说："滚一边去！都是你把丫头惯的！想偷户口本跟野汉子私奔？我白养她二十多年了！今天除非这小子砍下我的脑袋，不然甭想带巧花走！"

唐天石赶到，并没有靠前，而是三步并作两步地蹿到高处，借助地形向院里张望。那栋梁说："哎，唐书记……"站在高处的唐天石示意那栋梁别声张。

那栋梁坏笑着，小声嘟囔说："原来是个纸糊的官儿，怕事……"那栋梁笑着，挺直腰杆，推开人群，走进院子说："咋回事啊？"一见那栋梁进来，张金柱更来了劲儿，说："那文书，你来得正好！"张金柱点指着林志强说："林志强你给我看好了，村干部来了，我们那家沟容不得你撒野！"那栋梁打量着林志强说："你谁啊？光天化日之下敢来行凶？"林志强大吼一声说："我没行凶！"

随着林志强回身，那栋梁看清了锃亮的斧子，他纵身一跃，靠在门上尖叫着："快给派出所打电话，叫警察！"有人悄声说："早打过了。"那栋梁不敢看林志强，对张金柱说："金柱叔，咋回事？"张金柱说："这小子要拐我大闺女，被我发现了，就要行凶！"

林志强吼着说："不是这么回事！我和张巧花在城里打工认识的，自由恋爱，好了一年半了！我们想结婚，就先带巧花回了我们家，我娘听说你们这有规矩，嫁闺女要彩礼，卖了三头牛给我凑了三万八千块钱！可是他……漫天要价！我们家也不富裕，爹死得早，娘又有病，真的再也拿不出钱了！我就跟巧花商量，先结婚，然后回城里打工，攒了钱慢慢补彩礼，可他不干，就把巧花捆起来锁在屋里了！"说着，林志强攥了攥斧子说，"我……我这是要救巧花出来！"

唐天石向张金柱身后望去，果然家门上了大锁。那栋梁看着张金柱说："三万八可不少了，金柱叔，你要多少彩礼呀？"张金柱说："六万六！吉利数！怎么着？"一片议论声响起："哟，这么多？""哪有这价啊？张金柱是仗着闺女长得漂亮，乱要彩礼啊！"

张金柱一声断喝："嘟嘟什么？！用得着你们嚼舌头？我自己的闺女我说了算！我早想好了，老大六万六，老二七万七，老三八万八！物价都涨，我嫁闺女的彩礼也得涨！这有什么不对？！"说完，看向缩在院子角落里的二闺女和三闺女。林志强眼睛通红，说："你们听见了没有？他不是嫁闺女，是卖闺女！巧花跟我实心实意，本来说一分彩礼钱都不要的！可是我怕她为难……"眼泪瞬间流了下来。

位于高处的唐天石听得一清二楚，心里全明白了。

林志强说："不行，今天我非得带巧花走，不然她这狠心的爹准把她卖了不可！再说一遍，你给我让开！"张金柱说："我也再说一遍，不让！除非你砍我脑袋！"他不但不后退，还往前凑了一步。林志强一把将张金柱推在一旁，冲向大门，抢起斧子就要劈。唐天石慢条斯理地喊道："慢着！"林志强闻声回身。

唐天石正了正双肩背包，从高处跳下，走向林志强。唐天石说："你叫林志强是吧？做事别冲动，你这一斧子下去可就触犯法律了，本来有理的事都没处讲理了。"林志强说："你是谁？"唐天石说："按辈分你得叫我一声叔……这着，给叔个面子，把斧子放下，先回去，我跟张金柱好好唠唠，如果你说的属实，我帮你解决问题。"林志强还是很激动，说："我信不过你！自从他给巧花明码标价，镇上杀猪的郑老三都去银行取钱了！"一中年妇女说："郑老三？刚死了媳妇那个？他多大岁数了？张金柱，你有点儿缺德吧？"张金柱说："你才缺德呢！当年我超生罚款就是你举报的！"中年妇女说："那是多少年前的事，你说……亲闺女你也卖啊？！"张金柱说："我是为了脱贫！我是贫困户，二十年的贫困户！收到这份彩礼钱我直接就脱贫！三个闺女的彩礼钱都收完，我这辈子就不穷了！"唐天石说："闹了半天你这是为国家着想？"张金柱听出唐天石话中的讽刺，说："管得着吗？你谁啊？"那栋梁刚想说话，被唐天石制止说："张金柱，你把门打开，我要问问你闺女张巧花的态度。"张金柱说："凭什么？！我不认识你，少管我们家闲事，滚出去！"林志强说："跟这种人没必要废话，今天我必须把巧花救走，不能让她嫁给郑老三！"说完，林志强又抢起斧子向门劈去。

唐天石没别的办法，只能抢先一步抓住斧子把。林志强没想到看上去文弱的唐天石有这么大力气，横斧向唐天石扫来。唐天石以空手夺白刃的军事动作瞬间夺下林志强的斧子，顺势将斧子扔在一边。周围的老百姓一阵惊呼。

林志强红了眼，攥紧双拳向唐天石砸来。唐天石避过锋芒，轻松地将林志强摔在地上。张金柱高兴了，拍腿叫好。这下林志强气坏了，一跃而起，又一次扑向唐天石。唐天石一个过肩摔将林志强摔了出去。

这回看热闹的老百姓齐声叫好，为的是唐天石精湛的格斗技术。

警车开至，三名警察跑进院来。张金柱连忙上前说："警察同志，抓他，抓他！他行凶！"警察上前拎起林志强，掏出手铐就要铐。

唐天石突然出声说："不用铐！小伙子并未行凶。"警察发现唐天石，惊讶地说："呀！唐副书记？"那栋梁说："都冲您抢斧子了，还不算行凶？还得再见着骨头？"

唐天石说："林志强抢斧子是想劈门，没有伤人动机。李所长，带回去以批评教育为主。"

李所长应声，又去拉林志强说："走！"

唐天石说："不急着走，还有件事需要派出所配合……张金柱，请你把门打开！"

张金柱说："啊？"那栋梁说："唐副书记叫你把门打开！"张金柱说："他是书记啊，再大的官儿也不能私闯民宅啊。"唐天石低沉而有力地说："我命令你把门打开！"张金柱耍着无赖说："我没钥匙。"唐天石看向张金柱媳妇，他媳妇连忙低头。唐天石又看向张金柱的两个闺女。三闺女仗着胆子说："在我爹腰里！"唐天石上前伸手说："给我。"张金柱说："不给。"唐天石强压怒火说："李所长，张金柱涉嫌非法拘禁，请派出所配合营救！"张金柱傻了，说："啊？我自己闺女！什么非法拘禁？"李所长上前一把抓住张金柱的胳膊，一个调腕，在腰间拿出钥匙。门被打开，唐天石和李所长冲进屋里。

张巧花被绑在椅子上，嘴也被勒着，泪流满面。

李所长和唐天石对视了一下，一个箭步冲到院里，"张金柱，把手伸出来！"张金柱说："干啥？"张金柱说着，双手还是不自觉地抬了起来。

李所长一抖手铐。

张金柱傻了，说："啊？"金柱媳妇一声哭号，说："孩儿她爹！"险些瘫倒。唐天石走了出来，对两个闺女说："你们两个，进去给姐姐松绑。"两个女孩跑进屋去。

林志强看向唐天石，一脸的感激。

手铐铐在了张金柱的手腕上，李所长一拉，张金柱却突然扭过身来，双手指向唐天石叫骂："姓唐的！你等着！我张金柱跟你拼命！"

唐天石只淡然一笑，"乡亲们，别当热闹看，这是一节普法课呀！"

第 二 章

手铐铐在了张金柱的手腕上。面对唐天石的淡定，张金柱嘴上狠，却已被吓得抖如筛糠。李所长气得差点儿笑出来。

林志强看唐天石板着脸，眼见着张金柱就要被带出自家大院，林志强突然拦在门口下跪说："警察同志，你们不能把金柱叔带走！"

李所长说："怎么？刚才要跟他拼命，现在又给他求情？你自己的问题还没说清楚呢，轮不到你求情！"

林志强快步来到唐天石面前说："唐副书记，巧花被绑起来，不能全怪金柱叔，我们当小辈儿的也不对，成心气他来着！"

头发凌乱、气喘吁吁的巧花从屋里冲出，她第一个冲向张金柱说："爹！"一见张金柱手上戴着手铐，巧花傻了眼。

巧花"扑通"地跪在了地上，说："警察同志，求求你们了，别把我爹带走，我爹一下都没打我！"李所长说："哎，你起来！"唐天石说："用绳子绑了，还勒上了嘴，就算一下没打也是非法拘禁，起码是虐待妇女。"

巧花看向唐天石，立刻明白这个官儿大。

张金柱咬了咬牙说："别假装孝顺了！孝敬能胳膊肘往外拐，跟这兔崽子一起算计你爹？滚一边去！"一个中年妇女说："张金柱，这就是你的不对了，巧花受了委屈不跟你计较，还替你求情，你怎么还骂闺女？"张金柱刚想还嘴，另一个妇女说："就是就是，巧花说一下没打我都不信！你就想生儿子，嫌弃三个闺女，没少动手！""对！我就见过你打闺女！"

唐天石不无调侃地说："看来群众的眼睛永远是雪亮的呀。"张金柱瞪向唐天石说："姓唐的，今天我就算是栽在你手里了。"巧花冲到唐天石面前说："您是领导，求求您了，跟警察说说情，别让他们抓走我爹！"唐天石很严肃地说："那要看他自己的表现，恋爱自由父母无权干涉，索要彩礼本来就是陈规陋习，居然还限制人身自由，险些制造出恶性事件。你爹不肯承认错误，还扬言报复我，谁会给他说情？"

巧花一听有门儿，说："爹，你快求求领导吧！"金柱媳妇说："她爹，你快说句软话吧，好汉不吃眼前亏啊！"张金柱嘟囔着说："求他有用吗……"说着眼神瞟向李所长。

李所长说："这可是镇里新来的副书记，也分管政法工作。"巧花说："唐书记，您大人不记小人过，我爹没啥文化，脑子不好使。对了，他血压还高，去年差点儿中风！他现在正糊涂着呢，自己干了什么都不知道！"

唐天石说："真是好闺女，我闺女长大了要是像你这么懂事，我就欣慰了。"张金柱也软了下来说："巧花说得对，我糊涂……李所长，你放了我吧。"李所长说："张金柱，你刚才说要跟唐书记拼命可不像糊涂……"张金柱说："我……"李所长说："你的问题怎么处理，我得听书记的。"张金柱看向唐天石。

唐天石不看张金柱，转向那栋梁说："栋梁啊，张金柱家是贫困户，是咱们的走访对象，你带我进屋参观参观。"说着，唐天石就往屋里走。张金柱觉得有门，脸上露出喜色。

金柱媳妇忙不迭地倒了三杯热水，唐天石、李所长和那栋梁坐在屋里。张金柱还戴着手铐，倚着门。李所长说："张金柱，知道唐副书记为啥进屋不？领导是看出来了你死要面子，不想让村里人笑话你，还不赶紧认错？"张金柱立刻服软说："我错了，我不该绑闺女。"唐天石说："要六万六的彩礼，还打着脱贫的旗号，这个不算错？"张金柱说："闺女嫁人，要点儿彩礼，算啥错啊？"金柱媳妇拽了拽张金柱的胳膊说："你还嘴硬……"张金柱恶狠狠地瞪了一眼媳妇，金柱媳妇立刻蔫了。

唐天石说："李所长你看见没，一家之主，威风！我看还是把手铐给摘了吧，不然影响人家形象，是吧？"李所长起身打开手铐。张金柱说："谢谢李所长！谢谢李所长！"

李所长用眼色示意他得谢唐天石。张金柱不情愿地说："谢谢啊，唐副书记……"唐天石说："张金柱啊，你这法律意识真是淡薄，告诉你，今天的事可大可小，关键取决于你女儿张巧花的态度。她要是告你非法拘禁，你真得坐牢。"张金柱嬉皮笑脸地说："我闺女孝顺，不会告我……"唐天石说："闺女孝顺你干吗为难她？"张金柱说："我也不能白把她养这么大呀！"

话说着，张巧花冲进屋来说："爹，我不会让您白养活！结婚以后我跟以前一样，按月把钱都寄家里来，让您凑够六万六还不行吗？"张巧花又要哭。张金柱说："哪有你说话的份儿，出去！"

唐天石说："等会儿！巧花，你每月都往家寄钱？"张巧花说："我外出打工两年半了，除了留点儿生活费，剩下的钱每月都寄回家。"唐天石说："你一个月挣多少？"张巧花说："一千八。"唐天石说："生活费留多少？"张巧花说："三百。"唐天石说："一个月往家寄一千五？"张巧花说："对呀，我爹说以前寄的那些不算彩礼，要不加上林志强带来的早超六万六了！"

听到这儿，唐天石脸色微微一变，又笑着看向李所长说："老李，要不你们先回吧，警车老停在村里也不大好……"

李所长看出唐天石的心思说："那我先走……张金柱！你好好写检讨，明天送到镇派出所！"张金柱说："是是是，我送送您……"唐天石说："你不用送。大嫂、巧花，你们送送李所长。"娘儿俩面面相觑，送李所长出了门。

屋里就剩下张金柱、唐天石和那栋梁三个人，气氛很凝重。那栋梁找话说："唐副书记你看……"

唐天石"啪"地一蹾茶杯说："张金柱！"张金柱吓了一跳说："我知道错了，以后不再打闺女了……"唐天石慢条斯理地说："张巧花每月往家寄钱，仅此一项，一年收入一万八千块。老张啊，那你们家的贫困户怎么评上的？"张金柱傻了说："啊？"张金柱没想到唐天石一下转到了这个问题上，他看向那栋梁。那栋梁也傻眼了。

唐天石说："你看那栋梁干什么？他帮你弄虚作假了？"那栋梁直咧嘴。张金柱有点儿没反应过来说："不是，您怎么转到这上面来了？"唐天石很严肃地说："回答我的问题，要不然我把李所长叫回来，非法拘禁这事，往大了说得判刑。"张金柱说："别别别，我没向村里报这项收入。"唐天石说："你女儿在外面打工往家寄钱，村里不知道？"张金柱说："这……"唐天石说："你们一家五口在一个户口本上，任何一位成员的收入都算家庭收入，村里没普及吗？还是你故意欺瞒，骗取补贴？"张金柱说："没有！骗也不管事啊，补贴争得那么厉害，狼多肉少的，得求人！"唐天石说："你求了谁？"张金柱说："那支书……"唐天石说："怎么求的？"此时的那栋梁已是满头大汗。

再说在县城酒批发门市部里，那文斌正在跟人算账，按着计算器，把计算器屏幕转向客人说："老规矩，九五折啊……哎，你看好！"

对方说："谢谢那老板。"正说着，那文斌的手机响了，他拿出手机，见是那栋梁发的微信。那文斌点开聊天界面，那栋梁发来的是三个字：出事了。

那文斌有点儿慌，他身后的店员正在给客人往车上搬白酒。他想了想，拨通电话，"什么事？那栋梁你快说！""张金柱满嘴胡呲，他居然说评贫困户给您送了一千块钱，这事我都不信！"

那文斌还是有点儿城府的，他并没有急，而是笑着说："嗯，行，我知道了，没什么大惊小怪的。挂了啊，别让人家说你通风报信。"那文斌挂断电话，琢磨着。

那栋梁关了手机，回过身来发现唐天石正微笑地看着自己，有点儿心虚。

那栋梁走向唐天石，说："我老婆找我……"唐天石点了点头说："那文斌没说啥时候回来？"那栋梁说："我没给支书打电话，是我老婆。"唐天石说："那你现在给他打个电话，问他招商引资进行得顺不顺利，晚上能回来不？"那栋梁说："哎……"那栋梁脸色难看地走向一旁。

在县城的那文斌接起电话说："怎么又来电话？事儿你一次说完不行？"电话里传来那栋梁的声音："哎，那支书啊，我是栋梁啊……"

那文斌一愣，听出对方是在演戏。

那栋梁故意提高声音说："是唐副书记让我给您打的电话，关心您招商引资谈的咋样，还问您今晚回不回来。"那文斌想了想说："你把电话给书记，我自己汇报。"那栋梁诚惶诚恐地把电话递给唐天石说："找您……"唐天石接过说："哎，文斌大哥……"那文斌说："唐副书记，这次谈的这个项目不错，生态农业，特别符合我们村。这要是引回去，不仅能脱贫，对镇里财政都是很大的贡献！不过老板大架子也大，想把人请到山沟里去……人家忙，得排队。我寻思着，既然搭上线了，就多下点儿功夫，好好打打进步，争取促成呗，所以三两天可能回不去……您看您头一回下乡，我就没陪着，您可别挑眼啊！"那文斌一气呵成，明显这点儿客套话对他来说轻车熟路。唐天石笑了说："看您说的，您快忙，招商是大事，栋梁不错，跑前跑后的，我在这您就不用操心了，等您回来咱再好好唠！"唐天石挂断电话，把手机还给那栋梁。

张金柱臊眉耷眼地溜达了出来说："走啊？不送了啊……"唐天石说："我没说要走啊，在你们家折腾了半天，饿了。"张金柱说："那咋，还让我管饭啊？"

唐天石说："不行吗？我跟张巧花商量商量，看看她愿不愿意管我饭。"说着就绕过张金柱向屋里喊："巧花——"张巧花从屋里跑了出来说："领导……"唐天石说："叫唐叔就行……到饭点了，唐叔饿了。"张巧花说："我做饭！正好志强还给我爸买了箱酒。"唐天石身后的张金柱直瞪眼睛。

唐天石说："别，规定不能喝酒。我和那栋梁都在你们家吃，两个人，付你家二十六块钱伙食费。"张巧花说："还给钱？"唐天石说："这也是镇里的规定，你看着做吧。"

唐天石掏出钱，转过身，看着张金柱说："老哥，在你家搭伙不撮我吧？"张金柱不情不愿地说："给钱，还撮啥啊……"唐天石说："你闺女对象不是本地人吧？"张金柱说："不是，外省的。"唐天石说："走了吗？"张金柱说："走啥啊，那没皮没脸的，指定在村口老杨树底下等着巧花跟他私奔呢，待会儿我就打折他腿去……"

唐天石说："又要动武？那我先把李所长叫回来。"张金柱说："别别别！"唐天石说："我看啊，小伙子不错，你那么对人家，还给你求情，碰到这么好的姑爷不容易。再说，大老远来了，你让人家饿着回去好吗？要不我再交十三块钱伙食费，算我请客，你把他叫回家一起吃？"张金柱说："那能行吗？哪能叫您请那小兔崽子啊！巧玲——"三闺女跑了出来说："爹。"张金柱说："去，把你姐那个……带回来那个林志强，找家吃饭来。"三闺女应声高兴地跑了。

唐天石带着欣赏的目光看着张金柱，张金柱有些不好意思地说："书记，我送了一千块钱，算犯错误，不能算犯法是吧？"唐天石说："人不怕犯错误，知错能改就行，你看你对林志强这个态度的转变，就是值得表扬的嘛。"张金柱松了一口气。

那家沟村千年古树下，唐天石送林志强和张巧花离村。

张巧花说："领导……"唐天石说："叫唐叔。"张巧花说："唐叔，今天多亏有您，我们谢谢您！"说完，张巧花拉着林志强鞠了一躬。

唐天石说："别这么客气，虽然结婚登记你爹还没答应，不过起码让你们一起走了。"林志强说："唐叔放心，我一定好好打工好好攒钱，尽快凑够六万六！"唐天石严肃起来说："凑够了也不能给他，要高额彩礼是不对的！"张巧花说："那咋办？"唐天石说："你们要好好想想，你爹为什么要彩礼？他是怕闺女们都嫁了人，将来没人给他养老，所以要多关心他，让他切身体会到生儿生女都一样。你们都受过一定程度的教育，这事还得多动脑子，多想办法。行了，走吧。"

张巧花和林志强再次鞠躬，转身走了。

坐在大树下乘凉的那栋梁走了过来说："唐副书记，差不多了吧，我骑摩托送您回镇里？"唐天石说："我是来驻村的，你送我回镇里干啥？"那栋梁说："可是村里条件差，咋安排您住啊？"唐天石说："我就住村委会就行。"那栋梁说："村委会没法住人……"唐天石说："是个房子就能住，我不怕艰苦，走，带我看看去。"那栋梁显出一副非常为难的神情。

那家沟村委会，屋里堆满了各种箱子，进人都难。

唐天石说："这是谁的货物？"那栋梁说："谁家的都有。"唐天石撩开苫布说："这么多酒？都是好酒啊，你们村里家家都有这个？你先说说，有你家几箱？"那栋梁说："我家没有。"唐天石说："到底是谁的货物，把村委会都占满了，你要如实说。"那栋梁说："是二叔一朋友寄存在这儿的，过两天就弄走。"唐天石说："二叔是谁？"那栋梁说："就是支书那文斌嘛，我们都姓那，他长一辈儿，在家行二，小辈儿的都叫他二叔。"唐天石点了点头。

那栋梁说："我们家没闲屋，也没法招待您住。我还是骑摩托送您回去吧。"

唐天石不接那栋梁的话，看了看手机，说："这还早着呢，接着走访贫困户，争取三天之内把二十七户全走一遍。"说完，唐天石走了，那栋梁连忙跟上。

那家沟村军属家，唐天石背好双肩背包从院里出来。

拄着拐棍的老头出来送，唐天石连忙扶住说："老人家您快回，待会儿就联系县医院，顺利的话，明天医生就能到家里来给您看病！"老人家说："真的？我咋有点儿不信呢？"唐天石说："这门上贴着光荣军属，您孙子当兵报效祖国，国家就应该照顾您！"老人家说："那多谢啦，多谢啦！"老人家颤颤巍巍地作揖。

唐天石走了。

那栋梁跟着唐天石，目光中已经开始有了敬意。

一个岔路口，赵凤仪正碰上唐天石和那栋梁。

赵凤仪阴阳怪气地说："还走访呢？评上那些户都比我们家贫困？查明白了吗？"那栋梁说："赵凤仪你说啥呢？"赵凤仪说："走走过场就得了呢，这还真在村里待大半天啊？"唐天石说："我是来驻村的，要住十天。"赵凤仪说："啊？"唐天石说："就是还没找到合适的住处。"那栋梁忽然说："哎对，赵凤仪，你爹不自己住吗，领导去你家，欢迎不？"赵凤仪说："给钱吗？"唐天石说："按规定给，但不多。"赵凤仪说："给钱就行，可有一宗，别嫌我爹脏。"唐天石说："就这么定了，今天晚上住你家。"那栋梁有点儿蒙，说："不是，书记，我开玩笑呢！要不您还是去我家吧，我家条件咋也比他们家好点儿……"唐天石说："不用了，就她家吧。"唐天石对赵凤仪说："晚饭我过去吃，煮碗面条就行。"说完，唐天石走了。

赵凤仪有些意外。

他们又走到那家沟村高三力家。高门楼，好房子，外观就很气派。

那栋梁说："就这家。"唐天石停住了脚步，看了看笔记本说："这是高三力家？"那栋梁说："对。"唐天石心里已有数，说："如果我没弄错的话，这高三力和那支书是连襟？"那栋梁无奈地说："是。"唐天石说："敲门，看看在家没。"

直到晚上，唐天石才回到赵凤仪家。

赵凤仪将一碗面条放在唐天石面前。唐天石说："哎哟，还有鸡蛋，谢了！"吃了一口说，"香！"

赵良老人的形象有些滑稽，拎着半瓶酒从外面进来说："小唐，大叔打了半斤酒，喝点儿？"赵凤仪说："爹，现在干部不兴喝酒。"赵良说："你懂啥？到咱家吃饭住宿都给钱，要是连个酒杯都不端，能给咱家办事吗？"唐天石笑了说："赵叔，您喝不喝？您要喝我就陪您喝点儿。"赵良高兴了说："你看！炒个花生米去！"赵凤仪只得转身出了门。

赵良对外喊着说："缸。"赵凤仪拿着两个口杯进门，把有豁的一个放在赵良面前。唐天石观察得仔细，顺手就把带豁口的杯子换到自己面前。赵凤仪说："哎，这不行，这杯子有豁口，别扎到您嘴！"唐天石说："我会小心的。"赵良不管这一套，给两个杯子里倒了酒，说："这酒咋喝？"唐天石说："听您的。"

赵良说："干一个？"唐天石一看赵良给两个杯子各倒一两左右，说："好，不过有言在先，总量控制，咱爷儿俩就这半斤。""小唐，讲究人儿啊……来，干！"

一口酒下肚，赵良整个人立马精神了起来，说："我们老赵家上回住干部，还是我爹当生产队副队长的时候呢，那年我七岁还是八岁来着……那年代的干部那叫一个好啊，你瞧现在这帮……就说我爹吧，当了半辈子生产队副队长，一分钱公家的便宜都没占过！"赵凤仪推门进来说："爹，你别一喝酒就胡说八道！"赵良说："炒你花生米去，我跟小唐我们爷儿俩说点儿实话还不行了？"

赵凤仪有点儿紧张地看着唐天石。唐天石说："没事，我愿意跟大叔唠……叔，看来您对村里的干部有意见？"赵良说："有意见，意见大了去了！"

灶台旁的赵凤仪听屋里说话走了神儿，油已经冒了烟，她连忙将一盘生花生倒了进去……

晚上，唐天石和赵良一个炕头一个炕脚躺着。

赵良翻个身嘬着牙说："好不容易小唐来了，炒个花生米还给炒煳了，啥事这叫……"唐天石说："挺好，煳点儿助消化……照您这么说，村主任安满仓还比较公道？"赵良说："那是，我爹当生产队副队长的时候就看出满仓是棵好苗子了，果然一选村主任就选上了，村里百分之八十姓那，那文斌愣没选过他。你想一下，这叫啥？这叫威信！"唐天石点着头说："满仓主任一直没在村里，听说他媳妇病了，知道啥病不？"赵良说："满仓大嫂可是老病号，啥病不知道，不过好像挺重，住院了，还有人说回不来了，估计得造上几万……"

唐天石思考着。

安满仓是位朴实厚道农民，他坐在市肿瘤医院病床前，央求老伴儿把一碗粥喝了，满仓媳妇说她实在喝不下。安满仓说："明天就要做手术了，你不吃东西没劲儿，怎么挺过去啊！"

满仓媳妇半天无语，叹了口气说："老头子，我想好了，这手术不做了，咱回家吧！人，都有这一步……不能我走了……让你欠一堆账，人财两空啊……"安满仓还想说啥，护士的声音传来："李秀娥家属，有人找。"安满仓答应一声，把粥放在桌上说："能喝你还是喝了啊……"说完起身出了门。

护士已经走了，医院楼道里，背着双肩背包的唐天石笑着问："是满仓大哥吧？您好。"

唐天石伸出手，安满仓连忙将手擦了擦，握手说："你好，你是……"唐天石说："我是青山镇新来的党委副书记，我叫唐天石。"安满仓诧异地说："哎呀，领导，您咋找到这儿来了？"唐天石说："我在那家沟驻村，想找您了解情况，能耽误您一小时吗？""这……好吧。"安满仓有点儿为难，但还是答应了。

在市医院花坛边，安满仓抢先说话："唐书记，您来得正好，这个村主任我不想干了，您跟镇里反映一下，换个人吧。"唐天石说："那怎么行？村主任是村民选举出来的，哪能随便换人？"安满仓有些焦急地说："我真是干不了了，刚才你也看见了，我媳妇病了，癌症……我就因为当着这个村主任，我自己评不了贫困户，不是贫困户，国家就报销不了那么多钱，我媳妇知道家底，正跟我吵架说要不治了！书记，我这好不容易求人才住进了市医院，手术都安排了，您就给我免了吧，我也申请个贫困户！"唐天石说："满仓大哥，就算您现在不当村主任了，申请了贫困户，大嫂也不能等批下来再做手术啊，手术那可是一天都不能耽误的！"安满仓听了，满眼泪水。

唐天石说："国家对贫困户的大病医疗确实有特殊照顾，但是像您这种情况，也有其他政策能帮您解决困难。"安满仓说："啥政策？"

唐天石说："你比如，咱们市出台的医疗保障救助政策就有这么一条，对于医疗费用超过前十二个月家庭总收入百分之五十的，不管你是不是贫困户，都可以申请救助，能报销的比例非常大，就是防止老百姓大病致贫的呀。"安满仓说："真的？"唐天石说："我在市扶贫办工作了三年，这份文件我见过，如果医疗费用还不够，我可以把大嫂的情况公布到网上，发动爱心人士，帮您募捐。"安满仓激动起来，说："唐书记，这，我咋感谢您好呢。"唐天石说："不用感谢，等嫂子病好了，您早点儿回村里，咱们搭伙儿干活，那家沟需要您！"安满仓感激地点头。

安满仓走在楼道里，护士叫住了他说："李秀娥家属。"安满仓说："哎。"护士递过一张收费单说："刚才找你那个人，帮你存了两千块钱住院费，这是收据，你留好了。"安满仓接过收据，激动地走进病房，对老伴儿说了这事。满仓媳妇说："这两千块钱，将来咱们可得还！"安满仓说："还！肯定还！"满仓媳妇说："按唐副书记说的，做手术国家管？真的？"安满仓说："真的！有政策有文件，那还错得了！"满仓媳妇说："那手术我做，早点儿把病治好了早点儿回村，你跟着这样的好领导干活，我得支持你！把粥给我。"

安满仓说："凉了，我给你热热去。"满仓媳妇激动得热泪盈眶。

那文斌打着电话，说："栋梁，今天怎么样……什么？他进城了？县里还是市里？"那栋梁说："好像是市里，办啥事没说。"那文斌在电话中小声说："我就说嘛，什么驻村十天，打开始我就没信，打着驻村的名义，回市里找老婆孩子团聚。不过，还让他摸着了点儿我的把柄，看来得跟他交交朋友。等他再回去，你想办法打听打听，问问他家住市里哪个小区……"

那文斌笑着挂断了电话，才断电话就又响了起来："喂，谁啊……

唐书记？"那文斌脸色一变，唐天石的声音从手机里传出："文斌大哥，我来市里办点儿事，不知道您那边事谈得咋样？"那文斌说："啊，谈着呢，大老板今天忙，我这会儿正等人家时间呢。"唐天石的声音再次传出："招商引资的事也不能让文斌大哥一个人着急，您问问对方时间，要是晚上有空，我请吃个饭，代表镇里表表态！"那文斌说："好啊，太好了……"

唐天石说："那咱俩这就先会合商量商量，我在市扶贫办门口等你。"那文斌说："等会儿等会儿，唐副书记，我这离得有点儿远，估计到市扶贫办门口得一个半小时……五点，下午五点见面咋样？"唐天石说："行。"唐天石挂断了电话。那文斌急出一身汗来，冲伙计喊着说："三儿，车钥匙！"伙计把钥匙扔给那文斌。那文斌说："我得去市里一趟，今儿回不来了，华兴饭店的那十箱酒别忘了给送。"伙计答应着。

那文斌边打着电话边出门："艾老板，你听我说啊，我们镇里新来个副书记，我不是没在村里嘛，就骗他招商引资呢，这个杠头，跑到市里去了，说要请投资商吃饭……我哪找投资商去啊，就你了，晚上来吃请，项目是生态农业，你赶紧在网上翻翻，别露怯，还得说很看好那家沟，过些日子就去考察！"说着话，那文斌已经开了车锁，拉开了车门，就在坐进驾驶室的一瞬间，他愣住了，背着双肩背包的唐天石站在他面前。他忙说："唐书记……"那文斌不知说什么好。唐天石装作什么也没听到，说："这么巧啊？"那文斌说："你不是在市里吗？"唐天石说："我上午是去市里了，这不在那家沟驻村嘛，得赶回去。"那文斌说："你刚才打电话……"唐天石笑了说："文斌大哥，我逗你呢，我隔着窗户看见你了，开个玩笑。你不会真约大老板了吧？我可没钱，再说随便请客喝酒也犯错误啊。"那文斌有点儿尴尬地说："那是那是，我还没约呢……看不出唐书记挺幽默。"唐天石说："走吧，一起回村？"那文斌连忙挤出笑脸说："走，走，回村。"

开车的那文斌瞟了一眼副驾驶位上的唐天石。唐天石说："您累不累，要不我开一会儿？"那文斌说："不用。"唐天石说："这招商引资是个辛苦活儿，您受累了。"那文斌硬着头皮应承着说："啊……"

唐天石说："其实我知道，那家沟的交通和自然条件都不算好，招商引资难。"那文斌说："可不，老拖着不见面，估计八成够呛。"唐天石说："那就不强求了，您说呢？"那文斌说："也行，可完不成脱贫任务，着急啊！"唐天石说："咱们一起想办法，依靠政府，总有路能带着老百姓致富。"那文斌点头。唐天石说："现在那家沟的当务之急是贫困户的重新认定问题，二十七户，还没走访完，我想，光看这二十七户可能还不够，想把全村一百零八户全走访一遍，回去可就得麻烦您陪我了。"那文斌应付着说："行，没问题。"

唐天石说："还有，驻村得有地住，为了工作方便，要不我住你家？"

那文斌说："那有啥不行的，欢迎！"

那文斌强撑着笑脸，唐天石不露声色。汽车在黄昏的乡村公路上奔驰着。

那文斌家条件不错，唐天石被安排在单独的客房。手机闹铃响了，八点五十。唐天石收起笔记本，伸了伸懒腰，准备洗洗休息。

唐天石在院里洗漱，洗漱完毕，搭着手巾进了屋。正房的门开了，那文斌媳妇走了出来，假装忙着什么，瞟着唐天石的房间。唐天石的屋里灭了灯。那文斌媳妇赶紧跑回屋里。

那文斌媳妇说："睡了，关灯了。"那文斌下炕，穿衣服。那文斌接过媳妇递来的手电筒出了门。

那文斌来到张金柱家院外，正遇金柱媳妇在插院门，那文斌说："别插门，这么早插门干啥？叫张金柱出来，我找他有事。"金柱媳妇见那文斌脸色不好，不敢多问。张金柱从屋里快步出来说："二哥，屋去啊……"

那文斌说："不用，给。"说着，那文斌将一个信封塞给张金柱。

张金柱说："这啥啊？"那文斌说："去年我儿子结婚，你背着我，随了一千块钱礼，到这会儿我才知道，拿回去！"

张金柱说："不是，你儿子结婚我随了二百，这一千不是……为了办那事儿嘛。"那文斌说："啥事啊？我可没给你办过事。"张金柱立刻明白了说："对，没有。"那文斌说："趁我不在家，塞给我媳妇就走，你啥意思？当时我儿子都结婚俩月了！有后补份子钱的吗？"张金柱只好接过信封。那文斌恶狠狠地瞪了一眼张金柱，最后一句话是告诉他统一口径，说完就走了。

那文斌又来到小姨子家门外敲门。"谁啊？"胖子高三力打开了院门，"哎哟，姐夫，啥时候回来的？"那文斌压低声音说："进屋说。"二人进屋低声说了起来。

那文斌的小姨子听了那文斌的话"腾"地站了起来说："姐夫，这都凭什么？凭啥让我们自愿放弃啊？我不放弃！"那文斌说："其实，也没啥好处……"小姨子说："谁说的？国家对贫困户那么多项好处，上回你在这说的，还给钱，帮扶脱贫，再说，不是贫困户我们两口子也办不上低保啊！"高三力说："是啊是啊……"那文斌有点儿急，说："瞧瞧你们家的房子，不说全村最好也差不多吧？姓唐的挨家挨户拍了照片，你们不自愿放弃，想给我找麻烦啊？"小姨子说："咱可以这样说，房子是有钱时候盖的，可现在没钱了，怎么着？"高三力说："都怪我，都怪我好耍，败了家，还欠了债。姐夫帮忙给弄了个贫困户，我也跟莎莎做了保证，再也不赌了，先混个低保，借政府帮扶这个机会脱了贫，以后一定好好过日子。"高三力言语透露着祈求。那文斌说："不行，姓唐的不好对付，你们先放弃了，以后我再帮你们想办法。"高三力说："我看这唐天石……挺好说话的啊。"那文斌听了一愣。小姨子说："就是就是，昨天来我们家了，三力也都跟他说了实话，我们家以前不困难，后来被人骗着赌博，输穷了，还有外债，我看他挺理解的，一个劲儿地点头，在本上记，还说要亲自帮我们找活儿干，让我们挣钱呢。"那文斌有点儿含糊说："他这么说的？"高三力说："是这么说的。"那文斌很怀疑地说："咱俩是连襟，唐天石不可能不知道。"高三力说："咋着？姓唐的跟姐夫有仇？我削他！"那文斌说："去去去，收起你这套……"

那文斌陷入沉思，半晌才出声说："你们被耍了，他是个笑面虎，心里面不定憋着什么坏呢，必须把他整走，不然以后咱们在那家沟没好日子过。"高三力和媳妇对视一番后，说："姐夫，怎么整您说，我不含糊！"

那文斌陪着唐天石从一户出来，正赶上那栋梁带着一名医生和一名护士走来。那栋梁说："唐副书记，医生接到了。"唐天石连忙迎上前握手，说："陈主任是吧？辛苦您了。"医生说："哪的话，我包这个村，老军属得了病，不方便去医院，那我就得来啊。"那文斌说："栋梁，陪好陈主任啊，看完病都带我家吃午饭去。"医生与那文斌寒暄了两句，被那栋梁带走了。

那文斌说："唐书记，你干活可真是赶趟儿，我四叔病了的事我早就知道，就是忙得顾不上，哪承想都快走不动道了，多亏了您啊！"唐天石说："你们也有亲戚关系？"那文斌说："都姓那不是？"唐天石笑了笑，电话忽然响了，他拿出电话接听。

唐天石说："郭书记，在那家沟呢，有事啊？那我这就回去。"那文斌的眼神略有变化，很明显郭书记的电话在他的意料之中。唐天石挂断电话，那文斌说："咋，要回镇里？我送你。"唐天石也不客气地说："那就谢了，不知道郭书记有啥急事……"

回到了青山镇，到了办公室唐天石推门而进，干净利落地说："我来了！"郭书记连忙起身说："天石你坐，我给你倒水。"唐天石说："不用，我这泡着枸杞呢。"说着从背包里拿出保温杯，拧开放在桌上。

郭书记说："咋样，村里边不消停吧？"唐天石说："上河峪和那家沟的实际情况不太一样，各有各的不消停。"郭书记点了点头说："回来吧，你是副书记，好多事我得跟你研究。"唐天石说："有事您说，研究完了我再回去就行。"郭书记说："我的意思是你别驻村了，影响不好。"唐天石一愣说："影响不好……老郭，有话直说吧。"郭书记说："你是聪明人，我还说啥啊，那些闲话一听就是无稽之谈，从我嘴里说出来我都觉得丢人！"唐天石说："既然是无稽之谈，那就不能让它影响工作，说好的在那家沟驻村十天，一天都不能少。"郭书记说："哎，你……唐天石，你没在基层工作过，不知道那农村个别人的素质！你是市扶贫办的正科级干部，到青山镇来给我当副书记本来就委屈你了，你说你再犯个错误，犯不上啊！"唐天石又一愣说："犯错误？这么严重啊，那我可得打破砂锅问到底了。"郭书记被将了一军，无奈道："有人说你去那家沟目的不纯。"

唐天石说："落实'贫困户建档立卡精准识别'目的很纯粹。"郭书记说："有人说你就是为了给个别人评贫困户才专门去的那家沟！"唐天石说："个别人？谁啊？"郭书记说："你非得让我说明白了？"唐天石说："必须说明白。"郭书记说："赵凤仪！"唐天石愣了一下，继而笑了出来。郭书记说："人家说赵凤仪去市里上访的时候你们就见过，一见面就对眼儿了，你来青山镇就是为了她，去那家沟驻村也是为了她。都说寡妇门前是非多，你不懂啊？你第一天去那家沟就住他们家了，有这事没有？"唐天石很淡定地说："有，但是其他的话都是造谣，我不会往心里去，也请郭书记别当回事，要是组织怀疑我，可以调查。"郭书记说："调查什么呀，我一听就知道是你得罪人了，人家故意寒碜你的！"唐天石说："脚正不怕鞋歪，有这样的谣言证明我的工作已经初见成效，要是没别的事我就回村里了。"郭书记见唐天石态度有些严肃，软了下来说："天石，我可是为了你好，你到青山镇来，市委书记可是亲自给我打过电话的。"唐天石说："书记一定是想让您严格要求我。"郭书记说："书记告诉我你为国家立过军功，是英雄楷模，市里的眼珠子呀，我必须得照顾好你。"唐天石说："就是，我连恐怖分子和索马里海盗都没怕过，难道怕老百姓误会？不就是有人议论两句嘛，放心吧郭书记，我有分寸，党和国家把扶贫工作放在这么重要的位置上，我们干活的受点儿委屈算个啥？"唐天石仍然微笑，郭书记没了办法。唐天石说："要是没别的事，我就回那家沟了。嗯……您也是转业军人，请老班长支持我。"说完，唐天石郑重地敬了一个军礼。

第 三 章

背着双肩背包，唐天石淡定从容走出镇政府大院，走在去往那家沟村的路上，让他想不到的是，那文斌正在小姨子家中得意扬扬。

那文斌接过小姨子递上的热茶说："哎，莎莎，你这炮，点得挺准啊。"小姨子说："嘿，我有俩闺密在镇里，都能在郭书记身边递上话。"那文斌说："是吗？可这速度也太快了，你啥时候见的闺密啊？"小姨子说："还用得着见面吗，姐夫老土哇，我就把事往我闺密群里一发，她们自然就打电话过来问了，女人嘛，都喜欢打听这种事。"那文斌直竖大拇指说："好样的，'土姐夫'也有娘子军嘛……你说，你这么聪明，当初要是好好学习，也到镇里混个干部，还能给你姐夫撑个腰，那得多好。"小姨子有些羞涩，用胳膊怼了怼高三力说："这不是当年搞对象搞得早，耽误了嘛。"高三力憨笑着说："怪我，怪我……"小姨子更来了劲儿，说："姐夫，唐天石他老婆在哪个单位？我也整整去，敢跟我姐夫作对？让他后院着火！"那文斌说："别瞎扯了，咱农村人厚道，要不是他找碴儿，非得算计我，也不能出此下策。"

那文斌的车停在高三力家门口，他从门里走出来，哪想到唐天石走过来，仍面带微笑。那文斌一愣，说："唐副书记，回来收拾东西啊？咋还亲自回来呢，打个电话我给您送去啊。"唐天石说："收拾啥东西啊，咋着，文斌大哥嫌我添麻烦了，这是想撵我走啊？"那文斌有些尴尬。唐天石说："还有七十多户没走访呢，接着干吧，十天时间有限，得抓紧。"

那文斌的脸色有点儿绿，送他出来的小姨子和高三力也傻了眼。唐天石接着说道："我看这样吧，咱们先去赵良家，他闺女赵凤仪对他们家没评上贫困户很有意见，曾经到市里上访过，算是个重点户，之前我已经初步了解了情况，今天您陪我再去一次。"那文斌硬着头皮说："哎。"那文斌跟着唐天石走了，高三力和小姨子面面相觑。

来到赵家，为了避嫌，走访在赵凤仪家院里进行。那文斌端坐着，官威凛凛。唐天石和那栋梁都用笔记本记着。

赵良时不时地瞟着那文斌，说话有点儿结巴说："差不多了，就，就这么个情况，我媳妇死得早，但是闺女走那些年地都留给我了，我钱儿还行，可闺女回来了还带回俩外孙女，一下就不行了呀。既然政府同意她娘儿仨户口迁回那家沟村，那起码应该给解决个低保呗？这贫困户要是都评不上，咋解决啊？"那文斌听着没说话。

唐天石说："栋梁，赵良家的事你怎么看？"那栋梁吓了一跳，下意识地瞟向那文斌。那文斌还是面无表情。那栋梁说："赵良，你家的情况我跟你说过多少回了，你女婿死了，对方赔偿五万块钱，那有存款，就不能算贫困！"赵良瞟了一眼那文斌，又怯生生地说："要不查我闺女银行存折呀，没钱呀。"那栋梁说："对了，你把钱都取出来压你们家炕席底下了，那能查出来吗？"赵良说："炕席底下没有，不信你翻去，翻出来算你的。"那栋梁说："咱村贫困户指标就二十七个，这还是那支书跑上跑下争取来的呢，原本就给了咱们村十个名额。"赵良说："那……"赵良憋回去了。那栋梁说："再说，咱们村支书、村主任都是公道人，专门为你们家的事搞过民主评议，大伙儿都不同意你，赖谁啊？"

赵良被噎得一句话说不出来。

此时的赵家院子前前后后已经围了二三十个人在看热闹，大伙儿都知道这次"回头看"主要是赵凤仪告状的结果。赵凤仪从屋里冲了出来说："那栋梁，轮得到你狗仗人势了？"

那栋梁站了起来说："哎，赵凤仪，你敢骂人？"赵凤仪说："我骂你怎么了？这些年我不在村里，你们没少欺负我爹，我还想扇你呢！"那栋梁要急，那文斌咳嗽一声，那栋梁硬生生地把气咽了回去。

那文斌说："栋梁啊，你这都跟了唐副书记好几天了，说话的水平咋一点儿进步都没有呢？赵凤仪，你对村里有啥意见，直接提出来。我之前没能帮你做主，那是能力不够，现在不一样了，唐副书记来了，就是专门为了给你解决问题才来咱们村的。"那文斌的话一说，围观的老百姓议论纷纷。小姨子在人群中起着哄说："你长得俊，人家这是看上你了！"

众人一阵哄笑。

唐天石一直在记录，脸色都没什么变化。小姨子捅了捅旁边的另一个胖老娘们儿。老娘们儿说："改嫁得了，跟着回市里，也不用评贫困户了！"赵凤仪也不是善茬儿，她一掐腰说："我是俩孩子的妈，要真有人看上，那是我造化，总比肥得跟猪似的，没人愿意看好吧。"小姨子急了，说："你说谁呢，我撕烂你的嘴！"赵凤仪说："来呀，试试！"那文斌说："行了行了！你们这群老娘们儿真不怕丢人！有什么好看的？都走！"看热闹的都不吱声了，但也没一个走的。

那文斌看着唐天石说："农村就这样，让你见笑了啊……"唐天石说："这话说得，我也在农村长大的。"那文斌说："是嘛。"唐天石说："兴隆茅山老家，正经八百的山沟。要说一个村有二十七个贫困户名额，真是不少，文斌大哥辛苦了。"那文斌说："嘿，给村里争取点儿福利，有啥辛苦的。"赵凤仪说："给自己老丈人、小姨子争取，当然不辛苦了。"那文斌笑了，说："是，我家有亲戚评上了，可他们都有实际困难，而且民主评议全都是高票啊。"赵凤仪说："哟，民主评议，你们姓那的人多，可不没有外姓人活路呗。"那文斌说："赵凤仪，你这么说就不好了，你别忘了，你男人出了事，婆家把你撵出来，可是我跑上跑下把你和俩闺女的户口落回那家沟村的。"赵凤仪说："这件事我感谢，可我也不懂事，没给您上供，所以评贫困户就有意为难呗？"那文斌拍案而起："这叫什么话！"唐天石安抚着说："文斌大哥，你消消气，坐……赵凤仪，如实反映你家情况，不许人身攻击。"唐天石说得很平和，赵凤仪也立刻软了下来。那文斌看唐天石的目光有些发怵。

那文斌家客房，墙上的石英钟的指针指向九点。唐天石将洗漱用品摆放整齐，上床，关灯。

那文斌看客房灯熄了，他悄无声息地溜出院子。

那家沟村委会门前，七八个小伙子正搬运箱子。高三力开着车，倒车。

那文斌匆匆赶来。那栋梁迎了上来说："二叔，人都来了。"那文斌说："哥儿几个辛苦，今儿个夜里把这些货全给我倒腾到县城门市去。"一村民说："您那门市有那么大地儿吗？"那文斌说："实在不行放门口，拿布苫，总之明儿一早，得把村委会收拾干净喽！"那栋梁说："姓唐的烦人吧？准是婶子不愿意让他住家里。"那文斌说："狗屁！我是怕他故意挑毛病，算计我。"说着那文斌从兜里掏出一千块钱，递给那栋梁，"一人一百，不能让大伙儿白干。"众人高兴地说："谢谢二叔！"高三力凑了上来说："莎莎和我姐都去老丈人家等您了。"那文斌拍了拍高三力说："好兄弟，受累了啊。"

那文斌媳妇、小姨子都在那文斌岳父家。老岳父说："那文斌，我把闺女嫁你捞着啥好了？占你啥便宜了？当初你怎么答应我的？你说娶了我闺女就是我儿，有你这么当儿子的吗？好歹你也是个村支书，老丈人我评上个贫困户，你还要撤回去？不怕丢人啊？"那文斌还真孝顺，被岳父骂得抬不起头来。那文斌媳妇说："爸，文斌也是没办法，镇里来的唐书记就跟咱家过不去。"岳父说："我是听说来个人，不是住你们家了吗，好吃好喝地招待拿不下？"那文斌媳妇说："文斌说了，那是个炸弹，也不敢招待呀。"岳父说："他走访咋还不来我家呀？看我大嘴巴子呼他！"那文斌说："爸，这事真对不起您，要不您发扬发扬风格……"岳父说："门儿都没有！那文斌我告诉你，你不能尿，要是连你老丈人都保不住，以后你在这个村里就没法混了！"那文斌说："要说，也是……"岳父说："你不想看着你老丈人抽这个姓唐的，是吧？明儿个我就走，他不挨户走访吗？我让他访不着我。"那文斌说："也行，您去县城家里住几天，还能帮我看看门市，我也回不去。"岳父说："我才不管呢，我有地方去，有比你们家更好的地方去，还不用花钱。"那文斌媳妇、小姨子和那文斌一头雾水。

岳父脸上很神秘。

转天，唐天石来到那文斌岳父家院外，那文斌向唐天石介绍着说："这是我岳父家……"推门喊着说，"爸——爸——哎，上锁了？"果然，房门上了锁。唐天石说："老人家可能遛弯儿去了？"那文斌说："八成……"唐天石说："那我们下午再来。"那文斌的手机响了说："哎，工作呢，啥事啊？"从那文斌的态度可以看出是在跟亲密的人说话，"啥？哎呀呀！哎呀呀！哎呀呀！那行吧，等我忙完了过去。"那文斌挂断电话，脸色很难看。唐天石说："怎么了？"那文斌说："还真不是遛弯，我岳父今儿早上起来就头晕，恶心，还吐，折腾得不行，我媳妇找车给他送医院去了，怀疑脑中风，住院了。其实我岳父吧，虽说他一个人，但收入不少，主要就是因为有病，属于典型的因病致贫的那种。"唐天石说："哦，那你赶紧去医院吧。"那文斌说："这不还有工作呢嘛，晚上去，赶趟儿。"唐天石说："别，老人病了是大事。"

那文斌说："扶贫工作才是大事。"唐天石说："不行，你必须得去，你岳父的情况我知道，没儿子，就俩女儿，何况老人病的时候最需要亲人，听我的文斌大哥，你这就去医院，一点儿别耽搁。"那文斌说："这多不好意思……那行吧，我这就给栋梁打电话，让他过来陪你接着走访。"唐天石忽然说："哎，还有个事跟你打个招呼，村委会腾出来了，今晚上我就搬过去住。"那文斌说："别啊，在我们家住得好好的，搬出去不是见外嘛！"唐天石说："你岳父病了，大嫂肯定得照顾，我留在您家里也没人做饭了啊，三天的住宿费和伙食费回头我跟大嫂算。"那文斌说："算啥啊？"唐天石说："这可是规定……快走吧文斌大哥，给老人带好啊。"那文斌快步离开，唐天石毫不怀疑。

五天后，在市医院心内科病房，靠窗户边的那张床上，正睡着背对门口的那文斌岳父。护士推开了门，对唐天石指着病床说："来五天了，一让他出院就说头晕，往地上瘫，一检查所有指标都正常，我们也没办法。"

唐天石示意护士不用叫，自己走进了病房，探头看了看老人。

那文斌岳父睡得正香。

唐天石把双肩背包放在隔壁床上，自己也靠在床头眯上了眼睛。那文斌岳父翻身，唐天石立刻睁开了眼睛，主动打着招呼说："您好。"那文斌岳父说："你好，新来的？"唐天石有些意外，马上掩饰，点了点头。那文斌岳父说："啥病进来的？"唐天石顺着说："头晕，胸口闷，内科外科检查了半天，也没查出啥来。"那文斌岳父说："没查出病来就住院？能报销啊？"唐天石说："能报销就好了……您呢？啥病？"

那文斌岳父说："头晕、胸闷、眼花、恶心，也是啥检查都做了，没查出啥病，和你一样，你看巧不巧，要不把咱俩搁一个病房呢。"唐天石说："那花不少钱吧？"那文斌岳父说："我能报销啊，贫困户，国家政策好，那报销比例，自己跟不花钱似的，连吃饭镇里都给补贴，多好，白吃白喝还有人伺候，比住老人院都舒服。"唐天石说："贫困户？"那文斌岳父说："你城里人不懂。"

唐天石说："谁说，我农村的。"那文斌岳父说："农村的呀？那你找人也评个贫困户呗。"唐天石说："这事找人行吗？"那文斌岳父说："那咋不行啊？我就是女婿给整的，他是村支书，一句话。"唐天石说："那您真是有个好女婿。"那文斌岳父说："是，可孝顺了，比儿子强……其实我住院就是为了女婿，镇里来个副书记，叫什么唐天石，这名起得，一听就难揍！搞什么'精准识别'，专门针对我女婿，要把我这贫困户撸了，那我能干吗？我病，我住院，我失去劳动能力了，我因病贫困！我看他有啥辙儿。"唐天石说："贫困线全国统一，都是3146元，您收入……"那文斌岳父说："那俩钱够谁花啊，我好喝酒，一年咋不得喝个三五千元？还好我女婿在县城有个酒门市，常年供着。"唐天石说："女婿孝顺的不算，那您自己的收入呢？"那文斌岳父说："有羊，二十几只，雇人放；还有两亩多地，也雇人种，一年弄个两万块没啥问题。"唐天石说："那还当贫困户？"那文斌岳父说："当贫困户好处可多了，谁怕钱咬手啊？"唐天石点了点头说："您是那家沟村的吧？"那文斌岳父说："你咋知道？"唐天石说："好像你们村主任安满仓的媳妇也在这住院。"那文斌岳父说："对，我听说了，做手术，老大的手术了，可他不是贫困户，估计往后得受穷啊。"唐天石说："我认识安主任，打算看看去，您老要不要……"那文斌岳父说："一起去！我还得买两瓶罐头呢，满仓人老实，在村里跟我女婿搭班子，听话。你知道他媳妇住几楼不？"唐天石说："知道。"那文斌岳父说："那走。"

唐天石带着那文斌岳父走在市医院楼道里，那文斌岳父拎着塑料袋，里面是两瓶水果罐头。

安满仓正在给媳妇喂饭，一见唐天石推门进来说："哎，唐……"唐天石伸手制止，并指向那文斌岳父说："您看谁来了？"那文斌岳父笑着说："满仓，满仓媳妇，叔来看你了！"说着，就将罐头递了上来。安满仓接过说："您看，我们还没去看您呢。"那文斌岳父说："嘿，我没啥病，用不着看，你们这是真的……"那文斌岳父有些同情，看着满仓媳妇说："咋样啊？这刀口疼吧？"满仓媳妇只能尴尬地笑着说："不疼，明天就出院了。"那文斌岳父说："明儿就走？也是，你这报销不行，得自己花钱，是不能多住。"安满仓看了看唐天石，没言语。那文斌岳父发现了唐天石和安满仓对视说："哎，你说多巧，我这病友说你们认识。"安满仓说："病友？"那文斌岳父说："对啊，跟我住一屋。"唐天石用目光示意安满仓，说："满仓主任，刚才咱俩听医生介绍完情况，我就去看老人家，结果就成病友了。"安满仓立刻明白了。

那文斌岳父有点儿糊涂说："你们说啥呢，我咋听不懂呢？"安满仓说："大叔，我媳妇明天出院，她手术挺大，自己走不了，得雇车，咱们一趟车回村吧。"那文斌岳父说："你回你的，我这才住上，正舒服着呢，没俩月我可不出院。"安满仓说："你比我大不了几岁，我管你叫声大叔是从文斌那儿论的，你这样不好。"那文斌岳父说："我咋样了？"安满仓说："医院看出来你是装病，看你岁数大，没硬撵你。"

那文斌岳父说："装病？我不认，有本事让他查。"安满仓说："镇领导可在这呢，你这么闹，对文斌不好。"那文斌岳父说："哪有啥镇领导，你别吓唬我。"

安满仓指着唐天石说："这位，就是镇里新来的唐副书记，你还给当成病友了！"那文斌岳父一愣，看向唐天石说："唐天石？"唐天石满脸微笑，说："对，我就是唐天石。"那文斌岳父说："你糊弄我？"唐天石说："您要是上来就问我叫什么，我早告诉您了。"这下子，那文斌岳父傻了。

回到家中，那文斌岳父成了闷葫芦，垂头丧气地坐在角落里。那文斌指着媳妇鼻子骂说："让你在医院陪床，你要是在，姓唐的能把咱爸骗了？"那媳妇一脸的委屈，说："爸不让我陪床啊，他又没病，医生一来他就装晕，他怕我笑了场。"那文斌岳父说："贫困户我不要了，都怪我这张嘴，啥都说了……"那文斌说："现在不是贫困户那么简单了，姓唐的就是想扳倒我啊……老虎不发威他以为我是病猫呢。"抓起车钥匙，气冲冲地冲了出去。

那文斌开车到了青山镇找郭书记，那文斌说："我们那家沟可是从来没给镇政府找过麻烦，可是唐天石去了八天，搞得鸡犬不宁！您看，光给我写告状信的就好几份，主要就是反映他生活作风问题，我也没辙了，群众意见压不下去呀，只能向组织汇报了。"郭书记看了看几封告状信说："唐副书记刚走，他建议镇党委去你们村开个现场会，你啥意见？"那文斌有些意外地说："啊？咋开啊？"郭书记说："全村参加，让村民畅所欲言，也听听大伙儿对你们村支部有啥意见没有。"那文斌说："那不好吧？村民七嘴八舌的，素质也不够啊，我一碗水端得再平他们都有意见。"郭书记意味深长地"哦"了一声，接着说："那我还有个方案，就是请村里的党员干部来镇里开个小会，先统一一下思想。"那文斌说："这个好，我叫上村妇女主任、治保主任、会计、文书都来。"郭书记点了点头。

那文斌回到家，连夜开会。妇女主任说："二哥，我啥时候不都听你的嘛，一笔写不出俩那字来，再说咱们是实在亲戚，我还能胳膊肘往外拐？"那文斌点了点头说："老妹儿跟我最亲，要不当年咋鼓捣你当妇女主任呢。"治保主任说："那之前定的事都民主评议过，我这治保主任可以给二哥做证。"那文斌说："我怕唐天石使坏。"

治保主任说："吹吧，就他小样，前两天假模假式去我们家走访去了，我没给他好脸。"那文斌说："好兄弟，在郭书记面前该表态得表态……还有三叔的贫困户……"治保主任说："放心吧，我爸收入我早就算过了，不够线，指定不给您惹祸！"三十多岁的会计说："没有二叔提拔，我也干不上我的专业，职高会计就白学了，我这人知道感恩。"那文斌点了点头，他看了眼那栋梁："你小子我就不用再提醒了吧？"那栋梁说："二叔，我不傻。"那文斌放心地点了点头。

镇政府会议室，那文斌、会计、治保主任、妇女主任、那栋梁都坐好了。郭书记、唐天石、纪委书记和另两名同志走进办公室，参加会议。

那文斌起立，有些惶恐地说："哎呀，镇党委领导都来了啊，对我们那家沟村挺重视啊……"郭书记说："扶贫工作是大事，敢不重视吗……高峰书记，你先说吧。"纪委书记说："我在镇里负责纪委工作，根据那家沟村群众反映和那文斌同志提供的告状信，我亲自带队下去调查了，说唐天石生活作风有问题，完全不属实，纯属捏造，我说完了。"那文斌连忙接话说："是啊，我也从来没信过。"郭书记说："我跟高峰书记交流了一下，这里面有误会的成分，也有个别人是恶意的，我让纪委的同志继续调查。"唐天石淡然一笑说："其实没有这个必要，老百姓有误会，证明我做事欠考虑，我应当检讨。继续调查就算了吧，别再追究了。"郭书记没再表态。那文斌看了眼唐天石，有些尴尬。

唐天石接着说："哎，要不要等等村主任安满仓同志？"那栋梁说："不用等了，他老婆不是住院了嘛，在市里呢，赶不回来，我就没通知他。"话正说着，安满仓推门而进，说："我迟到了……"那栋梁有些尴尬。安满仓说："刚把媳妇送回家，安顿好，对不起啊各位领导……"那文斌说："哎，满仓大哥你回来了？也不说一声，我接嫂子去啊。"安满仓说："有车有车……"说着就找了个合适的地方坐下。郭书记说："都到齐了，就直入主题吧。唐副书记去那家沟驻村，今天是第九天，就请他谈谈情况吧。"唐天石说："这次'贫困户建档立卡精准识别'

工作是根据市扶贫办的部署展开的，那家沟村二十七户贫困户中，其中十九户完全符合标准，另外八户不符合标准，另有六户符合标准的没被评上……以上就是我的调查结果。"那文斌看了一眼治保主任。治保主任嗓门大："问题这么严重？不能吧？那我们以前的工作不就做瞎了吗？"唐天石说："刚好，还有一户跟你有点儿关系，你父亲那松林的贫困户不合格。"治保主任说："啥？我爸我妈可是单分的户，就老两口，没有壮劳力，收入连两千块钱都不到，咋不合格了？"唐天石拿出一张打印出来的照片说："如果没弄错的话，这辆挖掘机在你父亲的名下，没错吧？"治保主任一愣，说："这，这不是我爸的，是我们哥儿仨凑钱买的，用的我爸名字！"唐天石说："理由很充分，但应尽快过户到真正的车主名下，因为上级有明文规定说'家庭成员中任何一人拥有小轿车（含面包车）、工程机械、大型农机具的'，不能参评贫困户。"治保主任傻眼了。郭书记说："文斌，政策你不清楚？"那文斌说："我知道……"那文斌看着治保主任说："你爸名下有大型农机，填表时候写了吗？"治保主任说："老头儿自己填的表，我不知道……"那文斌立刻表态说："这是我们工作失误，还有两户我觉得也应该拿下来，一个是我老丈人，自从丈母娘死了以后，这老头成天瞎闹，不讲理，逼着我这个姑爷帮他办事……这个事我做得不对，我检讨，给他拿下来，要不然难以服众……还有一户是高三力家，他们家房子太晃眼……"唐天石打断那文斌说："高三力家倒是符合标准，房子确实很好，可那是有钱时候盖的，高三力参与赌博，输光了家底，还欠了大额外债，我们搞扶贫，不应该把这样的家庭落下。"那文斌有点意外地说："可他是我连襟，我得避嫌哪。"没等唐天石说话，郭书记笑了说："你们全村百分之八十都姓那，避嫌你避得过来吗？"那文斌有点儿尴尬地笑了。

　　唐天石说："不过高三力家被评为贫困户确实有很多人有意见，当然多是看这房子，我们不能一叶障目啊，还请各位回去多做思想工作。"众人纷纷点头。唐天石继续说："另外，张金柱家、那文龙家、那翔家、那文娟家、那秀英家、薛老杆家也不合格。"

纪委书记插话说："这几家除了虚报收入外，还存在其他问题，我们正在调查。"

这会儿的那文斌，已经冒了汗。安满仓说："这几个月我媳妇有病，村里工作参与得少，我负主要责任。我媳妇刚做完手术，家里需要人照顾，我想辞去村委会主任职务，请领导们批准。"纪委书记说："从我这就过不去，你这个村主任口碑很好，大伙儿一致认为你公正廉洁。"这话像打在那文斌脸上一样，他有点儿坐不住了。郭书记说："文斌同志啊，村民普遍反映你一年到头在村里待不上二十天，是在县城有买卖吧？这倒是不违反规定，可是村党支部虽小，却是党联系群众最重要的基层组织，不能缺位！你自己说，咋办？"那文斌咬了咬牙说："什么群众反映啊，就是整人呗？唐天石，听说你当过兵，侦察兵吧？摸到酒门市去了！你还假装跟我玩偶遇……是，我承认，我有买卖，做得还挺大呢，也确实影响了村里的工作，反正今天是鸿门宴，免了我的职吧，我没意见！"纪委书记严肃地说："那文斌同志，注意你的态度，就算免了你的职，具体问题查清楚以后，我也得找你谈话！"那文斌有些傻眼，回避了纪委书记的目光，看向唐天石。妇女主任、会计、那栋梁也都看明白了，不敢说话。

那文斌回到家，妇女主任说："二哥，你可别怪妹妹，今儿个这架势哪轮得到我说话啊？大气都不敢喘。"会计说："二叔，我是会计专业的，唐天石要是跟我算数，我跟他好好掰扯掰扯，可人家不给机会啊。"治保主任说："我爸的也保不住了，这就是拿咱们姓那的开刀啊！"那栋梁说："二叔，您还真辞职啊？要我说……"那文斌说："闭嘴吧你！开会时候你咋不说？连个屁都不敢放，你个尿样！"那文斌把所有的气都撒在了那栋梁身上，那栋梁立刻低下了头。那文斌没好气的目光扫过四个人，四个人各自尴尬。那文斌说："行啦，是神归庙，是鬼回坟，走吧！"

镇政府食堂，窗外天已擦黑，唐天石和郭书记面对面地吃着饭。唐天石说："没有一个合格的基层党组织，村里的工作干不好，要想彻底解决扶贫帮困工作，党支部必须得过硬。"郭书记说："说吧，你有什么想法？"唐天石说："满仓主任是老党员，威信高，值得组织上信任，村主任任支书也更方便开展工作。"郭书记说："我同意，他本人呢，这样上来，安满仓会不会有顾虑？"唐天石说："我去做他的工作，应该没问题。"郭书记笑了笑说："哎呀，不愧是当兵的出身，雷厉风行啊，这十天成效显著啊！"说着，郭书记端起面前的茶杯说："来，我以茶代酒敬你一杯，庆祝驻村工作，圆满成功！"唐天石也端起水杯说："谢谢，不过十天未满，今儿晚上我还得回去。"郭书记说："算了吧，别太机械啦。"唐天石说："真不行，刚才跟那文斌约好了，晚上回去找他谈谈心，毕竟他没犯太大的错，想在那家沟展开工作，还得取得他的支持。"郭书记说："也行，狠狠撸他，不用留情面！"

高三力小心翼翼地冲那文斌屋里喊着说："姐夫……姐夫？"那文斌媳妇推开门说："三力来啦？"高三力说："姐夫在屋呗？"那文斌媳妇说："在呢。"高三力说："听说了，姐夫肯定难受，我陪他喝点儿行不？"说着，高三力从背后拿出一瓶酒来。那文斌媳妇想了想说："也行，让他散散心，我给你们炒菜。"

高三力说："哎！"

那文斌媳妇端上一盘切好的咸鸡蛋。高三力小心翼翼地观察着那文斌，不知道该怎么劝说："姐夫，我嘴笨……"那文斌不理高三力，抓起面前的一缸白酒一饮而尽。高三力说："姐夫，慢点儿，慢点儿。"那文斌喝完说："三力啊，姐夫对得起你了。"高三力眨着眼，不知道这事跟自己有啥关系。那文斌说："为了保住你这贫困户名额，姐夫自己提出来的，支书不当了！"高三力恍然大悟："为了我呀，姐夫……"

高三力被感动得说不出话来，也抓起缸来一饮而尽。那文斌媳妇吓坏了："哎，哎，你们哥儿俩都多大岁数了，慢点儿喝啊！支书不当了不是啥坏事，好好地干咱的酒门市去，再也不用听别人说闲话了！是吧？"高三力说："姐，你出去。"那文斌媳妇看高三力脸色不对，只好退出。高三力说："姐夫，我真没想到姓唐的这么狠，这是仇啊，得报！这事儿交给我。姐夫对我恩重如山，这点儿事干不好，我还是人吗？"那文斌说："别胡说。"高三力不再说话，又去倒酒。那文斌嘟囔着说："明摆着他的主意，开会的时候却不吱声，让郭书记和纪委书记轮番开火，哼，真有道行。"那文斌吃了口菜，"完事还装好人，说要回村找我谈心……够阴的吧？"高三力说："唐天石还敢回那家沟？"那文斌说："敢，跟我约了，八点，村委会，我不去，我晒着他！"高三力眼前一亮，他好像琢磨着什么……

那家沟村外，唐天石仍背着双肩背包，走在村路上。暗处，高三力借着酒胆，手里紧紧握着镐把，喘着粗气。

他的视线中，唐天石越来越近，到了自己的藏身之处。他猛地从暗处蹿了出来，抡起镐把向唐天石的后脑勺砸去。有军人敏感的唐天石下意识一低头，镐把抡空了。唐天石以最快的速度连出两招。高三力肥胖的身体重重地摔在了地上，胳膊肘着地，疼得嗷嗷直叫。唐天石双拳紧握四下观察，发现并没有别的人，又看向地上的人，惊叫："啊，怎么是你？"高三力号叫着说："哎呀，我这胳膊折了！"唐天石俯身查看高三力的胳膊说："没骨折，你别喊了，起来！"高三力说："啊？"

高三力这才明白自己置身危险之中，有些恐慌。

那文斌睡着了，他小姨子冲进屋来说："姐夫姐夫，不好了！"小姨子身后，一儿一女也跟着冲了进来。那文斌说："大吵小嚷嚷的，咋了？"小姨子说："三力要杀人哪！"那文斌惊醒说："啥？咋回事？"小姨子说："刚才三力不是陪您喝了点儿酒嘛，回去就拎着镐把，说要给您报仇，我拽着他不让走，他犯驴劲儿，把我和孩子给锁屋里了。我们半天才从窗户爬出来，姐夫，你快把他找回来吧！"那文斌一嘁牙花子说："镐把？"有点儿慌，眨眼想着刚刚喝酒时的话，"几点了？"小姨子说："八点二十了。"那文斌说："坏了，来不及了……"吓得赶紧穿衣服，冲了出去。

唐天石在那家沟村委会里，正帮高三力按着胳膊，拽着手臂抖了又抖。唐天石说："咋样？好点儿没？"高三力点了点头，但胳膊还是不舒服。唐天石说："高三力呀，我对你有些了解，初中文化，十九岁就因打架斗殴被劳教过，后来开大车致了富，日子过得不错，又因赌博返了贫欠了债，你也四十好几了，应该对前半生有个反思……"高三力还是很不服地说："用不着你教训我，派出所人啥时候来啊，我跟着走就得了呗！"

唐天石说："我没给派出所打电话，今天的事全当没发生过。"高三力说："少在这装好人，我也得信你……咋着，又想往我姐夫身上赖？我告诉你，我想削你，跟我姐夫没关系！"唐天石笑了说："你要不说我都忘了你是文斌大哥的连襟……高三力，我还有事儿，你回去吧。"高三力一愣说："真让我走啊？你不能背后使绊子吧？"唐天石说："我当过兵，只会正面冲锋，绝不背后偷袭。"高三力说："埋汰我呢呗？哼，算你小子命大。"唐天石说："也算你运气好，那一镐把要真砸上，你恐怕得坐一辈子牢。你就不想想嫂子和俩孩了？高广平是你父亲吧？他们老两口生活也不富裕，这次应该能补评上贫困户。我听老爷子说你有钱的时候没少贴补家用，将来要是能东山再起，重新致富，希望你跟以前一样孝顺老人。"唐天石说得真诚，那份正气让高三力没法再耍混，但还是不太服气。他嘟囔着说："算老几啊，教育上我了……"唐天石说："不算教育，就是聊天，我来青山镇工作可不是走过场的，这次重新识别贫困户是工作的开始，未来我还得跟大伙儿一起努力脱贫致富。

所以啊，那家沟我会常来，咱哥儿俩慢慢处，日久见人心，好吧？"

唐天石送高三力出门，那文斌和他媳妇、小姨子以及俩孩子气喘吁吁地赶到。俩孩子扑上去就喊爸，触碰了高三力受伤的胳膊，他疼得直叫唤。小姨子说："三力呀，你怎么了？"

高三力捂着胳膊龇牙咧嘴。高三力媳妇说："你被唐天石打了？"她大喝一声，"镇里干部打人了，大伙儿快来看啊！"那文斌立刻瞪向她说："你闭嘴！"高三力媳妇被吓住了。那文斌说："高三力，咋回事？"高三力瞟了一眼唐天石说："我……我自己摔的。"那文斌说："这么大人，喝两口酒你还摔了？回家去！"

高三力点着头往家走。高三力媳妇不依不饶地说："高三力你就是尿，让人打了都不敢说实话……唐天石，你等着！"高三力说："哎呀，莎莎你别说了，走吧！"高三力用没受伤的胳膊拽着莎莎走了，俩孩子连忙跟着。那文斌说："唐副书记……"唐天石说："文斌大哥，我跟您约的晚上八点来村委会，这都八点半了，你拿我当傻小子哪？"那文斌说："噢，喝了两口酒睡着了，对不住啊……"那文斌看了看媳妇说："你也回去吧。"那文斌媳妇没看出门道来，不愿意走。

唐天石说："大嫂，我想和文斌大哥好好聊聊，请您批准呗？"那文斌媳妇说："太晚了吧？你不是九点就熄灯吗，明儿再聊不行？"唐天石说："大嫂，我九点钟准时熄灯是在部队养成的习惯，但如果有任务，我也能两天两宿不睡觉，今天要跟文斌大哥谈心，我跟郭书记汇报过，这可是任务。"那文斌说："行了行了，你快回去吧。"那文斌没好气地把媳妇呵斥走，径自向村委会走去。

那家沟村委会的夜，两个人对坐。唐天石口若悬河，那文斌听得有些不耐烦。

唐天石始终保持微笑，那文斌逐渐信服。唐天石推心置腹，那文斌听得叹气点头……

山里的村庄好宁静，月光如银，皎洁而明亮。

太行山里有个车谷砣村

◎杨辉素

河北省石家庄市灵寿县车谷砣村，是太行山深处的一个小村庄。小村庄被山怀抱，却也被山束缚。曾经，这里是贫困村，村民们只靠一两垄沟边薄田过日子。

中等身材，皮肤黝黑，今年50岁的陈春芳就生长在车谷砣村。高考落榜后，陈春芳曾外出打工，干过建筑小工、电工、煤炭装卸工。后来有了一些积蓄，他成立了自己的公司，还在灵寿县城买了房。

人虽搬到了县城里，可陈春芳的心却还在车谷砣村。村里的人和事，他一直惦念着：毛妮婶有钱买药吗？志富伯家房子灌风漏雨，他怎么过呀？今年庄稼歉收，大家吃得饱吗……

思来想去不如一番实干。终于，陈春芳下定决心：回村带领乡亲们脱贫致富！

听说他要回村，父母劝他："芳儿，人都往外走，你怎么能回来呢？"妻子说他："你不考虑自己，也得为家人想想。"陈春芳沉默不语，半天吐出一句话："我是党员，党员得有觉悟。咱不能只为自己。我一定得回去！"

就这样，陈春芳把妻子儿女留在县城，把公司交给朋友，一个人回到村里。

2011 年 12 月底，陈春芳高票当选车谷砣村党支部书记。脱贫攻坚的号角吹响后，他带领着车谷砣村老百姓开始了一场脱贫攻坚战！

一

一上任，陈春芳先着手解决村里的基础设施问题。

山里的夜黢黑。没有路灯，村民们晚上出门，靠点燃一种叫麻秆的植物取亮。

在村两委班子上任的当天下午，陈春芳和班子成员就垫资 1.5 万元，去县城买回了 19 盏 LED 路灯。第二天安装、架线。当天晚上，路灯就亮起来了！

春节前，陈春芳又马不停蹄地去县民政局争取救济物资。县里挤出 4000 斤白面，他和村干部又集资购买 4000 多斤，村里 204 人，按人头发放。

年一过，陈春芳开始筹划解决乡亲们吃水难的问题。车谷砣村的人畜用水，从环村而过的砣河取用。夏季，河里漂浮着残枝败叶，卫生不达标；冬季，只能用铁勺刮取冰渣子融化后饮用。

陈春芳上县水利局请来专家实地勘测，在山上发现了一个碗口大的泉眼，泉眼里渗出的水清冽甘甜，是真正的山泉水！他立即组织人往下深挖，泉眼四周用青石围砌，上面遮盖棚顶，形成一个大蓄水池。池内通一根大管子，管子深埋地下，延伸进各家各户。

车谷砣村的家家户户都吃上了山泉水！那叮咚流淌的声音，仿若一曲开心的歌！

二

记不清有多少次了，陈春芳用脚步丈量着大砣山的沟沟峁峁，寻找让乡亲致富的路子。

车谷砣野生的猕猴桃、板栗、核桃、酸枣、柿子、山杏，长了一茬又一茬，落了一茬又一茬。不是没想过卖，交通阻塞，外面车进不来，里面车出不去。车谷砣山清水秀，有千年古茶树、百年老宅，却养在深山人未识。

陈春芳邀请相关公司来车谷砣村考察，他们都看中了这里，唯独看不上的，是路。

路，严重束缚了车谷砣村的发展。

怎么办？修路！

在村两委班子会上，陈春芳说出了修路的想法。

有人说，修路不是小事，那得需要多少钱？还是先去找上级部门吧，上面给钱，咱就修，不给，咱也修不了。

陈春芳却说："不用找，咱们发挥愚公精神，自己干！"

自己干？不可能！就我们这穷地儿，拿什么来修？

陈春芳没有退缩。他先与村两委班子成员一起到阜平等地参观考察，又拉着党员和群众代表到平山县平岭村参观考察。特别是与当地村民的面对面交流，让大家感触颇深。是啊，真把路打通了，还愁日子过不好吗？

可大家还有顾虑，万一修个半途而废，咋办？

陈春芳向大家保证："路修好了是村里的，修不好所有损失算我个人的！"

又有人提出，万一将来发展好了，全成你们干部的，我们不是白费劲吗？

对此，陈春芳坚定地说："我们是'共同参与，共同谋划，共同发展，共同致富'，将来，全村人人受益，绝不落下一个人！"

心里的疑惑都解开了，大家吃了定心丸。

集资修路！

村干部 6 人集资 18 万元。陈春芳又用灵寿县城的房子做抵押，贷款 30 万元。

请不起工人，自己干。凡是留在村里有劳动力的，都出工。一天 30 元工资，村干部一分钱不拿。

没有设备，租了一辆钩机、一台铲车。

6 个村干部，十七八个村民，一辆钩机，一部铲车，这就是修路的全部人员和工具！

手搬肩扛，放炮劈山，全靠人力。渴了喝一口自带的水，饿了啃一口自带的干粮，实在累得不行了，就在地上躺下睡一会儿，然后再起来接着干……

陈春芳累得病倒了。在医院输液，他却举着输液瓶跑了。跑到工地上，把输液瓶往树上一挂，一边输液一边指挥。老母亲心疼地流下眼泪："芳儿，你说你傻不傻啊！"

可陈春芳却要坚定地干下去。

有个叫狐仙洞的地方，高 40 多米，岩层厚 15 米，只有打眼爆破才能消除崖头。为了不影响白天施工，陈春芳带领村两委干部在晚上排险。

他们从山顶的大树上拴一根绳子，一人吊在绳子下，用杠子和钢钎去撬石块。为了不晃荡，还得在腰间再拴一根绳子，另一个人在旁边使劲儿拽着。

陈春芳果断地说："我上去，你们配合！"他腰系绳索，身体吊着撬石。此刻，如果配合稍有不慎，绳子被哪块石角割断，陈春芳就会当场摔下去！

经过两年半的奋战，一条全长 9.75 公里、宽 8 米的路基，终于从车谷砣村蜿蜒到山外，连接了 201 省道。

陈春芳带领车谷砣村人修路的事儿，上级部门很快也知道了。县扶贫办、农工委等部门都给予资金支持，县交通局还把这条路定为县道，按三级公路标准投资建设。

三

路修好了，陈春芳带领村党支部开始全心全意打造车谷砣村的旅游事业。

一天，他走到一个叫"手把崖"的地方。远眺，两山对峙，一道流水哗哗而下。他想到了"截断巫山云雨，高峡出平湖"的诗句，一个想法立刻在脑海中闪现，何不建个"高峡平湖"？

他请来水利专家，确定这个想法切实可行，并在政府部门的支持下，办好了各种手续。但修建大坝的难度不亚于劈山筑路。陈春芳再次做出决定：我们还做愚公，自己干！

材料运不上去，就由人力背，一袋袋水泥、沙子全靠村里十几个人背上去。买不起设备，就买别人淘汰的机器，修修再用。只是，这么重的设备怎么弄上山呢？他们想了个办法——先把设备拆了，村民用杠子抬上山，然后重新组装起来。

一年多之后，宽14米、高20米的主坝和宽5米、高7米的副坝完工，一座库容15000立方米的"高峡平湖"卧于两山之间。波光粼粼的湖水，不仅成了美丽的景观，村民们还在湖中人工养殖虹鳟等，开创了致富新路。

村里山上零散生长着野生果树，但产量低、收益小。陈春芳决定扩大果树种植面积，改传统种植为经济种植。由村里购来果苗，统一分发给每家每户。第一年每人种10棵猕猴桃树、50棵核桃树、100棵板栗树。第二年又在山上撒下400斤杏核。后来又种下6000棵洋槐树。种植规模不断扩大。还请来县林业局的技术人员给村民讲解果木栽培知识，帮着修剪、嫁接。一棵棵树苗蓬勃地生长起来了。如今，各种果树都已挂果。

太行山深处的车谷砣村，很快摘掉贫困村的帽子，全体成功脱贫！

四

车谷砣村一天天在变——

村口的千年古茶树被评为河北省十佳最美古树，修旧如旧的古茶祠玲珑端庄；村中的清代老宅细诉着岁月的变迁；村后山上的古城垣、点将台见证着村庄古老的历史；村里既有淳朴的农家乐，也有设施齐全的宾馆、停车场……

这样的车谷砣村，能不吸引人吗？

人们主动来车谷砣村寻求合作。村里及时引进企业，成立灵寿县大砣山旅游开发有限公司，与正定县塔元庄建立合作关系。经过专业规划，将景区定位为康养旅游度假区。

走上富裕之路的车谷砣村，还要带领周边村子脱贫致富。相邻的黄土梁、南枪杆、团泊口依然是贫困村，南寺村整个沟里的村民也还生活在贫困中。

陈春芳联系上这四个村，成立沟域旅游开发和产业脱贫联合党总支，他担任沟域联合党总支书记。他们要打造车谷砣全沟域生态旅游度假区，通过合作经营模式，让全体村民入股，带动各村庄共同发展，小康路上不落下一个人。

这世世代代穷乡僻壤的地方，正在焕发出新的光彩……

陈春芳的无私付出赢得了乡亲们的尊重和信任。2015年、2018年村党支部换届，他全票连任村党支部书记！

作为十三届全国人大代表、村党支部书记，陈春芳一如既往地为车谷砣村的美好明天奋战着。太行深处，一个个小村庄一天天美丽富饶起来……

曲长城的"幸福套餐"

◎刘世芬

2018 年 3 月，春风吹拂着燕赵大地。河北省又一批机关干部背上行囊，奔向尚未脱贫的一片片热土，开始了他们为期三年的扶贫征程。

已有两年基层挂职扶贫经历的河北省农业农村厅正处级干部严春晓，再次响应号召，克服困难，主动担当，带领刚毕业的名校硕士生韩廷耕、张占伟，来到河北省深度贫困村——阳原县曲长城。

出发前，尽管严春晓对曲长城做足了"功课"，但真正走进村里，还是让他和工作队员吃了一惊，一腔真诚跟村民打招呼，迎来的却是冷漠的眼神和尖锐的质问："你们几个娃娃能干啥？带了多少钱下来？要是真能把水的问题解决好，三年啥都不干也给你们请头功……"

百废待兴，"好水"破冰

水，是曲长城的命！这是严春晓的第一判断。

全面入户走访后，严春晓对这个深度贫困村有了更清醒的认识。2018 年初，全村户籍人口 1139 户计 3003 人，建档立卡贫困户 557 户计 1263 人，占总人口的 42%；其中未脱贫户 356 户计 721 人，贫困发生率高达 24%，在全省 206 个深度贫困村中体量最大；水差地贫、房破貌乱、业弱人散，相对闭塞，干群关系紧张，脱贫的基础相当薄弱。特别是饮水问题，已经困扰了村民近30年。癌症患者频频出现，因病致贫户连年递增。县政府先后从周边村子引水，水质都不理想。多数年轻人外出打工，有条件的村民搬到县城居住；学校教育难以为继，偌大的村庄在村里就读的小学生只剩下50多人……

几十年的难题，要在不到两年的时间里破解，不折不扣地完成脱贫任务，简直就是"挑战不可能"！而这是一场只能赢不能输的硬仗，军令状已立，没有退路。

严春晓通过多方关系，找到省煤田地质局水文地质队高级工程师齐俊启。齐工带领专家团多次现场勘查、调阅资料、仪器测量，最后提出要在村南襄山脚下打井。

消息一出，回应他们的就是当头一棒。多年的求水经历和固化思维，让村民们已经不相信在本村范围还能打出好水，更何况是在光秃秃的山上打井，严春晓把村民的质疑告诉专家，专家的解释是，以前村民盲目打井穿透咸水层，而且这眼坏井正好在上水头，导致全村水质逐年变差，村庄范围内确实已经没有好水。但半山腰的缝隙是天然水库，不仅有水，而且水质很好。听到这些，严春晓心里踏实不少。反复考量后，为了这一方百姓，严春晓把"找水"寄托在专家身上。

经过四个月的艰难准备，2018年9月8日，山上终于迎来第一批大型设备。依然半信半疑的村民像一个个"监控探头"，随时关注着山上的一举一动。而这一关注，还真发现了大问题：大设备上山没几天就离开了！原来"遇硬则硬"的大家伙，遇到了"软钉子"。钻头刚打下几米，就被软土层卡住了。拔出，再打，又卡；再拔，再打，还卡。反反复复打到36米，钻头再也拔不出来，再大的设备干着急使不上劲儿。这眼井就废了。

村民们心里刚刚升起的一丝希望破灭，非议声几乎能把严春晓吞没："在山上找水，一看就不靠谱！"

严春晓催促中标方抓紧调整施工方案，尽快联系新的施工队上山。前前后后折腾了半个多月，第二批施工队多次到现场查看，艰苦的环境让他们望而却步。

翘首期盼中，曲长城迎来了真正的冬天，新的转机也随之到来。一家个体施工队拉着"磕头机"进场。

冬天的襄山，北风呼号，干冷难耐，零下30摄氏度的气温，棉大衣根本无济于事。不到一天，工人们忍受不了刺骨的寒冷，纷纷离开，只剩下队长王素文进退两难。

严春晓掏心掏肺地对王素文说："水就是曲长城的命，咱们这是在为3000人造福，一定要坚持下去。从今天开始，你只管安心打井，我负责一日三餐。我们工作队给你送饭！"

大包小包的各类食品送上山。中午、晚上两顿饭，严春晓和两个队员亲自下厨，每顿有荤有素、合理搭配。山路崎岖，颠簸难行，有时怕饭菜洒出来，严春晓只能一手握着方向盘，一手小心翼翼地提着饭盒，按时把热菜热饭送上山，连续22天，雷打不动。

王素文的"磕头机"发挥到极限后，大型设备重新进场。严春晓与他们共同经历了太多艰辛，王素文被深深地打动：没见过这样的扶贫书记。

2019年1月2日，必将被记录在曲长城的历史上：汩汩清泉喷涌而出，村民们蜂拥上山，在争相品尝第一口甘泉的同时，不忘用水桶提回家，让全家人感受"幸福的味道"。

"水是全村3000人的命根子，一盼就是30年。今天，终于让你们解决了，你们是我们的大恩人呀！"早早爬上山坡的70岁老支委苏全仁，激动地表达着全村人的心声。

也难怪，苏全仁的两个女儿在县城工作，以前每当她们回村里，二老为了女儿，都要到外村去买"好水"。

此时的水，不是一般的"好"，经权威检测，各项指标全部优质，其中锶含量 0.29mg/L，达到矿泉水标准。曲长城的水质，一下子从全县最差，变成了最好。

打井治水的成功，让曲长城人看到了无尽的希望，本不被看好的工作队一下子成了全村的"主心骨"。

2020 年春节期间，中央电视台以"决战脱贫攻坚、决胜全面小康"为题，解读中央"一号文件"：全面建成小康社会，必须补上突出短板。曲长城治水，当之无愧地成为全国的典型案例。

百废待兴，一朝破冰。有了"好水"，全村盘根错节的诸多难题，也都迎来转机。

幸福是奋斗出来的

早在打井找水的同时，严春晓就谋划了曲长城可持续增收的产业布局——冷凉地区特色精品产业示范园区。

"劣势可以变成优势。曲长城地处北纬 39.99 度的黄金种植地带，光照充足、气候冷凉、昼夜温差大、土质微碱、天然生态，发展特色、高效作物具有独特优势。"专家们给出这样的结论，严春晓就在专家和省农业农村厅的支持下，开启了产业突围之路。

登上铲车，与村民转运有机肥；登上运苗车，与大家一起装卸果树苗；走进地垄，指导大家科学栽种……田间地头，严春晓俨然一个"农把式"：以 300 亩皇菊、1.6 万株苹果、万株福枣、10 个暖棚为主体，万株玫瑰和多彩花海为补充的"三花三果"新产业基地横空出世。

"咱村种菊花，这可是头一遭！"70 岁的村民帅振明，当过兵，见识广，他在 20 世纪 80 年代承包过村里的果园，是村里的第一位万元户，多年来积累了丰富的种植经验。"菊花种植和育苗技术含量很高，我这一年可是学了不少东西！"如今，帅振明成了严春晓口中的"首席土专家"，负责村里产业园区菊花和果树的技术管理工作。

老支委苏全仁自豪地说："曲长城人现在真正扬眉吐气了！"他也当过兵，算得上阅人无数，却总是说，"严书记这样的人我可没见过，他为咱们老百姓付出得太多了。"

两年多，曲长城的菊花产业已经向前延伸到大棚扦插育苗，向后延伸到烘干包装和品牌营销。创建了"阳原壶菊""39度菊""千米粟""萌苹果"等品牌，加入了832官方扶贫、首农扶贫、"冀旅农品"等集采平台，开通了淘宝店，签订了兜底收购协议和消费扶贫直采基地。谷物加工厂的建立，给村民种植谷子托了底，谷子种植面积从2019年的600亩增加到2000亩。现在，曲长城的优质皇菊一朵卖到3~5元，草莓采摘一斤30~50元，品牌小米价格提升，香脆酸甜的小苹果和福枣更成为市场新宠。

土地得租金、劳务得薪金、分红有股金、衍生服务有酬金……全村200多名有劳动能力的贫困户在产业园区、加工厂区和建设工地打工，2019年仅务工收入一项就达60万元，平均每人近3000元，建档立卡贫困人口年人均可支配收入实现翻番。

2019年9月21日，为期一个月的曲长城首届农民丰收节暨特色花果品鉴节拉开帷幕，千人齐跳广场舞，百人同采皇菊，百年传承非遗表演"背阁"闪亮登场，曲长城到处是一片欢乐的海洋。

身在外地的曲长城村民看到视频，纷纷留言："一年没回去了，家乡变得好美！"当然，许多留言，还是采用了视频最后打出的标题——"幸福是奋斗出来的！"

扶贫必扶智，孩子们耽误不得

严春晓来到曲长城第二天，就做了一件让曲长城小学校长肖海文难以置信的事。晚上才到村里，第二天上午先去的却是村小学。

严春晓看到的曲长城小学，硬件不错，但贫穷与缺水加剧着村子空心化的同时，学校也几近"枯竭"。

与当时打井等诸多繁重的任务平行，严春晓死死咬住教育不放，抢开了"三板斧"——"语文是体育老师教的，英语是计算机老师教的，这种现实必须改变，必须请专业老师！"

请专业老师涉及许多政策环节，并非一朝一夕能解决的。在配备专业师资之前，严春晓"就地取材"，他把自己也"取"来：亲自给孩子们上数学课。省农业农村厅往阳原县派了三个工作队，共9人，都是名校的博士、硕士，严春晓是总负责人。他把这些名校高才生全部融入曲长城小学日常教学，开展语文、数学、英语综合素质的教育提升。

2019年3月，严春晓把主管教育的副县长、县教科局及镇中心学校的负责人请到曲长城小学调研座谈。参观之后，严春晓抛出几个问题：专业教师怎么招？优秀编外老师怎么聘？教师的积极性如何调动？大家一起讨论，给了严春晓比较满意的答案。

随后，严春晓亲自连"抢"带"挖"，三名优秀专业教师充实到教学队伍，使各年级语文、数学、英语课程都由专业老师授课，音乐、体育、美术、微机等课程都得以正常开设。

刘文燕是学校招来的英语特岗教师。有一天，严春晓没打招呼就去听她的课，让他吃惊的是，刘老师竟能用双语教孩子们。他与校长肖海文商量，不仅对刘文燕委以重任，还因此把学校改为"曲长城双语小学"。

在县教科局的指导下，"村校共建模式"应运而生。由村委会统筹社会助学资金，设立教学质量奖和学习进步奖，对教学成绩优秀的老师和期末成绩优异的学生进行奖励。学校、教师、家长、学生之间的互动更加亲密，比学赶帮超的氛围日渐浓厚。

短短一年多，曲长城小学破茧重生。2019年，六年级毕业班综合测评成绩全县第一名！

2018 年 9 月 30 日，上海东方卫视在曲长城做节目采访肖校长时，他怅然地说："要是学校发展好了，出去的孩子能够再回来，就好了……"似乎这样说着说着，29 名在外求学的孩子们就陆续转回来了。家长们纷纷表示：早知村里学校变得这么好，就不出去了。

有人问严春晓："村里那么多事，你为什么先想到发展学校教育？"

"扶贫必扶智，孩子们耽误不得！"

为曲长城织一块"锦"

"严书记在曲长城的历史上写下了重要一笔。"

"严书记总能给我们带来惊喜，住楼房，那可是连梦都没敢做过！"

村里上岁数的村民纷纷述说着……

走在曲长城，一段段残存的不规则的堡墙，见证着村子悠久的历史。然而，道路和房子也同样"悠久"，雨蚀风摧，泥泞不堪。曲长城贫穷了几十年，绝大多数人住的都是老旧房子，一遇雨天，岌岌可危。

多年从事农业农村工作，严春晓对农村、对农民有深厚感情。如何让村民不花钱，既高质量实现"住房安全有保障"，又朝着生态宜居的方向发展，成了压在严春晓心头的另一件大事。

说来也巧，国家适时出台了针对深度贫困地区的"土地增减挂钩政策"，将宅基地恢复成耕地，一亩地指标交易至少 30 万元。严春晓和村支书武晓敏与镇党委书记薛源多次商讨，并充分征求村里意见，决定建造六层电梯楼房。

在热火朝天的建设工地，绵绵细雨中，严春晓带众人沿着电梯井旁的楼梯登上已经封顶的一幢楼房，举目四望，仿佛看见昔日的驿马萧萧，却被眼前的一川烟雨拉回现实。严春晓指着楼下介绍："这一片是绿地，那一块是花园，这里是幼儿园，那里是幸福养老院……一幢幢新楼房在脚手架中屹立，首批 400 多户村民将于 2021 年春天从土坏房搬到宽敞明亮的新楼房安居。"

阳原县常务副县长刘家利说:"宜居小区,让曲长城提前迎来幸福生活。"

而让刘家利更欣慰的,则是严春晓把被帮扶者变成了帮扶人。

2020年全国抗击新冠肺炎疫情关键时刻,从中央到地方的诸多媒体传出一条消息,"刚刚脱贫的河北省阳原县曲长城村3003名村民,向湖北神农架慈善会捐赠了甲强龙针剂840支、优质菊花茶1920罐,累计价值6万元。"

与社会组织的大额捐款相比,6万元实在微不足道。但它来自全省最大的深度贫困村,捐款人不仅有老党员,还有百岁老人;不仅有普通村民,还有五保户;不仅有在校大学生的勤工助学款,还有中小学生的压岁钱……

曲长城村大人多,五保户、孤寡老人、残疾人等特殊群体相对较多,这些群体更需要关注、帮助和陪伴。在严春晓的倡议下,爱心志愿者服务队成立了。严春晓带头参加志愿活动,每月捐款300元注入爱心基金,日日月月坚持下来,引发"蝴蝶效应",自愿捐款数额十分可观,爱心志愿者团队成为曲长城的一张新名片。

严春晓给村里制定的目标是:老有所享,壮有所为,少有所学。而他最爱说的是:"曲长城现在美,将来更美,曲长城的美我带着你们去发现。"

2020年3月6日,习近平总书记在决战决胜脱贫攻坚座谈会上强调,要接续推进全面脱贫与乡村振兴有效衔接。严春晓对此深有感触:"精准扶贫是雪中送炭,乡村振兴是锦上添花。""我现在做的,就是要在高质量脱贫出列的基础上,为曲长城织一块'锦',为增添繁花奠基铺路。"

能够参与决战决胜脱贫攻坚并做出贡献,一辈子值得骄傲!工作队进驻的两年多,第一书记严春晓用他为曲长城村民烹制的"幸福套餐"

交上一份出色的答卷：开山（山上引泉水）、辟地（荒地栽花果）、强基（村里建楼房）、固本（校园提质量）、立心（初心强党建）、铸魂（文明树村风），使曲长城村脱胎换骨、华丽蝶变。严春晓本人连续两年被评为"河北省扶贫脱贫优秀驻村第一书记"，所带领工作队连续被评为"河北省扶贫脱贫先进驻村工作队"；2019年荣获"河北省脱贫攻坚奖创新奖"；被第七届中国民生发展论坛评为"最美奋斗者"……2019年底，曲长城村高质量脱贫出列，踏上了乡村振兴的列车。

金秋丰收时节，村内村外，满目金黄。一个个令人振奋的消息，正伴随着大自然的脚步，翩然飞来……

金莲花开

——张家口市沽源县长梁乡大石砬村脱贫散记

◎黄军峰

一

一场透雨过后，金莲花在田野里醒来。她们带着几分羞涩，几分娇嫩，又带着几分华丽，几分高贵，像一群从天而降的仙子，成为草木新的邻居。

土豆秧第一个兴奋起来，伸腰、挺胸，用一片又一片圣洁的雪白为她们接风。成方连片浓绿的莜麦也活跃起来，她们扭动着柔韧的身躯，起起伏伏，整齐而热烈。漫无边际的草原开始接力，未曾开口，已翠绿含羞，浓浓淡淡、深深浅浅、躲躲藏藏；杨树、樟子松，威武挺拔，迎风高歌；闪电河畔的鸟儿也得到喜讯，大雁、野鸭、白鹤等，撩起层层碧波，振翅欢舞。

金莲花自然不会亏待这些热情的邻友们，她们很快便以一片又一片高贵的金黄盛装回馈。七八月间，燕赵坝上，沽源之地，因为金莲花，成为这个季节里令人向往的地方。

金莲花，别名旱荷、陆地莲、旱莲花、金梅草、金疙瘩等，被沽源人尊为县花。据传，金世宗某年五月策马至此，耀眼的金莲花正值盛花期，漫无边际，浩浩荡荡，遂心血来潮，赐下御号，"八百里金莲川"因此扬名。

在这里，我没能目睹"八百里金莲川"的壮观，却邂逅了一个名叫大石砬的小山村。

庚子盛夏，上午，九点一刻。大石砬村委会办公室。

她就坐在我对面。她叫孙喜玲，大石砬村村支书，四十五岁，短发，瘦小身材，一说话就笑，笑起来像朵盛开的金莲花。就在前不久，她刚刚获得全省乡村振兴"领头羊"的荣誉。

咳咳——掩口轻咳两声，她向后挪了挪，做好了采访准备。

"听说，咱们村是国家级森林乡村？"

嗡嗡嗡，一串振动声……

"不好意思，我先接个电话……"她嗓音嘶哑，带着几分疲惫。电话里，刚才还温文尔雅的孙喜玲转瞬变得焦急，"规定就是规定，谁也不能破坏。后天，就后天，不能因为一个人影响了全村人……"

放下电话，孙喜玲挠挠头，深表歉意，"刚才，我们说到哪里了？"

我还没有开口，电话又是一串振动。孙喜玲看看手机，又看看我，面带羞涩。"没事，您先接电话……"我明白她的意思。

挂掉电话，她再次道歉，"村里就这样，什么事都得问你，现在我就关机！"

自然，我并没有让她关掉手机。采访，在她宝贵的时间里进入话题。

"刚才说到哪了，您问森林乡村是吧，哦，这多亏了省林草局，多亏了田院长他们……"

说话间，她用手指了指窗外，"喏，眼前的一切都明摆着呢……"

坐在新建的村委会办公室，窗外，院子里五星红旗迎风招展。围绕五星红旗的，有种类繁多的树木、茁壮成长的蔬菜，当然，更少不了盛开着的金莲花。远处，蓝天白云映衬着起伏的山林，翠绿浓妆，高高矮矮，肥肥瘦瘦，深深浅浅，似一幅天然的水墨画。

喝上一口淡淡的茶，心随画游，我初次进到大石砬村时的样子便一帧帧地浮现眼前了。

以大石砬村委会为基点，前面是山，左面是山，右面是山，后面还是山。这些山，深深浅浅地藏在云雾中，闪亮在阳光下，墨绿、嫩绿、油绿、青绿、静绿、森绿，处处相似却不同。除了丰富的绿还有路，它们附着在山林身上，弯弯曲曲、高高低低、长长短短，如舞动的游龙，似少女的发髻，令人神往，让人心醉。最独特的当属紧邻村庄的孤山。一方巨石，酣睡于此，孤独了亿万年。白垩纪地壳运动，火山口在这里吞云吐雾，时至今日，岩石、地貌，成为人们认知地球、了解地理、穿越历史的绝佳体验之地……这里的山，这里的林，这里的草原，这里的河流，用蓬勃的活力告诉人们，什么是燕赵大地上的青山绿水，什么是新时代的生态文明。

谁能想到呢，在过往的日子里，隐匿在山林与草原中的村庄，乃至村庄里的人们，却生活在薄薄厚厚的贫穷里。大石砬行政村，由沟口、大干沟、小干沟和大石砬四个自然村组成，整个行政村 585 户 1414 人，2014 年建档立卡贫困户就有 307 户 650 人，属于国家级深度贫困村。

这些，又都是过去的事情了……

二

孙喜玲口中的"田院长"，名叫田建辉，河北省林业和草原局驻大石砬村扶贫工作队队长，第一书记。

2018 年 3 月，全省脱贫攻坚战役全面打响，数以万计国家干部组成的扶贫工作队浩浩荡荡分赴贫困的乡村。

河北省林业和草原局，2018 年 11 月 2 日挂牌成立，将省林业厅、农业厅、国土资源厅、水利厅等部分管理职责进行整合，是河北省自然资源厅的部门管理机构。尽管是个"年轻"的单位，他们却肩负着全省生态扶贫的重任，而且还是沽源县脱贫攻坚五包一牵头单位。面对这场没有硝烟的战役，河北省林业和草原局选派田建辉、李增良、姚伟强三名业务精英组成工作队，瞄准深度贫困的大石砬村。

说起来，田建辉与孙喜玲的第一次见面，颇有一些传奇和趣味。

是日，田建辉他们初到大石砬村，寻了多个地方也没找到村干部。几经周折，有人把电话打给孙喜玲。当时，她还是村里的妇女主任。正是清晨，电话来得突然，对方也没告诉她什么事，只道快点儿到村委会，越快越好。孙喜玲不知发生了什么事，顾不得洗漱，来不及装扮，顺手扯起母亲的大棉袄，急匆匆赶了过去。

进村委会大院，孙喜玲才发现情况不对，三个陌生人正站在院子里。哪个女人不爱美，孙喜玲自然也不例外。邋遢的样子，瞬时让孙喜玲有些尴尬，脚步下意识地往后挪了挪，已经来不及了。对方向她打招呼，她只得硬着头皮迎上去……

我从扶贫工作队队长田建辉那里获得了那张珍贵的照片。照片上，孙喜玲蓬头垢面，肥大的黑色大棉袄裹着瘦小的身子，有些滑稽，又有些让人心疼，一个典型的山村老太太形象。采访之时，谈及这件事，孙喜玲轻咬嘴唇，脸颊飞红，"哎呀，可别提了，真是丢死人了……"此刻的孙喜玲，羞涩、可爱、腼腆、娇柔，如果不是深入了解，怎么也不会相信，她就是那个说一不二、雷厉风行、风风火火的村支书。

初到大石砬村，因为长期练就的职业敏感，这里丰富的生态环境便把田建辉他们镇住了。当然，震惊他们的还有眼前破烂的村庄，以及在脏乱村庄里艰难生活的人们。彼时的大石砬村，如中国大多数贫困乡村一样，路难行，水难吃，垃圾遍地，断壁残垣，破败与贫穷牢固地坚守在大石砬村人的日子里。

燕赵大地，丰沛富饶，地域不同，时节迥异。初春，平原上已是万物复苏，坝上地区却依旧寒冷。自然，除了环境上的寒冷，最让他们记忆深刻的，还是心理上的"寒冷"。

对接完毕，工作队被安排住在村委会。吃水，便成为他们第一个要解决的问题。习惯了城市里拧开水龙头就能用水的日子，在这里还要担水喝，这是他们没有想到的。常言道，远来的和尚会念经，田建辉他们开着苦涩的玩笑，"这下可好，三个和尚没水吃……"

仅仅担水也就罢了，关键还得排队，还得定时定点，路还不好走。偌大个大石硼村，能供水的地方也就那么两处，人们把那两口井视作生命之眼。看吧，到了放水点，家家户户拉着小车，扛着扁担，拎着水桶，拿着水壶，不明内情，还以为是一支落难逃荒的队伍。因为定时定点，抢前位、占地方的事情就时有发生，口角之争自然也就难免。装好的水往回送，一定要小心路，颠颠簸簸，洒了可惜啊……

此情此景，被工作队看在眼里，城市与乡村的差距，生活贫困的现实，让他们每个人心里五味杂陈。

进一步走访了解，工作队掌握了更为准确的信息。几年前，大石硼村也铺设过一些自来水管网，但因为这地方寒冷期较长，加之温度低、管网铺设深度不够，一到冬天就上冻，为了吃上水，村民们只得舍近求远，"吃水难"是村民最关心、最迫切需要解决的事。

工作队在大石硼村扶贫的第一仗，从解决吃水问题"打响"。把情况汇报给单位和上级，联系沟通市里和县里的相关部门，为了尽快解决吃水问题，他们开动脑筋，多方争取跑办，终于提前一年把大石硼村饮水工程列入中央资金安全饮水巩固提升工程。2018 年 8 月，大石硼村 223 户 672 人，全部实现安全饮水……

不可否认，在摆脱贫困的问题上，中国走出了一条属于自己的特殊之路。贫困乡村的问题，大处着眼是富裕，长久而稳定的富裕，小处来看是现实，与老百姓生活息息相关的贫困现实。这些问题，对于贫困的人们而言，往往是束手无策，是听天由命。扶贫工作队，中国共产党派下来的这支"特种部队"，在这场没有硝烟的战役中，各尽其能，从现实入手，让老百姓真正感受到国家温度，感受到党的关怀和温暖！

路难行，水难吃，学难上，病难医……太多现实之绳捆绑着，束缚着贫困的乡村和人们。与中国其他地区的脱贫攻坚工作相比，大石砬村有共通之处，亦有特别之处，这就是因地制宜，这就是精准施策。

三

这段时间，孙喜玲很忙，村民安置、村容整修道路硬化……忙得焦头烂额，忙得着急上火。

我们坐到办公室里的时候，孙喜玲刚刚打完吊针。我有些不解，孙喜玲说，我就是操心的命！

真是如此吗？其实，她是放不下。

脱贫攻坚，大石砬四个自然村，小干沟、大干沟两个村涉及易地搬迁。拆迁动员需要有人干，搬迁安置需要有人盯着，“钉子户”的工作还要有人做……

从什么时候开始，已经无从考证。但群众对大石砬村村干部的信任度不高，已经是个不争的事实。基层组织，村干部的信任度一旦打了折扣，很多事情就难办。事情越办不好，就越受到质疑；越受到质疑，村干部的信心和积极性就越低。这显然不是一个良性循环。另一方面，村干部老龄化问题突出，知识结构、处理方法、思路谋划等，都已经不能适应新时代乡村发展。所以，在脱贫攻坚过程中，国家层面多次做出指示，把加强和改进基层组织建设作为重要工作来抓。

田建辉他们同样看到了大石砬村的这个问题。

经过一段时间接触，孙喜玲想干事、肯干事、能干事的态度被他们看在眼里。2018 年，恰逢村委会换届选举，田建辉找到孙喜玲，问她有没有担起重任的打算。孙喜玲犹豫不决。无论从资历还是经验上，自己都不具备优势。更何况，村子里杂七杂八的陈年旧事太多，又在脱贫攻坚的重要节骨眼儿上，能不能应付得来，都是个未知数。

孙喜玲的想法不无道理，但田建辉也有自己的打算。万事都有个开头，只要你肯干，真心想为乡亲们干点儿事，我们愿意做你的坚强后盾。

事情暂时定下来。田建辉到乡里，把一些想法与乡党委书记马文军进行了交流。

马文军自然知道这个瘦小的女子。这些年，身为妇女主任的孙喜玲除了本职上的事情，还负责着村乡间的上传下达。此外，她种植着数百亩蔬菜和土豆，也算是地方小有名气的致富带头人。综合各个方面，都没有问题。

有了乡里支持，田建辉和马文军又去坚定孙喜玲的信心。听说推荐孙喜玲当村支书，孙喜玲的爱人惊讶之余，有些不太支持。村里的情况他知根知底，东家长西家短的鸡毛蒜皮不说，面对一穷二白的穷村，干好了那是分内，干不好会让乡亲们戳脊梁骨。大老爷儿们都玩不转，让一个女人来扛，这怎么能行。

有想法本属正常，大主意还得自己拿。语重心长一番谈话，加上工作队和乡里支持，孙喜玲心里，也渐渐有了底气。

这一年，孙喜玲高票当选村支书。

党的十九大以来，国家层面提出的基层组织书记、主任一人兼政策初见成效，这也成为新时代农村建设的有益探索和尝试。孙喜玲选上了村支书，能不能实现书记、主任一人兼？这关系到优质班子配备，关系到一个新班子的执行力，更关系到大石硊村的发展。

在村主任选举上，孙喜玲的竞争对手有几个，其中最具竞争力的是一个有着多年基层组织工作经验的"老人"。衡量各个方面，无论从经验、资历等方面，孙喜玲并不具备绝对优势。但孙喜玲年轻有能力，人也踏实、本分，有大局观，这一点他人比不了。别看村民们平日里不哼不哈，对于村干部的言行，他们心里明镜似的，对于选出什么样的村干部来给自己"当家"，他们心里同样明镜似的。

第一次投票，孙喜玲与"老人"票数相等；二次投票，472 名代表，孙喜玲以 398 票的绝对优势成功兼任村主任。这是她意想不到的。这样的结果让孙喜玲倍感压力，乡亲们为什么选自己，不就是希望她能带着乡亲们走出一条阳光大道吗？

谈及孙喜玲成为大石砬村"当家人"的事情，田建辉最初极力推荐她的想法和打算也逐渐浮出水面。

给钱给物，不如给个好支部啊。精准扶贫，扶贫工作队的作用不仅仅是改变村容村貌，让百姓手里有了钱这么简单。稳定与富裕需要持久，持久发展的执行者，归根结底在于基层组织。为了大石砬村摆脱贫困，为了大石砬村长久发展，一开始他们就想得很远……

四

在大石砬村的日子里，工作队给我留下最深刻的印象，就是踏实。田建辉，高高个头，圆圆黑黑脸膛，尤其那双眼睛，干净、真诚、朴实、厚道；李增良和姚伟强同样如此，话语不多，少有水分，几分腼腆，几分内向，却又带着满满的实诚和干练。

与生俱来的秉性，学不得，改变不了。于是，在这里就有了一种气场，这种气场是温和的，踏实的，醇厚的，强大的，无处不在的。

我对他们这几年扎根大石砬村做过的事情进行了一下梳理，发现一个颇有意思的事情。无论是植树造林还是金莲花项目，都有一个共同点，那就是长久。这似乎与他们留给我的印象不谋而合，那就是厚实、踏实。

比如合作社造林和杨树林防护。作为全省第一个合作社造林项目，他们在两千多亩的山林间，为大石砬村的百姓解决了劳动力的问题，带来了收入。

比如樟子松嫁接红松。这个项目不仅增加了村集体的收入，还填补了坝上地区经济树种的空白……

生态扶贫，国家实施精准扶贫的一条重要支脉。早在五年前，习近平总书记在中央扶贫开发工作会议上就曾指出，贫困地区要想富，恰恰要在山水上做文章。

这些年，河北省林业和草原局持续加大对沽源县生态建设扶持力度，工作队紧紧围绕部门职能职责，全力以赴，倾囊而赠，立足生态建设，卡住贫困咽喉，打开致富之门。在大石砬村，2.1万亩的森林面积，森林覆盖率达43.8%。丰沛的自然环境，吸引着狍子、野猪、野鸡、獾、狐狸等野生动物安家生息，这里的人们也通过这山、这林，走上了一条脱贫之路。

2019年，村民刘桂祥和他的老伴儿，足不出村，仅参与植树造林、林木防护这一项，就年增收三万多元。他们是大石砬村的缩影，也是"战贫"中的真实写照。有人称，大石砬村建起了"绿色银行"，这话并不为过。如今，这里的人们，都成了这家"绿色银行"里的储户，靠山吃山，靠水吃水，诚然如此。

当然，在我看来，田建辉他们所做的事情不仅仅是生态扶贫。今天，他们植下一片树苗，将来一定会给这里留下一片森林。而一片又一片的森林，惠及后人，造福地方。他们在建设和丰富地方自然生态的同时，更是给一方百姓播种下了希望……

到大石砬村，若不转一转实在是一种遗憾。除了那守望村庄孤独的山石，除了满眼浓浓淡淡的绿色，草原天路是一定要走的。沽源境内的草原天路，以绿色长城"塞北林海"为依托，沿途山高坡陡，林草丰茂，地形多样，沿途汇集了湖泊、湿地、河流、森林、草甸、清泉、幽谷、奇峰、烽燧等，再加以油菜花、向日葵、胡麻、莜麦、土豆等作为衬托，别有一番舒畅在心头。

沽源境内的草原天路五彩缤纷，长梁乡、大石砬的草原天路，又是另一番景致。怎么说呢，这里的草原天路，给人以舒缓、豁达、爽朗和宁静。平缓的路面，弯弯曲曲，如飘落尘间的玉带，似遨游花海的游龙；开阔的视野，举目无际，好一个心有多大，世界就有多大。

因紧邻丰宁大滩，田建辉他们又依托得天独厚的自然资源，把长远目光瞄向了旅游。这是生态资源的转化，也是自然资源有效利用的最大化。在这里，我亲身体验了新建的民宿，舒适、温馨之余，是安静，是恬静，是怡静。沉浸在周遭绿意盎然的世界里，是心灵的治愈，是精神的伊甸园。

尽管，当前大石砬的民宿还不具规模，还在探索发展中，但大自然赋予这里的一切，脱贫攻坚留给这里的一切，终将成就一个全新的大石砬。

五

如何当一名称职的村支书，孙喜玲有着自己的坚持。

2005 年之前，孙喜玲和丈夫都在北京做生意。那一年，因为种种原因，生意遭遇变故，两口子欠下一大笔债。债要还，日子要过，往后的路还得走。几经商量，两口子决定回老家农村种地。凭借着在外闯荡的经验，凭借着勤劳肯干，两口子把千亩地管理得井井有条，不仅还了外债，日子也越来越好。

2015 年，孙喜玲当选大石砬村妇女主任。

在孙喜玲的家族史里，爷爷即是当地的村支书。有一件事令她印象深刻。有一年，一名外地逃荒之人来到这里，善良的爷爷心生怜悯，便悄悄收留，供吃供喝，治病疗伤。那时，正是吃大锅饭时代，衣食短缺。村里人知道后，偷偷向上面揭发了爷爷，一经调查可了不得，被救之人成分高，无形之中爷爷被卷入一场风波。上面自然处罚了爷爷，免去一切职务……

孙喜玲的父亲也当过村支书。只不过，向来憨厚本分的父亲不会偷奸耍滑，一心想为村子里办点儿事，却时常遭到心怀不轨之人的阻挠。耿直的父亲看不惯却又无可奈何，最终，干满一届后就主动辞了支书之职。

爷爷的遭遇，父亲的无奈，让孙喜玲明白，村支书不好当。正是因为"不好当"，也让这个柔弱的女人身上滋长了一股劲。这是一股怎样的劲头？说不清楚，却能让人隐隐感受到，归根结底一个词，那就是正能量。

2018 年 5 月，大石砬村的大干沟、小干沟两个自然村易地搬迁确定下来。紧接其后，时间节点、补偿标准等政策也都陆续跟进。从那时开始，田建辉率领的工作队和孙喜玲便开始了艰难的"搬迁"之路。

对于老百姓而言，拆房子可是大事。工作该如何入手？孙喜玲征求田建辉的意见，田建辉道："你才是大石砬真正的当家人，主意得自己定。"

孙喜玲当即表态："要拆，就先从我们本家开始……"

说起来容易啊。事情往往就是这样，越是自家的事情越不好办，清官难断家务事嘛。本家的长辈没想到这丫头片子竟然先拿自己人开刀，一时间有些想不通。孙喜玲不给他们讲大道理，就告诉他们："你们要是连自家人当支书都不支持，你们还信得过谁？"道理简单，却准确地抓住了老人们的思想之根。是啊，连自家人都信不过，还能信得过谁？

大石砬村的易地搬迁就这样浩浩荡荡地开始了。

无论怎样的环境，怎样的地域，乡村的人员结构都有着某种相似和雷同。如何讲呢，在广袤大地上聚焦任何一个乡村就会发现，村子里总会有那么几个调皮捣蛋的家伙。似乎，一个乡村少了这种人的存在便不是乡村。恰恰如此，正是因为有这类人的存在，才让乡村更有故事。但，追根溯源挖掘这类人的内心就会发现，他们所谓的"调皮捣蛋"并非与生俱来，亦非穷凶极恶，自私自利，多吃多占，曾经让他们尝到过甜头，甜头吃得多了，便滋长了歪门邪道，便惯养了横行霸道和蛮不讲理。他们中的绝大多数是可以纠正过来的……

易地搬迁，刘广瑞曾经就是村子里的"钉子户"。

孙喜玲去做工作，刘广瑞嘴上倒是答应得痛快。可是，今天往外搬个板凳，明天往外扯把椅子。再去，他嘴上还是答应得痛快，一口锅、一个盆地往外拿，就像挤牙膏……孙喜玲他们看得出来，这是在拖，他拖的目的无非就是希望扛到最后，能多拿到一些补偿。

刘广瑞家的房子不拆，村子里剩余十几户也跟着起哄。眼见着规定的日子越来越近，那段时间，孙喜玲起早贪黑盯在那里，磨破嘴皮挨家挨户讲政策、做工作。难就难在，都是乡里乡亲，人家也不给你来硬的，就是"滚刀肉"，奈何你说破天，人家笑着吃秤砣，心里铁着呢。

解难得找根儿啊。那天，孙喜玲和刘广瑞进行了一次推心置腹的交谈。谈话的内容过于琐碎，但凡读者能够想到的话题，尽可以自由发挥。最终，刘广瑞拍着胸脯说："大妹子，啥也别说了，拆吧，先拆我家的，其他几户的工作我来做……"

到大石砬村采访，田建辉和我一起来到了正在拆迁的地方。下车，一个浑身挂满尘土的男子急忙走过来。他就是刘广瑞。一见面，刘广瑞即刻向孙喜玲汇报。他用手指着远处摇摇欲坠的破旧房屋，"就差这么点儿就彻底完工了，进展不慢吧……"

离开后，孙喜玲告诉我，刘广瑞主动承担起监督拆迁的事情后，自己心里也不落忍，就按照出工对待，每天给他补助 50 块钱……

刘广瑞的事情只是大石砬村易地搬迁的一件小事，一个缩影。诸如这样的事情不胜枚举，说起来，都是哭笑不得的心酸。

那天，在与田建辉交谈中得知，在拆迁这件事情上，孙喜玲经受住了考验……说话的时候，我从他的言语中，感受到一种自豪，一种欣慰，一种满意，一种释然。

六

新时代的今天，中国乡村的变化，远远超出我们的想象，也远远超出了我们的经验。乡村，也从未像今天这样，迸发出如此巨大的能量和创造力。尤其那些贫瘠的乡村，百姓做梦都想不到的事情，竟然成了现实。比如无线网络覆盖全村，这不仅仅是现代化科技介入扶贫，它带给人们的是生活的便捷，是视野的开阔，是与新时代的接轨。

这些，都得益于国家对乡村的关怀和厚爱，得益于精准扶贫。

值得一提的是，在广袤大地上，在脱贫攻坚这场"战役"中，工作队任何一次面向贫穷的"冲锋"，都离不开所在单位这个坚强的后盾，单位不支持、不给力，只能是单兵作战，甚至是以卵击石。毕竟，贫困这个敌人，太顽固了，太狡猾了。对此，田建辉深有感触，如果没有单位领导的无条件支持，没有单位尽全力帮衬，我们个人的力量实在太过单薄……

正是因为如此，在大石碑村摆脱贫困的路上，田建辉带领的扶贫工作队信心满满，一直不遗余力。

在进行基础建设和生态保护的同时，他们一直在进行着思考，深刻地思考，能多想出一条路子，就能增加一份收入，贫困的乡村和生活在这里的人们就能多一份保障……

金莲花，就是在这个时候进入了他们的视野。

一开始，田建辉他们只知道金莲花是沽源县花，是历史悠久的野花，因为随处可见，并不被当地百姓看重。周边考察时，田建辉偶然获得一条重要信息：有企业专门种植金莲花。

猛然，田建辉心里划过一道星光。

这与他心底最初闪过的一丝设想不谋而合。既然周边可以种植金莲花，大石碑也应该没有问题。那么，如何种植，效益如何，能给村集体和老百姓带来多少好处，一连串的问题开始在他脑海里跳动。

几天之后，通过各种关系，田建辉终于和企业搭上了线。了解后得知，这家企业成立时间不长，无论从规模和实力上都需要借助外力。与此同时，企业也了解到大石砬村的情况：大石砬村脱贫，正需要一个长久稳定又与生态环境相匹配的好项目，他们同样需要外力。

各求所需，互利互补，初步意向很快达成。但，对方提出一个条件，要对大石砬的土质进行检验，如果不符合标准要求，另议。

田建辉他们知道，企业所说的标准，其实就是富硒土地。沽源县有着百余平方公里的富硒土地，大石砬的土地是不是？每个人心里都在敲鼓。

几日后，检测结果出来，大石砬村的确是富硒土地，种植金莲花没有问题。每个人悬着的心，如巨石落地。

田建辉他们带我来到金莲花种植基地。田地里，被聘用过来的大石砬百姓们正在忙碌着。今年又一批金莲花秧栽下来，过不了多久，便花开遍野，可以见到收益了。田建辉给我算了一笔账：金莲花种植，投资一次，受益至少十年，村集体每年至少增收40万元。另外，百姓土地流转可以得到一笔收入，金莲花种植用工可以得到一笔收入。十年之后，企业在这里建了基地、晾晒场等，想搬都搬不走……

采访期间，我见到了企业专门负责大石砬村金莲花种植的赵倩。说起沽源的金莲花，说起大石砬的金莲花，她告诉我，通过与其他地方种植的金莲花进行检测对比，这里种植出来的金莲花，硒、黄酮等营养成分的含量远高于别处。

古稀之年的衡长明是金莲花项目的土地流转户，也在种植基地打工。说起这两年村里的变化，说起自己家红红火火的小日子，衡长明咧着大嘴一个劲儿地笑。我问："你笑什么呢？"他告诉我："老了，老了，没想到日子还能这么过……"

我问："怎么过？"

他依旧是笑："想怎么过怎么过。"

站在他家的院子里，衡长明指着新垒的院墙，指着哗哗流水的水龙头，说："这些都是给俺们办的好事。"院子里，青椒、豆角、大葱、韭菜、西红柿、西葫芦，各种菜蔬长势正旺。对于工作队和我们的到来，衡长明和他爱人极其热情，又要摘瓜又要割韭菜。工作队，好似他们远道而来的亲戚；他们，就像工作队的家人。

七

起初，孙喜玲的支书当得并不顺利。

怎么说呢，除了经验上不足，村两委大部分干部年龄偏大，已经不能满足现实工作需要，尤其是面对 QQ、微信等具有一定科技含量的软件，他们更是把脑袋摇得像个拨浪鼓。平日里，孙喜玲没少向田建辉倒苦水。

其实，孙喜玲不说，田建辉也已经想到了。

当时，单位新选录了两名名牌大学高才生。得知这一情况，田建辉及时把自己"能不能让她们来帮忙"的想法向领导做了汇报。领导全力支持，关键还要征求两位大学生的意见。彼时，田建辉没有多想，也不知哪来的这股劲头，他找到她们，问愿不愿意一起扶贫下乡，没想到，两个人很爽快就答应下来。

事后想起来，田建辉觉得自己有些冲动和冒失，万一她们不愿意，一个五十来岁的大老爷们让俩丫头片子拒绝了，多没面子的一件事。但他又觉得庆幸，任何一个有利于脱贫攻坚的机会，他都不能放过。

在脱贫攻坚的艰难征途上，有多少干部不是这样呢？他们放弃舒适的工作环境，他们抛家舍业，他们丢下身份、放弃脸面，为了贫困乡村的改变，为了争取好的项目，他们求东央西，弯腰曲背……这就是我们的扶贫干部。

张艳婷和焦扬，两个正值青春年华的女孩子，就是这样来到大石碰村的。

在大石碰村委会，一间办公室的门牌上写着"村支书助理"五个字。这里就是她们工作的地方。几日采访，我始终看到她们在忙。孙喜玲坦言，这两年多亏了两位大学生，要不是她们，自己还真不知道该怎么办。

两个女孩子的事情，给了我深深的思考。新时代基层组织建设，只有不断地注入新鲜血液，不断地激发活力，才能发挥出更大的作用。经验固然重要，但适应发展、与发展同步匹配更为重要。这些年，从国家层面也在不断提出，鼓励青年人回乡创业。其实，更深层次的目的，就是希望更多有能力、有知识、有文化、有素养的青年人回到农村，参与新时代的乡村建设，只有这样，我们的乡村振兴才更具潜力，更有活力。

不知道田建辉是不是这么想的。起码，我在大石碰村看到了这样的探索与尝试。

说到张艳婷和焦扬，田建辉心里也有一丝丝愧疚，"说实话，我觉得还是亏待了俩孩子了……"我不知道他有没有直接向她们表达过这样的愧疚，但在我看来，她们却得到了别人无法得到的福。若干年后，当她们回忆人生经历的时候，大石碰村的这段故事，一定最值得回味，这就是人生的财富。

值得庆幸的是，这些年，大石碰村亦开始物色和发展年轻党员，并通过各种方式吸引更多年轻人回乡创业发展，孙喜玲不就是最好的例子吗？我们有理由相信，随着大石碰村越建越好，随着旅游资源的不断开发，越来越多的年轻人一定会重新拥抱这片从贫穷走向富裕的土地，回到生养他们的家乡。

八

盛夏时节，一场雨后，外面的世界潮热憋闷，这里却清凉如一汪泉水。迎着微风，金莲花簇拥着我，大大小小的花瓣，层层叠叠，守护着金黄色的花蕊，如卫士的盾牌，似将士的金甲。舍不得摘下一朵，我只得俯身，鼻尖还没有触到花瓣，淡淡的清香便钻进鼻孔。紧接着，花粉像群顽皮的孩子，在鼻孔里玩耍嬉戏，有些痒，又有几分惬意。

喜爱金莲花的并非只有我。在蜜蜂眼里，盛开的花瓣是它们停息的驿站，无以计数的花蕊，是它们的饕餮盛宴。两只蜜蜂，振动着翅膀，在我身旁盘旋几圈之后，停在一朵盛开正艳的金莲花上。或许因为我的存在，蜜蜂显得有些不好意思，停在花瓣上，它们说了几句悄悄话，确定安全之后，便一头扎进金丝如缕的花蕊中，享用起金莲花赐予它们的甘甜。是的，金莲花的甘甜太过诱人，它们已然忘却了我的存在。它们把黑黄相间的身子弯成弓形，丝毫不在意吃相，好一个大快朵颐。美餐时刻，我不忍搅扰它们，轻轻挪动脚步，转向更深处的花海。

花海基地，田建辉解释，现在有了金莲花种植，还与深加工企业有了合作，再加上其他项目，扶贫工作结束了，他们即使离开了这里，心里也踏实……话语间，我分明感受到一种不舍、一种释怀、一种惦念、一种责任。

希望，在一朵朵盛开的金莲花上酝酿着。

金莲花海壮观热烈，与起起伏伏的山林，与弯弯曲曲的草原天路，与层层叠叠的庄稼地，交相辉映。矗立在花海里，蝴蝶曼舞，蜜蜂忙碌，举目四野，我脑海里闪过一幅画面，盛开的金莲花，犹如蘸了金粉的画笔，正在大石砬人们的心坎上画出一个又一个金色的太阳，太阳的光辉暖暖铺散开来，涌动着幸福的浪涛，起起伏伏，绵绵延延。

与金莲花一起让我兴奋起来的，还有金莲花茶。金莲花太过娇嫩，采摘需在太阳升起、露水退却之后，不然，一经晾晒便会变黑。晾晒也有讲究，不能直接暴露于阳光下，要在合适的温度自然风干才好。置于通风之处，把采摘来的金莲花平铺摆开，花蒂向下，花瓣朝上，两天之后，失去水分的金莲花便可储藏起来。金莲花茶的喝法也很丰富，没有过多奢华讲究，可单纯饮之，可加入冰糖或蜂蜜，亦可放入几粒枸杞、红枣，茶随客便，任君自定。金莲花既是杀菌消炎的绝佳中药材，亦是便捷可口的茶品，形式不同，改变的是它们的身份，不变的是神奇的功效，这是大自然给予人类的恩赐。

在村委会办公室，烧上一壶清水，孙喜玲一边向我讲述着村庄因为精准扶贫带来的巨大变化，讲述着乡亲们脱贫致富的门路和愿景，一边把两朵风干的金莲花放到杯子里。水烧开，稍稍降温，缓缓倒进去，得到清水滋润的金莲花，重新在透亮的玻璃水杯里盛开，绽放，俨然一件赏心悦目的艺术品。轻轻品上一口，微甜中带着几分清香，清香入喉，嗓子和心情都开始清朗起来。慢慢品味中，我深深知道，这盛开的每一朵金莲花，都隐匿着一个贫困乡村人们的汗水、心血、智慧和希望，隐藏着他们对党和国家的深情感谢和祝福。

金莲花开，那盛开着的仅仅是金莲花吗？

今年雨水充沛，离开时，又落了一场雨。我与金莲花，在一场雨中结识，又在一场雨后道别，说起来，倒有一些缘分在里面。车上，我又想起那两只忙碌的蜜蜂，它们不正是大石砬村人的真实写照吗？一群贫穷的人们，在温暖的阳光抚慰下忙碌着，他们正在用勤劳和智慧，建设着美丽的未来……

桃花源在茅兰沟

◎尚　未

燕山敦厚，诞生了承德。平泉亦是。

山有高低，高处为巅为峰，为梁为脊；低处为谷为壑，为坳为沟——当年的热河古道，由承德避暑山庄后，向平泉，200余里的蜿蜒之行，需横穿八条平行俊秀大山，两山之间即为沟，于是有了头沟二沟三沟直至八沟。

"八沟"，即平泉了。

平泉实乃崇山峻岭中难得的一方平坦所在，山之精华，山之灵气，皆汇于此。当年，康熙路过此地，见山中平地涌清泉，澄澄澈澈，亮亮清清，不禁心怡气爽，赞其"圣地平泉"。平泉由此而来。

然"八沟"一名，仍挂在人们嘴边，扎根人们心底。

历史上，八沟道犹如牛郎肩上的那根扁担，北头挑着内蒙古乌兰哈达，南头挑着"八沟"，将这两座关外重要的商贸重镇紧密连在一起，到了清朝雍正、乾隆年间，口内汉人大量移入，商贸日趋繁荣，又有了"拉不败的哈达，填不满的八沟"之说。

而我此行的目的地，却是七沟。

说来有意思，"八沟"是个县级市，而七沟却是平泉的一个镇，可见靠前未必居大，亦可想象，七沟远比不得"八沟"了。我们是离了"八沟"奔七沟而来的，车子沿着公路左拐右拐，满目苍苍翠翠，一路起起伏伏，向着葳蕤蓊郁处执着前行。说是没多远，竟也驶了二十几分钟，终致豁然开朗，进入一个大大的院子。车身尚未停稳，隔了车窗，就看见一个黑脸汉子从七沟镇七沟村民活动中心迎了出来。

花白头发黑 T 恤，运动黑裤配黑鞋，腿脚看上去有些僵硬，却也一步是一步，很踏实，很稳当。第一感觉，他就是刘卫东——我的采访对象。

噢，我总算见到了他。

1. 与山的交流

早在 6 月中旬，我就做好了赴承德的准备，却在头天下午接到通知，受疫情影响，采访活动暂时取消，可以通过线上与被采访对象联系。这样的事，不久前我也做过，用微信与一线的医务工作者联系，交流效果还不错。我认为这次也不会有问题。翌日，我收到了推送的微信名片：惠民猪业。

原来，要采访的是位养猪专业户？

心中才产生那么一点点讶异，随即被另一个念头给灭了下去——现在猪肉的价格，不容小觑啊。于是欣然加了对方，谁料头天上午加的，直到第二天下午才被通过。对方说了句"你好"，就再也没了回音。我不管，也回了"你好"之后，自顾提了要求，说了一堆话，希望他（其实，我也是凭直觉认为对方是个男人）先提供一些相关资料，让我能够有个大致印象。然后又过了一夜，对方有了回信，发来一些图片资料和基本情况，却未提自己姓甚名谁。接着，再次杳无音信。

我多少有些不爽，觉得在和一座山交流，喊上几嗓子，或许有回音，但更多的时候，那些急迫的碎碎念被茂密植被吸收，被崇山峻岭湮没，令人无奈又无力。等了三天，见大山仍无回应，我又开始了磨叨，呼呼啦啦说了满屏话，将自己的情况也向对方透了底，寄希望于他能感受到我的情绪。

一天没反应。

两天没动静。

又到了第三天的晚上，我正窝在家里的沙发上打愣怔，沉默的大山终于有回信了：

"这几天太忙，请来了二十多个套果袋工人，早上三点半就起床啦，四点吃饭，就直接干活，晚上七点才下班，工人是计件工资，套个袋给七分钱，最多的一天套五千多个，很辛苦。但我这几天也忙得不行，忙完这几天，我再好好向你汇报。"

对于我曾问的"您是不是就是法人刘卫东"，对方似乎没看见？但我看得出，他的确很忙，或许是个讷于言而敏于行的人。于是，我回了一句："好的！保重身体！"

"谢谢！"他说。

这以后，十来天内，我再没打扰对方。随着杂事的增多，我似乎把采访这件事给忘了，但又会在某个发呆的过程，突然想起来，总觉得完整的生活链条少了一个环节。终于，在又一个早晨上班后，我忍不住，拨通了对方的语音通话，却被迅疾挂断！

"不好意思我正在开会。"而后照旧如石入海。

我的面前，像凭空砌起一堵厚实的墙，密不透风，令人很想探探墙后究竟如何。

幸运的是，两周后，情况允许了，我们终于得以奔赴燕山深处，走进了"八沟"，来到了七沟镇。

2. 茅兰沟往事

我的第一感觉是对的，与我们热情握手的黑脸汉子正是刘卫东，平泉市惠民养殖专业合作社的法人。

这是一个憨厚热情的人，笑眯眯的，显得眼睛不大，除此外，大脸、大肚、大手、大脚，若穿了古代的盔甲，往你面前一站，活脱脱一位武将军。1955年出生的他，已过花甲奔古稀，看上去仍充满活力，像个中年人。他并不寡言，只不过上学时赶上"文革"，书没念多少是真，加之年龄缘故，所以对微信这类新事物有点儿手生。

在他的带领下，我们离开七沟，驱车前往他所在的村——茅兰沟村。这里的山沟沟真是多啊，大的小的、深的浅的，从地名上就可见一斑。村子由五个自然村组成，兰二沟、大营子、小营子、台子地、歪脖沟，皆依山沟走向零星分布，像大山经脉上长出的五颗果实。正值盛夏，外面的世界酷暑难耐，而被群山呵护的茅兰沟很是凉爽，身上不再汗涔涔，我感到很舒服，与刘大哥的交流就越发顺畅且心平气和了。

然而，刘卫东给我讲的往事，却将我带入了沉甸甸的回望之中。

那时候，"八沟"不富，七沟更穷，被山岚紧锁的茅兰沟穷上加穷。3岁那年，刘卫东的父亲就去世了，留下43岁的小脚母亲独自守着四个孩子，交通不便，资源匮乏，家里又缺乏劳力，一家人的日子过得极为恓惶。刘家穷，茅兰沟其他人家的日子也不好过，出了门，抬头是山，低头是沟，崎岖村路到处坑坑洼洼，夏雨一脚泥，冬雪打出溜滑，庄稼靠天收，四季都发愁。家家是石头墙、石头房，冬天风从墙缝朝里钻，夏天雨从屋顶往下灌，苦日子压得人们眼神都麻木了。

在大山的围困中跌跌撞撞地成长着，渐渐地，刘卫东可以帮母亲干点儿家务了。一天，母亲到灶前准备生火做饭，发现家里的火柴只剩下一个空盒，不由得犯了愁。刘卫东正在堂屋门槛上呆坐，望着远处黛青色的山峦出神，期望从那云雾缭绕的山巅上有神仙下来，给自己送点儿鲜果子也是好的。这时，他听到母亲叫自己，于是晃了一下脑袋，将那些小心思晃了出去，站起身。

"东子，去隔壁你婶家借一盒火柴来……"母亲的声音低低的，似乎有东西在嗓子里堵着。

刘卫东听清了，他不想去，更不想让母亲为难。于是，他犹豫片刻，小跑着去了。到了邻居家，结结巴巴地说明了来意，人家却说火柴正好用光了。刘卫东年龄虽小，可他不傻呀，他看到了婶婶家的灶膛正燃着火苗，灶台上也放了一盒火柴——人家这是不想借给他啊，怕他家没法还。于是，倔强的他头也不回地走了。多年以后，这件事仍像烙印般在刘卫东的心中无法磨灭。

"那时候大伙都穷啊……"他的嗓音有些沙哑。

3. 上下求索

但凡有一线可能，哪个甘愿贫困？

1973 年的冬季，踩着茅兰沟被冻得硬邦邦的土路，回望着山坡上光秃秃的杨树，刘卫东辞别家乡父老，应征入伍，成为一名解放军战士。在部队，这个大山的儿子，这个山沟沟走出来的年轻人，接受了严格的训练，坚韧的性格得到进一步强化。1978 年的春天，背着褪色的背包，穿着卸掉红领章、红五星的旧军装，刘卫东复员回了家乡。那时的茅兰沟、那时的台子地，日子比过去强了些，但仍脱不了一个"穷"字。乡亲们没有发家致富的门道，养上两只羊、喂上几只鸡，再就是侍弄那几分、几亩贫瘠的山坡地，打的粮食能填饱肚子，已算是皆大欢喜了。

刘卫东见识了外面的世界，知道茅兰沟的父老们比其他地方的人更勤快、更能吃苦，之所以还过着穷日子，完全是四周那些层层叠叠的大山所致，是被资源匮乏所困，是被没有致富门路所困。年轻气盛的他，壮志在胸，踌躇满志，决定从自己做起，在这深山沟中找到致富的门道，带领家人，带领左邻右舍，带领全村人走向幸福的新生活。

然而，理想似火热，现实比冰寒。

退伍后的那几年，刘卫东绞尽脑汁、多方探索，想在茅兰沟，在台子地寻到、挖出一棵摇钱树来，却探哪里，哪里是坚硬的阻碍，走哪里，哪里是坎坷的断头路。他不服气，还想继续尝试，却猛然发现到了谈婚论嫁的年龄。他是家里的老小，婚姻大事自然是老母亲的心头急。于是，在亲人们的催促下，他成了家。

无论身处城市还是农村，一个男人结了婚，就再也不是一人吃饱全家不饿了，尤其一双儿女出生后，生活的压力，像茅兰沟四周的大山一样，重重地压在了刘卫东的身上。他不得不将心沉下来，身体开始"打游飞"——四处打工，养家糊口。

随着改革开放的大幕在中华大地上徐徐展开，小小的茅兰沟内外也渐渐发生了改变。先是人们的思想活跃了，各种新想法、新念头像春日的各种嫩芽，在悄悄而迅疾地萌发，接着仿佛一夜过后，村里有了果脯厂，规模不大，却让刘卫东眼前一亮。他第一时间进了厂子打工，这一干，就是六七年，力没少出、累没少挨，兜里的钱却挣一分花一分，没见多少积蓄。后来，刘卫东又去沟外的玻璃厂打工，还干过焊工……只要能养活一家老小，他勤勤恳恳、任劳任怨，像一头大山里的老黄牛。

山上的植被绿绿黄黄。

沟里的日子黑黑白白。

不知不觉中，七沟镇的大部分乡镇企业，几乎都留下了刘卫东的脚印；也是在不知不觉中，女儿长大嫁人了，儿子也上了大学，刘卫东仍在附近一家饮料厂负责跑业务。二十一世纪初的那几年，杏仁露的市场不太好，他天天出差，东奔西跑，忙忙碌碌，订单没拿下多少，脸上的皱纹却日渐增多。

4. 山沟的抉择

刘卫东惊觉：自己迈入 50 岁的大坎儿了！

人过五十天过午，怎么突然间就到了天命之年呢？自己的心还是一个年轻人嘛，难道那么多时日就不知不觉过去了？那些逝去的日子都藏到了哪里，是藏匿在茅兰沟周围的大山中了吗？岁月匆匆的感觉，令刘卫东的鬓角一下子染了霜。

这一天，在北京生活的女儿回家探望父母，在台子地的家门口，与刚刚从外地跑业务回来的父亲碰了个巧。见刘卫东一脸的憔悴，女儿急忙走上前接过父亲拎着的包，心情复杂地陪他一起朝院子里走。此刻，秋风正在茅兰沟内呼呼地刮着，家门口前的坡坎上，秋草萋萋秋虫低鸣，远处的山峦雾气蒙蒙，一派萧瑟情形。

"爸，您都这么大岁数了，就别到处跑了。"在院中的那棵老杏树下，女儿对父亲说。

"还年轻着呢，能跑得动。"刘卫东笑道。女儿的孝心，让他感觉暖洋洋的。

"别再朝外跑了，你把我妈自个儿留家里，她吃饭总对付，你在外也是对付，这样下去哪行？"见父亲嘿嘿一笑，不为所动，女儿只得继续劝道，"你俩都在家了，我妈好歹会每顿饭炒个热乎菜啊……"

女儿的话不无道理，让刘卫东陷入了沉思。这天傍晚，他独自来到院门口，望着出沟方向的秋景，百般滋味涌上心头。台子地之所以叫台子地，正因为在茅兰沟中所处地势较高，刘家的大门口，就好像在山沟西侧坡上搭的台子，出门没多远，就是一道高高的坡坎儿，下面是一块别人家的玉米田。此刻，玉米秸秆早被割倒收走了，裸露的地皮上，只有这一簇那一堆的秋草在风中摇曳，令人平添感慨。最近这几年，说是还能跑，可真有力不从心的时候啊，尤其是跑来跑去，业务量没啥提高，家里的收入仍是原地打转，自己和老伴儿都是农民，没有城里人的退休金，儿子正上大学，也是需要钱的时候，自己再这么东跑西颠的，钱赚不到，还把家里事给耽误了，的确不是个长久之计。

刘卫东啊刘卫东，你当年的雄心壮志还在吗？

秋风中，一个声音从远处的山坡隐约传来：**丝毫未减！**

刘卫东不由得浑身一震，一个新的念头在脑海中轰然炸响——50岁并不可怕，可怕的是失去拼搏进取的信心与决心，我刘卫东要立足茅兰沟，重新再创业！打定了主意，本以为心会踏实，谁料，这一夜，他躺在家里的大炕上，翻来覆去睡不着了。

不再出门打工，自己干啥呢？

第二天上午，心事重重的刘卫东出了家门，顺着朝沟外去的村道，骑着自行车边走边看，漫无目的一路下行，很快过了茅兰沟行政村，又过了松树底下、茅兰沟院、茂兰沟门……道路两旁，满目秋色，这本是收获的季节，可此刻的他，早没了往年的那种喜悦感，身子轻飘飘，脑袋却沉沉的。这一望无际的大山啊，这贫瘠的土地啊，这凋零的秋天啊，自己到底能干点儿啥呢？

渐行渐宽的沟口或许揣测到了刘卫东的心事，用道路将他引向了出沟口向西的圣佛庙村，送到了该村老计的养猪场外。当刘卫东意识到可能碰到一个机遇时，他已经跟老计攀谈上了。两个年岁相仿的男人坐下来聊一聊，算算账，刘卫东发现，养猪，也还可以。

他吃了颗定心丸。

5. 幸福靠干出来

当过兵的人，雷厉风行的作风是融进骨血的。

确定要养猪之后，没过多久，刘卫东就开始在台子地自家宅院里建起了猪圈。那是一段忙碌的日子，瑟瑟山风中，人常常冒得一身汗，额头的汗滴时不时会伴着落叶砸到地面上，像土地上开出的一朵朵暗色小花。为了节省开支，刘卫东与老伴儿齐上阵，能自己干的活，尽量不雇人，待六座石棉瓦覆顶、红砖铺地的圈舍矗立在宅院之中时，夫妇二人已经累得话都不愿多说了。

累点儿倒也没什么，刘卫东本就是土里刨食的农民，又有过当兵的历史，吃苦耐劳早成了他的性格。然而，他万万没想到，自己想在家乡创业，却遭到了儿子的质疑。这年深冬，儿子刘铁岭放寒假回家，进了院子就是一愣，再朝几座新圈舍中一看，百十多头半大猪崽正挤在一起酣睡，红嫩嫩的皮肤格外醒目，像深色地面铺上了厚厚的肉垫。

"爸，您怎么想起来养猪了？"亲人见面短暂的欢喜过后，刘铁岭笑着问父亲。

"挺好的啊。"刘卫东淡淡地说。听话听音，儿子大了，想法多了，刘卫东表面看静如止水，内心还是把儿子的话听了进去，"起码可以守着家了。"他又补充道。

"您会那么多活计，干吗非要养猪啊？"话从口出，却由心生，刘铁岭正处于年轻气盛的阶段，他不想被人问起父亲的职业时，回答是养猪的。在他看来，这不是个体面的职业。他哪里晓得，在确定养猪前，父亲经过了怎样的彷徨与焦灼。

刘卫东没再理会孩子的话，转身出屋，在院中望了望山巅上冬日的太阳，而后一头钻进了猪舍，又去侍弄那些活蹦乱跳的猪崽了。如今的他，别无退路，建猪舍、买猪崽，家里投入了五六万元，还从信用社贷了款，50岁的人了，若是头一脚就栽跟头，结果令人难以承受。

刘卫东豁出去了。

儿子返校后，偌大的院子里，只剩下刘卫东和老伴儿，但并不安静，那百十头小猪时刻在闹腾。他索性将自己封闭起来，所有精力全投到了猪舍里，喂猪清圈，防病治病，一切都干完了，还要站在圈外盯着看上很长一会儿，像在盯着自己后半辈子的所有希望。尽管初试养殖业，但刘卫东很快就将养猪的全套功夫掌握了。

累，是必然的。

猪崽一天天长大，胃口也越来越大，常常是才吃了这顿没多久，又开始在圈舍里哼哼唧唧要食吃了。这个圈里的才倒入猪食，那个圈里的猪已经急不可耐，拼命地拱圈门、爬圈墙，刘卫东和老伴儿来不及喘口气，急忙奔过去，又一轮投喂开始。为了维持圈舍的卫生，还要及时清理猪粪，不管春夏秋冬，这些活儿只能刘卫东来做，常常一天忙碌下来，浑身每个关节都是疼的。

村里的电是220伏的，而那时整个茅兰沟村只有一台30千瓦的变压器，刘卫东购置了饲料粉碎机后，根本带不动，只有等到夜里十点后，村民们渐次熄灯睡觉，电压才会高点儿。而这时，忙碌了一天的夫妻俩，新一轮忙碌又开始了。粉碎间内，冬天冷夏天热，空气又呛人，噪音还大，人在里面忙上几个钟点，再出来时，脸上、身上会落一层粉末。夏天还好说，可以冲个澡，到了冬天，就只能简单擦擦完事。半夜三更，正是人困体乏时，但刘卫东对那些猪不放心啊，每次都让累了一天的老伴儿先去休息，而他却拖着疲惫的身躯，将几个圈舍再细细地查看一番。

山沟沟的深夜，格外安静，只有那百十头猪崽的喘息声在刘家院子里回荡。这声音，在刘卫东听来，是幸福的，是充满希望的，再苦再累也是值得的。

6. 滚雪球

天道酬勤。

一年后，圈舍里的小猪变成了大猪，到了该出栏的时候。那些日子，刘卫东忙得后脚踢前脚，但人逢喜事精神爽，大嗓门在自家宅院里起起伏伏，愉悦的氛围令山风都欢快起来。肥猪卖掉换钱，母猪留下产崽，忙碌一年不赔不赚的情形下，刘卫东开始了滚雪球。其实他是赚了，赚了十几头母猪，赚了养猪的经验。

隆冬季节，到了母猪生产的关键时刻。那些日子，刘卫东成了小猪的接生婆。

北方的冬天冷啊，大山深处的茅兰沟、台子地更冷，风从山巅上冲下来，似乎有了加速度，如一只只疾速的冰刀划在人的脸上、手上，让你忍不住打哆嗦。为了心中的美好期冀，刘卫东能忍受这种寒冷，他的老伴儿也能忍受这种寒冷，但刚从母猪肚里出来的小猪崽受不了啊！于是，夫妇俩用塑料布将猪舍蒙上了，又在里面点上了取暖用的大灯泡，还在生产母猪的旁边放上炉子，一刻不敢马虎地守着。

又一头小猪崽降临这个冰冷的世界，刘卫东急忙将它拿起来，用旧棉絮迅速擦去猪崽口鼻上的堵塞物，然后放到了母猪的乳头上，小猪崽立即贪婪地吮吸起来，不再浑身颤抖。这时，没容刘卫东松口气，又一头小猪降生了，又是一番忙碌。

夜深沉，风怒号，头顶的塑料布似乎要被大风掀飞。寒意、倦意同时涌上刘卫东的全身，他很想起身去屋里好好睡上一觉，却感觉极不踏实，只得守着一窝猪静静地忍耐着。等到十几头小猪都吃饱喝足后，他又轻轻地将它们放到一个铺满棉絮的篮子里，像伺候一堆活宝，将猪崽们放到了母猪的身旁。

冬去春来。

年复一年。

刘卫东的养猪产业像滚雪球那样，越滚越大，渐渐地，老宅院里容不下了，他顺势而为，又在台子地下坡方向不远处自家的一块地皮上建起了新圈舍，养猪的规模再次扩大。事到如今，儿子刘铁岭仍不太满意父亲养猪，但他很懂事，每次放假回家，都会默默地帮父母干活，粉碎饲料、清理圈舍……

时光到了2008年，刘卫东不再满足小打小闹了，他要实现心中的那个大梦想，一个五十几岁男人的大梦想——改变茅兰沟！

茅兰沟是刘卫东的家，他生于斯长于斯，将来还要葬于斯，过去他没精力也没能力反哺这块土地，如今，他的事业尽管晚成，尽管还在爬坡阶段，但刘卫东等不及了，他想为茅兰沟做点儿事，哪怕是今后每天都要承担重压，他也无怨无悔。

认准了的事，就要去做。

很快，在七沟镇政府的支持下，刘卫东多方奔走，联系了多家贫困户，车轱辘话说了一火车，终于将茅兰沟分散在各方的力量凝聚起来，成立了平泉市惠民养殖专业合作社，为了既要金山银山还要绿水青山，合作社另选它址，在远离村庄的地方——茅兰沟出沟方向，新建了两个集中养殖场，并施行绿色循环养殖。

心中有目标，且正朝着那里前行，人的精神是振奋的。这天早晨，刘卫东兴冲冲地出了家门，正打算前往新养殖场，却见邻居胡军从坡上下来，一脸愁容，像被山沟里的浓雾锁住了心情。

"干啥去？"刘卫东笑盈盈地问。两个人相差仅有六七岁，但论辈分，胡军要管刘卫东叫叔哩，刘卫东却总是习惯性地先搭话。

"哎——"胡军长嘘了一口气，"我家那口子心口又憋闷了，让我去抓药……"边说，边加快了脚步。

刘卫东脸上的笑就隐了回去，想了想，问："你还去石粉厂上班吗？"

"去啊，一会儿就去。"

"他们那工资可不高啊。"

"不高也比没有强啊。"胡军说着，人已到了近前。

"要不，来我这儿干得了。"刘卫东脸上又浮现出笑容，很热忱，真诚。

7. 别哭，人还在

这年年底，茅兰沟村两委换届，刘卫东被选为村主任，进入了大显身手的新阶段。

新的养殖场拔地而起后，生猪存栏数、母猪头数、年出栏头数直线上升，场里还雇了胡军等几位贫困户为工人，解决了村民的就业，使他们能朝着稳定脱贫的目标大踏步前行。

一切都向着明媚而去。

茅兰沟四周的山峦上，植被显得比过去更茂盛。

然而，农村有句俗话：家有万贯，带毛的不算。这本是养殖业的一个魔咒，人们都知道这一行业风险是极大的。刘卫东自打养猪起，就对此极为敏感。他深知，自己的养猪场不出问题则罢，若出了，就不会是一头猪、两头猪的事儿。好在几年下来，平平安安，顺顺利利，雪球越滚越大，并未发生中途遇阻甚至破碎的情形，他那颗忐忑的心，才日趋踏实。

事情往往在一夜之间发生巨变。

2010 年的一天清晨，刘卫东起床后，脸都没洗，人已习惯性地来到了猪圈前，只一眼，就发现情况不对——有几头半大猪不吃食了！再细看，有的猪病恹恹地卧在圈里不愿动，听见喂食的响动仅是撩一下眼皮，再无反应；有的猪嘴巴是挨到了饲料槽，却像触了电，挪开了，再不肯去碰；有的猪走路像是踩在火炭上，一扭一蹦的，样子极古怪。

刘卫东脑袋里嗡的一声，像被人敲了一闷棍。

几乎是下意识地，他就站在了猪舍里，小心翼翼地走到一头卧着的肥猪面前，轰了轰，没动，用脚尖轻轻踢了踢，猪抬头看了看他，仍没动。刘卫东仔细看看，发现这头猪除了嘴角有些红肿外，并无异样，心里一着急，再次踢向猪腚的脚就用了些力气，那猪受到惊吓，忽地站起来，精神抖擞地冲出去几步，却犹如撞到一道隐形的墙上，陡然站定，晃了几晃，像个醉汉"扑通"一声栽倒了。刘卫东的心怦怦乱跳，走到近前一看，那猪已无气息。

那时，刘卫东还不知道口蹄疫这么一种病。

那时，保险公司还没有为猪上保险的这项业务。

很快，更多的猪嘴巴上长了泡，更多的猪出现了烂蹄子，一走一流血，那一声声惨叫，那一道道血痕，像刀子一样在割刘卫东的心。

更惨的事情还在第二天早上，死去的猪崽太多，刘卫东和工人们只得用麻袋装了，一袋袋运出去消毒掩埋。那是一条条生命啊，那也是刘卫东等人的命啊，每死一头猪，刘卫东就感觉自己的生命也在被一点点、一丝丝被抽走。

他有些不知所措了。

此刻，站在刘卫东身旁的老伴儿，双手已经颤抖，双腿也开始发软，但她还强忍着，甚至用手捂住了嘴。但是，当又一批死猪运出猪舍，从她眼前经过时，她再也承受不住这一连串沉重的打击，"哇"的一声号啕大哭。

刘卫东更是心如刀绞，可他是男人，是家里的顶梁柱，是这个养殖场的顶梁柱，他不允许自己此刻崩溃。他深吸一口气，稳了稳自己的情绪，而后扶住老伴儿瘫软的身体，想安慰安慰她。但老伴儿实在是太伤心了，泪水仍止不住地淌下来。

"别哭了！"刘卫东突然吼了一声，像是对老伴儿说话，脸却是朝向苍天的，"人还没死呢，等人死了再哭！"

老伴儿的哭声戛然而止，她愣愣地看了看丈夫，猛然意识到他比自己更难受，在这关键时刻，可不能再给他添乱了……

一番慌乱过后，刘卫东很快镇定下来。经过诊治，终于确定了猪场是被口蹄疫袭击了，这种疫情不仅令猪烂蹄子烂鼻口，而且会并发心肌炎，难怪有的猪只要受到惊吓，就会像遭电击般突然倒毙。

经此一疫，养殖场损失了十几头大猪，160多头小猪，直接经济损失达20多万元。

但刘卫东没有被吓倒，他挺住了。

这个55岁的男人，这个有着大山般性情的男人，坚持了下来。也正是在这一过程，作为父亲的他，彻底赢得了儿子刘铁岭的敬佩。

"猪场闹口蹄疫的那年，我从父亲身上看到了坚韧的力量，他这种不折不挠的性格，让我清楚地意识到，他一定能干成事……"

8. 美丽新山村

有着 5 个自然村组，茅兰沟村总人口也就 1000 人左右，算是小村。

人口不多，不代表想法不多。谁不想过上好日子啊，谁不想出门就是蓝天白云、绿水青山呢，谁不想穿得好点儿、用得好点儿、生活品质好点儿呢？

如今，刘卫东不仅仅是养殖场的法人，他还是茅兰沟村的村主任，当从猪场疫情的阴霾中走出来后，他很快就意识到，老百姓的眼睛是雪亮的，他这个村主任不能只挂个虚名，还要弄出点儿响动，搞出点儿名头才行。

茅兰沟村虽然坐落于山沟，但村东那条有丈把深的土沟，才是地势最低的地方，沟西侧就是村子通向外界的路。过去，村民有了生活垃圾，无处可丢，最后全填了这条土沟，尽管沟坡上植被并不缺乏，可到了夏天，整条土沟仍向外散发出呛鼻的味道，哪怕抬眼是绿树、仰头是蓝天，也会让人觉得大煞风景。不仅如此，沿路乱堆乱放的、私搭乱建的，养鸡养羊的……小小的村庄被各种气味、各种杂物缠绕着，将人们的心气儿都给扰乱了。

为打赢脱贫攻坚战，共同奔向小康新生活，村两委决定改变村容村貌。

2016 年，在七沟镇镇政府的支持下，刘卫东等村干部带领茅兰沟的父老乡亲们，开始了打破瓶瓶罐罐、建设美丽新家园的全民行动。

刘卫东不仅投入了财力，更将大部分精力投入其中。而这时，以贫困户胡军为主的几位村民，已经对养殖场的工作烂熟于心，大家非常珍惜来之不易的现状，干起活来尽心尽力，刘卫东对大家很放心。日子啊，在历经风风雨雨之后，终于迎来清新清爽的时刻。

村东侧的垃圾被清运走了。

村里的大街小巷全部硬化了，主路两旁栽上了绿植。山里人认栽树，大树小树，果品树观赏树，只要能栽的地方，都栽上了。路灯随之竖了起来，人们再也不怕走夜路。村民活动广场建了起来，山沟沟里还有了篮球场，农闲之余，山里人也有了运动的场所。刘卫东那颗不再年轻的心，也被一天一变样的家乡给撩拨得躁了，与大伙儿一商量，不仅在村里新建了观景小石亭，还从长远考虑，新建了乡村旅游公厕——山里人的心思从字面上就展露无遗，他们要将茅兰沟建成美丽的山沟沟，幸福的山沟沟，能吸引城里人来旅游的山沟沟。

小山村脱胎换骨大变样之后，刘卫东奔跑的势头依旧未减。

2018年，在养殖场年创销售收入700万元的基础上，为了长远发展，更为了将茅兰沟建成美丽的花果山乡，在镇政府、村两委和村民们的支持下，刘卫东又在养殖场周围流转了村里三组、七组的300多亩土地，雇村里的贫困户开始栽植果树——2万棵桃树，1.2万棵苹果树，8000棵梨树，8000棵山楂树……到了2019年，他又投资50多万元，在养殖场建起了3000立方米的沼气池及2500立方米的高标准沼气发酵池，安装了一套50万千瓦的沼气发电机组。如此一来，养殖场的污水粪便就可以直接进入沼气池发酵，产生沼气后用来发电，沼渣沼液给果园施肥，增加地力。而合作社的标准化果园，更是实行了无公害绿色管控措施，栽前井沟80厘米，全部填埋玉米秸秆和腐熟猪粪，树下铺设滴灌管道，实行计算机自动监测管理，计划利用三年时间，全部实现果园种植绿色无公害目标，朝着有机果园大步迈进。

到那时，一个以养殖场为基础，以标准化果园为延伸，以气调冷库为依托的现代化循环农业产业链将初具规模。

刘卫东的眼前，一幅绿色山沟、美丽乡村的幸福画面，正在徐徐展开。

9. 大家富，才是富

到刘卫东的养殖场上班之前，贫困户胡军也没闲着。他是个勤快人，也肯吃苦，在茅兰沟、七沟镇乃至平泉市范围内，只要有能打工的地方，但凡人家要他，他都愿意去干。即便是后来到了石粉厂上班，生产污水处理用的石英砂滤料，环境十分恶劣，对身体的伤害很大，他也能坚持，且一干就是好几年。

然而，令他无法接受的是，自己这么努力，日子仍然过得很窘迫。

胡军的文化不高，在更大的空间里施展不开，只能在山沟沟里来回打转儿，而且他的妻子尤淑兰身体不好，高血压，心脏病，双腿还罹患了滑膜炎，走路都困难，家里的那四五亩薄田，她几乎帮不上什么忙。

"她呀，想抓只鸡都抓不到……"谈起患病的妻子，胡军一脸的无奈。

到处"打游飞"的收入并不高，在石粉厂上班，胡军最初一天才赚6元钱，到了后来，涨到了一天赚30多元，仍无法解决家里的根本问题。好在国家的扶贫政策及时帮了胡军的大忙，不仅每个月有低保补贴，政府还给他的妻子办理了慢性病卡，即便去住院也不用自己掏腰包，这个家才勉强维持住。因此，当年叔叔辈的刘卫东邀请他到养殖场上班，胡军的心里很感动，他信任这个老庄亲，知道刘卫东办事有始有终，自己跟着干准没错。如今，一晃十年的光景飞快逝去，刘卫东已经六十多岁了，胡军也是弃五奔六的人了，爷儿俩有了在合作社共同打拼的经历，彼此早已极为信任。胡军帮刘卫东管理养殖场，有了稳定的收入，家里的日子也得以改善，彻底脱了贫。

一人致富不算富，这是刘卫东一直秉持的创业理念。对此，胡军感同身受。这也令他从内心深处对这位老邻居、老朋友充满敬佩。

也就在养殖场流转土地栽植果树这一年，在镇政府的支持下，惠民养殖专业合作社吸纳了 116 户建档立卡贫困户的产业扶贫资金入股，并签订了协议书，合作社每年给每位贫困户 10% 的入股分红 600 元。并且，刘卫东没有将目光仅限定在茅兰沟村，包括七沟镇、白石庙村、崖门子社区等在内，都列入了合作社惠及范围。

刘卫东从当年在自家老宅里养猪开始，一路风风雨雨走过来，如今发展到规模养殖，先后累计安排包括胡军在内的贫困户及村民就业 225 人次，使这些山沟沟里的人们能够守着家门口打工，从根本上改变了这些人的生活状态，如今又增加了果树种植项目，光是果园除草施肥、铺设管道等工作，合作社就一次性向附近村民劳务支出了 9 万元，人均收入达 3000 元。这一系列举措，为茅兰沟的脱贫致富输入了持久动力。

胡军等村民又怎能不佩服这位 50 岁开始再创业的村主任呢？

对刘卫东而言，他追求的不是人们的感谢，他希望的是，让茅兰沟发生彻底的改变，让沟外的人发现这里，来到这里，喜欢上这里。

这是一片美丽的热土啊！

那连绵的山脉，那具有历史人文特点的双奶山，茅兰沟两侧葳蕤茂盛的植被，那一棵棵无人照料却倔强生长的大扁杏树，以及今后每年都会怒放的满山坡的桃花海，这一切的一切，是值得让人流连忘返的。

…………

当我作为一个采访者来到茅兰沟，见到刘卫东时，这位老大哥笑呵呵地对我说："要是再晚几天来就更好了。"

我诧异，心想莫非人家现在忙，不欢迎咱来打扰？

"等到九月份再来，那时，咱们的桃子就熟了。"刘卫东没我那么多小心思，依旧满脸笑意地说道。

我略带惭愧地笑了。

随着彼此交流的深入，我很快得知，在 2019 年的 8 月，茅兰沟村已实现全部脱贫，摘掉"穷帽"的村民们，如今走在干净结实的村道上，腰板挺得比过去直了。在养殖场，我见到了胡军大哥，他虽然脸色黝黑，牙齿也不太整齐，但他那爽朗的笑声，那一举一动透出来的精气神儿，看上去根本不像一个已经年近花甲之年的人。

"胡哥，您还打算在合作社干多久啊？"聊天的过程，我故意问。

"只要刘叔用咱，我就干。"胡军笑着。那神态，极满足。

还你一个仙女湖（节选）

◎水　土

上　　部

　　李成功去扶贫村的头天晚上，没有与妻子杨玉萍在一起，而是应苏素之邀，去了必胜客。

　　李成功松口赴苏素之约，可能与杨玉萍拌的那几句嘴有关。白天，李成功从动员会上回家，兴冲冲告诉杨玉萍他决定去扶贫时，杨玉萍并没有多大反应，甚至显出了些许的不屑。李成功便嘟囔了她家庭妇女啥都不懂之类的话，杨玉萍以为他嫌弃自己，便抓住并放大这一点吵吵起来。这原本也没什么，老夫老妻饿饿两句，过后就完，可偏偏这时，苏素发微信过来说想要给他送送行，请他务必赏光。尚在烦闷中的李成功，念头忽地一偏，就答应了。李成功没想到的是，苏素选了那么个私密的地方，更没想到的是，苏素还带着她上初中的儿子，且一见面就让儿子喊他舅舅。面对她儿子规规矩矩地礼呼舅舅，李成功心里一动，看来苏素把他当娘家人了。事后李成功回忆，尽管那天晚上苏素的儿子大部分时间在埋头吃西餐，但苏素的言行，深深影响了儿子，因此这母子的言谈举止，散发出来的都是对他的敬仰。李成功记得，苏素反复称赞了他扶贫行为的高尚，还轻轻说了句："我支持你！"

当时李成功曾觉得好笑，心说你一个寄人篱下的弱女子，还支持我，怎么支持啊！后来李成功坦言，苏素儿子吃饱了西餐往学校走后，他本想与苏素聊一会儿的，他已经又把红酒分别倒满了苏素和他的杯子。可就在这时，苏素男人打来电话，说从北京回来，已到了家里。李成功立即掐灭与苏素私聊的念想，建议苏素叫他男人过来，一起吃饭。苏素一口否决，并草草收场，匆匆回家。

李成功走出必胜客，迎着寒风，站在繁华的大街上，快速地做着选择。

此刻他有两个选择，一个是立即回家，与妻子共度一夜。毕竟明天就要驻村了，说不定要驻多久呢。白天动员会上，领导的讲话、驻村干部代表的表态，都那么铿锵有力。特别是那阵势，叫他现在还热血沸腾呢。人民礼堂，那是啥场合，两千多个位子，座无虚席啊。出征仪式，彩旗飘扬，锣鼓喧天，崭新的大客车一溜排出三里地长，一律戴着大红花，挂着大标语，驻村干部们在欢送的掌声中依次上车，隆隆地奔赴扶贫一线。他作为其中一员，甭提多么豪迈了。他没坐着大客车走，那是因为单位条件好，专为他们驻村工作队拨付了一辆越野车，明天他们自己开车走，但这一点儿不影响他的豪迈感。他听说，这一回，全省派去驻村扶贫的干部有两万多人。两万多人呢，站在广场上，那是多么大一片！一个省两万多人，全国呢，这个数字一想象，他就惊叹不得了，心里说，看来这回真的要把驻村扶贫当个重要的事呢。另一个选择是不回家。回家实在没多大意思。这没意思其实还不仅仅因拌的那几句嘴，可能与分床有关。妻子的借口是他打呼噜，影响休息。这些年，他确实添了打呼噜的毛病，所以当妻子提出要去另一个房间睡觉时，他并没有阻拦，只是随口说了"随便"二字，其实他心里是无所谓的，没承想这一无所谓，就与妻子正式进入了"分居"模式，他称之为良性分居。他知道妻子主动与他分居，也许并不是因为他打呼噜，或者主要不是因为他打呼噜，如果真想在一起睡觉，甭说打呼噜，就是放炮，也不会分开的，所以其中是另有隐情的，只是这隐情谁也没说破，就让它在那里慢慢生长着。他掏出手机，想先约个车，一看，有一条微信，是妻子杨玉萍的："你今天晚上回家吗？"再一看时间，是一个小时前发来的，那会儿他正与苏素频频碰杯呢，并没有顾及妻子的微信。此刻从微信不咸不淡的口气上，他仿佛看到那客气得像久不见面的堂姐一样的妻子。微信透出的公事公办口气，分明是告诉他你要来，就给你留门儿；不来呢，我就插门睡觉了，没有任何其他含义。他隐隐地有点儿责怪妻子，一个多小时了，你为什么不再催催我？为什么不打个电话问问我？既然不催不问，那就是有我无我无所谓。想到这儿，李成功有些生气。这时，一辆出租车停在面前，他上了车，司机问："去哪儿？"他脱口便道："金地大厦。"那是他工作的地方，他选择了不回家。于是，他在车里给妻子回了一条短信："明天就要驻村了，有很多工作要做，今晚需要加班，不回家了。你给我准备好所带物品，明天临走前开车去取。"过了好一阵，妻子回了信息，只一个字："哦。"

李成功气鼓鼓打开办公室的门，拉开值班床上的被子时，情绪在干红的作用下尚未恢复常态，他抓起枕头重重砸下："哼！回家有啥意思！"

从当时的情况来看，单位对扶贫很重视，至少李成功是这么认为的。

不过开始他没这么认为。开始，主管他的钱副总经理找他谈话，告诉他单位决定派他去驻村时，他第一反应就是想把手里的笔记本摔到钱副总经理的脸上。扶贫的那个村庄那么遥远，过了北京，过了长城，还要往西北跋涉，天寒地冻甭说，一走，就像被踢出去的皮球，任单位有啥好事都不会轮到他了，他能不怒火中烧吗？他痛恨眼前这个主管他的长着蒜头鼻子的钱副总经理，他跟了钱总这么多年，钱总从没有给他争来过什么好处，到了关键时刻，却又一脚把他踢到了千里之外的塞北，所以他不由得脸色变黄，腾出握笔的右手，抓起了笔记本。但结果，他并没有把笔记本摔出去，只是急促喘息了几下，仍然做着认真记录的样子，笑嘻嘻地说："钱总，这是要我给谁腾地方啊？"甩出这句话，是有原因的——机关里正在搞新一轮改革，合并处室，精减职员。李成功的职务是主任政工师，括号副处级待遇。这个职务虽然不算个官，但也有好多人虎视眈眈地盯着。他忖度，准是领导想借改革，要提拔谁了，要安排谁了。要提拔谁，要安排谁，总得有位置，可现在的位置满满当当，一个空缺没有，怎么办？那就得设法腾出些空缺，就像对过稠的谷苗间苗一样。看来，领导是打算把他李成功这棵苗间掉的，但又不能平白无故地间掉。他李成功自信并非庸才，这么多年兢兢业业、任劳任怨、恪尽职守也并无大错，要免他的职位估计也作难。恰在领导作难之际，扶贫任务来了，领导一下子灵感闪现：派他去驻村扶贫，岂不是绝招妙棋！倘若他拒绝，即为不服从安排，免职有理有据；若服从安排，去驻了村呢，则皆大欢喜，单位既完成了派人扶贫的任务，机关里也空出一个职位，领导就可以随便安排自己认为合适的人了。这时端坐办公桌前的钱副总经理却严肃起来，说："李成功你怎么能这样想呢？你以后可不能随便再说这样的话了。我告诉你吧，你这次去驻村扶贫，职务不但保留，而且还有提拔的可能。""哈哈，谢谢领导啦，提拔嘛，我可没敢想。"李成功敢当着领导的面说这样的话，是猜想派他驻村已成定局，不可挽回，索性一吐为快。接下来，任钱副总经理怎么讲道理，他几乎一个字都没听进去，当然放在膝盖上的笔记本也一个字都没写。直到随后单位的最大领导董事长亲自召见他，并有人直接把他领到董事长的对面，他才转疑为信。

董事长平头，方脸，干脆利索，上来就说："班子研究来研究去，还是你最合适。你有经验啊！"

李成功嘿嘿笑了两声，不由得谦卑了一下。他知道董事长说的经验是他在工农关系办公室工作的经历。李成功最早在冀南矿上时，一直负责处理工农关系，与农民打交道最多。

董事长说："当然，你的政治觉悟和办事能力，领导也是认可的。"

李成功心里受用，略驼的脊梁挺了挺。

董事长说："按照上级精神，我们要选派最强的干部。凡被选派的同志，不但待遇不降，还要列入后备干部优先使用。这次你既是驻村工作队的队长，又是驻村第一书记。不过要有思想准备哟！村里条件艰苦，又离家很远，与妻子不能朝夕相处，你要克服困难……"说到这儿，李成功站了起来，颤抖着嗓音表示绝不辜负领导的信任，说："请董事长放心，家里事再大也是小事，我一点儿问题没有。"李成功本来想说"我与妻子一年不在一起也没关系"，但被董事长通情达理的话截断了，董事长说："不不不，家里的事也不是小事，有什么困难单位会帮你解决的。"

这次选派的人员，除了李成功，另外还有两位，一位是生产部的薛东旭，一位是财务部的欧阳涛，年龄都比李成功小，资历也比李成功浅。所以见面后，李成功对他俩说："我比你俩虚长几岁，以后咱就是一个战壕的战友了，我就叫你们小薛、欧阳吧，这样不显生分。"小薛、欧阳齐说："好啊，好啊！"

薛东旭、欧阳涛把越野车开出地库时，好几个人围上来开玩笑，说："你们的待遇比董事长还高啊！"站在一旁等待上车的李成功只微笑不语。这辆车原是董事长的专车之一，这次，董事长特批，拨给驻村扶贫工作队使用。车虽然已经跑了三十多万公里，但看上去仍然是好车，气派得不得了，两位年轻人兴奋地动动这里，摸摸那里。薛东旭说："确实好。"欧阳涛说："废话！四驱的，开过吗？！"李成功则坐在董事长常坐的那个位置上，矜持地故意不去注意车的本身，只是看看手表。

欧阳涛说："李处，车后放着酒呢。我们到村里喝吧。"李成功说："好，到村里喝。"

车已经开出了机关大门，薛东旭说："忘了，今天限双号，这车啥号？"欧阳涛拨弄着中控台上的导航音响空调，"啥号都没事，拍不上的，没听说昨天的飞机在天上转了十几圈愣没找到机场？"

十点钟，市区笼罩在厚厚的雾霾中，李成功被堵在一个十字路口，看看车外，周遭都被雾霾包围着，他感到压抑，打开车窗，想透透气。副驾驶上欧阳涛及时提醒："李处你听广播，PM2.5爆表，还敢开窗户？"李成功说："咱们的肺早已适应了，没关系的。"李成功望望灰茫茫中前后排起长队的车，心情起了烦躁，说："干脆，我下车走回去，家也不远了，你俩先开车到各自家拉上东西再来接我。"

李成功下车，从车缝里挤到人行道上，朝着东南他家的方向走，走着走着，被一圈围挡挡住，那围挡里不是修地铁就是挖沟，总之是过不去的。他绕着弯弯曲曲的围挡，跟着汹涌的人流往前走，走着走着，钻进了一个地下通道。地下通道里雾霾稀薄一些，他随着嘈杂的人流，加快脚步穿过地下通道。他要赶时间，回家里收拾行李，今天下午必须得赶到扶贫村的。即将上台阶时，李成功看见在出口处跪着一个脏脏的妇女，妇女怀里抱着一个熟睡的孩子，那孩子看上去两三岁的样子，妇女的膝下摊着一张晚报大小的纸，纸上密密麻麻写着字，字的旁边还放着一个纸盒子，纸盒子里也稀稀落落放着一些硬币和纸币。他缓下脚步，早早摸着腰包，打算往妇女的盒子里扔几块钱，可摸来摸去，摸出的都是百元大钞，总不能把这崭新的百元大钞扔到那盒子里吧。算了吧，算了吧，他把百元大钞重新装好，抱歉地对那跪地渴求的妇女说："没带零钱。"于是，对那纸上的字也没再细看，心一硬，离开妇女，一头没入雾霾中。

李成功又走了约莫二十分钟，按距离该到家的，可就是走不到家。看看周边的环境，又是一片工地，陌生得很，怎么那些经常看到的标志性建筑都看不到呢？他不禁又烦躁起来，还隐隐地惶恐起来。他掏出手机，拨通了家里的电话。接电话的不是妻子杨玉萍，是女儿。他问："媛媛，你怎么回来了？"女儿媛媛说："今天没课，我带同学逛逛街，顺便回家蹭顿饭。"李成功说："哈哈，老爸闹笑话了，老爸走迷了，找不到家了，不知道这是哪儿。"媛媛说："没事，我给你发个位置啊。"刚挂断电话，位置发过来了，李成功按位置打开导航，只十几分钟就到家了。

媛媛正和妈妈从衣柜里翻找什么，见李成功进来，响亮地喊了声爸爸，杨玉萍则头也没回，说："东西都收拾好了，你看看行不行？"李成功看到客厅的地上放着皮箱，那是他经常出差用的，每次出差，杨玉萍都为他准备好所用物品，这次，她把李成功扶贫也当成出差了。李成功说得拿些被褥、棉衣，见杨玉萍无动于衷，他自己钻到另一个柜子里卷被子，杨玉萍拉着脸，说："要出去过日子啊！"

杨玉萍本来挺好看的，圆圆的脸庞，大大的眼睛，挺挺的鼻梁，嘴巴不大不小，嘴唇不薄不厚，细腻白皙的皮肤饱满而润泽，可这几年老愁眉苦脸，一副病痛不堪的样子，显老了许多。女儿媛媛正好与她形成反差，是一个爱说爱笑、活泼开朗的姑娘。媛媛咯咯笑个不停，杨玉萍用衣服拍了一下媛媛，"傻闺女！"媛媛收住笑，一本正经对李成功说："老爸你答应我考上大学给我买新手机，到现在还没兑现诺言啊！"李成功说："开了工资吧，就这几天。"媛媛说："拉钩。"伸着小手就要去拉李成功的手。杨玉萍伸手打回了媛媛肉嘟嘟的小手，说："手机好好的，换啥！"媛媛犟道："就换！"杨玉萍不再搭理媛媛，抖着一件上衣冲媛媛的卧室喊："那谁？叫啥来着，来试试这件衣服行不？"媛媛便冲卧室叫："巧巧，巧巧！"

媛媛卧室的门被缓缓推开，从缝隙中探出一张脸，脸呈紫铜色，两边脸颊好像被粗纱布摩擦过似的，血液聚集到了那两个凸起处，显得格外红肿。整个脸庞的皮肤都很皱，叫人马上联想到失去水分没有保存好的土豆。一双眼珠倒很黑，由于眼珠过黑，又使人很容易忽略那双与肤色接近的浓眉。浓眉下的眼睛里，此刻反射出的尽是胆怯和羞涩，甚至还有些惊恐。媛媛上前一把把这女孩拉出来："怕什么呀，我爸。"

又对李成功说："我同学，邹巧巧，专科的，入学晚。"李成功这才发现，邹巧巧一头短发，自然披散着，没做任何梳理，上身穿一件蓝色羽绒服，好像是男式的，下身运动裤，很肥大，裤腿长得盖住了鞋。杨玉萍拿着媛媛的旧衣服在邹巧巧的身上比画，媛媛则动手要脱下邹巧巧的羽绒服，邹巧巧抵抗着不让脱，眼睛却一直瞟看旁边的李成功，李成功刚要与她的目光对接，她忽地躲闪开，极快地又钻进了媛媛的卧室。

媛媛冲着卧室说："可有劲了，我们寝室的开水，都是她给提到楼上，一手提两个暖瓶，五层，噌噌就上去了。"

女孩的这种肤色、这种穿戴，乃至这种神态，李成功在坝上见过（阳坡矿曾有很多这样的工人），像内蒙古、新疆、青海、西藏也随处可见，所以于他来说，就如每天上下班乘坐的班车一样习以为常，并未在他的情感水面上击起涟漪。

车来了。欧阳涛进来，帮着李成功把被褥、棉衣抱到了车上。

车上了高速，一路向北，左拐右突，呼啸着在拥挤的车流里向前奔驰。开在这样的路上，薛东旭忍不住就想踩油门，欧阳涛瞅一眼仪表，快二百了。后面的李成功探探身子："没觉察就这么快？好车就是不一样，快，减下来，这路上限速探头很多。"薛东旭说："没事，咱过过瘾吧。"李成功坚决阻止："不行，我们开着公车，不能违章。"他作为负责人，如果扣分罚款太多了，不好交代的。接下来，在李成功的监督下，车规规矩矩前行着。

穿过太行山，进入燕山余脉，薛东旭说："我有些犯困。"欧阳涛说："不让你撒野就犯困！"李成功说："车少路宽就容易犯困，到前边服务区吃点儿午饭吧。"这个服务区一辆车也没有，在阴沉的天空下，寂寥而又荒凉。李成功拿着水杯，走进餐厅。空落的餐厅，寒气袭人，他扯着嗓子喊了几声，从一个挂着棉门帘的房间里走出一个男人。李成功问："能吃饭吗？"那男人说："不能。"跟随进来的欧阳涛问："有方便面吗？"那男人说："没有。"李成功举起杯子："开水有吧？"那男人要过杯子，回屋倒满一杯开水。车再上路，李成功指派欧阳涛开车。李成功要求欧阳涛把空调调得低一些，再低一些，这样既不犯困，又与外界不至于温差过大，下车后好适应一些。

饿着肚子一下高速，欢迎他们的是疾风厉雪。这里的风雪与省会的风雪大不一样。这个季节里，省会因了太行山山脉、燕山山脉和阴山山脉的庇护调和，风是柔柔的，雪是飘飘洒洒的，它们都如丝绸一般拂过大地，轻缓地对着正在萌动复苏的万物呼唤。这里不是这样的，这里没了大山的庇护，从西伯利亚而来的风雪一路狂吼，带着蛮劲，鞭鞘利刃一般直击车身。前挡风玻璃上，雪花都变作带棱的颗粒，像无数箭镞似的迎面射来，欧阳涛、薛东旭吓得再也不敢犯困，一边把雨刮开到最大，拼命与风雪做着抵抗，一边瞪着眼睛死死盯住前方坑坑洼洼的道路。还好，路上一辆车没有，天地间只有他们这车小船一样颠簸着前行。路过一片被雪掩盖的废墟，路面出现一条沟壑，沟壑里都是冰，欧阳涛停下车，叹道："完了完了，我们非冻死在这里不可。"李成功胸有成竹地说："没事，过得去的。"他指挥着欧阳涛先倒车，然后拐向那片废墟。开到近前，穿越废墟才看清，废墟上歪倒着一个井架，井架旁黑洞洞的井口里往外冒着热气。再往北一些，竟有好几排砖瓦平房，只是平房的顶都被揭去，门窗也都被拆走了。在靠里的几排平房之间，还有人围起了栅栏做羊圈，但现在没羊，可能天暖和了会有人把羊圈在这里。其他都是些残墙破壁，它们仿佛在顶着凛冽的风雪，笑话着这辆远道而来的汽车。李成功指着前方说："右拐右拐，左拐，对，直走。"嘎吱嘎吱轧过一堆黑色的矸石，一个摇晃，车子重新上了道路。薛东旭回头瞅着李成功，伸出大拇指："牛啊，李处。"

李成功不以为然："这是我曾经生活工作过的地方。"

薛东旭、欧阳涛同时惊愕地"啊"出了声。

李成功说："这里原来是咱们集团的一个矿，阳坡矿，零几年的时候可红火了。可是，已经废弃的矿——路上怎么会有结冰呢？井口怎么会有井架呢？矿井关闭后难道又有人开采？”

“管他呢，走吧！北国风光，千里冰封，万里雪飘……”薛东旭望着窗外的崇山峻岭，大声吟咏起来。

汽车开始爬坡，昂着头，怒吼着，顶着狂风，循着高德地图的指引，驶过一段平坦的省道，开到了县委大院。

李成功他们是最晚报到的。各个贫困村的村主任都已把各自村的扶贫工作队领走。

李成功他们报到后，把该办的程序办完，县里领导把该说的话说完，然后喊道：“南湾！南湾村的！”

一位黑瘦黑瘦的男子噌地从蹲着的椅子上跳下来，说：“我在这儿等一天了。”旁边的人给李成功介绍，说：“他是你们村村主任，叫姜银发。”李成功还没伸手，姜银发就用双手抓过李成功的右手，热情地晃起来，并死盯着李成功的脸嘻嘻笑个不停。李成功看着村主任不正常的笑，又不好意思立即抽出被摇晃的手，只觉得手掌被铁钳钳住一般，而钳他肉的一面，又像带着沙砾一样，他的手掌被硌得生疼生疼。村主任姜银发晃够了，再依次去晃了薛东旭、欧阳涛的手。

进村的路上，姜银发带他们在县城边的一个小饭店里每人吃了一大碗莜面，又去超市买了些食品，然后坐到副驾给他们带路。坐在前边的姜银发不时地回头冲李成功笑，李成功对他频繁的笑不知道是回应还是不回应，欧阳涛却把嘴对到李成功耳边，悄悄说：“精神病。”李成功摇摇头，否定了欧阳涛的猜测，忽然想起了一个问题，问前面的村主任：“支书怎么没来啊？”

“支书？富强哥啊，他肚疼，这几天疼得狠了。”姜银发轻描淡写说了这一句，又回头冲李成功笑，反问，“我来接你不行啊，李书记？”

李成功心想，这家伙反应还挺快，赶紧回道：“不是这个意思，我就随便问问。"

姜银发抠抠搜搜从棉衣口袋里摸出一支烟，扭身递向李成功，仍然露着不太洁净的门牙笑着说："李书记抽根烟吧。"李成功推过去说："不抽。"欧阳涛提醒说："车里不要抽烟。"

姜银发把烟卷夹耳朵上："李书记，你不认得我了？"

李成功看着姜银发的后脑勺："怎么老觉得面熟啊？"

姜银发启发："你给我上过课啊。"

"上课？"李成功莫名其妙，他从没当过教师啊。

"党课。你讲的是共产党起家的事，在船上。"

哦，想起来了，李成功在阳坡矿时，七一搞活动，他给党员和预备党员们讲过一次党课，讲的是党史。"那么，你在阳坡矿干过？"

"阳坡矿那次事故，要不是你，能赔那么多？"

"哎呀，是你啊，班长小姜。怎么老成这样了？看看，头发快白完了，看看，看看，也瘦了，咋比下窑还黑啊。"

姜银发笑得更厉害了，一笑，皱纹立刻像钢化玻璃爆裂似的布满了整个脸庞。

那一年，塞外的县办小矿阳坡矿被金地集团收购重组，刚从冀南矿调到集团总部的李成功看到了希望。那会儿，金地集团要投巨资改造升级阳坡矿，任命钱副总经理为矿长。当然，那会儿钱副总经理还不是副总经理，只是个从省厅下来的科长，科长安排到金地集团，就地升为副处长，当副处长没多久，又要去阳坡矿当矿长了。以钱矿长为首的领导班子搭好后，中层管理人员也很缺，李成功瞅准时机，找领导主动提出，他想到阳坡矿锻炼锻炼。阳坡矿那是啥单位啊，远离省城甭说，矿小，收入低，条件极其艰苦，谁愿意去啊。所以李成功一提出这个请求，立即引起领导重视，作为典型，他受到大会小会表扬，还上了金地集团报的头条。阳坡矿再小也是矿，在金地集团这个庞大的国有企业架构里，所有的矿都是处级单位，李成功主动请缨到阳坡矿，理所当然是戴帽下去，文件上明确的是矿办室主任兼副总经济师，括号副处级待遇。这正是李成功的智慧所在。在他看来，级别就是一切，没有级别，或者级别不到，你所有的抱负、理想、奢望，还有牢骚、不满都是枉然。他在冀南矿时靠自己的努力提为科级，调到集团总部，虽然保留着科级，但他非常清楚，在关系错综复杂的总部机关，级别再上台阶是很难很难的，如果不走舍弃省城大机关到偏僻的塞外小矿这条路，也许他会永远停留在科级上。可令李成功没有料到的是，他到阳坡矿第三年的夏天，产量一下子翻了五番的矿井在钱矿长荣升为集团副总半年之后的一天夜里（7月25日），工作面突然透水，井下被淹。经过奋力抢救后，仍然有六个人遇难。

遇难的六个人都是农民轮换工，其中五个来自大山另一边的南湾村。

处理善后的任务毫无悬念地落在了李成功的肩头。这是他的长项，他在冀南矿工农办当科长时，主要职责就是与周边的农村村民打交道，他有的是经验和教训。

遇难人员那边的代表，是他们推举的姜银发。姜银发是最早到阳坡矿下窑的南湾村村民，因他机灵、脑子活，在井下干了几年就先后当上了组长、班长，后来陆陆续续从村子里带出一些人一起下窑。出事之后，他代表遇难家属直接跟李成功谈判，他要为死者家属们多争些利益。当时李成功叫他小姜，但除了意味深长地喊他一声小姜以外，只字不谈赔偿的事。李成功不谈赔偿的事，只是天天混到死者家属中，与他们一同痛哭。那会儿死难者的家属，有的是父母，有的是妻子，有的是子女，还有死者的很多亲戚，都被安排在乡里的一所小学。李成功不回宿舍，打地铺与这些人住在一起，只要有一个人哭，他就陪着哭。矿上组成了专门小组，为这些家属服务，一天三顿送饭，顿顿都有烧鸡、红烧肉，有的家属哭着哭着，见饭来了，止住哭，先去扯过一个鸡腿。李成功则对那些诱人的饭菜不理不睬，不吃也不喝，一副悲痛欲绝的样子，白天哭，夜里也哭。有天深夜，正睡着，对面女铺上突然有个女人坐起来，喊叫："吃肉！吃肉！"喊叫的女人被旁边的一个女人按了下去。场面刚刚安静下来，紧挨李成功的一位老人又哭起来，李成功躺着，攥着老人的手，也一齐哭，老人不哭了，他还在哭。李成功已经了解了每一个死难者的家庭情况。这位老人叫邹三树，下有一个儿子、一个女儿，死的是他的儿子，刚才喊吃肉的是儿媳妇，儿媳妇有间歇性精神病，按住儿媳妇的女人是老人的女儿。邹三树哭着向李成功诉说："一个疯子，还有一个孩子，往后可咋过啊！"李成功用劲攥了攥邹三树的手，安慰："甭愁啊，会挺过去的。"想想邹三树有精神病的儿媳妇，还带着一个孩子，李成功不禁又实实在在地哭起来。

看李成功这样不吃不喝一直哭，最先劝说的是姜银发。他说："李主任，甭哭了，再哭人也活不过来了。"后来，死者的家属也反过来纷纷劝说李成功。那邹三树当过兵，觉悟最高，对李成功说："你是领导呢，一直哭有啥用啊，咱活着还得往前过呀！你给俺们多谋点儿好处就行了。"这正是李成功要的最佳效果。这次集团领导交派任务时说得很明确，只要安抚好死者家属，确保稳定，多赔偿一些也可以，但赔偿要按政策执行，合法依规。这个滴水不漏毫无瑕疵的指示，让李成功着实费了一番脑筋，更付出了无法衡量的情感。至此，他已完全取得了死者家属们的信任，剩下的就是通过姜银发，让大家理解赔偿的政策。他先按政策给每人算了一个数，大概是十五万。之后他把门子一关，压着声音对姜银发说："小姜啊，这十五万是公事公办，按说就这样了，一分钱不能多了，可我实在同情这些死去的弟兄们，所以，我争取再挤一点儿出来，至于能挤多少，我不好说，但我会尽量多挤。"姜银发连说"好好好"，家属们得知后也连说"谢谢谢谢"。最后，每位死者在原来说定的基础上又加了五万。其实这五万并没有超出规定，只是这规定的算法不一样而已。当死者家属多得了五万之后，都对李成功感激不尽。

善后赔偿没有超出预算，处理得也平平稳稳，李成功算是立了一功。后来，阳坡矿再一次透水关闭后，他能全身而退，平级调回总部机关，与此立功也不无关系。回想起来，能那么成功平息死难家属的情绪，姜银发在中间也发挥了不可替代的作用，所以在车里认出姜银发后，李成功把藏在心底好多年的话也掏了出来，说："小姜啊，当时，没有你，我也不可能完成那个特殊任务，一直想谢谢你呢，后来矿井关闭，很多事要处理，人又调了回去，也就没机会说声谢谢了。"

姜银发有些受宠若惊，脸上的笑不再像先前那样捉摸不定，东拉西扯跟李成功说了好多话。这时雪停了，风也小了。路两边虽白雪皑皑，但算不上惟余莽莽，因为北风的狂烈，雪铺排得不甚均匀，有些地方很厚，甚至堆积成了小山，有些地方却还裸露着黑土和枯草。路两旁稀疏的树木，枝权一律紧缩着瑟瑟发抖。路面很干净，绝无脚印车辙，整个大地都在静默之中。李成功与姜银发的聊天也停了下来，车里只有空调的呼呼声和车轮轧过积雪的咯吱声。天空即将暗下来，姜银发指着前面的一处坡地说："快到了。"大家望去，在那舒缓的坡地下，稀落地散布着一些矮矮的土房，有些房顶上时不时地冒出一些烟来，烟很微弱，像危重病人断断续续的喘息。

越走越近了，这就是南湾村了。如果不是土房子上冒出的些许白烟，没人相信这里会有人。整个村庄静得没有一点儿杂音，也没有一点儿活气，甭说看不到一个人影，连鸡猫狗都看不到一只。薛东旭在姜银发的指引下，把车停了下来，长舒一口气，说："这么远啊！"姜银发却不好意思笑着，说："天不好，天不好。"从他那歉意的笑容上看，好像从县城到村子这么远的路程，除了老天爷的过，就都是他的过了。

车熄火了，姜银发还不下车，李成功问："怎么不下？"姜银发敛起笑说："等会儿啊。"李成功问他："等什么？"他说："车里暖和，下去太可惜。"他是怕人去车空，车里的温暖浪费了。李成功、薛东旭、欧阳涛都笑了，一齐开车门跳下了车。

欧阳涛率先哇地叫了一声，薛东旭随后也叫了一声，他们感觉像是猛一下掉进了北极的冰窟窿，下意识地紧紧捂住了耳朵和脸庞。这有点儿让两位年轻人猝不及防，李成功说："零下二十五摄氏度，不知道吗？"他们从车上知道室外温度是零下二十五摄氏度，却不知道零下二十五摄氏度有这么冷，他们只体验过零上二十五摄氏度，哪曾感受过如此的寒冷！

姜银发转过一堵土墙，领来两个穿着臃肿的人。不走近看，分不清男女，走近了，才看出其中一个是女的，女的后面跟着一个瘸腿男人。这一男一女话不多，一来就上手帮李成功他们从车里搬卸行李。很快，行李被全部搬到一个房子里。

这是一座典型的坝上农村院落，虽坐北朝南，但不像中原地区那种主次分明的四合院方正敦实、封闭聚合。这个院落只有一排北上房，没有配房，没有门楼，只有用泥土围起来的院墙。那排北上房，一溜五间，走进一看，西头里间有一个大炕，紧挨大炕隔墙客厅一侧蹲着一盘灶火，灶火上坐着一口大锅，大锅旁摊着一堆柴火。东头里间锁着，里面胡乱堆放着杂物，当作仓库。这房子与村里其他房子明显不同，其他房子的地面大都铺土砖，好一些的是光溜溜的水泥，这个房子的地上铺的则是明晃晃的紫红格子的瓷砖。客厅的当央，还有一个烧得旺旺的煤火，煤火上的烟筒，长龙似的弯弯曲曲吊在房梁上，又通过隔墙的门口穿过西头里间，最后从窗户伸到了院子里。院子非常宽阔，这让在城市里住惯了局促单元楼的李成功他们有点儿惊叹。

薛东旭对站在窗前想事的李成功说："李处，这院子可以踢足球啊。"

院子里积满了雪，且坑洼不平，几处雪薄的地方露着干草，很显然，夏天院子里肯定野草没膝。李成功没接话，欧阳涛接话了，说："这坑坑洼洼的怎么踢球啊！"

薛东旭说："我是说院子大，听不懂意思啊！你量量，面积和足球场差不多吧。"

李成功自打一进村，一种沉重就不知不觉压在了他心头，他已无法像薛东旭和欧阳涛那样轻松了，对他俩关于院子与足球的对话，他知道是在说笑，但他没有说笑，只是紧锁眉头一言不发。

瘸腿男人先走了，姜银发和那女的留下来，手脚麻利地帮他们收拾安置妥当，站起身来也准备要走，但不忘迎合两位年轻人说："这房子可是全村最好的房子。"姜银发指着朝向院子的一面墙说，"看看，前墙都是砖。"他说最好的房子，是说盖房子时用的砖最多，其实这院子的院墙与其他人家的院墙一样，也都是用黄土堆砌起来的，有两尺半厚，一人多高，与燕子衔泥粘出的窝差不多，感觉很不结实，一脚都能踹塌。这村子，家家户户就是这么用土墙连接成片的，远远看上去，就是一堆板结的黄土。

李成功向姜银发和那女的表示了感谢，踏着雪，把他们送出了院子。

哈着气回到屋里，李成功双手放在炉子上烤着。两位年轻人的新鲜劲还没过去，到院子里踩了一会儿雪，进来时搬着车上那箱酒，坐到炉火旁提议："咱们喝点儿吧。"李成功说："这么冷的天，喝点儿暖和暖和。"还好，锅碗瓢盆乡里都给备好了，只是没有酒杯。薛东旭拿出三只碗，启开酒瓶，咕咚咕咚把酒倒进三只碗里，心急的两位年轻人端起碗来就要喝，李成功按下碗，叫他俩别急。李成功起身提起暖壶，往大锅里加上水，蹲下来在灶火里点着柴火，然后把酒碗放在热水里，不一会儿，随着袅袅的热气，酒香就溢满了屋子。李成功吮吸着酒香，赞道："好酒啊好酒。"三个人端起热腾腾的酒，就着来时在县城小超市买的火腿、鸡爪，碰碰碗，喝起来。

灶火里的柴火噼噼啪啪燃烧着，大锅里的水沸腾着，李成功借着酒劲，给两位年轻人讲着下一步的扶贫工作。

三瓶酒即将喝干时，里间炕上已经烧热，李成功说："铺炕，睡觉。"

三个男人睡在一个炕上，薛东旭、欧阳涛都稀罕得不得了，兴奋得不得了。两位小伙子摸着热被窝，各自给对象发了视频，发了朋友圈，嘻哈哈说了些"我们会不会被烤成铁板鱿鱼"之类的话，就打起了呼噜。李成功却久久不能入睡。他有过睡大炕的经历，对此热炕并不陌生。他的酒量也大，不至于因这点儿酒犯迷糊，再加上他心事很重，所以毫无睡意。他拿起了手机，微信里，有那么多未读的信息。

先点开妻子的。杨玉萍：到了吗？顺利吗？时间是 16 点 20 分。可现在已是 23 点 20 分了。他回道：到了，不太顺利，刚安顿下来。他不奢望妻子马上回，他知道妻子早睡了，即使不睡也不会及时回复的。妻子那是例行公事，她知道他到了就行了，不会多说一句废话的。他也是例行公事，报告一声也就算了，也没必要多说一句废话。

再点开苏素，竟然有七条未读。

SS：不吃饭怎么行，一定想法吃点儿东西。时间：12:40。

SS：路上慢一点儿，多喝水。时间：14:10。

SS：到了吗？时间：15:00。

SS：看天气预报，那边有雪。很冷吧？时间：17:30。

SS：晚上可要多吃点儿。吃手抓羊肉吧。好好补补，哈哈。时间：18:25。

SS：怎么了？怎么了？时间：19:00。

SS：？？？？？？？时间：21:19。

SS 就是苏素，李成功起的代号。他初次加苏素为好友时，用的是真名实姓，只是偶尔打个招呼，不痛不痒聊些世道人心、社会人生、文学艺术，后来不知不觉就聊起了家庭爱人、儿女私情，甚至，竟然用上了吻、拥抱之类的表情。防备意识不强的李成功，一次在家里聊着聊着被妻子杨玉萍发现，杨玉萍穷追不舍后大吵大闹了一场，最后把他手机摔了。换手机后，李成功设置了指纹开机，为防不测，又把

167

苏素的名字改成了SS。自此，杨玉萍不再偷看他的手机，他可以随便与苏素聊天，但代价是杨玉萍无休无止的令人窒息的冷漠。冷漠就冷漠吧，反正他自己问心无愧，与苏素什么事都没有，纯粹一个朋友而已，再说已经这么久了，不去多想了。现在，远在塞外的李成功，更是不去多想妻子的冷漠，他得马上给苏素回复信息，还是上午在高速上和苏素聊过几句，这么一天了，只忙着乱七八糟的事，怎么就没看微信呢！他觉得他太怠慢苏素了，太不像话了，他先发出三个字：对不起！

几乎一刹那间，苏素回复：怎么了？

如此神速回复，让李成功好像看到苏素躺在床上捧着手机只等着他的信儿呢，叫他心里顿生缕缕温情。

他说：头一天到，很多事情要处理，没能及时回你。

SS：没事就好，担心你出事。感觉那边怎么样？

他说：空气很好，就是冷。

SS：好空气太金贵了。这边现在雾霾很大，两三天不散，都不敢开窗，恨不得睡觉也戴口罩。

他说：哈哈，老王呢？

SS：应酬去了。

老王是苏素的男人，大名王仁德。确认了王仁德不在身边，李成功方才可以大胆说话。

他说：他不会借应酬之名泡妞吧？

SS：会，怎么不会，现在的妞根本不用泡，都是上杆子贴呢。

他说：那说明你家老王有魅力。

SS：什么呀！是钱有魅力。就是个猪，如果身上的毛都变成了金毛，身边也会美女如云的。

他说：他肯在女人身上花钱？

SS：应该不吝啬吧。

他说：其实你家老王还是不错的，也是一表人才，就是肚子大了些。

SS：哪如你啊！身材那么匀称，鼻子眉眼那么周正。你知道你什么最好吗？

他问：什么啊？

SS：皮肤。你的皮肤那么白，那么细，完全是女人的皮肤。

他问：真的？

SS：真的！你的头发也好，以前我还以为你染的呢，原来天然的，乌黑茂盛，还带着自来卷。

他说：都是爹娘给的。

SS：老王这两年秃顶得厉害，都没法看了。

他说：不行买个假发戴上。

SS：他来了，不聊了。

李成功又打开几个群看了看，把放在一边的棉袄裤子摊开，压在被子上，也帮着两个年轻人把脱到一边的棉袄裤子摊开，压在被子上，然后关灯睡觉了。

凌晨四五点钟，薛东旭先醒了，想尿尿。摸出手机晃着找衣服穿时，把李成功弄醒了，李成功伸手够着灯绳，拉亮灯。欧阳涛也醒了，两位年轻人坐起来穿好毛衣要出去，因为露天的厕所在院子里。他俩刚要开门，李成功喝问："干吗？"两个年轻人扭头说："撒尿啊！"李成功指着地上的一个脸盆命令："就在屋里，往那个脸盆尿！"原来李成功睡前已经把一个脸盆放在了炕前的地上。两个年轻人互相看看，不好意思，还是决定出去撒尿。李成功看他俩不听，再次命令："那，都穿上棉衣毛裤。"

两个年轻人还是不听，说声没事，拉开门出去了，只一眨眼，就听薛东旭"哎呀"一声尖叫，蜷缩着躯体跑回来了："尿不出来。"相对腼腆一些的欧阳涛，刚一出门，就被天上的星星震撼了。浩瀚的苍穹之上，繁星满天，不管是大一点儿还是小一点儿的，都明亮得使人难以置信，欧阳涛长这么大，还从来没见过如此澄澈干净亮丽的满天星斗。他仰着头，望着星星，就觉得满身被针刺一般，寒冷直入骨髓。他不得不再留恋地望一眼星星，也蜷缩着身子逃进屋里。

薛东旭正龇着牙往脸盆里撒尿，欧阳涛学着薛东旭的样，极不熟练地尿向脸盆。

重新钻进被窝，再也睡不着了，三个人都觉得冷，用被子捂住头也瑟瑟发抖。李成功起来，把客厅的炉火通旺，把连炕的灶火点燃，被窝、屋内这才渐渐恢复温暖，三个人也才能继续入睡。

时间已近八点，城市里正是上班高峰，车流人流，拥堵不堪，南湾村却还沉浸在睡梦中，静谧得如返洪荒之地。李成功率先起床，他穿上羽绒服，弯腰端起了地上的脸盆。薛东旭、欧阳涛也醒了，从枕头上抬起头，用惺忪的双眼看着李成功手里的脸盆，晃荡着他俩发黄的尿液，就再次觉得不好意思起来。人家李成功论年龄是老兄，大他俩七八岁，论职务是领导，高他俩两层级别，怎么能让人家给自己端尿盆倒尿呢。李成功却摆摆手说："这有什么呀，能睡就睡会儿吧，我是习惯了，到这个点儿准醒。"

李成功一手端着尿，一手拉开门子，撩开门帘，跨出门槛又随手带上门子，压好门帘，小心地走到院子里，双手一甩，把尿液泼在了雪地上。坚硬的雪不像中原的雪那样柔弱，尿液上去马上就会渗透陷落出痕迹，这里的雪结了一层冰，阻挡尿液的渗透，以至于尿液在雪的表面四散地漫流了一下，即刻就凝结成冰坨，与雪焊连为一体。李成功站在雪地上，瞅了一会儿尿液绘出的浅黄色的抽象形状，自然把目光移到了那一尘不染的湛蓝的天空上。昨天的此刻，他还在省城的雾霾中迷失方向，那种仿佛凝固了的雾霾，叫他有种窒息感。此刻，远离雾霾，置身在如此澄澈深邃的湛蓝之下，怎么也有一种窒息感呢？当然，他知道此窒息与彼窒息是根本不同的，此窒息是饥渴已久的人忽然间吃到美味佳肴一下子被噎着呛着的窒息，只要不那么狼吞虎咽，慢慢地享用，瞬间的窒息就会变为舒畅。他仿佛要慢慢享用似的，深深地缓慢地呼吸着这空气，并在心里盘算，今天先要与村支书见面，然后把电脑、打印机、档案盒配齐，对了，再派薛东旭开车到县城买些米面油。

回到屋里，准备叫俩年轻人起床，弄饭吃饭，开始新一天的工作，姜银发来了。姜银发说支书叫他们过去，到家里吃饭。也好，正想与村支书见见。

…………

<h1 style="text-align:center">中　部</h1>

一个星期之后，好些活儿还没干完。又赶了一明一夜，所有的活儿才基本就绪。

该走的都走了，扶贫工作队蓦地平静了。

可夜幕降临之后，又打破了平静。扶贫工作队院墙外临街的一面墙壁，灯箱齐开，炽白的光线穿透夜空，仿佛把整个草原都点亮了。开天辟地以来，南湾村的夜晚还没有这么明亮过，全村在家的人，都稀罕得不得了，纷纷围过来观赏这色彩亮丽的墙壁。

李成功走来走去，看着室内室外整齐划一的牌板，读着牌板上正确完美的内容，踩着由沙土轧出的光滑干净的街道，再入户看看困难户们炕上崭新的炕单被罩，长长地嘘一口气：万事俱备，只等风来。

可是，等了一天，却等来妻子杨玉萍的一个电话。杨玉萍很少打电话，有事都是微信发个语音短信，凡打来电话，必是有要紧的事。果然，杨玉萍慌乱地说："女儿住院了。"李成功问怎么回事，杨玉萍说："甭管咋回事，你回来再说吧。"这个时候怎么能回去呢，会议说开就开，参观的领导、代表说来就来，他怎么能走啊！不走，却挂念着女儿，心里极其纠结，夜里睡不着，与苏素聊天时，就把心思透露给了苏素。

SS：我要能替你就好了，我去替你伺候孩子。也不知孩子是啥病，肯定不要紧，也许感冒呢，输输液就好。

李成功：谢谢你的好意。你那里怎么样？上次你说老王这几天情绪反常，好些了吗？

SS：没有。天天闷着头，老牛大憋气，一句话不说。他家里可能出事了。

李成功：什么事？

SS：他不愿意讲，我也不愿意问，听他电话里说，可能是他小老婆跟他闹事。

李成功：闹什么事啊？不好好过日子？

SS：你以为光有钱就能过好日子啊，好多年了，他小老婆一直跟他闹着别扭呢。

李成功：上帝太公平了，让你在这方面舒心、开心，就会让你在另一方面闹心、堵心。早点儿睡吧。

第二天，上边通知来了。通知说会议暂时取消，组织代表来南湾村参观的安排也取消了。

代凤山和徐刚，异口同声说出一句："白忙乎了！"

李成功长嘘一口气，有些怅然若失，又有些解脱的感觉："好吧，我回家看看，顺便向集团领导汇报一下工作，多则五六天，少则三两天，你俩在村里值守。记住，以后我们要严格遵守驻村制度，村里必须保证有两个人在岗。"

李成功从来没有像这次这样心急如焚，他已经知道，女儿受伤了，女儿被一个疯子打了，至于伤势如何，妻子没再多说，电话里只是不住地啜泣。李成功一路顾不上休息，只在路边撒了一泡尿，直接把车开到了省人民医院。他直扑病房。他看到了女儿，脸庞煞白，嘴唇干燥，挂着点滴，睁着双眼，呆呆地瞅着天花板。杨玉萍坐在床边，抓着女儿的小手，若有所思。

"伤着哪儿了？"李成功发现女儿的脖颈处有深深的抓痕。

媛媛从天花板上收回目光："我没事，爸，去看看巧巧。"

杨玉萍说："媛媛只是受了惊吓，巧巧伤得重。"杨玉萍把李成功带到隔壁病房。那个熟悉的黝黑的过于自卑的女孩，闭着眼睛安静地躺着，右臂打着石膏，左手输着液体。杨玉萍说："一会儿睡，一会儿醒。"李成功站在床前，正端详着巧巧的面庞，巧巧忽然说话了，巧巧喊："妈妈，妈妈……"杨玉萍赶紧蹲下来，握住巧巧的手，"嗯、嗯"答应着，杨玉萍的泪就哗哗地顺着脸颊流下来，一滴一滴砸在巧巧的手背上。

护士进来，换了药，说："还昏迷着，不过生命体征基本正常。"

这事发生得突然。前天，也就是李成功万事俱备只等风来的那天，女儿媛媛和巧巧骑车去滹沱河边玩耍。当时巧巧骑着车，媛媛坐在后座玩手机，谁都没有防备，那个疯子突然从路旁的垃圾堆里蹿出来，扑向媛媛，夺过了手机。自行车倒了，两个姑娘都摔倒在地，疯子却举着手机，哈哈大笑，并准备要扔向不远处的机动车道上。巧巧一骨碌爬起来，高喊："别扔，拿过来，手机！"没想到一向笨嘴拙舌、笨手笨脚的巧巧竟然声色俱厉且动作敏捷，腾地一下跃到疯子跟前，掰手腕一样掰下疯子的手，从大猩猩般的手指里抠手机。躺在地上的媛媛害怕，喊叫巧巧："别跟他要了，别跟他要了。"巧巧不听，倔强不屈，生生地从高大健壮的疯子手里抠出了手机。当巧巧把手机完好无损地送到媛媛手里，扶起车子准备要走时，那疯子又突然猛喝一声："白骨精，哪里跑！"也不知道疯子从哪里捡起一根墩布棍子，一手挥舞着幻想中的金箍棒，一手像老鹰扑小鸡似的卡住了媛媛的脖子。眼看着媛媛就脸色发紫，上不来气了，巧巧扔掉车子，英勇地扑到疯子身上，狠狠地咬那卡在媛媛脖子上的肮脏的手臂。疯子松开了手，抡起棍子胡乱朝媛媛打去。巧巧一边用身体护着媛媛，一边举起胳膊阻挡疯子打下来的棍子，棍子不住地落在巧巧手臂上、脑袋上，直到路过的人跑过来，制服了疯子，媛媛和巧巧才得救。

"要不是巧巧，女儿就没命了。"杨玉萍轻抚着巧巧的手臂，声泪俱下。

李成功也禁不住眼眶潮湿，说："这是个好孩子，你多陪陪，我去看看媛媛。"

来到媛媛床前，媛媛说："爸爸，让巧巧认你做干爸吧。她说她没爸，娘也有病。"

李成功说："好、好，我把巧巧当亲女儿待。"

那天，昏迷中的巧巧一直喊叫妈妈。

那是谁家的疯子，为啥没人监护？很快就有人告诉李成功，那个疯子跟着一个七十多岁的老母亲生活，老母亲双腿风湿，离不开拐棍，一不小心，疯儿子就跑出来。问题是，疯子为啥对两个姑娘下此毒手？不，从事情的经过来看，疯子是冲女儿媛媛下手的，可受伤严重的却是巧巧。这样的结果，恐怕疯子没有料到。疯子有疯子的逻辑，在疯子的眼里，媛媛是什么样的人？媛媛为何要遭此一劫？李成功想了半夜，只等输完液，说："媛媛，要不，爸爸拉你回家休息吧。"媛媛说："不，我要在这儿陪巧巧。"李成功说："那我也不回家了。"媛媛说："爸你累了，躺床上吧。"媛媛往里挪挪，李成功大半个身子躺在了病床上。好多年了，还没有这么近距离和女儿在一起过。记得女儿出生的第一天，他就跑到商店买了一个最高档的笔记本，郑重地在扉页写上"女儿成长日记"，他坚持着每天观察、记录女儿的成长。他还买了一台135的相机，买了一卷又一卷富士彩色胶卷，坚持每个星期给女儿拍一张照片。女儿稍大一些后，只要他一回家，第一件事就是抱起女儿往头顶上举，或者抛起来再接住，女儿被逗得嘎嘎笑个不停。女儿上了初中，他的事业开始蒸蒸日上，这些亲昵的行为慢慢变少，原本那些溢出的爱，全部隐退积聚到了内心深处，也就是说，外在的形式上的爱的淡化，反而更增加了内在的爱的深沉和厚重。

李成功实在太累了，糊里糊涂就迷糊住了，忽然听到了自己的呼噜声，他怕影响女儿睡觉，忽地遏制住自己，使呼噜戛然而止。

媛媛没睡，媛媛说："爸，那个疯子也是穷人。"

李成功："嗯，听说了。"

媛媛："我用石块投过他，他记恨了。"

李成功："是吗？"

媛媛："别让他们赔偿了。"

李成功："哦。"

李成功："睡吧，别想这事了。"

等了一会儿，媛媛又说："爸，我想把新买的手机送给巧巧。"

李成功："好吧，爸爸再给你买一个。"

李成功听到女儿均匀的呼吸，知道她睡着了，这才轻轻下床，靠在床头的椅子上，挨到天亮。

他得去单位，把近段工作跟钱副总经理汇报汇报。临走，他到隔壁看妻子，妻子躺在床上，侧身搂着巧巧。他推了一下妻子，妻子扭过头，说："喊了一夜妈妈。"

杨玉萍一说话，巧巧醒了。巧巧看看床边的李成功，有点儿不好意思，轻轻叫了声"叔叔"。杨玉萍说："巧巧，当我们的女儿吧，叫爸爸，叫他爸爸。"巧巧望着李成功，轻轻地唤道："爸爸。"然后泪珠就从两只明亮的眼睛里流淌下来。

李成功忍着酸楚，擦着泪，刚走出医院的电梯，村支书姬富强打来了电话，说："李书记，村里有点儿事，你今天得过来啊。"姬富强怎么这么客气？再说他刚回来，村里能有什么事，肯定不会是又要开会参观吧，如果是开会参观，第一个知道的应该是他李成功啊。那边姬富强可能感觉到了李成功在犹豫不决，又加重语气说："上边来领导了，点名要你回来，不回来不行啊。"这就有点儿异样了，这一定是跟前有人，姬富强在"命令"的压力之下才这么婉转的。

李成功说："那我尽快吧。"

车没开出多远，代凤山打来电话。代凤山说话很急促，大有十万火急的味道："出事了，出大事了，村里死了两三口，我和徐刚都被公安局带过来了，我这是在厕所偷着给你打电话……"没说完就挂了，好像是被谁强行夺去了手机。

李成功预感到事态严重，系上安全带，直奔高速路口。将要看到高速路口那一道道闸口时，车子慢了下来。按说，村里死人的事是经常发生的，可这次为什么如此不一样？姬富强让他火速返回，代凤山却说在公安局，看来这死人的事一定与他有关，能有什么关系呢？他停下车，把所有的可能都想了，还是百思不得其解。那么姜银发呢？他怎么没有音信？李成功打通姜银发手机，询问村里的情况，姜银发一改以往的干脆直接，说话吞吞吐吐犹豫不决，每蹦出一个字，都斟酌一番，那种不经意间拖长的腔调，还有尽力地拿捏劲儿，叫李成功一眼就看穿了他在躲闪、推脱，因为问到所有的细节，他最后都会归结为不知道。也是，人命关天的事，谁会主动往上贴呢？综合分析之后，他感觉到村里已经织好了一张网。他要不要加快油门冲入网中呢？

报警的是邹三树。

但最早发现儿媳妇玉枝和黑狗死的，是邹三树的老婆玉枝的婆婆。

玉枝的婆婆做好早饭，日头已经爬过了院墙。玉枝婆婆隔着门槛喊："饭好了，饭好了。"连着喊了五六遍，玉枝也没反应。玉枝婆婆走到院里，来到玉枝窗前喊："饭好了，饭好了。"还是没有应声，连黑狗也没有应声。玉枝婆婆又多走几步，来到玉枝屋里。屋里已被阳光照耀得一览无余。玉枝和黑狗，头靠头蜷缩在地上。玉枝的双手破烂，脖子上有个黑洞，地上淌着一摊血，血已经凝固。玉枝婆婆知道事情不好，还是过去摸了摸。玉枝和黑狗都已经冰凉冰凉了。

闻讯的邹三树不顾腿痛，瘸拐着跑到邻家借用手机，打了110。

警车带着救护车，按着各自的节奏鸣叫着，尖厉而又刺耳，不一会儿，各个土房子的院门前都站出了人，伸着脖子相互打探，腿脚利索些的，追随着警笛围拢到邹三树家门口。来人戴着手套，麻利地把玉枝拉走了。

下午，天还没黑，救护车又鸣叫着进村了。鸣叫声一直响到姬海兴家门口，又把姬海兴媳妇拉走了。

有人说："前晌玉枝走了，海兴媳妇还在娘家帮忙来着，咋说不行就不行了？"

有人说："谁知道啊，看样子够呛，这要救不过来，一下子就走两个。"

有人说："哪是两个啊，是三个，还有一个黑狗。"

晚上，警车再次响彻南湾村。警察来提取物证，并找到姬富强，告诉他："经法医初步判定，两人是食物中毒。"警察说到这儿，故意停顿了一下，眼睛像要穿透姬富强心脏似的，之后接着说，"毒是人下的，这个人是谁？为啥下毒？"警察不再往下说，只是要求姬富强务必配合，通知村里所有人，一个不许外出，保证随叫随到。

第一个被排查的是邹三树老两口，但排查不到两小时，就被排除了。邹三树不可能既害自己的儿媳妇，又害自己的亲女儿，还害自己的狗，没仇没怨的，太说不过去了。第二个被排查的是姬海兴，姬海兴卧病在床，不能自理，吃喝拉撒都靠媳妇，他既不可能走出去毒害媳妇的兄弟媳妇玉枝，也不可能毒害自己的媳妇。姬海兴的儿子倒有可能，儿子是他媳妇改嫁带过来的，儿子娶不上媳妇，前几日还跟他娘生气呢，一气之下做出傻事，也不是不可能，可进一步调查后，那几天儿子给别人放羊，一直没有回家。

这样一来，怀疑的焦点指向了姬小云。

姬小云被警察带走了。警察很快捋清思路，几乎可以断定，姬小云就是谋害两条人命的凶手了。

警察问："据调查，你爹姬海兴就你这一个闺女？"

姬小云："我还有个哥，早先下煤窑死了。"

警察："你现在的继母嫁给你爹时，带着一个儿子，是不？"

姬小云："是啊。"

警察："他还没娶上媳妇，是不？"

姬小云："我家穷。"

警察："你继母想让你嫁给邻村一户人家，那户人家有个闺女，答应只要你嫁过去，人家那个闺女就嫁给他。"

姬小云："……"

警察："你怎么不说话？"

姬小云："……"

警察："你要配合，如实回答。"

姬小云："我已经有了对象。我对象也在北京打工。"

警察："那就是说你不同意你继母的换亲计划。所以你怀恨在心，想毒死她。"

姬小云："胡说！"

警察："注意！你看你在哪里！我再问你，你继母娘家的兄弟媳妇玉枝你知道吧？"

姬小云："废话。"

警察："你该叫啥？"

姬小云："妗子呀。"

警察："对，妗子，还有精神病。当年你舅舅在煤矿的死亡赔偿款，都叫你这个有精神病的妗子拿走了，你知道吗？"

姬小云："听说过。"

警察："你妗子拿走赔偿款之后，你继母就分不到钱了，你继母分不到钱，就不能给她儿子娶媳妇了，她儿子娶不起媳妇，就让你换亲，你就怀恨在心，恨你妗子，恨这个没用的精神病，所以就想毒死她，是不？"

姬小云："放狗屁！"

警察出去抽了支烟，喝了瓶水，回来换了一条思路，问："经过法医鉴定，这次中毒的毒品是毒鼠强，你知道吗？"

姬小云："老鼠药？"

警察："对。"

姬小云："我下老鼠药了。"

警察兴奋异常，但故作静态："你怎么下的？下到哪儿了？"

姬小云："扶贫工作队屋里老鼠太多，我就把那些吃剩下的肉剁吧剁吧拌上了老鼠药。"

警察："时间、地点、经过，说仔细点儿。"

姬小云："昨天吧，李书记走后，我看剩了肉，猪脸、猪肝、火腿、鸡肉，反正也是扔，王颖姐不让吃这些剩的，我就剁吧剁吧装进塑料袋子里，把老鼠药拌进去。"

警察："然后呢？"

姬小云："然后王颖姐要去仙女湖看看，我就和扶贫工作队的人一起去了。"

警察："那拌过老鼠药的肉放哪儿了？"

姬小云："我搁院子的窗户台上了，想着回来后再放到床下老鼠经过的地方。待我们回来后，那袋子就不见了。"

警察："什么样的袋子？"

姬小云："红色的。"

警察立即传唤扶贫工作队的人，代凤山、徐刚连夜被带来。

警察："你们的负责人叫什么？"

代凤山、徐刚："第一书记，李成功。"

警察："你们的扶贫工作队里怎么备有老鼠药？"

代凤山、徐刚面面相觑："不可能。"

警察："你们可要如实提供情况。"

179

代凤山、徐刚："真的，不可能，反正我们没见过什么老鼠药。"

警察一番合计，最后形成共识，认为李成功有不可推卸的责任，不但有不可推卸的责任，还有重大嫌疑。是不是幕后指使？是不是有意逃避？这才有了姬富强被警察逼着给李成功打电话的情节。

直到现在，最关键的一个人却被漏在网外，这个人就是姜银发。其实姜银发当天就知道了这件事，一知道这件事，他心说毁了，出人命了，听着警车、救护车一趟趟尖厉的鸣叫，他心神不宁、坐立不安，因为他心虚，是他亲手把一包老鼠药递到姬小云手里的，但他不确定药死人的是不是他的这包老鼠药，他默念着，千万、千万啊，不是我那包老鼠药药死了人。他可不想搅和到人命案子里。他急慌慌要向姬小云核实，问问她是不是已经用过他给她的那包老鼠药。他掏出手机，找着姬小云，刚要拨号，又停下，想，这个时候还是不要留下证据吧，万一是呢。他锁着眉头，满脸大事，蛮横地拨开围在姬海兴门口看热闹的人，进去连跟姬海兴打招呼都没顾上，直接拉着姬小云到院墙根，悄悄问："那老鼠药拿到过家里没有？"姬小云的头摇得很坚定："没有，肯定没有。"姜银发略略宽松了一下。但他觉得这还不够，他得择得干干净净，不能有半点儿粘连，复又虎了脸，目光压着姬小云懵懂的双眸，警告："记住，对谁都不能说我给你老鼠药，乱说了，你爹的事我啥都不管。"姬小云被他的神色弄得有点儿紧张，但并没像他那么严肃，说："看你吓得，咱没办亏心事，不怕鬼敲门。"姜银发再次严厉敲打："你知道啥！记住我说的话！乱说了，你家往后在村里甭想有好日子过！"临要走了，又想起要紧话，回转身对姬小云说，"谁家还没包老鼠药，是吧，不信到村里搜搜，准能搜出不少。"

他这话是说给自己，好让自己更心安一些，更是说给姬小云，希望关键时她把这话甩出去，把警察的猜测带到荒原，把案子的线索引向别处，使得自己完全彻底摆脱干系。人命关天啊，他怎能不百般计谋啊，不然就有进公安局、进监狱的危险。公安局、监狱，那是些啥地方，想一想就胆战心惊。姜银发就是这样一个人，甭看他平时敢说敢干大有天不怕地不怕的劲头，可真到了公安、法院、政府这些机关，他就从骨子里胆怯、惧怕，好像天生就有一种原罪感，平白无故地自矮半截，更何况这回是两条人命、一条狗命，更何况他给过姬小云一包老鼠药。那天夜里，他没敢出去，他让老婆每隔半小时出去一趟，打探打探消息。警笛声一响，他就发抖，好像他就是害人性命的凶手。老婆为了安慰他，把被窝撩开："来来来，到我肚上闹腾会儿，出点儿汗，就不乱想了。"他胡噜一下老婆鼓鼓的小腹，说："小子禁不住，可不敢。"老婆撩他："没事，你小心点儿。"他俯卧撑样支起两条胳膊，试了一阵，不行，老婆便改用言语安慰："你怕啥，咱就是拿了一包老鼠药，咋着，咱拿老鼠药也不是去药人的啊！就是药了人也不是咱去药人的啊……"这样一会儿言语一会儿身体的安慰，一直到天亮，李成功给他打来电话询问情况，他才忐忑地进入新的一天。

李成功路过阳坡矿时，看到那煤堆又高了许多，路上的黑水结了一层薄薄的冰，他顾不上下车故地重游，他要尽快冲进那个莫测的蛛网中，他紧握方向盘，目光坚定，朝着那些不堪一击的薄冰疾驶而过。爬山时，车发出了沉闷的轰鸣，有几块滚在路上的石头被轮胎当头碾轧，三五块小一点儿的石头，子弹一样射向了山下。

李成功把车直接停到了派出所院子里。这个派出所显然经费不足，门楼不仅低矮，房子也显寒酸，但值班的小警察却一点儿也不失威严。当李成功自报家门后，小警察竟有点儿喜出望外，打了一通电话，那两个办案的警察好半天才来。

警察："我们在村里等你呢。"

李成功："关系到扶贫工作队的事，我全权负责，让代凤山和徐刚先回去吧。扶贫工作队不能没人，受害者家属也需要安抚。"

警察："我俩做不了主，一会儿请示一下。"

李成功："回来的路上，我已了解了基本情况，当务之急是救人，先集中力量抢救姬海兴媳妇，救活了她，有助于搞清案情。"

警察："那是医院的事。我只问你，你们扶贫工作队什么时候买的老鼠药？"

李成功："扶贫工作队从没买过老鼠药。请你们派人到医院，先配合抢救。"

警察拍了桌子，说："你搞清楚了没有，是你配合我们，不是我们配合你。"

李成功不再说话，起身要走，警察拦住："事情没搞清楚之前，你不能走。"

经请示，代凤山、徐刚可以走了。警察还给了他俩手机。

代凤山、徐刚临走来看李成功。两个人显然一直没有睡觉，满脸倦容，李成功更是一副疲惫不堪的样子。李成功把车钥匙给代凤山，交代他俩，一个回村里安抚受害家属，一个到县医院接待赶来的上级医院的医生。原来，李成功上高速前打电话问了好多人，有姬富强，有姜银发，有姬海兴，有姬有田，有邹三树，有石秀兰，有村里很多人，最后还联系了王颖，从每个人各自的见闻述说中，李成功对事件形成整体判断，觉得姬海兴媳妇没死是不幸中的万幸，当下最要紧的是抢救。可一个贫困县的医院，医疗条件、医疗水平能行吗？万一抢救不得法，人死了，就不利于弄清案情，更使那贫穷的家庭雪上加霜。即使没死，残了，落个神志不清，植物人似的，也不行，这家以后的日子就没法过了！总之不管从哪个角度来说，都必须快速、科学地施救。意识到这里，他想起了欧阳涛。欧阳涛的姐夫是省中心医院副院长，姐是护士长，能不能通过私人关系，让他姐夫派个专家来县医院帮着抢救呢？他打通欧阳涛电话，用请求的语气把自己的意思表达了出来。欧阳涛稍做犹豫，让他稍等。于是他开上高速，一边行驶一边等待欧阳涛电话。行驶一百公里后，欧阳涛的电话终于过来，欧阳涛说妥了，他姐夫已派一位专家往县城赶，同时通知了当地市医院，也派有经验的医生赶往县医院。做了这番安排，李成功到派出所后才如此坦然镇定。不让走，就不走，正好歇一歇。代凤山、徐刚告别后，他索性把椅子挪到炉火边，仰靠在椅背上，听着那噗噗的火苗，打起了呼噜。

也不知睡了多长时间，李成功被高跟鞋敲击水泥地的声音叫醒，那嗒嗒嗒的声音由远而近，不慌不忙，清脆而有力，只听有女声问："有人吗？"

看门的小警察也从打盹中醒来，问："啥事？"

李成功睁开眼一看，是王颖。

王颖说："南湾村投毒一案，我是目击证人。"

小警察不敢怠慢，赶紧通知办案警察过来。

警察说："你的姓名已经记录在案，你怎么在扶贫工作队里住？"

王颖说："不是我在扶贫工作队里住，是扶贫工作队在我那里住。那是我对象的家，我若愿意，谁都可以住，当然，也可以把他们撵走。"

警察问："出事后你为啥突然消失了呢？电话也联系不上。"

王颖说："那是我的自由，想消失，关掉手机就是了。我还是跟你们说有关案子的事情吧。那天，出事后，姬小云走了，外间的代凤山、徐刚也被你们带走了，空荡荡的房子里，就剩我一个人，那耗子们可高兴了，大的领着小的，小的跟着大的，浩浩荡荡叽叽喳喳，爬得火台上、床上、柜上到处都是，它们个个瞪着小黑豆眼瞅我，可把我吓坏了，我那会儿吓得真的就快死了。无奈之下，我拨打了我最不想拨打的一个电话，让他们夜里派车过来把我接走了，我发誓一辈子再不来这个该死的南湾村。可是，我回去后，反复地想，姬小云很可能会被冤枉的，那是多好的一个姑娘啊，如果我不做证，她很可能洗不清的，良心促使着我必须过来说清楚。"

警察说："说吧！什么情况？"

王颖说："那天李成功走后，扶贫工作队恢复寂静，我提出来去仙女湖看看，仙女湖虽然干涸着，但周围的环境很美，姬小云和代凤山、徐刚都陪着我去。走到村边，我一摸忘带手机，就跑回去拿手机，可当我走进院门的时候，迎面出来个精神病人，就是那个叫玉枝的女人。她两手抱着一个塑料袋子，口里喊着'吃肉、吃肉'，那袋子里，装的都是肉。我以为她一定是饿坏了，趁扶贫工作队没人，悄悄进来偷了点儿肉吃。这不算什么，如果我在也会给她拿肉吃的。我就客气地让过身，放她走了。她一路小跑着，还喊着'吃肉、吃肉'，很高兴的样子。"

警察问："那你拿了手机追上姬小云、代凤山他们，把这个情况告诉他们了吗？"

王颖说："没有。我觉得我做了个善事，即使那个可怜的女人再多偷一些，我也不愿意扶贫工作队的人去追究。"

警察说："你能确定玉枝手里偷的是肉吗？"

王颖说："不能，但我觉得塑料袋子里肯定是肉。"

警察问："塑料袋子什么颜色？"

王颖说："红色的。"

警察从邹三树家玉枝的屋里，找到的也是一个沾有肉屑且含毒鼠强成分的红色塑料袋。顺着藤蔓往下捋，不难捋清案子，可老鼠药从何而来？姬小云说老鼠药就是从扶贫工作队捡的，说是打扫房间时从柜子后面扫出来的，她认得那是老鼠药就拌进剩肉里了，还辩护说村里谁家不买老鼠药啊，这不稀奇。作为房主，警察电话询问过邹老二，邹老二说不曾买过老鼠药藏在家里。作为房屋的使用者，扶贫工作队的人也都矢口否认他们备有老鼠药。那么，其中必有说谎的。警察再问姬小云："你拌老鼠药时，有人看见了吗？"姬小云说："没有，当时代凤山、徐刚出去送李成功了，王颖也出去了。"警察再次追问王颖："看见姬小云往塑料袋子里拌老鼠药了吗？"王颖说："没看见。"警察问："你知道谁给姬小云的老鼠药吗？""不知道，不过你们可以问一下姜银发，兴许他能提供些线索。"

姜银发从来没像现在这么煎熬过。他本来计划着把院子里的草铲一铲，李成功说过多次，作为村干部，自己的家里要弄整齐些，给群众做个样子，别日子过得还不如群众，那样的话，群众怎么相信你能带他们致富呢？他拿起铁锹，只铲了炕席大小的一片，就不动了，挂着铁锹，想自己怎么竟惹出这么大的麻烦。老婆在屋里喊："别愣着了，不愿铲就别铲了，要不挖挖地窖，把屋里的白菜、萝卜、土豆都摞地窖吧，天一天天冷了。"姜银发"嗯嗯"，跑到北墙根儿挖地窖，挖着挖着，又发愣，停下了，眼珠子死盯着地上挖出的土堆，一动不动。老婆远远瞅着，就觉得自己男人的魂儿忽忽悠悠飞走了，剩下个躯体在那儿戳着。村里有几个精神病人，都是受刺激过不下去才稀里糊涂落下的病，自己的男人可别也落下病啊！想到这儿，老婆吓得扔掉手里的白菜，跑过来从后面抱住他，柔柔地劝："咱不想那些了啊，咱不想那些了啊。"姜银发魂儿又回来，"哦哦"答应着，乖乖地继续弯腰挖地窖。这让老婆更害怕了，他太听话了，太温顺了，这不是自己的男人，自己的男人能说会干有主见，这会儿怎么跟个娘儿们似的，不会是死去的玉枝附他身上了吧。老婆夺下他手里的铁锹，紧紧搂着他的腰往屋里拉，姜银发推了一把她，喝道："干啥啊你！"老婆噗地笑了："这才是我男人呢。"姜银发吩咐说："抽空你再去扶贫工作队看看，万一上边来人检查，就说他们出去入户了。"

天擦黑的时候，老婆颠颠地跑来告诉姜银发，说："代凤山回来了，可李成功自投罗网，被公安局关起来不让出来了。"

啥？！李成功被关起来了，这还了得！在姜银发看来，关起了李成功，就是关起了他的希望，关起了南湾村的希望，关起了老婆肚子里的儿子的希望。如果只关着扶贫工作队的代凤山、徐刚，他虽然也于心不安，但不至于无法承受，毕竟他俩的分量远远比不上李成功的分量。欧阳涛不是走了吗？薛东旭不是走了吗？走了又怎样，代凤山、徐刚这不是来了吗？代凤山、徐刚也可以走，这会儿放出来，大不了背个处分回去，可只要李成功在，就会继续补充其他的人过来。李成功，就是一座青山，留得青山在，什么样的树木都会长起来，真要李成功不在了，就什么都没了。李成功被关，上边必定追究，追究完了，李成功背着处分回去，哪还有脸再来南湾村啊！顷刻间，他的梦想全部破灭，像塌了天似的长叹一声，又重重地倒在炕上，两个眼珠子瞪着房顶，叫老婆不知如何是好。

老婆吓得哭出了声，跪在他身旁，不住地摇晃他。他缓过一口气，转过身来，抚摸着老婆的肚子说："这小子命不好，不行就做了吧。"老婆止住哭，从他手上狠狠扇了一下："你说啥胡话你！"姜银发说："不是胡话，是真的。李成功这一关，出来后准定一走就不来了，咱村该受穷还受穷，小子以后生下来也是遭罪。养活可能没啥问题，可那不是个羊啊，那是咱亲小子啊，养大了得娶媳妇吧，娶媳妇现在的行情你也知道，得到县城买楼吧，房价已达四千多元一平方米，得买个车吧，还得有彩礼啥的，咱能出得起这么多钱？出不起钱，娶不上媳妇，小子一辈子打光棍，像姬海兴那小子一样？要是这样，还不如不生下来的好。"老婆想想，他说得也有点儿道理，不过没他那么悲观，便用双手护着肚子，偎着他的脸说："你忘了？咱怀上儿子那天，你梦见仙女湖有水了，还梦见观世音菩萨了？"他叹息一声："那又怎样啊，不过是一场梦。"老婆说："不是，咱小子有福气，大富大贵，准有贵人帮扶。"他又叹口气说："都这样了，还帮扶个屁？"她用大肚子挺挺他说："你就不能想想办法，把李成功弄出来，接着给咱扶贫？"姜银发眼珠子一转："能！"他忽地坐起来："我这就去投案自首。"姜银发穿鞋的工夫，老婆反应过来，问："是不是得把你关起来？"姜银发主意已定，说："不知道能关多长时间，不过关起我来，比关起李成功要好。没有我可以，没有李成功不行。快给我找件厚衣裳带上。"老婆疑疑惑惑打开箱子，拿出棉袄、棉裤，又找出那双新买的棉鞋（姜银发曾穿着这双棉鞋在干涸的仙女湖踢过黑狗），包成一个包袱，然后愣着，不知道是交给自己的男人，还是不交给自己的男人。此刻，她真的不想让男人走，如果姜银发再稍微犹豫一下，她就会把包袱扔回去的。姜银发却毫不迟疑，抓过包袱，光荣就义似的，噔噔噔大步跨出家门，跨出院子。

老婆想再嘱咐几句，伸手拉没拉住，又翻找出一个帽子，哭着追着来到了扶贫工作队。

姜银发走得快，老婆走得慢。待老婆拿着帽子来到扶贫工作队，姜银发已经坐着代凤山开的车走了。

姜银发肩背包袱一推开派出所的门，就响亮地说："我叫姜银发，我要投案自首。"值班的民警又赶紧打电话，叫来了经手办案的警察。

警察："我们去村里请你了。"

姜银发："不用请，我主动来了。"

警察："说吧，怎么回事？"

姜银发："那老鼠药是我亲手交给姬小云的，我吓唬她，不让她说出是我给她的，这事与李成功书记半两关系没有。"

警察："你为什么要给姬小云老鼠药？"

姜银发："她在扶贫工作队陪王颖睡觉。扶贫工作队老鼠太多，王颖害怕。"

警察："你给姬小云老鼠药的时候谁见了？"

姜银发："没人见吧，我给她时东里间没人。"

警察："你的老鼠药哪里来的？"

姜银发："前年从集上买的。"

警察："前年买的怎么一直留到现在？"

姜银发："用过一包，药死一两只老鼠，后来家里一直穷着，没啥好吃的，老鼠嫌弃，也不来了，这包老鼠药就没用上。"

警察："买的谁的？"

姜银发："一个五十多岁的男人，口音像是邢台那边的。"

姜银发没想到，当早晨的阳光普照大地时，他和李成功、姬小云、王颖一起走出了派出所。

这时，姬海兴的媳妇已经清醒，真相全然大白。

姬海兴媳妇作为玉枝的大姑姐，也是好意，她得知了上边的大领导要来南湾村开会参观，就给玉枝的娘家打电话，叫娘家人把玉枝送过来，等上边领导来了，让玉枝拦轿喊冤，跪街申诉，争取博得上边同情，给玉枝、给娘家办成建档立卡贫困户。哪承想，娘家人把玉枝送来了，上边的领导却不来了。那天，随着大溜看热闹的玉枝忽然闻到了肉香，她体内多年没吃过肉的各个器官瞬间集合为一个念头——吃肉、吃肉。玉枝在这个念头的驱策下，就像一枚图钉遇到了吸力巨大的磁铁，沿着缥缈的肉香，不由自主跑到扶贫工作队的院子，奔向窗台上的红色塑料袋。

她抱起塑料袋，兴奋地跑回自家，怕公婆看见，塑料袋一直抱在怀里。她缩在炕角，等到公婆都睡着了，才抓起塑料袋里的肉，狼吞虎咽地吃了一通。她解馋地嚼着肉，就看见家里的黑狗在地上，摇着尾巴乞求她的施舍。她动了恻隐之心，大方地抓出一把肉，扔给了黑狗，可刚扔给黑狗，她又后悔了，她想起了她的闺女爱吃肉。她袋子里的肉已经不多。她把剩下的肉压在被子里，留给闺女，然后一个猛子扑下去，抢那狗嘴里的肉，一边抢一边喃喃："俺闺女还吃，俺闺女还吃。"黑狗哪里肯让，护着到嘴的肉，露出了凶狠。狗狠玉枝更狠，玉枝一手抱住狗头，一手就伸进狗嘴里夺肉，那黑狗便翻脸不认人，与玉枝撕咬起来。

玉枝的尸体被拉走后，邹三树老两口身体不支，女儿就从姬海兴身边过来照顾。起初，她不以为玉枝是中毒身亡，只认为是被饿狗咬死的，所以她在收拾玉枝的屋里时，发现了被子下藏着的那少半袋碎肉，闻闻很香，也没能挡住诱惑，抓起来吃了几块，剩下几块想拿回去让放羊的儿子尝尝，可刚一到家，药性发作，知道那肉里有毒，赶紧报警，又叫救护车，这才保住一条性命。

玉枝尸体被拉走后，法医为了检验，又在她肚子上拉开一条口子，算上脖子、手臂被狗撕咬的部位，尸首已有好几处窟窿了。警察要火化，娘家人坚决不同意，说就是再烂的尸首也要拉回去，也要让玉枝夫妻团聚。

按风俗，尸首从外边回来，不能进家门。族人们就在院门外搭了灵棚，尸首躺在草铺上，蒙着白单子。玉枝身上的寿衣，还有旁边的大棺材，都是李成功做主，扶贫工作队给买的。玉枝的悲惨结局，李成功觉得扶贫工作队有责任，他有责任。玉枝的娘家人这几天看他的目光，都充满了仇恨，他想，事后玉枝的娘家人跟他闹事也是应该的，他做好了思想准备，任人家怎么闹，他都应承着。

白事安排的是三天，最后一天入殓。到第三天上午，准备要入殓时，突然从灵堂外跑进来一个身穿重孝的女孩，白孝帽、白孝衫、白孝裤、白孝鞋，腰里系着麻皮。特别显眼的是，右臂还缠着绷带，臂肘弯曲着，架在胸前，用一条带子套着吊在脖子上。女孩先是站立了两分钟，然后咚地双膝跪地，撕心裂肺地喊了一声："妈——"女孩哭喊着，跪行到尸体旁，拉开尸体上的单子，扑到妈妈的身体上，喊叫着："妈、妈——"突如其来的女孩的悲恸，惊动了所有的人，旁边就有人劝："别哭了、别哭了。"女孩的哭声略弱了些，一擦泪，忽然看见妈妈的脖子上缠裹着纱布，又俯到妈妈身上，摸着妈妈的脸："妈，你这是咋了？你咋脖子受伤了，妈，疼不疼啊？妈、妈！"姑娘哽咽着，哭声窝在胸腔中，眼泪雨水一样止不住，大滴大滴洒落在尸体上。

看着姑娘如此伤心，很多旁观者不停地擦眼泪。王颖在观看的人群里，这会儿也禁不住眼眶发湿。李成功带着扶贫工作队的人在帮忙，他刚要过去劝说那姑娘，就听到灵堂外有个熟悉的声音，说："这孩子还住着院，听到噩耗，急急慌慌就奔来了，多可怜的孩子啊！没了爹又死了娘。"这像妻子杨玉萍的声音，李成功出去一看，果然是杨玉萍。

"你怎么在这儿？"杨玉萍也很吃惊，之后"哦"地恍然大悟，"你就在这儿扶贫啊！"可不，杨玉萍从来没问过李成功扶贫在哪个村，李成功也从来没跟她说过在哪个村扶贫。

李成功的惊愕甚过杨玉萍："你怎么来这儿了？"

杨玉萍泪眼汪汪，指着灵堂里面悲痛欲绝的女孩："那是巧巧。"

李成功脸上的惊愕又加重了几层。

杨玉萍和玉枝的娘家嫂子坐在一个条凳上，两个人一起告诉李成功，说玉枝一辈子没吃过一口好的，临走总算吃了几口肉。说玉枝就巧巧这一个闺女，走时总得见上一面，让闺女来守守灵，所以就给巧巧的学校打了电话。老师得到信，立即到医院，看巧巧醒了过来，便把噩耗告诉了巧巧，说特殊情况，不回去也行，家里人不少。巧巧听说后，二话没说，起身就要走。杨玉萍看拦不住，让巧巧一个人走也不放心，就陪着巧巧坐夜车赶了过来。先到的是巧巧的姥姥家，然后姥姥家的人带着巧巧和杨玉萍来到了南湾村。

这时，就听里面有人说："别哭了孩子，该殓棺了。"李成功跑进去，搀起姑娘，轻轻唤道："巧巧、巧巧，节哀啊！"巧巧用蒙眬的泪眼一瞅李成功，竟然像见到了亲人一样跌入李成功怀里，喊了声"爸"，哭得更加凄惨了。李成功忍不住，同巧巧一同哭起来。当众人抬起玉枝的尸体放入棺材，将要盖棺时，巧巧挣脱开李成功的搀扶，扑到棺沿，哭喊："妈！妈！"李成功上前，试图拉开巧巧，巧巧却倔强地用那只好手把着棺沿，回头可怜地望着李成功说："我再也见不到妈了！"李成功看着巧巧满脸的泪水和那哀求的目光，一边用手阻止着即将合上的棺盖，一边搀着巧巧的胳膊说："再看两眼，啊，孩子！"

入殓以后，巧巧安静下来，但一抽一抽的哽咽始终没断，好像喉咙里堵着什么，倒不过气来，随时有窒息的危险，着实令人担忧。夜里，温度急剧下降，已是零下十六摄氏度，姥姥家的人劝说巧巧夜里别守灵了，小孩子受不了，还带着伤。巧巧双眼都肿成了泡泡，脸上的泪水和鼻子下面的鼻涕结成了明晃晃的冰，她用袖子蹭蹭鼻子下面的冰，哈着气摇着头坚决不走，一定要守灵。李成功给巧巧送来了棉大衣，地上铺上了被子。代凤山、徐刚与邹家人，还在不远处点起一堆大火。

到出殡的那天，早早地有人送来了一只整羊、一头整猪，这使得没有一点儿祭品的灵堂显得极其奢华。大家都纳闷，这么穷一家，居然能上整猪整羊。再一看，整猪整羊头上插着的白纸签上，写着"女儿巧巧祭奠"。后来才知道，这是王颖看了这家的悲惨遭遇，心想玉枝一辈子没吃过几次肉，死前好不容易偷了点儿有毒的肉，还想着给女儿巧巧留一些，要走了，到那边可不能再连肉也吃不上，就以女儿巧巧的名义，给玉枝上了整猪整羊。

安葬玉枝以后，杨玉萍来到扶贫工作队，她像视察的领导一样，里里外外转了一圈，正好姬富强、姜银发也都在，她阴着脸说："你是支书，你是村主任，对吧？"姬富强和姜银发齐点头。杨玉萍便摆开架势："我这回来你们村，不光为送巧巧来的，我还带着愤怒，气得我啊，好几天都缓不过劲儿来。咋了？你说咋了？要不是巧巧这回住院，我还不知道呢。这孩子多穷啊！穷得吃不起带肉星儿的菜，天天躲在没人的地方啃个干馒头，就点儿辣椒酱。说句不该说的话，孩子连个裤衩都不敢买啊，天天晚上洗了，第二天再穿上，干不了，就穿个湿的去上课。就这儿，还评不上贫困户！以前，我以为贫困户有啥好呢，背个贫困户的名儿，不好听。这回孩子住院了，才告诉我，因为家里没评上贫困户，上学的助学补贴没有她的份儿，到学校助学贷款贷不了，贫困生补助啊、助学金啊都轮不上她。就连这见义勇为受了伤，住院的医疗费也享受不到国家的优惠，这算什么事啊？啊！这不是要逼孩子往绝路上走吗？！孩子是你们村的，你们都摸着良心说说，她家为啥评不上贫困户？她要评不上，还有谁能评上？告诉你们，我要去告你们，去纪委举报你们！"

杨玉萍越说越气，最后抓起一个玻璃杯子，摔在了地上。玻璃杯子的碎片四处飞溅，有几片碎玻璃飞到了姬富强的身上，姬富强尴尬地皮笑着，看看李成功，再看看杨玉萍，说："你看看这，你看看这。"

李成功刚要去责怪杨玉萍不懂事，把这难堪的场面玩转过来，代凤山突然从外面跑进来，气喘吁吁地说："邹家的人来了，男女老少一大帮，都在大门外呢。"

李成功心说毁了，兴师问罪来了，看来祸就是祸，是祸躲不过。他关照大家："你们谁也不许说难听话。"他瞪着眼扫了一圈在场的人，提高语调说，"听见了没？这事由我一人承担。"

李成功来到了大门口。大门口站着十几口人，高高矮矮，胖胖瘦瘦，但一律的黝黑、黯淡，个个灰头土脸，神色庄重。人群中，李成功最熟悉的是挂着拐杖的邹三树老两口和姬海兴媳妇，再一细看，居然还有巧巧。巧巧没脱孝，被几个戴着孝帽的同辈分的人簇拥着挤在前面。就见邹三树往前挪了挪步子，站在巧巧身边，大声喊着说："李书记啊，孩子穿着重孝，不便进门，俺们邹家老老少少就在这儿一起给你磕头了。"话音一落，所有的人扑通跪倒在地，嘭嘭嘭给李成功磕起了头。邹三树老两口因腿痛不能打弯，行动迟缓，但也在努力地往地上跪。李成功一个箭步跑上前，一手搀住邹三树，一手搀住邹三树老婆："这是干吗，这是干吗呀？"邹三树说："李书记，你是邹家的大恩人，这三个头是邹家人谢恩的头。"跪着的一片人都站起来后，邹三树看看杨玉萍也站在门下，对李成功说："李书记，今天你媳妇也在，我这个做长辈的要主这个事儿。"邹三树拉过一身重孝的巧巧，又转向李成功和杨玉萍说，"你们是我孙女的大恩人，巧巧，来，给你爹娘磕头，今天算正式认亲了。"巧巧又重新跪地，给李成功和杨玉萍磕头，头还没磕完，感动得杨玉萍已是热泪簌簌，跌跌撞撞地跑过去，俯身抱住巧巧："孩子，快起来、快起来，地上这么凉。"

杨玉萍与邹三树商量，因巧巧尚未痊愈，还需住院，给她娘玉枝七七的上坟烧纸就由邹三树安排邹家晚辈代劳，巧巧去姥姥家住上一两天，她就带巧巧回省城继续治疗。

邹三树满口答应。

邹三树携邹家老小磕头谢恩的举动，冲掉了杨玉萍的怒气，也拯救了姬富强和姜银发下不来台的难堪。姬富强和姜银发打着哈哈走后不久，王颖和姬小云过来了。王颖一改先前的冷漠，一来就与杨玉萍攀谈。她叫杨玉萍姐，她夸杨玉萍是好人。杨玉萍正觉得没有意思，见来了两个女人，遂迎上去头一句脚一句聊起来。聊着，杨玉萍就想打探王颖的底细来路，姬小云告诉她王颖姐算是房东，杨玉萍还不罢休，觉得王颖的气质穿戴不像这个房子的主人，还要刨根问底，王颖却一再地躲闪，最后，找个借口拉着姬小云钻进了东间屋里。

南湾村的夜晚降临得格外早，九点钟不到，全村就没了一点儿光亮，整个村庄，已与远处黑黢黢的群山、草原融合为一体，除了呼呼的北风。残枝败叶的飞舞，外面没了一点儿声息。屋里东头里间王颖与姬小云窃窃私语、中厅代凤山、徐刚一人据守一张单人床，各自沉默着。洗漱完毕的杨玉萍无处可去，不得不退缩到西头里间。西头里间空间有限，地上只有一张写字台。写字台李成功占着，正在伏案填写扶贫工作日志。杨玉萍只好坐在炕边，东瞅瞅西看看，这样瞅看了不到十分钟，觉得无聊，干脆脱掉鞋子爬到炕上，拉开被子躺倒了。她知道一会儿李成功也会躺在这个炕上，一想到两人马上躺在一个炕上，她略略感到了些许别扭，毕竟，与李成功分居的时间太长了，时间一长，就成了习惯。以前每到睡觉时刻，她都下意识地走到自己房间，今晚，无法走到自己的房间，无法继续那坚持多年的分居模式了，她心说，就算是被迫的吧，凑合一晚两晚吧。她环顾一眼这个炕，结实宽大，躺上五六个人都满不了，便偷偷地笑了，又心说，睡在一个炕上也照样能拉开距离，我离你远远的，不也一样嘛。她裹着被子，毛毛虫样一拱一拱拱到了窗户跟前，给李成功留下很宽的地方。

李成功干完一天该干的工作，看看杨玉萍躺倒的姿势和留下的宽度，就明白了什么意思。他不声不响关了灯，脱下衣服，钻进了紧挨墙根的被窝里，在他与杨玉萍之间，就留下一道黄河一般的天堑。说实在的，李成功和杨玉萍都实在是太累了，都想快些睡，可越是想睡，越睡不着。也不知过了多长时间，从窗户根的被窝里传来杨玉萍的声音："巧巧的事你得上心。"深度的黑暗中，杨玉萍能感觉到李成功并没有睡着，所以当头说了这么一句，也算是心有灵犀吧。

从声音上李成功判断出，杨玉萍是脸朝窗户那边背对着他说的，便侧身朝向窗户的方向，立即回应："你放心吧。"

"巧巧后天从她姥姥家回来，我就带她走。"

"我安排一下，走得开的话我送你们一趟，顺便到集团找领导汇报一下工作。"

两个人的对话在中间的天堑处像穿梭一样，来来往往。

"你们这地方不赖啊！"

"穷乡僻壤，好什么呀。"

"有女人伺候，还不满意？"

"瞎说什么呀！"

"我说你那么长时间不想回家呢。"

李成功听着她不像开玩笑，可能已经形成了怀疑，这种怀疑如果发展下去，一定会很糟糕的，他不得不认真起来，非常详细地把村里派人为扶贫工作队做饭洗衣的事说了一遍。说起因时，他说到了村里对脱贫的期盼，村民对扶贫工作队的期望、信任，说结果时，他说到了他们扶贫工作队成员特别是他本人的愧疚、自责、感动和决心。李成功不急不躁，娓娓道来，炕中间留出的天堑处，只有李成功的声音在回荡，窗户那边静静的，好像没有人，但李成功知道杨玉萍在听，认真地在听，这也是老夫老妻之间的默契，所以他才不停地述说。但说这些，必然要牵涉到姬小云和王颖，所以李成功说完之后，窗户那边一阵翻身的响动："东头那俩女人长得不赖。"

李成功感觉杨玉萍已脸朝上了，猜想她对姬小云和王颖的疑虑还未完全消除。刚才他讲姬小云的情况比较多，讲王颖讲得粗，他想杨玉萍不会就此罢休，肯定要进一步盘问的。果然，从窗户那边甩过来一句没头没尾的话。

"那个王颖看上去不简单。"

"我也觉得。不过对她的情况我还不是太了解。就连姜银发也不是太了解。邹老二是姜银发的发小，听说邹老二对他这个对象也不完全了解。"

"那你可得当心啊，别上她当。"

又是一阵窸窣，黑暗中，李成功清晰感觉到杨玉萍又翻转了半个身，脸朝他这边了。

李成功说："天不早了，你太累了，睡吧。"

杨玉萍用劲裹了裹被子，想睡，可还是睡不着。现在有几点啊，大概半夜了吧。她觉得很稀奇，李成功给她讲了这么多，在她的印象里，李成功早已与她无话可说了，不但不谈工作，连闲话也不扯了，夫妻俩成了世上最熟悉又最陌生的人，今晚是怎么了，居然滔滔不绝说个没完！正这么想着，忽然窗户上唰唰地响起来，紧接着就是呜噢呜噢的哨音，杨玉萍浑身打战，团缩成了子宫里的胎儿状。

李成功适时地安慰："别怕，塞外这边风大。"

杨玉萍牙根都哆嗦了："不是鬼吧？"

李成功："不是。"

安慰并不解决寒冷的问题。杨玉萍尽管团缩到了极限，还是冻得瑟瑟发抖，她觉得她的身体已经冻透，正从脚和头的两端迅速结冰，很快，五脏六腑都会冻成冰疙瘩，全身从外到内，马上就和冰柜里的带鱼一样了。这时，李成功摸出一件棉大衣，给她甩过来，盖在了被子上，她略略有了一点儿暖和。但两分钟不到，彻骨的寒风更加肆虐，耳听着窗玻璃上的唰唰声，她感到那所有的寒冷都是从窗户进来的，她躺在了一个巨大的风口上，且还有无数的魔鬼在风口窥伺着她，于是，她像逃命一样，快速地向李成功这边靠拢，中间的那道天堑，被她不知不觉滚平了。靠墙这边的李成功，毫不迟疑地迎接她："来来来，到这边，挨紧了就不冷了。"

杨玉萍和李成功紧紧地挤在一起，温暖多了，李成功说："还可以更暖和。"他说，"本来要盖两条被子才行，这样一分，一人盖一条被子，肯定冷。"说着，李成功就把自己的被子蒙在杨玉萍被子上，钻进了一个被窝。

杨玉萍没有拒绝，杨玉萍脸对脸与李成功枕在一个枕头上，彼此呼吸着彼此的气息。先都有些拘谨，手脚生硬，好像初识的男女那样不好意思。李成功感觉到杨玉萍后膀子那里没压好，透风。杨玉萍有肩周炎，好膀子疼。他就伸过胳膊，把杨玉萍后膀子的被子拉紧包严实了。谁知，这么一个小小的动作，让杨玉萍流下了眼泪。这是个久违的动作。动作中蕴含的体贴、细心、呵护，让杨玉萍一股脑地想起来了。她不禁伸出双臂，紧紧地抱住了李成功。

李成功："暖和些了吗？"

杨玉萍："暖和多了。"

李成功："单个人的体温是发散的，两个人聚在一起的体温才是共生的。"

杨玉萍又用力搂了搂李成功，头往李成功的怀里钻钻，身体贴得更紧密，温顺地"嗯"了一声。

他俩自自然然地沉沉入睡了。对杨玉萍来说，这时窗外呼啸的寒风，不再是鬼哭般的惧怕，倒成了难得的享受。李成功则迷迷糊糊地回到了老家，回到了自己魂牵梦萦的一个故园。原来，这才是安放他灵魂的处所，怪不得好多年飘飘浮浮，无线的风筝似的。有了归宿，竟然是这么踏实、妥帖。他欢呼着回到了无知无欲的单纯童年，他光光地平躺在水面上，眯着眼看天上的太阳，惬意无比，那是他第一次体验生命的快感。

第二天夜里，不用再多说半句，杨玉萍和李成功就把两条被子做成一个被窝，然后伴着北风的呼啸，进入甜蜜梦乡。

醒来后，神清气爽。姬小云已做好早饭。说是早饭，时间已到上午十点。李成功突然想起了巧巧今天过来的，赶紧去开街门，一打开街门，巧巧站在门口，她舅舅抄着手默默陪着。

"快快进来，这么冷的天。"李成功把巧巧和巧巧的舅舅让进来，一同吃饭。李成功忽然意识到，来南湾村这才多长时间，就不知不觉被这里同化了，也天天起这么晚，天一冷也吃两顿饭，这怎么行！他当即向代凤山和徐刚宣布：从今天开始，按上班时间作息。早晨必须按时起床，不能睡大觉，一天三顿饭一顿不能少。徐刚问："为什么？"李成功说："我们要给南湾村带来一种全新的文化，我们要用现代文明来影响村民。"

代凤山知道了李成功今天要送妻子和巧巧，饭桌上请假说："来时太匆忙，没带多少衣服，今天想一起回去，路上也能帮李书记你开开车。"徐刚开玩笑："是想老婆了吧。"代凤山回敬："你是说你自己吧。"

王颖、姬小云也要走。王颖特意与巧巧拥抱告别。王颖搂着巧巧臂膀，嘴贴着巧巧的耳垂问："学的啥专业啊？"巧巧嘶哑着嗓子说："计算机。"王颖说："怎么不学医啊！"巧巧不知道该怎样回答，只是不好意思地苦笑。王颖爱惜地抚摸一下巧巧凌乱的头发，连说："没事没事，好好上学啊。"最后祝福巧巧早日康复，做出了一个再见的手势。

这样一来，扶贫工作队只剩徐刚一人了，李成功便说："徐刚你就留守，我速去速回，记着，即使你一个人，早晨上班时间也必须起床，打开街门。"听口气，好像这扶贫工作队今天才正式开张似的。

路上，有代凤山开车，李成功坐在副驾驶上，可以看看风景，想想心事了。

车里静静的，没人说话，代凤山轻轻播放邓丽君的歌曲，他希望绵软的曲调能抹平大家的悲伤。当邓丽君唱到《甜蜜蜜》的时候，车子一歪，陷入了泥坑。李成功往外观望，知道这又是到了阳坡矿的路段。这路面过一次一个样，一次不如一次了。代凤山趴在方向盘上，努力往前开，可车轮打滑得厉害，并且路上的高坎哐哐地直蹭底盘。为减轻压力和负载，李成功和妻子、巧巧都下来，步行跟在车后，让空车开过这段坑洼泥泞。代凤山便加大油门，排气筒排出了一股股浓烟，难闻的气味呛得李成功只想咳嗽，同时，高速旋转的轮胎带起了两股泥浆，甩了李成功一身一脸。

过了这段烂路，驶上了较平坦的大道。但没多久，又经过一个乡镇，可能是修路的缘故，很长一段都是土路，车速未减，因而犁起高高的黄土。黄尘滚滚，像一条巨龙，遮天蔽日，路两旁的行人、骑车子的人、挑担子的人，不得不捂住口鼻，闭上双眼。有一个人还跳起双脚，指着呼啸驶过的车骂骂咧咧。李成功忽地觉得，那个骂人的人骂得很应该，如果是他，没准也会跳起脚骂人的。他开始谴责起自己来，他想，似我等这些坐在车里的所谓体面人，冬天有暖风，夏天有冷气，再听着美妙的音乐，喝着果汁饮料，却不知不觉把肮脏的尾气、泥浆、灰尘都排放给了路上的穷人。我们躺在车里看着窗外那滚滚黄尘，还有那些形态各异的做苦力的人，以为自己在腾云驾雾，还当风景来欣赏，可他们在我们享受舒适、体面的时候，因吸入废气尘埃，很有可能落下诸如硅肺、癌症不能治疗也治疗不起的病症，那么，我们是不是也有责任呢，我们是不是也应该为他们的不幸买单呢？

今天是怎么了，怎么看什么都与以前的感受不一样？李成功对冒出来的多愁善感大为惊异。再往前，该上高速的时候，路口全部封闭，说是省城那边又雾霾锁城。他们只能选择省道，省道要过阜平、平山，都是太行山深处的蜿蜒崎岖之路。李成功一路上望着那群山深谷，还有那散落在群山深谷中零零星星的民房。民房或用石头砌筑，或用土坯垒就，或掩映在树木中，或裸露在山腰间，但一律的平平塌塌，早已与群山一体，成为山的一部分。他就想，当年的日本鬼子，谅他们也不敢贸然进来。这险山峻岭太深不可测了，太让人望而生畏了。就是因这深不可测、让人望而生畏的崇山峻岭，保护了八路军，成就了八路军。他甚至想，没有这崇山峻岭，就不可能有新中国。正想着，坐在后排的杨玉萍喊停车，靠在杨玉萍怀里的巧巧晕车了，忍不住要吐。可不，这孩子何曾享受过如此高档的小车，悲伤、疲劳加一路颠簸，不吐才怪呢。杨玉萍扶着巧巧蹲到路边呕吐，李成功也下车，陪着巧巧坐下来先透透气，歇一会儿。借此机会，代凤山要去加油，前面十字路口有个加油站。车子飞快地往前蹿去，好似把他们三个甩在了山下路旁。李成功看着难受的巧巧，再望望远处近处那些山旮旯里的民房，又禁不住想，我们是富裕了，我们是进步了，可我们只顾往前奔跑，加速度地奔跑，却把成就我们的这些原本就贫穷的人们丢在了后边，遗落在了深山里。

下　　部

…………

李成功连夜向钱副总经理电话汇报，重点说仙女湖干涸的原因，说阳坡矿疯狂偷采的事实，接下来他就请求金地集团发一个彻底填埋阳坡矿的通知，一劳永逸解决问题……钱副总经理出差在外地，可能正在忙，也可能已经休息，电话里显得很不耐烦，打断李成功说："什么仙女湖啊！咱们去扶贫，只管人，怎么能管仙女啊，难道你还想管天管地不成！"李成功赶忙说："不是不是，有人利用我们的阳坡矿，在偷偷开采。"钱副总经理训斥的音调提高了八度，说："李成功，我告诉你，那是地方政府部门管的事，与你无关！"没待李成功再说，电话果断而无情地挂断了。李成功像被扇了一个耳光傻在沙发上，莫非，我越权了？狗拿耗子了？仙女湖、阳坡矿，与精准扶贫不搭界儿？可搭界儿不搭界儿，我最清楚啊，钱总也应该清楚的啊……

杨玉萍夺下李成功定格在耳边的手机，伸开双臂，把他揽进了怀里。杨玉萍完全理解他的委屈、他的艰辛，从他一进门，从他那黑瘦黑瘦的皱脸上，从他那苦涩的微笑中，杨玉萍已完全体悟了丈夫的不容易。但她没说什么，她只是以笑脸相迎，为他拿过拖鞋换上，再给他倒上热水，嘱他歇歇儿，先洗个澡，她就去做饭。她做了一碗挂面，卧了两个荷包蛋，端过来，发现他仰在沙发上眯着了。

灯光下，她心疼地端详着这个曾经深爱着她也曾经跟她闹过别扭的丈夫，心里一酸一酸地往上涌。李成功感觉到她在身边，睁开了眼，开始跟她说仙女湖，说阳坡矿，说着就拨通了钱总的电话。杨玉萍依偎着他，一边搅动碗里的挂面，一边听着手机里钱总的训斥，直到把他揽进怀里。杨玉萍为他擦干泪，哄他吃了挂面，又帮他冲澡搓背。他感觉从里到外松弛了，疲乏了，可就是睡不着，头憋得难受。杨玉萍有些害怕："是不是有病了？"他说："没关系，这是低原反应。"杨玉萍说："唉，这回走的时间太长了，你不回家能扛住，人家年轻人咋办？"李成功说："我安排他俩一个月回来一次，平时有事也多让他们回来办理，这次代凤山就可以在家多住几天。"杨玉萍说："你可真行，光知道照顾别人了，也不管我了。"他说："哪能啊，我们女儿怎么样？"杨玉萍问："哪个女儿？"他说："先说干女儿吧。"杨玉萍就倒水一般把邹巧巧的优秀事例罗列了一被窝，说完巧巧，再说自己的女儿媛媛，说媛媛也变化不小，懂事了，知道用功了，知道节俭了。听着听着，李成功的思想不知不觉跑到别处去了，他又开始反刍刚才钱副总经理的训斥了，"那是地方政府部门管的事"，是啊，非法开采，确实是地方政府该管的。李成功干这么多年煤矿，知道这事该哪个部门管。他一边和杨玉萍聊着天，已默默地下定了决心。第二天一到上班时间，他就把电话打到管这事的政府部门。接电话的人是位姓王的副主任，王副主任很负责，表示一定彻查。过了一天，李成功再次打电话询问，王副主任说："你反映的情况我们很重视，第一时间派人进行了核查。"李成功迫不及待地问："怎么样？"王副主任说："经过核查，没有发现有人偷采。"李成功陡然变色，大着嗓音说："不可能！我有证据。"那边电话里不急不躁说："谢谢你，希望对我们的工作继续支持。"

身旁的杨玉萍替他抱不平："什么呀这都是，肯定有猫腻。"李成功说："不行，我得去找董事长。"李成功开车到集团机关，还没上楼，遇到了组织人事部的柴部长。柴部长大老远就喊叫他，到近前，柴部长说："正要找你呢，有个通知，要你参加党校学习，时间一个月，明天报到。""那村里的扶贫怎么办？"李成功心里的火气滋滋地上升。柴部长说："已经为你请好假了，村里的工作暂时放一放，学习不能缺席。"李成功说："我不能去，我找董事长去！"柴部长笑眯眯说："这么说你是不服从组织安排了？告诉你，找谁也没用，再说，董事长出差了，不在。"李成功的意识蓦地洞开一个口子：昨天刚给钱总和管煤矿的部门反映了阳坡矿偷采的事，今天就让他学习一个月，这里面有没有关联？他看看已经走远的柴部长，再仰望巍峨耸立的机关大楼，不禁倒吸一口凉气。他进了电梯，与一个个熟悉的面孔打着招呼，心想，他们看上去都彬彬有礼和蔼热情，心底里都想些什么呢？相互之间都是什么关系呢？背后又干些什么呢？他本打算去看看薛东旭和欧阳涛，一想，算了吧，难道他俩就一定可信吗？他到薛东旭的那一层，没出电梯，又按到底层回到了车里。

他在车里想了一会儿，拨了梅教授的电话。

电话通了，他居然连寒暄都省略了，直入主题，上来就跟梅教授诉苦喊冤，梅教授耐心听他讲完，告诉他，阳坡矿的超采与仙女湖的干涸，肯定是因果关系。

他一听就火冒头顶，毫无道理地责怪道："当初为什么要超采呢！不超采就不会透水，不透水仙女湖就不会干。"

梅教授说："那怪谁啊？当年谁干的，你忘记了？阳坡矿原本只是个小矿，设计能力只有年产三十万吨，可你们重组后，非要增加产量，一家伙就要扩产一百五十万吨，就这还不满足，天天喊超产高产，恨不得一夜把地下的煤都挖上来。你忘了，关于扩产增加生产能力的报告，还是你亲自送给我的，你说那报告是你亲自执笔起草的。当时我还表扬你，很有水平啊！"

梅教授说："看到南湾村仙女湖那种状况，我很痛心。虽然在科技方面，我能给你们以帮助，但科技遇到腐败，也无能为力啊！"

李成功到党校的第二天，头脑憋胀，四肢疼痛，高烧三十九摄氏度。他感冒了。他坚持着开班典礼完毕，就请假回到家里。恰巧巧巧也在家。半年多没见，巧巧已蜕去好多自卑，并且有了主见。巧巧亲切地叫他"爸"。巧巧先用湿毛巾放在他额头，为他物理降温，然后跑到社区医院，为他开来一大包药，有胶囊、有针剂、有液体。巧巧说："爸，我学会打针输液了。"说着就拿来衣服架，挂上液体，给李成功输上了液。输上液，端来白开水，往手背上滴一滴，不烫了，再拆开药盒，喂李成功吃药。李成功喝一口水，一仰脖子，咽下了药，就要放下剩下的白开水。巧巧把大半碗白开水推到李成功嘴边，说："爸，都喝下去。"李成功说："不渴。"巧巧坚持说："不行，不渴也得喝。"

巧巧看着他喝完，拿走空碗，又找一条毛巾，浸湿、拧干，轮替着为李成功降温。李成功看着滴答的液体，看着无微不至的巧巧，对一旁的杨玉萍说："我活到现在，还没享受过在家被如此护理的待遇。"杨玉萍说："那还不是我们有了巧巧这个好闺女。"巧巧只专注倒替李成功额头的毛巾，只是咻咻一笑，并不多言。李成功说："巧巧，新盖的村部留了一间卫生室，你可得好好学啊，将来为村民看病。"

巧巧坚定地点点头："嗯！"

李成功的烧退了一些，就给代凤山打电话，让他尽快来家里一趟。代凤山来了，李成功输着液，对代凤山说："阳坡矿的偷采，看来没我们想象得那么简单。"

代凤山说："那肯定，没后台，谁敢啊！"

李成功："我们的分量太轻了，我们得想办法。"

代凤山一听，就知道了李成功这几天没闲着，准费了不少脑子，已经想好了办法，就说："你说吧，怎么办？"

李成功："你不是在单位一直搞宣传吗，一定认识媒体的朋友吧？"

代凤山："认识，经常和他们打交道，北京、省城的都有。"

李成功："那好，你联系两个最靠谱的，到阳坡矿搞一次暗访。"

代凤山："没问题，记者们对这样的新闻，就和狼见到兔子一样。"

李成功："不是公开报道，咱就是想借助媒体的力量，搞出一个内参，提供给有关部门领导，引起重视。所以，一定要引导好，千万不能把事情炒大，不能给政府添乱。"

细细地想周全之后，李成功让代凤山开车先去北京接上记者，最好乘夜晚潜入阳坡矿和山下的煤场，实地采访。拿到第一手素材后，再把记者送回北京，然后返回南湾村帮着姜银发、邹老二收售土豆。土豆就快要熟了，正是需要人手的时候。

三天以后，代凤山发回信息，他带着记者已经出发，李成功能做的，就是静候佳音。

一周之后，李成功在邹巧巧的精心护理下，感冒症状基本消除。他准备要继续去完成他的党校学习，杨玉萍拦住了，杨玉萍告诉他，他父亲住院了，肺间质性纤维化，大姐和二弟、三弟在轮流伺候。他一听脑子嗡地一下，知道这个病不太好，慢性癌症，不可逆，就问："啥时候住的院？"杨玉萍说："到今天就四十天了。""四十天？怎么不早告诉我？"李成功瞪着杨玉萍。杨玉萍说："是你父亲反复叮嘱，不许告诉你，说你工作忙。"杨玉萍还说："这段时间你一直在村里，我也心疼你，这次回来情绪这么不好，又重感冒，所以瞒着你一直没说。""那得去看看父亲。"说走就走，李成功开着自家车，近三个小时疾驰，到了邯郸父亲住院的医院。

父亲一见李成功进来，先是一愕，接着脸色一沉，扯掉嘴上的氧气面罩，冲着李成功喝问："谁给说的，谁叫你……"父亲的话未说完整，呼儿呼儿喘得就说不成了，那气喘的程度，比南湾村姬海兴老汉的喘都严重很多。李成功扑上前去，赶紧拿起氧气面罩给父亲戴上，眼里不由得就滚满了泪花。一旁伺候的老二说："爹说了，你驻村扶贫是大事，不让我们告诉你。"面罩里的父亲定定地瞅着李成功，呼哧呼哧说着什么。老二翻译说："爹说他没事，明儿就出院，让你甭惦记，该干啥干啥。"李成功去找了主治大夫，咨询了父亲的病情，主治大夫告诉他，老爷子的这种病很厉害，稍一感染就会出危险，到最后往往活活憋死，很痛苦。李成功跑到楼梯没人的地方，哭了一会儿，然后擦干泪，进病房，让二弟回家休息休息，他要在医院伺候父亲几天。可只过了一夜，父亲就吵着闹着要出院，医生不建议出院，这会儿出院会有危险。杨玉萍和李成功也随着医生护士劝说父亲再住几天。父亲说："再住几天可以，但条件是成功你不能在这儿伺候，你忙你的工作去。"杨玉萍无奈，只好让李成功先走，她代替他伺候几天父亲。

李成功被老父亲撵回去了，他一路含泪开车，直接到了党校。党校的学习是封闭的，两个人一个宿舍，不允许外出。这次是矿处级班。他和一个大矿的矿长同舍。闲聊中，话题很快就转到了南湾村、仙女湖。李成功灵感突闪，他说："南湾村的蔬菜因气候冷，不生病虫害，因不生病虫害，就不使农药。地里用的都是羊粪、牛粪、大粪，就和七八十年代一样，纯粹的绿色蔬菜。你矿上不是有三四千号职工们吗？不是都吃营养餐吗？职工食堂见天用多少蔬菜啊？干脆南湾村给你们供应得了。"矿长说："行啊。"李成功当即给邹老二打电话，让他派人到矿上签协议，说马上就要刨土豆了，把最好的土豆给矿上的职工吃。这个蔬菜的销路问题一解决，李成功又豁然开朗。举目望望参加学习的所有领导，他觉得个个都有价值，仿佛置身在了宝藏之中。那些天，他成了学员里最活跃的人。他找到参加学习的职工技校校长，与校长达成了为南湾村培养电工、焊工的意向；他找到参加学习的集团总医院的副院长，说服他同意为南湾村培养一名全科医生（邹巧巧）……学习之余，李成功把大部分时间都用在了拉"关系"上。当然，临睡前，也照常与苏素聊聊，只是简单了许多。

SS：哥，我来了，你却走了，老天为啥这么不公啊！

李成功：这只是暂时的离开，学习一结束我就回去了。

SS：我知道你一定会回来。

李成功：现在怎么样？

SS：邹老二安排我在公司当出纳，我没学过会计，紧张死了，也不敢远离。好在有王颖帮我。

李成功：什么都是从不会学起的，我相信你会干好的，你那么聪明。嗯，姬虎怎么样？

SS：谢谢哥的鼓励。姬虎也在公司里干，姜银发、邹老二让他当了个生产部的头，他干得可来劲了，把村里几个不干活儿的也带进来了。

李成功：那就好。

发出这句，李成功回味着苏素对姬虎有了点儿欣赏的口吻，遂犹豫了一下，又发出一句试探性的话：你现在还住邹老二那儿？

SS：不住那儿我还能住哪儿啊？我愿意一辈子都住那儿。

想到南湾村，李成功最挂心的就是代凤山那边。代凤山虽然随时跟他汇报，说出发了，住下了，到煤场了，到矿上了，可他就是不放心。

那记者能靠得住吗？能暗访到真实情况吗？即使暗访到了真实情况，就一定能写出内参吗？即使写出了内参，就一定能发了吗？上级领导能看到吗？能引起重视吗？能责令地方政府采取行动吗？这些担心，有一环出问题，就无法彻底解决问题。到第五天的时候，代凤山说记者已经暗访完毕，又跑到南湾村看了仙女湖，说到北京还要采访梅教授。那这一路下来，到底什么时候能有结果呢？记者走了以后，姜银发也打来电话，说新打的机井水位又都下降了，照这样下去，明年很可能井里就没水了。井干了，村民吃水怎么办？东大甸子还怎么集中种植蔬菜？姜银发电话里透出一股心急如焚的焦躁，李成功又何尝不是啊。他想，记者那边虽然很重要，但不能靠死，也不能死靠，得另想办法，办法就是寻找证据，把非法偷采的后台找出来，这在象棋上叫将军，一步将死，才能彻底解决问题。

上课学习、课间忙碌、闲暇忧虑，如此这般，时间很快就过去了。结业的那天，学员们匆匆握手告别时，李成功接到了组织人事部柴部长电话，柴部长用官腔给他一板一眼读了一份文件：经领导研究决定，李成功调回集团公司原部门，不再担任驻村第一书记……"啊！"李成功嘴张得大大的，问："那，谁代替我去驻村？"柴部长说："这你不用多问，领导自有安排。"李成功顿时成了弃儿，一下子被甩到了荒野，他再也没心思与人握手微笑，急匆匆钻进自己的车里。

他长嘘着气，电话又响了，是薛东旭。薛东旭说："领导找我谈话了，让我接替你，担任驻村第一书记。"

"啊——"李成功意识到自己如此惊愕不太好，容易让薛东旭产生误解，好像人家不配担此大任似的，忙又补充说："那好啊，是你我就放心了。"

薛东旭："好什么好！我再告诉你一个消息，你可要挺住。这次机构改革终于尘埃落定，我和欧阳都提起来了，副处，你呢，降一级使用，据说，还有可能调离机关。"

李成功："凭什么？"

薛东旭："好像有人反映你组织观念太差，上党校学习还旷课？"

李成功："我那是感冒，高烧！"

薛东旭说："那你高烧得可不是时候。"随口问，"你什么地方得罪钱总了？"

李成功莫名其妙："我没有啊！"

薛东旭说："班子会上，钱总说你对精准扶贫认识不到位，思想极其消极，政治觉悟有严重问题。"

李成功脑子里又一个大雷子轰然炸开，他深知，政治问题是了不得的大问题，而且这个大问题又是他的主管领导钱总指出的，这可是要命的呀！他思绪紊乱着，本能地自卫着，不服气地反驳："凭啥？啊？凭啥说我政治觉悟有严重问题？"

薛东旭："你是不是写过一个东西？质疑国企扶贫的。"

李成功想了一阵："那个调研报告吧？是钱总让我写的。"

薛东旭"哦"了一声："那就对了，报告还是你手写的，白纸黑字，字写得非常棒。"

李成功后来回忆，当时他都不知道自己是怎么开车回家的，路过了哪儿，闯没闯红灯，他一点儿也不记得了，就连车停在了哪儿，他也想不起来了。事后还是杨玉萍在小区的一个旮旯里帮他找到的。那天到家后，他没换鞋，没脱外衣，像一截木头，咚地倒在床上，任杨玉萍怎样问都不说一句话。杨玉萍听说过受到刺激或打击，人会瞬间垮掉，精神失常，一辈子都难治好。她不敢再多想，立即跑到客厅，给女儿和干女儿打电话，叫她俩赶紧回家，看能不能让他活泛起来，他喜欢两个女儿，说不定女儿围着他一说笑，就好了。

媛媛和巧巧打车，很快回来。两个姑娘忐忑着走进卧室一看，李成功却呼呼地睡着了。媛媛和巧巧不放心，一边一个晃他："爸，爸爸。"李成功睁开眼，不知自己身在何处，看到两个女儿，纳闷地问："你们怎么不上学？"站立床头的杨玉萍有点儿惶恐，莫非真的精神失常了？就见李成功坐起来，问："你回来了？爹在医院怎么样？""哦——"杨玉萍紧绷的神经松缓下来，知道问这个，就正常了，说："出院回家了。"媛媛机灵，说："爸，难得这么清闲，你带俺们出去撮一顿吧，我知道个好地方。"李成功说："行倒是行，但现在不能去，我得跑一趟单位。"

李成功躺床上这段时间，表面上一副被彻底击垮万念俱灰的样子，内心里却奋力抗争着。薛东旭透露给他的内部消息，一直在他大脑里翻滚。他先是痛恨自己，当初那是怎么了，鬼迷心窍了？千不该万不该写那个该死的调研报告。当时他还特认真，特郑重其事，为了显得重视，他不用电脑打字，而是铺开稿纸手写。他钻进书房，花费了整整半天时间。他记得他打了一遍草稿，又誊抄了一遍。拿着规规矩矩书写工整观点鲜明有理有据的调研报告交给钱副总经理后，他以为不久上级就会有反馈，说不定他就再不用去驻村扶贫了。虽说后来一直是石沉大海，但也没好意思去向钱副总经理追问。慢慢地，这事那事一多，他也就把调研报告那码事忘在了脑后。现在回想起来，当时他对扶贫确实没有信心，他心里承认了钱总在班子会上说的，他的政治觉悟有问题，但那是以前的他，现在的他已经不是刚驻村的他了。

经历了那么多，他对贫穷和富裕已有了新的思考。放眼望去，那么多贫困的地方，那么多穷苦的人，他们就像干旱的大地，嗷嗷待哺期盼雨露滋润。可雨露呢？滋润呢？李成功分明看到了巨量的过剩财富，没有变成雨露，更没有施以滋润。还有，那么多有钱人，那么多成功人士，哦，他李成功也算成功人士吗？他想，在苏素眼里、在姬虎他们眼里，他肯定算成功人士，那就权当是吧。那么他们这些所谓的成功人士、有钱人，现在享用的很多东西，包括美食、住房、车子，甚至健康、权力、幸福和快乐，都来路正当吗？摸着良心自问一下，有没有从那些穷苦大地里拿来的东西？昨天？去年？前年？五年前？

十年前？几十年前？或者更早？拿来的时候，有没有急急慌慌、偷偷摸摸过？有没有不管不顾、不择手段过？有没有理直气壮、冠冕堂皇甚或不惜谎言和欺骗过？李成功想到这里，梅教授的话巴掌样又响在耳边，"阳坡矿原本只是个小矿，设计能力只有年产三十万吨，可你们重组后，非要增加产量，一家伙就要扩产一百五十万吨，就这还不满足，天天喊超产高产，恨不得一夜把地下的煤都挖上来……"李成功不禁哀叹：我就是阳坡矿的既得利益者啊！他想起在不久前的驻村之初，他跑回省城也曾挥霍过、奢靡过，那时，他是心安理得的，甚至有些趾高气扬。他曾以为，国企的本职就是生产和利润，只要上缴了利税，就不该再承担对农民的扶贫任务。现在看来，那是多么狭隘的想法啊！阳坡矿的超能力生产，肥了他这些人，企业的财富也滚滚而来，可生生地就把一个碧波荡漾的仙女湖给毁了，致使南湾村至今穷困不堪，这叫不叫攫取？叫掠夺也不为过吧。照此说来，国企扶贫，理所当然，义不容辞。他想好了，他得马上找钱副总经理，找董事长，为以前的那些想法、论调检讨，然后说明以前的那份调研报告不算数，现在的他才是真实的他。可到了机关，钱副总经理不在，董事长也不在，他只好来到薛东旭办公室。

　　凡董事长不在，薛东旭就特逍遥自在。此刻，被提拔了的他正做着奔赴南湾村的准备，见李成功一脸刚毅地进来，仿佛看透了李成功藏在眼睛后面的委屈，就想着帮他化解一些，便让座、倒茶，说："李处，你是什么样人，我心里最清楚，实话告诉你，你就是我学习的榜样。"李成功苦笑："还榜样，都快一撸到底了。"然后正色道，"我想把以前写的那份调研报告要回来，或者重新写一份。"

　　薛东旭瞅着似乎显得有些天真的李成功，说："没用。"遂走到门口，把门子重新关严，重回座位，"以前那份你亲自手写的调研报告，班子领导们已经传阅了，已经形成印象了，再改，还有人信吗？"

　　李成功："那我也想试试。"李成功想了想，"这样吧，我跟钱总说不太好，你再帮个忙，给钱总打个电话，把我的意思说给他。"

薛东旭踌躇了一阵，还是拨通了钱总的电话。薛东旭开的免提，李成功听得真真切切，钱总说没必要没必要，连说了两遍没必要。薛东旭挂断，撇了一下嘴。

李成功说："刚驻村，我认识上不去，思想消极，钱总不但没怎么批评，倒还有欣赏的意思，这会儿我转变了，却要处理我了，而且是拿我以前的那个落后的已经不存在了的思想来说事，看来这是对功过的选择性使用啊！"

薛东旭："所以啊，我问你，是不是有地方得罪过钱总。"

李成功："不知道，我真的不知道。"

李成功沉默着猛一下站起来："管他呢！随便吧。"

李成功到家，想起了女儿要他请客的事，对仍然等候在客厅的妻子、女儿爽快地说："走！"

媛媛、巧巧一左一右挽着李成功的胳膊，欢快地来到大街上。天空雾霾又起，李成功与两个女儿在前，杨玉萍在后，走着走着，走进了地下通道。猝不及防中，有个破烂的乞丐举着盆，挡在了前面。李成功停下来，从兜里掏出一张五十元的纸币放进了老太婆的盆子里。走到尽头，登上台阶，出口处又跪着个脏脏的妇女，怀里抱着孩子，那孩子瞪着圆溜溜的双眼，麻木地瞅着来来往往的行人。李成功没做犹豫，麻利地掏出一张百元大钞，放在了妇女膝下的纸盒子里。女儿媛媛碰一下他的胳膊："你还有钱请俺们吃饭啊？"李成功没应声，只是一脸庄重随着女儿的牵引往前走。

女儿带他们来的地方是一个大排档，很是火爆，密密麻麻的吃客又喊又叫，好像这里不允许忧愁、不允许苦闷，只有开心、快乐。女儿要了一桌李成功很少吃过的各种小吃，有些味道还真是不错。李成功入乡随俗地也放开嗓子喊叫着，一边撸串一边与女儿和妻子说话。忽然间，发现邻座有一个五十来岁的农村妇女，妇女身边坐着一个十多岁的男孩，男孩埋头吃着一盘青菜，妇女则紧紧攥着一个布包端正地陪着，眼睛虽瞅着吃青菜的男孩，但不时地瞟过来，瞟在媛媛和巧巧端上来的一盘一盘的食物上。李成功从那妇女干裂的嘴唇上断定，她肯定饿着肚子，于是，他开始了催促，对两个女儿和妻子说："快吃快吃。"催着，李成功又要了两碗烩面。杨玉萍说："你咋了？媛媛要的这些都吃不完，你还要！"李成功往邻座的妇女那边斜了一下，挤挤眼。媛媛不领会，问："怎么了？"巧巧却说："吃饱了，咱走吧。"李成功朝巧巧竖了竖大拇指，拉起杨玉萍就走。媛媛喊："等等我。"抓起一个烤面筋追去。

临走出大排档，李成功他们回头一看，那妇女和男孩正幸福地享受着他们剩下的食物。

李成功表扬巧巧说："还是巧巧聪明。"

巧巧说："哪儿啊，那男孩好像就是我。"

李成功说："巧巧，我可能要对不住南湾村了，不让我扶贫了，唉，我好没用。"他又想起了他不但没能提职，反而有可能被降职，被调离机关，便又悲从中来，哀叹道，"我算完了，这辈子再也上不去了，顾不上伺候老爹，一心一意地扶贫，却落得这般下场。"

杨玉萍用她的方式劝他："不让干正好，咱正不想干呢。"

媛媛劝他："爸没事，你就是被发配到边疆，我也爱你。"

巧巧劝他："爸，我这一辈子都会报答你，孝敬你。"

说着话，就快到自家小区了，杨玉萍说："咱们到超市买点儿东西吧。"李成功便随她们向美食林超市走去。将到门口，媛媛眼尖，鼻子也灵，闻到了烤红薯的香味，拉着巧巧就往烤红薯那里跑。李成功又看到了那个烤红薯的大炉子，只是烤红薯的人不是原来那个小胡，而是换了位上年纪的人。李成功为她们母子三个一人买了一块红薯，问那上年纪的人小胡哪里去了。上年纪的人说小胡把这个地方和炉子转让给他，自己挣大钱去了。"去哪儿挣大钱啊？"李成功问。上年纪的人说："说不好，只说是去煤矿。"

鬼使神差般，李成功就翻起了手机，居然翻到了小胡。又鬼使神差般，照着号码拨了过去。那边大声地喊叫："谁啊？"看来，小胡早已把他删除了。李成功说："我是李成功，我找过你，帮我去阳坡矿挖过档案，记得吗？"小胡那边："对对对，你有事啊，大领导？"李成功问："你在哪儿发财啊？"小胡说："哈哈，咱就这命，又到阳坡矿了，这边叫我给他们管管民工，还行，给的工钱还行。"

木已成舟，已然这样了，再气恼、再忧郁、再苦闷，有什么用呢，谁会把你当回事呢？过几天，人们就会把你忘得干干净净，该干什么干什么。没有你，人家照常扶贫。你以为只有你才能干好啊，谁都不比你差。哼！苦差事，谁愿意干谁干，老子才不给你争那个呢！调离机关？降级使用？随便！愿意咋着咋着！我这就请病假，休息，先回家陪陪老父亲，再去海南、珠港澳转一圈。想开了，李成功轻松了许多，杨玉萍也很高兴，说："就是，先好好歇歇再说，驻村一走好几个月，连个礼拜天也没休过。"可夜深人静，杨玉萍气息平稳，转身而鼾时，李成功的脑子里像预置了程序，忽地又被激活了，并且快速运转起来：巧巧娘玉枝与狗抢食而死的惨状，老支书邹三树步履蹒跚却满怀希望的目光，姬海兴卧床残喘的痛苦呻吟，姜银发的无条件信任和村民们的期待，还有支部会上一个个的表情和他的诺言……这些影像有的单片，有的重叠，闪过一遍又一遍。他想控制住，停止放映，赶紧入睡，可就是控制不住，循环往复，清晰无比。索性，他干脆不睡了。他摸起手机，打开，苏素的一堆信息等着他。

"听说单位不让你回来了，姜银发急了，见人就骂，非带着姬虎去找你们领导，最后邹老二给拦住了。"

"姬虎爹也不行，开会开了一夜，说不行就组织村民上省里请愿。"

"哥，你真的不来了吗？你不是要还我们一个仙女湖吗？"

　　脑子里影像的无休无止，再加上苏素这几句话，越发把李成功的睡意驱赶得遥不可及。他闭着眼，一动不动，身体完全静止着，大脑却进入了异常的活跃亢奋状态，继而噗地发生了骤变。他感觉他好像被谁淬了火，整个人从里到外，发生了质的变化，变成了一块坚硬的钢，再继而，又自我锻造成一把龙泉宝剑，他要冲、要砍、要行动了。他仍然闭着眼，开始策划他的行动。他本来就是一个细心的人，这次策划得更加细心，每个步骤、每个细节，甚至每句话该怎么说，用什么口气，用什么神态，都演练了好多遍。他就那样躺在妻子的身边，感受着妻子的体温和心跳，久久地、静静地、反复地盘算着、演练着。他想他的计划已经很周密了，可以付诸行动了。这时，杨玉萍翻个身，起床要上厕所，李成功说："你醒了？睡得怎么样？"杨玉萍说："睡得太沉了，一觉到这会儿，天快明了吧？"李成功藏好他的锋利的刃，柔和地说："那就好，我没搅扰你睡觉就好。"杨玉萍说："有你在我才睡这么沉呢。"一看五点多，说，"不睡了，跳舞去。"见李成功也起身穿衣服，说，"你睡吧，你好不容易能睡个大觉儿。"李成功说："我得走。"说着就下床收拾东西。杨玉萍诧异地问："你干啥啊？这么早。"李成功停下收拾，正视着杨玉萍的双目问："我无论干什么，你都会支持我，是吗？"杨玉萍完全清醒："是啊！"李成功亲吻她一下："你真是我的好老婆。"杨玉萍还等待着他回答。李成功忽然意识到自己太凝重了，其实，本也没什么，他就是想亲自搞个调查，摸些第一手资料，也不会有啥危险的，所以为免得杨玉萍担心，他改用了轻描淡写的语调，说："我得去阳坡矿跑一趟，看看能找些什么证据不。"李成功看杨玉萍愕然地瞪大了眼睛，接着说，"我必须亲自去一趟，我已没有可以派的兵了。"杨玉萍愣怔了一会儿，就飞快地起身、穿衣服，说："那我跟你一起去。"李成功按住她："别别别，你去反而不好，你给我拿些钱吧，到路上要加油，要吃饭，可能还得住店。"杨玉萍就麻利地拿钱，给他装好了钱，又忙着烧水灌满保温桶，装好手机充电器，找出一双旅游鞋，她把能想到的东西都给他一一装好。

李成功在路上联系了烤红薯的小胡。李成功说："我有事路过你那里，带着两瓶老白干，想过去看看你，喝两杯。"小胡连说："行啊行啊，我给你手机上发一个位置啊。"小胡所在的地方，就是"7·25"透水事故中死亡家属集中安抚的那个乡，当年李成功在那里处理善后，对那儿比较熟悉。李成功顺利地把小胡约到一个僻静的小饭店。菜已经要好，两瓶五星老白干也已摆在桌面上。小胡一见，竟诚惶诚恐，满脸笑纹："哎呀，你这么大领导还这么客气。"李成功伸出右手，让小胡握住："你帮过我，我不能忘记你。"小胡双手紧握李成功的手："那算啥啊！"然后，坐下，李成功为小胡倒上酒，边喝边聊。

李成功表面上随意闲聊，精力却是高度集中，句句都聊到点上、挖出真金。"你在省城卖烤红薯好好的，跑这儿干这个？"

小胡喝一口酒："这酒真酒。唉，你以为我想来啊。咱这不是没法吗？我儿子刚上五年级，查出了先天性心脏病，他×的！这人越穷吧，还越倒霉，住院、治病，花起钱来像流水，我卖那几块红薯哪够啊！"

李成功又给他满上："是啊！你能找到这儿干也行，这矿上你又不生。"

小胡："哎，哪是我找的啊，是他们找我的。以前我在矿上时，采煤队的大个子求我办过事，我给他开过假证明。矿上倒闭后，我们一直有联系。那回带你去翻找档案回去后，他给我打电话，说今年阳坡矿要大干，问我愿意不愿意过来，他管井下，我管井上，一个月工钱八千。八千，又不下井，那我还不愿意啊！"

李成功："他管井下，你管井上？怎么个管法啊？喝！"

小胡："来，干了。监工呗，井下，大个子监工；井上，工人们都上来了，归我管。不能随便乱跑，洗了澡吃了饭，都规规矩矩回屋里歇着去。"

正说着，进来一位警察，李成功心里一咯噔，警察不会是冲我来的吧？就看那警察凶凶地站在门口，厉声问："外边那帕萨特谁的？"李成功起身刚要回答，小胡转过身说："我领导的，从省里下来的。"那警察认出了小胡，转为和气："哦，没事没事。"小胡说："来，坐这儿，喝两杯。"警察说着"不了不了"，就缩回身子，走了。

李成功端起杯，夸赞小胡："你行啊！"

说着话，又进来一个瘦巴巴的猴子一样的人，脸色煞白，双眼深陷，一看就是很少见阳光的肤色。再一细瞧，那人眼窝里、耳朵里、鼻孔里，还有所有的皱褶里，都嵌着油性很大的煤泥。那人猥琐地站在桌前，怯怯地对小胡说："我要回去，老婆快生了。"小胡站起来，飞起一脚踢到那人屁股上，骂道："×你奶奶的，说过几次了，不行！"那人捂着屁股，悻悻地出去了。小胡不放心，打电话叫来一个红脸汉子，交代："看好瘦猴子，不能让他走，他一走就涣散军心了。"红脸汉子军人一样一个立正："放心吧。"红脸汉子转身要走，小胡拿起满杯的酒，用命令的口气说："喝了！"红脸汉子一口灌下，走了。

李成功朝小胡竖起一个大拇指："你的权力不小啊！"

小胡："呵呵，大个子特信任我。你知道吗，大个子是赵乡长的小舅子，赵乡长是阳坡矿的三股东。"

李成功很随意地顺势问道："阳坡矿不是早就被咱集团收购重组了吗？"

小胡狡黠一笑："李处长你装糊涂。"

李成功反应极快，故作糊涂状，高深莫测地说道："不该说的可不能乱说啊。"

小胡："知道，你放心吧。"

李成功早有怀疑，阳坡矿淹井废弃后，很可能有权力介入，重新入股，组成了地下股份制，只是，这新的股东，除了刚才小胡顺嘴秃噜的赵乡长外，不知还有谁。李成功便又端起酒杯，套话说："要不，把大个子也叫来，一起喝点儿。你们都挺辛苦的，也算我来慰问你们了。"

小胡也端起酒杯，主动在李成功酒杯的低处碰一下："大个子在井下呢。"

李成功皱眉咽酒："怎么，大白天你们还敢干？"

小胡夹了一口菜："这不是快到煤炭销售旺季了吗，得开足马力生产。没事，上边有人罩着呢。这不你大处长都奉命慰问来了吗？"

李成功嗔怪地瞪了他一眼："小声点儿。来，我敬你一杯。"

小胡表忠心般地立起来："哎呀，你还敬我，我先喝为敬。"

李成功看着小胡大口喝下一杯酒，想起什么似的，起身到车里拿出两盒软中华，抛给小胡说："我忘记你还抽烟。"小胡把玩着两盒烟，说："这么好的烟我可舍不得抽，留着送礼。"说着把烟揣进兜里，掏出自己的半盒便宜烟，点着一支，一边吃肉，一边喝酒，不知不觉被李成功套出很多有价值的情报。阳坡矿的矿工，全部住在乡里的几间民房。他们从井下上来后，被卡车拉到乡里。那里一个食堂兼澡堂的院子，支着两口大铁锅，水烧开了，倒进一个水泥沟槽，开水顺着沟槽流进屋内的水泥池子里，再兑上些凉水，供上井挖煤的民工跳进去洗澡。因池小水少，洗澡的人又多，且都是用肥皂直接在水里搓洗，池子里的水几乎从始至终都是黏稠的，每个民工身上的煤泥都洗不干净。草草洗涮，吃饭睡觉，然后穿上窑衣，再被卡车拉去下井挖煤。不让矿工们住矿上，而舍近求远地拉来拉去，就是防备被发现，减小阳坡矿偷采的目标。从小胡讳莫如深的言谈中，李成功又进一步揣摩，阳坡矿定有金地集团内部的人插手，但这位内部的人是谁，小胡确实不清楚。那么，要不要搞清楚？能不能搞清楚？搞清楚又能怎么样？李成功的大脑计算机一样旋转着、权衡着、纠缠着，居然同时出现了两个声音，像喝醉了酒的人一样喋喋不休地一齐向他聒噪。一个声音说，算了吧，弄清楚不如模糊着好，多一事就多一层风险，后半辈子还得在金地集团混呢，就此打住吧；另一个声音又说，你只身老远跑这儿干什么来了！你已经被怀疑了，被贬职了，被从扶贫村里拿下了，此刻你半途退缩，就等于坐以待毙，你不出击，人家就会对你乘胜追击。两种声音的周遭还各自萦绕着忽明忽暗的背景图，前一种声音掺杂的图景是破败的南湾村、荒凉的仙女湖，还有巧巧、姬虎、姜银发那些人愁苦不堪的情景；另一种声音掺杂的则是纯净的蓝天、碧绿的草原和波光粼粼的仙女湖……

这时，李成功听到小胡"李处长、李处长"地在喊他，他激灵一下醒过神来，小胡端着一杯酒，问："李处长你没事吧？"

李成功意识到刚才走神了，说："没事。"

小胡说："看你低着头发呆，以为你喝多了。"

李成功："呵呵，这点儿小酒！早着呢。"拿起酒，给小胡碰了个满杯。

小胡话稠了，说："北京那大股东，有点儿不相信赵乡长。"李成功灵敏的嗅觉立马又警觉起来，几杯酒碰完，他又知道了阳坡矿的股东里，还有一个神秘的股东，是北京的一个大老板。北京这个大老板从没露过头，但上个月，却派来一位何监事，就住在矿上。李成功立刻对这位何监事产生兴趣，感觉这位远道而来的何监事很重要，就故作高深地说："知道知道，我们早听说了。"他看下表，"天还早，你跟何监事联系一下，我这就过去慰问，这也是我此行的目的之一。"已被酒精和感动烧灼的小胡，大有赴汤蹈火在所不辞的劲头，连说："没问题，我陪你去！"李成功说："好啊，那我再买些菜、酒，咱们到矿上继续聊。"

与小胡喝下的这些小酒，对李成功来说仅是毛毛雨，湿地皮儿都不够。天高皇帝远的乡村，也不查酒驾，他大胆驾驶着他的帕萨特，轻车熟路，不到半小时，就进了阳坡矿。李成功把车停在后排房子的隐蔽处，随小胡往前排走去。小胡搬着酒肉，嘭的一声端开了正对井口的一个门子。里面是一间屋，放着床、被褥、沙发、茶几，靠窗的地方摆着一张桌子，桌子前，坐着一位秃顶的中年男人。秃顶的中年男人正专注地盯着井口装煤的大卡车，右手还握着笔，不时地在一个本子上记着什么，左手则捏着手机，对着屏幕与里面的什么人语音对话。见小胡搬着箱子带着人进来，他示意小胡先坐下，等手机里的语音完了，才过来与小胡打招呼。

原来，这个人并不是何监事。小胡问："老何呢？"中年男人把目光从窗户外边收回来，看看李成功，看看小胡哐当哐当抱着的酒说："人家哪能受得了这个罪，把我招来顶包，人家早到市里找小姐去了。"小胡便急不可待向他显摆："这位是我们金地集团的李处长，特地过来慰问你们的，知道你们辛苦。"听听，还一嘴一个"我们金地集团"，李成功心想，企业虽然已给小胡一次性算清，人走茶已凉，可小胡逮着机会还是要把自己当企业的人。李成功干脆也就坡下驴："我代表金地集团领导来看望一下你们，来来来，这里有酒有肉，还有烟。"说着话，小胡已经把酒肉摆到了茶几上。李成功心想，外面井口的人可能认识他，他必须速战速决，拿到有用的信息。他一边拿出三个水杯，咕咚咕咚往里倒满酒，一边说："这里条件这么艰苦，你们能坚守岗位，认真负责，真是不容易。"说着端起杯，"我敬你们，先干了这杯。"话到杯干，一口气二两酒下肚。小胡又感动得不行，端起来，与秃顶男人碰一下杯，也干了。秃顶男人喝了三分之一，停下了，小胡不愿意，瞅着明晃晃的秃顶说："你咋回事？"秃顶男人说："我喝不了猛酒。"猛酒，正是李成功的长项，有时一杯猛酒，就能把一个喝慢酒的人打蒙。尽管这喝慢酒的人有量，所以脑子更加清醒的李成功不露声色对小胡道："哎，人家不给我面子，看不起我，也不要强求。"这话实际上是一箭双雕的，既拱小胡的火，又是激秃顶男人的将。果然，小胡不干了，一拍茶几："看不起我们领导！告诉你，连你们的大老板也得敬我们李处。"秃顶男人紧说："我哪儿敢我哪儿敢。"急忙端起杯，一口气干了杯里的酒，脸上现出极痛苦的表情。

二两猛酒下肚，话语稠起来，人也亲近起来，又一同吃喝，三个人居然搂着脖子称兄道弟起来。在两个人的毫无觉察中，李成功已经弄清楚，北京这位大老板股东，说是派个人过来帮帮忙，其实是监督，看看阳坡矿一天到底出多少煤。先派来的何监事待几天累了，就将手下这位秃顶男人调来，盯在现场，把每天装煤的车数记下，并报到老板那里。至于金地集团那位股东是谁，这秃顶男人确也不知，只说是一位大官，入的是干股。李成功从小胡那里，就提前打开了手机的录音，同时不住地观察秃顶男人和小胡的手机，还有窗前桌子上的笔记本。他们的手机和笔记本里，肯定藏着很多秘密，那些未知的秘密，磁铁一样吸引着李成功。当每人半斤多酒入胃后，小胡首先撑不住了，他躺到墙角的床上，顷刻间就深睡了。秃顶男人的秃脑袋仰在沙发上，胡乱地嘟囔几句什么，也睡着了。绝佳的机会到了，李成功拿起小胡和秃顶男人的手机，还有桌上的笔记本，分别塞进裤子和上衣口袋，装作醉态说："我出去撒泡尿，等我啊！"一出门，迎面碰着一个人，定睛一看，竟是那位一直在矿上的黄牙汉子，李成功心说不好，要出意外。黄牙汉子也认出了他，嘴里刚冒出一个你……就被急中生智的李成功醉醺醺地抱了一下，说："哥们儿你别走啊，等我撒泡尿一起喝。"

李成功真的憋着一泡尿，可他顾不上撒尿，用百米冲刺的速度，跑到他的帕萨特上，发动引擎，疯狂地向矿外冲去。时间大概是晚上十点多钟，本来就黑暗的群山之间，被车灯的光柱猛一刺穿，周遭显得更加黑暗。黄牙他们很快就会追上来的，李成功只有一个念头：快跑，越快越好。轮胎磕过几个硬坎后，一头栽到那条被两头封堵的路上，车头也有灵性似的没有朝向省会的方向，也没有朝向北京的方向，而是朝向了南湾村的方向。李成功顾不上犹豫，狠踩油门，蹿出泥坑，沿着山路往前开去。他明知道前面已经堵死，但还是不顾一切地往前开。路面早已被井下的污水、拉煤的卡车踩躏得不像样子，车行其上，底盘被哐当哐当碰撞着，车身就像一叶小舟航行在波涛汹涌的海面上，任怎样开都开不快。大概过了半个小时的样子，后视镜里闪过一道亮光，果然有车追上来了。追他的车是越野车，马力澎湃，大有雄狮扑向羚羊的气势。他能做的只有抓紧方向盘，瞪着糟糕的路面，狠狠地踩踏油门，车子发出了巨大的毁灭性的轰鸣。在毁灭声中，他身体狂颠不止，致使头颅频繁地撞击车顶。头部可能被撞出了很多个包，也可能被撞破了，因为他感觉到有黏稠液体从头发里流到了眼睑上。他的手不敢离开方向盘去擦拭，他眨眨眼，极快地往远处看了一下。前方蜿蜒起伏的坡路上，出现三处灯光，饿狼贼眼似的上下左右地跳跃。李成功对自己说，毁了，他们派人骑摩托车在前面堵截了。再瞥瞥反光镜，追他的越野车已经很近了。

看来，无论如何跑不出他们的手掌了。索性，他停下了车，熄了火，关了车灯。此刻，他在几个选项中飞快地抉择着：首选的是报警。可是，当地的警察会不会有他们的人？他们之所以敢明目张胆非法开采，又如此嚣张地绝交断路，难道警察能毫无所知？不能茫然报警。那么报告给单位呢？他毕竟是金地集团的人，阳坡矿又是金地集团的矿，让钱副总经理或其他的领导出面干预行不行？不行！现在看来，金地集团的领导对此事肯定有染，说不定下达抓获他的命令就是金地集团领导所为，至于哪位领导，他还不知道，不过拿到手的两部手机和笔记本会告诉他。即使退一步说，此事与金地集团领导无关，也是不能报告的，因为他已不负责扶贫了，再说此次出来，是让妻子杨玉萍替他请的病假。请着病假跑到阳坡矿来，这不是没事找事吗？这个不行，那先告诉妻子杨玉萍吧，万一有个不测，杨玉萍也能找到他。他掏出自己的手机，准备要给杨玉萍打电话，后面越野车的大灯通过后视镜强烈地反射到他脸上。越野车愤怒的吼叫，已经非常震颤凶狠。前面，摩托车的灯光也一齐向他扑来。前后夹击，他必须当机立断。就在最后一刻，他打消了给妻子打电话的念头，他不愿意让妻子担心、惦记，她是心里挂不住事的人，她知道了他处在险境中，会睡不好、吃不好，害怕得不得安宁的。此刻，他已打开手机，不知道是习惯动作，还是下意识触碰了屏幕的哪个位置，跳出来是微信页面，置顶的是苏素。

苏素已经给他发了七八条信息，他打开，顾不上读苏素的信息，只颤抖着手指，发出去个位置，然后，按住语音，急促地说："我要被他们抓住了……"话没说完，手机没电了，关机了。

这时，后面的越野车已经不足百米，前面的摩托车也很近了，他装好自己的和偷来的手机、笔记本，走下车。也许是他情急之中，有意把车停在了此处；也许是凑巧，车子停在了此处。总之车的右侧，是一条山谷，脚下虽不算悬崖，但也是很陡很深的斜坡。陡坡上长满了荆棘杂草，他没多想，抓住坡上的荆棘杂草，倒退着滑了下去。滑着滑着，被什么东西绊住了，他摸了一下，是一块巨大的岩石。他趴在岩石上，往上看，路边停着未熄火的越野车和摩托车，摩托车的车灯，胡乱地向他照来；往下看，黑洞洞的深不可测，要不是身下实在的岩石，他会以为悬在了黑暗的半空。

上边有人喊话了："李成功，李书记，俺们不会把你怎的，你只要把那两人的手机还给俺们，把本子拿过来，你就走，没事的。你拿那些干啥啊，手机也不是苹果的，不值个钱，本子也破破烂烂的。"

听声音，喊话的像是黄牙。他们这么快就知道了他的名字，可见阳坡矿的关系已经复杂到异常可怕的地步。李成功为今晚的行动不禁又倒吸一口凉气。

上边又喊话："你要是上来，把东西还给俺们，俺们给你十万块钱。……要不，把俺这个进口的越野车送给你。"

两部破手机，一个烂本子，竟值一辆越野车，这说明里面藏着天大的秘密。给他们吗？即使还给他们，他们也不会饶过自己的。肯定了这一点，他横下一条心，只得硬着头皮往前走了。李成功摸了摸兜里、怀里的手机和笔记本，又往下探望着，看看怎么跑掉。正在这时，身上的两个手机同时尖叫起来，他掏出来，正是小胡和秃顶男人的手机，不能让这手机一直叫，不然就暴露了自己。他急忙摸索着，把两个不停尖叫的手机关机了。

上边的黄牙喊："你再这样耗着，俺们就滚石头了。俺们都看见你了，石头可不长眼，滚下去，就把你砸到沟里边了，沟里可都是水，煤窑里的臭水、黑水，把你淹死。"

李成功的瞳孔已经适应了环境，他又借着摩托车的灯光往下一看，可不，谷底黑乎乎的都是水。他的两条腿不禁软起来，颤颤地往身下的大岩石后面爬。刚躲到岩石后面，坡顶上的石头雪崩似的滚了下来，大的如磨盘，小的如西瓜，密密麻麻，劈头盖脸，有的石头砸在李成功刚才趴过的地方，火星四溅着，从头顶上嗖嗖地飞过去，加速度落在谷底的水坑里，扑通扑通溅起了看不见的黑色水花。滚了一阵石头，停歇了。上边的人在听动静，评估着战果，李成功也在分析盘算着局势。他们肯定不会甘休，要么立即派人下来寻找，要么等到天亮下来寻找，定会死要见尸活要见人的。那样的话，他身上的手机和笔记本就会被他们抢去，这可万万不行！他捂着兜里的手机和笔记本，心说，这手机已经不是手机和笔记本了，这手机和笔记本变成了彻底关闭阳坡矿的按钮，变成了救活仙女湖的密钥，它们已经比他的生命重要了。想到这一层，他掏出笔记本，掏出手机。当掏到小胡的手机时，心里咯噔了一下，想，他们不定怎样惩罚小胡呢，小胡帮了他，又这么信任他，他却这样害他，他觉得太对不住小胡了。可事已至此，也无法挽回，只得硬着心肠做下去了。

摸着黑，他探到保护他的那块大岩石下面有个大腿般粗细的洞，他把三个手机和笔记本深深地送进洞里，又摸出一块石头，堵在洞口。他得离开这里，把上边的人引开。他像被逼到绝境的羚羊一样，趴在原地，左右寻找着逃脱的出口。真是天无绝人之路，就在他下方的一米多处，有一个平台，虽然很窄，只有一尺左右，但足以让他脱身。他抓着荆棘的枝条，下到了平台上，然后双手抠着岩壁，慢慢向右侧挪步，挪着挪着，有些活动的石头被踩掉，滚落下去，在谷底的水坑里扑通扑通响着，回音传播到很远很远的地方。沿着平台挪了很久很久，他感觉挪了已有一整夜了，四肢都快要撑不住了，岩壁上的酸枣树刺把他的脸上、脖子上划出道道血痕，但他丝毫没有感觉到疼。忽然，前面出现一块田地，平平整整，田地里还立着玉米棵子，不过玉米穗已收去，只剩下干枯的玉米秸秆。他爬进玉米地里，已经不辨方向，只知道前后，便不管东西南北，一头向前披荆斩棘般奔跑，干枯的玉米秸秆纷纷被他蹚倒，发出了哗啦哗啦的声响。再往上，还有地块，这是一块梯田。他爬越地堰，继续奔跑，当即将又爬上一块梯田时，突然被地上跃起的一个壮汉扑倒，接着就有三四个壮汉压在他背上。他心说完了，还是被他们抓住了，他的头被压在倒伏的玉米秸秆上，反而完全地踏实下来，均匀地、平静地喘息着，一点儿都没挣扎，心里说，也好，也许被他们带去，还能见到他们的幕后老板呢。

他被反扭着双臂揪了起来，这时就听到站在面前的黄牙嘿嘿嘿冷笑着说："你真是敬酒不吃吃罚酒啊！"一听到酒字，李成功的胃里翻江倒海搅动起来，终于一伸脖子，哇哇地呕吐起来，揪他的两个汉子跳着脚躲闪着。吐痛快了，黄牙问："手机呢？本子呢？"李成功抽出一只胳膊，摸摸身上的所有衣兜，装作很着急的样子："嗯呀，光顾逃命呢，掉山谷的水里了。"黄牙又亲自搜了一遍他的身子，气愤地命令："捆起来！"有人拿出绳子，李成功说："等等等等，我撒泡尿。"他解开裤子，痛痛快快把憋了大半夜的尿尿了出来。

"算你能！"黄牙无可奈何，令壮汉们牵着绳子，把李成功拽到了上边的路上。原来这是个没有月亮的夜晚，李成功这才有空，仰望漫天璀璨的星空。他转动着身子，寻找北斗勺子星，判断是三四点钟光景。

黄牙正在对着手机上报战况，过了一会儿，黄牙接到一个神秘的指令，他们便急慌慌拖着李成功，又返回到停车的地方。把李成功塞进他的帕萨特里，黄牙向李成功要车钥匙，李成功身上没有，也确实忘记了车钥匙丢在了哪里，他们都打开手机上的手电筒围上来找，有人在车里的座椅缝里找到了。可能是逃跑时车子颠得太厉害，以至于损坏了哪个器件，那个找到钥匙的人打了几次都打不着火。黄牙看看金灿灿的手表，开始焦躁，骂骂咧咧把那人扯下来，自己亲自打火。车身抖动了一阵，终于打着了。黄牙开着李成功的帕萨特，越野车后面跟着，摩托车则留在原地待命。李成功被押着坐在后座，心里直后悔，怎么当时没有把车钥匙扔进山沟里啊，那样的话他们就不能这么顺利把他带走了。可阳坡矿在后面，他们怎么还往前开呢？就听黄牙说："前面不远的地方，有个下坡急拐弯，悬崖下边大概有三十多丈，知道叫啥名儿不？鬼招手。一会儿把你打蒙，解开绳子，弄到驾驶座位上，再把你的这个破车开出悬崖。那里断不了出个事故，你在下边有伴，也不算太寂寞。"李成功一听，惊惧地喊道："你们这是要害命啊！"黄牙不紧不慢地说："你才知道啊！"李成功再也无法平静了，他可不想死，他也没想到能死，就这样死了太不值了，好不容易搞到的证据也毫无用处了，于是乎，心里的坚强轰然倒塌，他不由得软弱下来，倾着身子向前面的黄牙哀求："兄弟，咱没仇没怨，你可不能杀我啊！这样吧，那手机和笔记本我都藏起来了，我给你们，我不管这事了。"黄牙冰冷地说："迟了，老板改主意了，老板说手机、笔记本和你一齐消失，是最好的选择。"李成功刹那间瘫软了，呆傻了，车身一个摇晃，他又被摇醒，本能地胡乱蹬踹，想冲出车门逃命。两旁的壮汉用胳膊卡住了他的脖颈，像宰羊似的把他按在了脚下，他屈辱地趴在车底盘上，听见黄牙在前边说："前面有车过来了，我们靠边，让对面的车先过去，你俩千万要弄牢他，甭让他动弹啊！"

一路上有我

—— 记2019年"全国脱贫攻坚奖贡献奖"获得者、广宗县伏城村第一书记张红全

◎虽　然

2017年6月30日，张红全走进河北邢台广宗县时，油然生出亲切之感。这里太像他二十年前的山东济宁老家了：曲曲折折很不平坦的乡间马路，路旁耸立着杨树与柳树，村子里散跑着鸡和鸭子，街道上三三两两的老人闲坐……似曾相识，恍如岁月倒流。看到广宗县竟然与二十年前的老家相像，张红全心里隐隐作痛。

广宗县，隶属于邢台市，位于河北省黑龙港流域，地处古黄河、漳河冲积平原，遍地沙丘，盐碱化严重，历来贫困，也在环京贫困带中，属国家级贫困县。它历史久远，卫灵公卜葬于此，商纣王荒淫于此，赵武灵王饿死于此，秦始皇病逝于此。因这些往事，广宗又被称为"困龙之地"，像被施了魔咒，物产不富，出产不饶，1986年被国务院定为国家重点扶贫县，1991年，民盟中央主席费孝通在这里建立科技扶贫试验点，1994年和1996年又专程来此，始终把广宗县放在心上。

作为民盟中央社会服务部干部，张红全沿着费老的足迹而来，担任广宗县伏城村第一书记。放下行李，他顾不得休息，开始走家串户了解情况。伏城村共有900多口人，建档立卡贫困户32人，其中因残疾、孤寡、智障致贫的占到一大半。走在村里，20世纪七八十年代的老房子随处可见，不少村民依然停留在20世纪80年代初的生活水平，

这让张红全很受触动。"我小时候长在村里，也是农民出身，对村子有着天然的亲情，对村民有着天然的亲近。作为下乡扶贫干部，我可能带不来巨大的经济效益，不能迅速让村子脱胎换骨变新颜，但我可以走进他们心里，送上温暖。如今年轻人外出打工，留在村里的多是妇女老人儿童，号称'389961'部队，鳏寡孤独更需要关心。孟子说'老吾老以及人之老，幼吾幼以及人之幼'，我把老人当成自家老人看，把孩子当成自家孩子看，以心换心，尽绵薄之力，让他们感觉到来自社会的温暖与关爱。"他对我说。

上任第三天发生了一件事，如今说来都让他心里很不好受。

村民卫西桥无儿无女，常年独居，在保定打工，2017 年底不幸患脑出血，全身瘫痪住进医院。他唯一的弟弟在新疆打工，赶回来照顾他。张红全来到村里的当天黄昏去看过卫西桥，贫困景象令人震惊：没有院墙，所谓的院子碎砖断木处处抛掷，一片荒凉，低矮的房子外墙灰皮脱落，露出暗黄的土坯，窗户上窄木条钉着塑料布，门上挂着化肥袋子做的门帘。掀开门帘进屋子，卫西桥盖着破被，神情痴呆地在炕上靠墙而坐，口不能言，只能微微点头或摇头。他才五十出头，经年的贫困与辛劳让他过早染病，此时又陷入老无所依的可悲境况。卫西桥的弟弟生活也十分贫苦，长期在家伺候病人耗不起，想让张红全帮着解决三个问题：一是帮卫西桥申请低保户，二是能否在县福利院给卫西桥安排个床位，三是希望报销一部分前期医疗费用。对这个风雨飘摇的家来说，这些太重要了。

张红全在本子上认真写下这三个要求，一夜难眠。卫西桥的不幸牵挂着他的心，第二天吃过早饭，他马不停蹄地去忙这事，先去乡里询问低保政策，又去县民政局和医保等部门详细了解相关事宜，奔波一天回来，想着卫西桥也许已经休息，又有别的事缠身，没顾上去看。第二天一大早，他正要过去反馈了解到的情况，却听说卫西桥突然离世了，就在当天早上。一记闷锤击中张红全的心，他万没想到卫西桥走得这样匆忙，仅一天之隔，一个还能靠墙坐着点头摇头的人竟然没了！这件事虽有偶然性，但对张红全冲击很大，树欲静而风不止，子欲养而亲不待，处于困苦绝望中的卫西桥还没等来帮扶就撒手而去，这让张红全难以释怀：扶贫时不我待，必须加快脚步。

广宗县医疗卫生事业发展起步晚、水平低。人老百病生，村民没有免费体检，也舍不得掏钱去做体检，小病不查酿成大病，等到查出为时已晚。村镇医疗并没有覆盖体检这一块，张红全把村民的健康放在心上，决心给村民安排体检。2018年4月，借着民盟中央开展的"善医行村医公益全科医生培训"，张红全上下奔忙，请中国医科院人口健康大数据平台来广宗做农村三级医疗调研，又组织一批医疗专家来村里义诊。仅此还不够，张红全想得更长远，义诊不能常来，授人以鱼不如授人以渔，不如对广宗村医进行培训，留下一支永不离开的医疗队。于是，他又前后奔忙，在全国政协原副主席张梅颖的亲自主持和资助下，在全国征集了100多名参加过培训的村医，采用一对一的形式，用一周时间封闭式深入培训了88名村医，大大提升了村医的业务水平，为当地百姓带来了福音，为改善广宗县农村医疗条件打下了坚实的基础。伏城村卫生室村医张玉科原是西医，通过培训，学会了针灸和按摩等中医疗法，一年多来免费为200多人次提供针灸治疗。有了良好的医疗条件，广宗县首个"健康大院"10月份在伏城村委会成立，为村民提供健康咨询、康复服务等，并免费提供常用药品，并进行科普活动。

张红全还把健康扶贫辐射到县里。中国科学院大学华北医院与广宗县医院结对帮扶，县医院先后派出6批27名医护人员到华北医院跟班学习，广宗县医院副院长王瑞坤说："张书记牵线搭桥的华北医院手把手地教，把学员当成自己人，进修费、住宿费全免，这是平时争都争不来的好事啊。"

唯愿天下无病，百姓安康，这是张红全的希望。

张红全给我的第一印象是帅，一米八的大个子，胖瘦适中，浓眉大眼，既有干部的沉稳，又有文人的儒雅。多数人有个通病，总觉得谁长得好了工作就不踏实不勤奋，这一感觉不独我有，伏城村妇联主任何玉玲也有。何玉玲能说敢说，是个痛快人，浑身上下透着利索，她给我讲了张红全初来伏城村的几件小事。

"说实话，张书记刚来时我并不信任他，内心深处并不认为他真能关心民生疾苦，所谓的扶贫嘛，也不过是走个形式镀个金，回去提个职务。我陪他在村里转嘛，也不过是工作需要，让转就转。走在街上时我心里还嘀咕：'说是下来扶贫，不过是做个样子，开头挺像回事，弄到后来虎头蛇尾。'我领着他进入第一户人家，正吃饭，贫困户嘛，桌上放着炒咸菜，张红全上前拿起筷子，挑起两三根咸菜丝放进嘴里尝一尝：'油放得不多。'进入第二家，赶上人家做被子，他蹲下来捏捏被角，摸摸被子的厚度，问絮了几斤棉花，厚还是薄，冬天盖着是否暖和。第三家是七十多岁的张法山家，他妻子早年去世，儿子和儿媳都有智力障碍，两个孙子都是脑瘫。张书记拉着他的手坐下，一点儿官架子都没有，那真像亲人。张法山说出一句压在心底的话：'张书记，我最担心的是，如果我将来得病死了，这些小孩子们咋办？唉，命不好——'你猜张书记怎么说？他握着老人的手说：'只要我在这个村，我就是你儿子，我常来，你别嫌烦。'从此，他时常来看老人，帮着解决生活难题。转完这三户，我放心了。冬天张书记转得更勤，下雪之后怕贫困户家里不暖和，殷殷询问怎么取暖，怎么做饭，水管子是否冻着。他平易近人，一点儿架子都没有，每到一户肯定是请老人坐在上位。我这心里啊，从最初的不信任，到完全信任，他一点儿一点儿地在我心里升了上去。只要他有走访要求，我随叫随到，大年初一也不例外。"

说到大年初一，不得不提提张红全扶贫以来在伏城村度过的两个大年初一。

大年初一是合家团聚的日子，多少人为这一天昼夜兼程往回赶，多少人推掉工作只为回家过个团圆年，父母妻儿共聚一室，享受天伦之乐。张红全扶贫两年，却在伏城村过了两个大年初一，听闻此事我的第一反应是：至于吗？再投入也不必这么豁着上吧？还让不让家里人活了？

张红全解释："别把我想得多么反人性，我正常得很。听我给你解释，其实这个事是可以和家里协调的。你看，我年三十在家吃过团圆饭，大年初一在家里也不外乎闲坐或逛街，对我来说意义不大，但我来伏城村陪陪贫困老人，对他们来说却意义非凡。我吃过早饭开车过来，下午再开车回去，这不叫事。主要是我想让他们知道，在这个特殊的日子里有人惦记，有人看望，他们就会很高兴。我辛苦一趟没关系，过来陪他们坐坐，唠唠嗑儿，挺有意义。扶贫得以心换心，如果我处在他们的位置，我希望别人怎样对我，我现在就怎样对待别人。"这一天他在村子里转着看看老人们，问问吃上饺子没有，尝一个饺子看馅里有肉没有，肉多不多，又看看瓮里有多少粮食，榨了多少油。

张红全有着男士少见的细心与体贴，他看到村里老人因冬天干活手上裂着血口子，十分心疼，从北京医院皮肤科买了很多箱维生素 E 乳，药房大夫惊呼："你这是要开店卖吗？"这些维生素 E 乳运回村里，他逐一上门分发给老人，用温水把他们的手洗净，细心涂抹，感动得很多老人掉下眼泪，说这辈子都没受过这样的待遇，儿女都没这么伺候过他们。

涓涓细流，润物无声，张红全就这样走进了百姓心里。

扶贫先扶智，教育是百年大计，是阻断贫困代际传递的根本之策。

伏城村所在的葫芦乡有个中学，张红全有时去学校看看。他发现此地教育方式还是比较传统，教学设备也比较落后，就思索如何提高教育质量。他所在的民盟中央单位有很好的教育资源，新东方的俞敏洪也是民盟成员。张红全联系上他，在县里引进新东方教育科技集团，联系他们做公益活动"双师课堂"，一堂课两位老师教，名师做远程直播传授专业知识，现场教师则担当助手，及时处理学生疑难问题。

公益活动展开后，在葫芦乡中学和广宗县一中配备了相关资源，学生也能听到名师讲课了。

他还多次为葫芦乡中学提供名师工作室的支持，成立"名师工作室"，建立了"民盟烛光行动广宗县葫芦中学实践基地"，不断组织邢台市三中、五中等校的特级、高级教师送课下乡。葫芦乡中学道德法制课老师薛志蕊说："近些年，我这门课改革比较大，刚开始不知怎么下手，市里的一些名师和我们一起教研备课，很快就打开了思路。"

"在张书记帮助下，学校软硬件建设都得到很大提升。今年，他又联系北京'情系远山'公益基金会，让更多优质课落地广宗。"广宗县一中副校长杨朝宁说。这些优质课不仅让学生享受到了优质教育资源，也让老师的教学水平大幅度提高。

优质教育资源的引进效果显著。三年前，葫芦乡中学仅有600名学生，近两年陆续增加到1200名。广宗县教育局统计数据显示：2016年高考，广宗县一中只有1名学生上本一线。2019年则有112名学生达到本一线，在校生人数从2016年的1800多人，增加到现在的4300多人。

葫芦乡中学九年级的李春函家庭贫困，她性格内向，不爱交流，无事就在纸上画画。张红全知道她家的情况，十分同情，资助她并帮她补课。李春函原来的画没有颜色，自从张红全帮她补课，她的画有了变化。央视来广宗给张红全录视频时，采访了这个女生，导演翻开她的画本，从前往后看了一遍，对张红全说："你注意她的画有很大变化吗？原来没有颜色，现在变成彩色的了。"

是的，当关爱的阳光照进李春函内心，她的世界也由凄风苦雨变成了春暖花开，画的颜色也由单调的黑白变成了七彩。

写到这里，不得不提提张红全的孩子。他并不愿意让人写这些，不愿意煽情，但我必须得写。他有一对双胞胎儿子，2017年下来扶贫时，两个儿子才三岁，正是离不开的时候。京城米贵，居大不易，养儿辛苦，何况是双胞胎。张红全在这边为广宗县的学生们跑前跑后的时候，在白天忙工作晚上抽时间给李春函补课的时候，两个幼小的儿子也在思念爸爸，所幸如今通信发达，微信上有视频，张红全就和儿子们视频，和大的视频了再和小的视频，两个儿子抢着和他说话，说他再不常回来就把他忘了。

广宗县葫芦中学八年级学生秦焕双，家住邢台市广宗县葫芦乡秦红龙村，父母均有精神残疾，爷爷脑出血卧床已有七八年，姐妹三个都在上学，全家人的重担只能由年老的奶奶承担，全家开支只能靠爷爷微薄的退休金。张红全的同事听说秦焕双的情况后，匿名为她提供了不少资助。秦焕双满怀感激之情给张红全写信，张红全得知她又考了第一名，十分欣慰，给她回信，谆谆教诲："我常想，我们虽然不能选择出生于何时何处，但是我们可以通过自身的努力改变命运，并不一定非要功成名就，而是在生活的历练中，在对困难的克服中，学会如何做人，如何做事，如何面对境遇，如何善待自己，从而实现自己的梦想，成长为一个能为别人为社会做出贡献的人，赢得他人的尊重。焕双，不要惧怕生活带给我们的不容易，我们能够把人生的挫折当作迈向成功的有利条件，因为'艰难困苦，玉汝于成'，温室的花朵并不能禁受复杂环境的考验，经历风雨，方能见彩虹。你的环境，你的经历，你的责任，统统都是你的财富，是你坚强生长的养分，使你成为生命最顽强的劲草。这些财富足以成为你一生的积淀，让你拥有底气与勇气、本领与能力，无畏无惧地去应对未来的一切挑战……"

说来说去，攻坚扶贫首先得解决一个"贫"字，贫是压在人身上的大山，钱固然不是万能，但离了钱万万不能，经济基础决定上层建筑，钱袋子充裕了，医疗教育都不在话下，无钱，只能仰仗帮扶。

作为一个从家门到校门再到机关门的"三门"干部，张红全虽出自农村，对农业了解并不多。两年扶贫，给他补了一肚子知识，谈起广宗县的农业他说得滔滔不绝、头头是道。广宗县以沙地为主，适合种植杂粮、西瓜、红薯，但受条件限制形不成规模产业。就拿此地很好吃的沙地西瓜为例，要想打开市场进入超市，走进高档餐桌，西瓜得长得个头匀实，不但瓤好吃，皮也得好看，不能大的大、小的小，表皮有坑有疤。广宗小米也算是特色，但据村民说，一方水土产一方庄稼，在盐碱地上长出的小米得用本地的弱碱水熬煮才分外好吃，没有弱碱水搭配，煮不出效果。那么发展什么可带动村民致富呢？

"民以食为天"，帮助群众脱贫，发展大农业，做好"土地"这篇大文章是民盟中央帮扶的另一条主线。2018年10月，在民盟中央的帮扶下，民盟中央社会服务实践基地"科技小院"正式落户广宗，此项目由中国农业大学教授、民盟盟员张福锁创建，在研究、推广高产高效技术，解决小农户增产增收问题的同时，高度重视农民科技培训和培养农村科技人才，通过科技的推广带动作用，增加农民收入，改善提升广宗的经济发展水平，推动农业产业结构升级。

要想摆脱贫困的局面，必须研究发展致富的措施。张红全经过深思熟虑，结合实地调研，最终确定利用企业扶贫解决贫困难题的思路。他积极谋划招商引资，主动联系企业，引进台湾一家有机农法公司与县农业园区达成合作，通过有机农法的科学技术，大力发展红薯、花生、葡萄、蔬菜、水果等有机农产品。沙地适合种红薯，伏城村也有种植红薯的传统，2018年9月，集红薯育苗、种植、储存、深加工于一体的广顺园食品有限公司投产，生产的蜜饯红薯干在网上卖得很火。广宗县现代农业园区主任刘豪胜说："有了深加工之后，今年红薯种植面积达到12万亩，是去年的3倍，一亩红薯毛利比过去多了1000多元。"

张红全与中科院农业资源研究中心共同搭建线上合作平台，邀请中国农业大学从事土壤改良的首席科学家胡树文教授到广宗参与沙质土壤改善和水肥一体化治理。他又牵线搭桥，助力园区发展大棚油蟠桃，比"大路货"提前上市一个月，园区油蟠桃种植从860亩扩大到目前的 2200 亩。如今，农业园区辐射带动了周边 12 个村的农户，土地流转有租金，进园打工挣薪金，为当地农民的增收提供了更多的途径。

张红全还向单位申请了二十万的救济款，与村干部协商之后，在村北盖起一个"中国民主同盟中央委员会同心棚"，棚是盖起来了，很大，很高，设备也很先进，但种什么来钱多呢？他们请来邢台市农科院副院长李文治，李院长看了大棚的面积、高度，结合当地土质，建议种樱桃，樱桃色艳味美、营养丰富、成熟期早，是北方落叶果树中上市最早、效益最高的水果，如能试种成功，将带动村民的种植热情，大大提高收入。定好种樱桃后，张红全就与樱桃种植基地联系，订购樱桃树苗。2020 年因新冠肺炎疫情，他无法出京，心急如焚，只好电话联系苗木商，树苗送去后又请专家指导栽培管理。忙完这些，他长出一口气。

村子南边是张法成曾经的鸡场，鸡场远离村子，连着坑洼不平遍是碎草烂叶子的土路，路两侧是深达两三米的壕坑。他原来是村里的养鸡户，因病致贫后，鸡都被处理干净，无力再养，只好荒废着，曾经兴旺的鸡场鼠窜虫跑，处处乱糟。张法成蹲在鸡场外面一筹莫展，想不出翻盘的办法。张红全去鸡场查看之后，让他把鸡还养起来，为他申请了 5 万元的贷款，上了全自动设备，再也不用人工铲粪。张法成养了 3000 只鸡，鸡产蛋后日入千元，终于翻过身来。村里人质朴，不会说好太好听的话，听说我要采访张红全，他早早去大队等着，憨憨地说："咱和人家张书记不沾亲不带故，人家这么真心帮咱，好人哪！"

两年来，张红全和这里结下了浓浓的亲情，他把伏城村当成家，村民也把他当作家人。在攻坚脱贫的收官之年，原本任期已满的张红全舍不得离开，主动申请再干一年，他要见证这一伟大时刻。由于扶贫工作做得有声有色，张红全得到了民盟中央领导的高度肯定。2018 年，民盟中央主席丁仲礼到广宗视察期间，专程到葫芦乡伏城村亲切慰问贫困群众；民盟中央副主席龙庄伟和有关部门领导则多次到村里走访慰问，为伏城村安装了路灯，并帮助筹措扶贫资金建设设施大棚。

经民盟中央的帮扶和全县干部群众的共同努力，2018年广宗的贫困发生率由1.56%降为0.82%，贫困村占比由20.19%降为0，2018年已经通过省级脱贫摘帽验收。

桃李不言，下自成蹊。2018年，张红全被中共河北省委组织部评为河北省扶贫脱贫"优秀驻村第一书记"称号，2019年，他被评为"全国攻坚扶贫干部"。荣誉来之不易，他却淡然视之，在获奖感言上他说："我自感与其他同事相去甚远，何德何能忝列其间？仔细想来，应是组织上宽容大度，鼓励我继续努力。筚路蓝缕，弦歌不绝，自从费老当年三下广宗，提出'沙里淘金'发展思路以来，就在这里留下了'脚踏实地，胸怀全局，志在富民，皓首不移'的精神传承，我也有幸参与并见证国家级贫困县脱贫攻坚摘帽的日夜艰辛和不凡历程，此情无悔……"

这是优秀共产党员的胸怀，是扶贫干部的责任与担当。

三年广宗行，一生伏城情。这段经历对张红全是磨砺，更是激励。"天不言其高而覆盖万物，地不言其厚而孕育万物"，张红全为这块土地付出了许多，茫茫沙丘也回馈了他许多。而他最为自豪的是：攻坚扶贫，一路上有我！

李保国：太行山上的新愚公（节选）

◎翟英琴

巍峨起伏的太行山，位于华北平原东侧，绵延八百余里，浩荡苍茫，自古以来，民风淳朴，因其孕育出"愚公移山"的寓言而积淀着奋斗不息的情怀。李保国三十五年如一日，扎根太行山，埋头耕耘，手把手将科学技术传授给农民，用产业为百姓拔掉"穷根"，被称为"太行山上的新愚公"，被授予"人民楷模"国家荣誉称号。

一

雨水已过，但风依然寒凉。它呼啸着掠过华北平原，掠过千年古镇——赵桥镇，呜呜地吹进小刘村，挨家挨户敲打着纸糊的窗户。窗棂震颤着，在风的敲打下呻吟着，窗纸裂开细缝。风便从吹破的窗纸中挤进屋里，像是流浪的孩子在寻找家。风虽然寒凉，但千千万万生命的芽，已经蓄势待发，以期绿遍大地。

赵桥镇是河北省衡水市武邑县的一个古镇，始建于汉高祖五年。小刘村是赵桥镇管辖的一个行政村。1958年2月21日，农历正月初四，人们还沉浸在新年的欢庆气氛中，一个男婴呱呱坠地，给小刘村一家看似普通的家庭带来无比的喜悦。这个男婴，就是后来被誉为"太行山上新愚公"的李保国。

李奶奶怀抱自己的孙子，更是喜笑颜开。

这个看似普通的家庭，其实并不普通。李奶奶有两个儿子，全送到前线当兵打仗。小儿子负伤归来，就是李保国的父亲；大儿子至今杳无音信。李奶奶性格坚毅，认为好男儿就应该保家卫国，像岳飞一样。

因为父亲在外地工作，刚来到人世间的小保国，在妈妈和奶奶的呵护下，快乐地长到3岁。他聪慧乖巧，很得大人喜爱。

然而，天有不测风云，小保国的母亲害了重病，留下只有3岁大的小保国，带着无限的眷恋撒手人寰。

3岁，本是在父母怀里撒娇的年龄，小保国却痛失母爱。身为残疾军人的父亲，在县粮食局保卫科工作，单位事儿多很少回家，不谙世事的小保国只好与奶奶相依为命。

奶奶担负起照看和教育小保国的责任。奶奶给他讲岳飞英勇杀敌、精忠报国的故事，讲包公廉洁公正、铁面无私的故事，讲百里负米、卧冰求鲤等二十四孝的故事，小保国听得津津有味，经常缠着奶奶问为什么。奶奶告诉他，人这一辈子，就要做对大伙儿有意义的事儿。"依我看，我的孙子有出息，将来一定能做成事！"奶奶用满含期待的目光看着小保国。

小保国望着奶奶，似懂非懂地点点头。他一定要成为奶奶期望的那种人，要有本领，做对大家有意义的事儿。

不幸的是，奶奶得了一场大病，住进医院，经过治疗，总算捡回一条命，但是，出院后得天天喝中药进行调养。父亲每天守护在病床前，抓药，熬药，做饭，照料生病的奶奶。

"爸，您去上班吧，别耽误工作，我来照顾奶奶！"小保国仰脸对父亲说。

望着个头刚刚超过炕沿的儿子，父亲满是疑虑："你会熬药？"

"会！您每次熬药，我都在旁边看。今天，让我试试吧！"说着，小保国支起三块砖，上面架上药锅，打开一包中药，倒进药锅里，添上水，抱来干柴，点燃，慢慢熬着药。

屋子里药香四溢。小保国将熬好的药汤滗出来，放到碗里，端到奶奶跟前，待到温度适宜，服侍奶奶喝下药。父亲惊讶地旁观着这一切，看到儿子做得有板有眼，他心里暖暖的，眼睛湿润了。

父亲放心地去上班了，小保国每天按时熬药，喂奶奶吃饭吃药，端屎端尿，直到奶奶病愈。村里人都夸小保国，说李奶奶有福气，生了一个孝顺懂事的好孙子。

小保国6岁的时候有了继母。后来，继母生了弟弟和妹妹。白天，继母要去生产队劳动挣工分，小保国就领一个抱一个，带着弟弟妹妹去上学。有时候父亲回家，会给孩子们买回一些好吃的。小保国总是让着弟弟妹妹，让他们吃个够。他把父亲给他的那一份，悄悄留起来，等继母干完活儿回到家里，拿给继母和父亲吃。继母经常对人夸赞小保国懂事，说他心里想着别人，将来一定有出息。

小保国长大了，要到镇上的公社读初中。学校离村来回有十几里地远。那时候没有自行车，他每天要步行上学。早晨上学前，他会把全家的早饭做好，喂奶奶吃了饭，才背上书包去上学。上学时他还要背上一个筐。筐用来盛什么呢？原来呀，他发现路上有牲口粪便。庄稼一枝花，全靠肥当家。那些粪便是庄稼的好肥料，浪费掉多可惜啊！于是，小保国每天上学放学都背着筐，捡拾牲口粪便，然后悄悄倒在生产队的田里。老师得知后，在全校表扬了他。

那个年代，生产力低下，农村每人每天的口粮指标是八两，根本吃不饱肚子。看着饥饿的家人，小保国放学后默默地背起筐，到田间地头割草，然后送给生产队喂牛。上交二十斤草，生产队给记一个工分。一筐青草有几十斤重，小保国要歇好几次，才能将一筐草背回来，稚嫩的肩膀上都磨出了血印。

"孩子，一次别背这么多，别压得不长个儿喽！"继母一边为他清理肩上的血印，一边心疼地说。

"没事儿，我能行！多割草才能多挣工分，多挣工分才能多分粮食，弟弟妹妹才能不饿肚子。"小保国俨然一个顶天立地的男子汉，要为父亲分担家庭的重担呢。

1972年，村里有人说去挖海河不仅有馒头吃，工程结束后还能分到十几块钱。听到这个消息，只有14岁的李保国动了心，撵在大人们的身后去挖海河了。

寒冬腊月，天寒地冻，根治海河的工地上却热火朝天。一个瘦削少年的身影，跟大人一样抡镐刨冻土，挑扁担背筐运土。他就是李保国。

刚14岁的李保国很要强，他每天都跟成年人一样干活儿，几天下来就累得腰酸背痛，走路一瘸一拐的。但他不喊累，不叫苦，咬牙坚持着。虽然穿着棉衣，他的肩膀依然被扁担磨出血泡。血泡破裂，血淋淋的皮肉跟棉袄粘连在一起。晚上睡觉脱棉袄时，肩膀疼得钻心，李保国直冒冷汗。肩膀上的伤口严重时，他干脆穿着棉袄睡觉，以此来避免钻心的疼。

不管多么苦，多么累，多么疼，李保国从未打过退堂鼓。他想，一个人连这么点儿罪都受不了，还怎么干事情？预定的工程期，他一天不少地坚持了下来。

李保国勤奋好学，17岁到武邑县怀甫公社广播站工作，后来又调到武邑县机电局。国家恢复高考后，他报名参加了第一批高考。地质是他喜欢的专业，所以就毫不犹豫地填写到志愿栏中。

那个年代，高考录取全部人工操作，不像现在的电脑投档这样严密。当时负责招生的老师为了抢夺生源，没细看考生志愿，一把抱走了一些学生的档案。阴差阳错，喜欢地质专业的李保国被河北林业专科学校桑蚕专业录取。一同被"抱来"的还有郭素萍。他们戏称自己是被"抱来"的学生。

那一年，全国参加高考的学生有570万人，被录取的只有27万多人，大学生是响当当的"天之骄子"。喜欢地质，学了桑蚕，李保国一点儿都不气馁，相反，他渐渐喜欢上了这个专业。

"不管哪一行，只要能学到真本事，都能为大家做有意义的事！"李保国认为，他能考入大学深造，有机会学到一些知识和本领，将来就能为人们做有意义的事，离奶奶的期许就近了一步。他起早贪黑刻苦学习，要把耽误的时光补回来。每天早上，他都第一个来到教室。每天晚上，他都最后一个离开教室。

面对这个个子不高、面孔黝黑、身穿手工缝制粗布衣裤、整天抱着书本的男生，有的同学说："保国，咱们考进大学门，毕业后就是城里人，手中捧着铁饭碗，一辈子不再受贫，你干吗还那么较真地学？"

李保国说："咱们上大学不是为了混个铁饭碗，是要学点儿真本事，将来才能做对别人有意义的事儿！"

1980年，学校组织同学们到邢台蚕种场实习。虽然学的是桑蚕专业，可是李保国并未见过真正的蚕宝宝。

来到蚕种场，看到那一条条肥嘟嘟肉乎乎的蚕宝宝，大摇大摆从这片桑叶爬到那片桑叶，有的咀嚼时还发出沙沙的声音，有的抬起头，好像在跟人打招呼呢。看着这些，李保国心潮澎湃，下决心要学好养蚕技术，将中国古代劳动人民创造的重要技艺发扬光大。

说是实习，工人们却放了假，蚕种场完全交给学生们打理。学生们这才知道，养蚕不只是个技术活，还是苦活、累活。他们两人一组，采桑叶、喂蚕、清理蚕沙、打扫清洗养蚕室……每天都有干不完的活儿。

在分组的时候，谁都不愿意跟山里来的一个女生一个组，因为她脾气倔，说话冲，不好相处。这让带队的老师犯了难。当时李保国已经跟郭素萍谈朋友了，但他还是二话没说，主动要求跟那个女生一个组。

人们说他傻，放着好好的素萍不选，偏要选个难相处的人。李保国说："人无完人。谁都不跟她一个组，她该有多伤心啊！"

在实习中，重活、累活、脏活，李保国都抢着干。一天，李保国到工程师办公室，发现工程师正摆弄一台显微镜。

"您在干啥呢？"李保国好奇地问。

"给蚕宝宝照相。记录它的生长过程，培育优良蚕种。"工程师让李保国到显微镜跟前来。

看着显微镜下的蚕宝宝，想到他们的科研可能会改良蚕种，造福人民，李保国感觉这是一件既神奇又伟大的事情。工程师见他感兴趣，就答应收下李保国当徒弟。

让李保国没想到的是，给人照相容易，用显微镜为蚕宝宝照相却有难度。从胚胎到成蚕，每一步都要记录下来，不能间断。你们想想看，要为只有米粒大小的蚕种拍照，该有多么难啊！这既需要细心，又需要耐心，还需要忍受又热又闷的暗室环境，因为显微照相之后，要自己冲洗相片。暗室里遮挡严密，里面没有电风扇，更没有空调，闷热难耐，在里面待上几分钟就是一身汗。如此细致耐心的活儿，对于男生来说委实不易，而且，李保国对显影液和定影液过敏，手上起了许多红疙瘩，刺痒钻心。李保国坚持了下来，不但学会了显微照相，还帮助工程师做了一些事情，二人亦师亦友，相处十分融洽。

李保国把主要心思都用在学习上，基本没有其他爱好。桑蚕专业学的外语是日语。没有日语基础的李保国，一有时间就泡在图书馆，研究日语原版资料，对照《日汉词典》翻译，常常耽误了吃饭。每晚宿舍熄灯后，他都在被窝里小声背日语单词。有同学戏称这是催眠曲。李保国听到后，为了不影响同学休息，便把声音放得更低。

为激发学生们的积极性，校刊专门开辟了日语翻译专版，刊登学生较高水平的文章。对于大多数同学来说，能在校刊上发表一篇译文就相当不错了，而李保国一人就发表了三篇。

学习刻苦的李保国，各门功课在班里都名列前茅，毕业后留校任教。1989 年 7 月，他取得了河北农业大学果树硕士学位，同年加入中国共产党。

作为被从地质专业"抱到"桑蚕专业的学生，李保国学一行，爱一行；干一行，精一行。他在学中干，在干中学，只要是跟专业相关联的知识，他都会挤时间去自学。老师和学生们赞扬他知识面广、眼界开阔、意识超前，其实跟他日积月累的学习分不开。

二

在河北省邢台县，在太行山的深处，有个浆水镇，镇上有个村子名叫前南峪。这里曾经因为自然条件恶劣，土层薄，土壤的有机质少，人们生活穷困潦倒。"满山和尚头，下雨遍地流，有雨就成灾，无雨渴死牛。"这是在当地流传的顺口溜，也是其真实写照。

别看前南峪穷得叮当响，貌似很普通的一个村子，但它却有一段特殊的历史。在抗日战争最艰苦的年代，抗大曾在前南峪持续办学两年零三个月。现在，浆水河边就是抗大陈列馆。前南峪的这段历史，因为中国人民抗日军事政治大学而熠熠生辉。"抗大驻村"的红色资源，孕育了前南峪人憨厚耿直的性格和战天斗地的精神。然而，交通闭塞、干旱贫瘠等恶劣的自然环境却让他们挣扎在贫困线上。

为帮助山区农民摆脱贫困，从1979年起，在国家科委、国家教委和河北省的大力支持下，河北农业大学先后组织了近百名专家教授深入太行贫困山区，依靠科技开展绿化和扶贫工作，实施太行山区综合开发战略。

1981年9月，李保国毕业留校，正赶上河北林学院组织青年教师参加太行山区综合开发战略，他毫不犹豫地报了名，跟随课题组来到前南峪村。他多么希望尽快帮助革命老区的人民脱贫致富啊！

安建昌老师是最早的课题主持人，主攻方向是经济林。作为从城里来的教授，他跟课题组的其他成员一样，吃住在村里，生活很俭朴，不搞特殊。他还经常告诫同事们，尽量少给村里的乡亲添麻烦。受安建昌老师的影响，课题组的人常常从城市的家里蒸好了馒头，大包小包地带到山里，干活累了饿了当干粮充饥。

有一次，县里的领导来看望课题组的同志，看到他们生活条件如此艰苦，尤其是看到城里来的教授跟村民同吃同住同劳动，心里很感动，就想请安建昌老师吃顿饭。安建昌老师问："饭费是我自己出还是公家出？如果是自己出钱，我就去；如果是公家出，我就不去！"

安建昌老师朴素的生活，公私分明的态度，严于律己的作风，都深深地影响了青年李保国。他与课题组的同事们一起，带着简陋的设备，攀高山，越深谷，风餐露宿，走遍项目区的每一个山头地块，掌握了详尽的第一手资料。他从来都没有说过累，没有喊过苦。在他看来，唯有掌握真实而详细的第一手资料，才有科学治山的希望。

在课题组，李保国最年轻，他跟随安建昌老师，在艰苦的环境中经受磨砺，培养了吃苦耐劳、不怕困难的品质和意志，学会了跟农民打交道的方法。李保国跟农民在一起，让人根本看不出哪个是农民，哪个是从大学来的老师。

于宗周老师是课题组的另一位主持人。他是北京林业大学毕业的水土保持专家，在国内较早地将生态经济学理论应用到太行山区开发治理工作中，研究出了采用隔坡沟状梯田技术建设山区，开发治理"旱、薄、蚀"山场关键性技术。

于宗周老师是给李保国讲过课的"亲"老师。在前南峪，青年李保国跟于宗周老师朝夕相处，耳濡目染，除了在水土保持专业上受益匪浅，他还从于宗周老师身上学到许多优良的作风。

于宗周从1964年开始，就进入太行山蹲点搞山区综合开发治理，一干就是三十余年。他把太行山看作是自己的第二个家，两个女儿出生时他都没有回家看看。在女儿的记忆里，父亲总是出差在外，一年下来也见不到几次。于宗周有一个专门放着洗漱用品、针线等的旅行包，几十年来，每逢出差他都会背着这个包吃住在山头。为了掌握第一手资料，风吹日晒，霜打雨淋，他扛着测试仪器，翻山越岭，去测量水土流失数据。

对于山区综合开发来说，水土保持和经济林种植相辅相成、相得益彰。安建昌和于宗周两位老师，既从学术研究和工作实践中让李保国受教，又从工作作风和生活态度上让他受到熏陶。随着于宗周老师的退休，课题负责人的担子慢慢落到李保国的肩上。

接过这副担子的李保国，从此把自己的事业同太行山紧紧连在一起。在他看来，这是一场与贫穷、与自然灾害的接力赛。他要把学到的知识毫无保留地奉献给山区人民，让一片片荒山、秃山披上绿装，让一条条穷山沟变成金银沟。

三

1982 年，李保国与郭素萍的儿子李东奇呱呱坠地，给他们的小家庭带来无限的喜悦。然而，那时的李保国与郭素萍都在前南峪，都在小流域综合治理课题组，工地上忙得不可开交。为了不影响工作，1983 年春天，小两口将刚满周岁的宝贝儿子李东奇带到了前南峪，把家安在村里的石板房下。

淳朴厚道的农民不明白"小流域综合治理"的含义，但是他们记住了"小流域"三个字，于是亲切地喊白白净净、虎头虎脑的小东奇为"小流域"。

因为没人照看儿子，李保国和郭素萍进山时就背着他。他们劳动，小东奇就在不远的山坡上玩儿。每次收工的时候，小东奇的身上、脸上全是土，成了一个小泥娃。

夏天，太阳炙烤着山石，将石头晒得滚烫。穿开裆裤的小东奇不小心摔倒，一屁股坐到石头上，烫得他哇哇直哭。李保国想出个妙招，用两根棍子绑上褂子，在新开的水平沟上面，搭成一个简易的小帐篷。

他把儿子抱到帐篷下。

"这比在山坡上安全了。"他笑着对郭素萍说。

课题组的人搞测量，挖土方，忙得不亦乐乎。村民们则在山上找蝎子。一个蝎子能卖一毛钱，对村民们来说，是一笔可观的收入。他们将捉到的蝎子先放到塑料袋里，将塑料袋的开口部位用石块压住，放到显眼的地方，然后继续翻石头，挖土缝，找蝎子。

大人们在忙活，小东奇闲得无聊，东看西瞧，发现了地上的塑料袋。他不晓得里面装的是啥，提着塑料袋的一角，好奇地看着蝎子们舞动两个钳子，高高翘起尾巴，挤来挤去，想要寻找机会跑出来。

"小流域，你怎么拿这个玩儿？"一个村民见状，脸吓得煞白，一把夺下小东奇手中的塑料袋。小东奇哇的一声大哭起来。

蝎子早已扎破塑料袋，那露出来的尖尖的长尾，很有可能蜇伤小东奇。李保国夫妇越想越后怕，二人一商量，决定将郭素萍的母亲接过来，帮助他们照看小东奇。

前南峪的生活是艰苦的，没电少水，饭菜简单，经常是干粮就咸菜。为了支持女儿和女婿，爱干净的老太太，不怕蚊虫叮咬，不嫌弃住房有土，不埋怨饮食习惯不同，不喊苦，不说累，尽心尽力地照看着小东奇。

老太太经常对小东奇说："快快长吧！等你长大了，姥姥送你去保定的幼儿园上学。学唱歌，学识字，跟小朋友们一起做游戏，还有好多新玩具。"

小东奇记住姥姥的话，回保定上幼儿园成了他的渴望与梦想。有一回，学校的领导来看望课题组的人。小东奇知道那是来自保定的汽车。在汽车返回时，他趁大人们不注意，爬上了车。

"儿子，咱们不回保定。"李保国和郭素萍轮番劝说，甚至连哄带骗。

"我要回保定上幼儿园！"小东奇坚持不下车。

郭素萍只好硬生生将小东奇从车上抱下来。望着汽车渐行渐远，小东奇号啕大哭起来。看着儿子哭，郭素萍也悄悄抹了眼泪。

这让李保国心里很难受。可是，为了让前南峪的人们尽快摆脱贫困，他只能咬牙坚持。

为了"坚持"二字，李保国和家人做出了很多牺牲。

李保国的生日是正月初四。他小时候，村里的婶子大妈们说他的生日好，是个小财神，能给人们带来吉祥和财富。但是李保国从来没把自己的生日当回事，尤其是长大成人之后，从未过过生日。他不但不为自己庆贺生日，也不为家人过生日。

某一天快中午的时候，郭素萍回到家，看到李保国在批改学生的论文，就说："咱们今天吃面条吧。"

"吃什么面条？我蒸了米饭。"李保国头也不抬地说。他的眼睛专注地盯着论文。他边看边在旁边写评语。

厨房已经米香四溢，郭素萍只好说："你们吃吧，别等我。今天正好清闲，我去逛逛街。"说着，她拎包下了楼。

不一会儿，儿子东奇回到家。"我妈呢？"他问。

"去逛街了，中午不回来吃饭。"李保国还在看学生的论文，"咱们随便吃点儿吧，我蒸了米饭。"

李东奇看着爸爸，说："今天是我妈生日！"

"哦……"李保国不好意思地说，"我给忘了。"

郭素萍去商场逛了一圈，用李保国的工资卡给自己买了条珍珠项链。她心里想，这就算是保国送给自己的生日礼物吧！她独自在外面吃了一碗面，然后回到家。

外表看起来大大咧咧的李保国，其实内心很细腻。有了这次经历，他下定决心要记住妻子的生日，给她一份来自丈夫的爱与温暖。

第二年的 11 月 22 日，一大早，郭素萍就收到一条短信："祝你生日快乐！"她一看，短信是爱人李保国发来的。她莫名其妙地看着李保国，而李保国在那边面露喜色，好像在等着妻子的表扬。

"我是农历十一月二十二生日，不是阳历。"郭素萍笑着嗔道，"我啥时候过过阳历生日？"

"啊？哈哈哈，我给记混了。"李保国顿时觉得很不好意思，忙用笑来掩饰内心的尴尬。

这次之后，李保国干脆放弃记住妻子生日的想法，把每一天都用在更有价值的事情上。好在郭素萍并不在意这些。

整天忙忙碌碌的李保国，还经常忘记休息日和节假日。

那一次，李保国要带着几名研究生去平山县葫芦峪现代农业产业园区实习。他抄起电话给园区负责技术的聂建英打过去："喂，建英啊，明天上午十点，我带着学生到葫芦峪，等着我。"

聂建英有些迟疑，吞吞吐吐地说："过两天再来不行吗？"

"怎么，不欢迎？"李保国有点儿纳闷。他的团队，人们从来都是争抢着邀请的。聂建英这是怎么了？

"不是不欢迎……就是……"聂建英虽然有点儿犹豫，还是说，"明天来吧，我等你们。"

放下电话，李保国心里犯了嘀咕，一向痛快的聂建英今天这是怎么了？

李保国走出办公室，在校门口遇到张老师。张老师笑着说："李老师，周六又加班啊？"

"啊，今天是周六啊？！怪不得办公楼里静悄悄的。"李保国顿时明白聂建英为什么吞吞吐吐不痛快了。

李保国回到家，对爱人郭素萍说："快收拾收拾，明天去葫芦峪！"

郭素萍愣住了："今天是八月十四，明天就是中秋节，过两天去不行吗？"

"哪儿有那么多讲究？！我的日程都排满了，一改就乱套。快去收拾行李吧！在核桃园里过中秋，不是更有诗意吗？"李保国讨好地看了郭素萍一眼。

郭素萍深知丈夫的脾气禀性，只好去收拾行李。

其实，在李保国打电话时，葫芦峪现代农业产业园区负责技术的聂建英，刚回到晋州老家，准备跟家人过个团圆的中秋节。他担心明天一早会有雾，所以马上就要往回返。刚回来就要走，他爱人不高兴了。聂建英忙解释："人家李保国老师是大学教授，牺牲休息时间，带着项目资金和研究生，来园区帮助解决问题，咱能不配合吗？"

第二天早上果然起了雾，快十一点了，李保国他们才赶到葫芦峪。"李老师，一路劳累，快去洗把脸吧，吃了饭再工作。"聂建英忙迎上去说。

"中午吃啥？"李保国笑着问。

"你最爱吃的水饺。"

"太好了！先去干活，一会儿来吃水饺。"李保国高兴得像个孩子，把手一挥，带着研究生直奔山上的核桃园。

中午吃饭时，李保国乘着兴头儿，给大家介绍了中秋节的来历。一个学生说："李老师，您为了我们，中秋节也不能跟家人团聚。"

李保国说："人家建英好不容易回了晋州老家，被我一个电话召了回来，我知道后心里很不安呢！"

"李老师之前为葫芦峪付出那么多，现在还牺牲假期来指导我们。"聂建英动情地说，"没有李老师就没有现在的葫芦峪！大恩不言谢，我以茶代酒敬李老师一杯。"

在座的人纷纷起身，共同祝愿李保国老师节日愉快。李保国笑呵呵地说："看着农民脱贫致富，我打心眼儿里高兴！"

四

李保国是个很会算账的人，他把农民的收入算得清清楚楚。有一次他应邀来到石家庄，一天跑了 4000 亩果园。人们怕他太劳累，劝他放慢脚步歇一歇。他说："我累点儿不算什么，如果我的技术能让这些果树早点儿进入盛果期，一亩地增收几千斤苹果，一斤就按两块钱算，那也不得了呀。一个人辛苦一天，增收几千万元，多值，多有成就感！"

在学生们眼中，李保国是个很有经济头脑的教授，经他"指点"的地方，农民腰包都鼓了起来。有人开玩笑地说："李保国教授长着金手指，能点石成金。"还有人直接喊他"科技财神"。

对此，李保国只是淡然一笑。他的确很会为农民算经济账，算环境账，算社会账。他算的每一笔账，都基于眼前、着眼长远。

帮助农民掌握科技这一脱贫的"金钥匙"是李保国的追求。他对学生们说："科技是翘板，用科技改造荒山，我们要做的不是简简单单的科技推广，而是通过这些科技来打造一个产业，要做'产业科技'，用科技把产业做起来了，才能实现可持续发展，才能给农民一个持续增收的能力。"

听从恩师的谆谆教导，许多河北农大的学生扎根在太行山的褶皱里，跟李保国一起，将一个个穷山村发展成为太行山区一颗颗璀璨的明珠。

有记者曾经问李保国："你有这么好的技术，又常年奔波在外，每年至少也得有上百万收入吧？"

李保国回答："不为钱来、不为利往，农民才能信你、才能听你的。"

他是这么说的，更是这么做的。

1996 年，一个写在香烟纸盒上的字条，将李保国与受灾的岗底村村民紧密地连接在一起。从此，开始了他们长达 20 年的友谊之路。

李保国说："我见不得老百姓受穷！"

为了提高苹果的产量和质量，帮助果农增收，李保国手把手教人们给苹果套袋。可是，因为之前果农使用不成熟的套袋技术吃过亏，死活不愿意在套袋上投资。李保国见状，自掏腰包买来 16 万个纸袋，免费送给人们。尽管如此，只有 8 万个纸袋被领走。李保国心里急，但嘴上没说什么，他懂得事实胜于雄辩。

秋天，收获的季节来了。套袋的苹果不仅个头大，颜色鲜艳，口感还好，品质上乘，深受消费者喜爱，果农一亩地能多收 3000 多元。效果摆在眼前，事实就是无声而有力的宣传。第二年，果农自己花钱买了 160 万个苹果袋；第三年买了 1800 万个，增加收入 900 多万元。

在脱贫致富的路上，为了不让任何一个农民兄弟掉队，李保国可谓煞费苦心。

梁山林生活比较困难，37 岁还是个光棍汉。李保国得知这一情况后，找到梁山林家，笑着劝他承包几亩果园。起初梁山林不乐意，一是因为他没有技术；二是他看到之前种苹果的也没致富。李保国鼓励他说："不懂技术不会管理不要紧，我教你，赔了算我的，挣了钱是你的。你看咋样？"梁山林第一次听到如此贴心的话，竟然默默地流下了眼泪。他终于下定决心承包了四亩半果园。

什么时候该剪枝、浇水、治虫、疏果、套袋，李保国都提前一天通知梁山林。梁山林起早贪黑，还跟着李保国学会了刻芽、环割、扭枝等技术。功夫不负有心人，梁山林的果园一年比一年的长势好。他后来又承包了一亩半果园。六亩果园加一起，一年收入 15 万元。梁山林娶了妻，住上了楼房，买了车，还购置了店铺。

村民刘春林带头将板栗改种苹果，需要给苹果树施基肥，总共需要 1500 多元。当时他家里条件较差，一时拿不出这么多钱，也不知道去找谁借，一时犯了难。李保国说："有我在，有机肥的事儿，你就放心吧。"

在刘春林半信半疑的时候，他需要的有机肥第二天就送到果园里，感动得刘春林不知说什么好。

李保国自掏腰包买了多套修剪果树的工具，常年放在后备厢，谁需要就送给谁。他对妻子郭素萍说："咱们知道哪儿有卖工具的，知道哪个好使，省得他们跑冤枉路，图个大家方便。"

二十年来，李保国跟岗底村的村民一起摸爬滚打，硬生生将荒山变成了绿山，变成了能为农民带来收益的金山银山，岗底村摘掉了贫困帽子，人们很想表达一下谢意。

有一年，李保国在岗底村忙到腊月二十三，村里的人们都忙着置办年货了。杨双牛给他拿来 2000 元钱，让他采买一点儿年货。李保国说："我都把这儿当成家了，你怎么还客气呢？"见李保国死活不收，杨双牛只好作罢。

2003 年，富岗公司改制，杨双牛对李保国说："这么多年，你辛辛苦苦搞服务，送你个股吧。"

李保国听了，把手一摆，斩钉截铁地说："可不能！这事你以后也不要再说了。"

为了岗底村的农民摆脱贫困，李保国掏心掏肺地帮助他们规划，手把手教人们技术，现在生活富裕了，怎能忘记"挖井人"呢？杨双牛不死心。一天傍晚，他拎着一瓶酒、一袋花生米，来到李保国的住处。

杨双牛与李保国亲如兄弟，二人一见面就有说不完的话。就着花生米，兄弟二人举杯畅谈往事，既有辛酸，更有幸福。

杨双牛说："是你教会了我们种苹果，富岗苹果才打破了论筐卖的历史。一个极品果卖到 100 元，还成了中国驰名商标、河北名片。你是岗底的恩人啊！"

李保国呷了一口酒，说："老哥，你错了，是岗底成就了我。没有农民提供的山水林田路，哪儿来我的科研成果？"

见李保国心情很好，杨双牛趁着酒兴又提出给李保国股份的事儿："这是岗底人的一份心意，好歹要收下！"

刚才还开怀畅谈的李保国，马上板起脸，非常严肃地说："可不能！老哥，这事你以后不要再说了！我收了农民的钱，农民就不认我这个人了！别的事儿，兄弟我听你的；再说股份的事儿，别怪兄弟不认你这个哥哥了！"

从此，杨双牛再也不敢跟李保国提股份的事儿。

湖北省保康县曾是特困地区扶贫开发重点县。2007年初，该县确定了发展核桃产业的战略，核桃产业领导小组的办公室主任陈永高想方设法联系到李保国。

千里迢迢，李保国不辞辛劳来到保康县，跑种植基地，查看问题，提出具体整改方案，多次现场做技术培训，电话技术指导更是无数。只用了短短几年时间，该县种植核桃的农户达到了3万多家，一大批农民因为种植核桃脱贫致富。

为了感谢李保国，县里几次要给他报酬，还专门派人来表达谢意："帮了我们这么大的忙，您就多少收下一点儿吧，总是乡亲们的心意。"

但是，李保国坚决不收。他对来人说："农业是公益事业。给农民服务是公益，给农业企业服务也是公益。农业企业发展了，在自身盈利的同时，还能够辐射带动周围山区的发展，最终还是对农民有利。"

滴水之恩当涌泉相报，何况是帮助大家彻底改变了贫困落后的面貌、让农民捧上了"金饭碗"，陈永高一直在寻找机会报答李保国。机会终于来了，他从别人口中得知李保国的儿子李东奇要结婚，他托人送给李保国2000元，算他个人的贺礼。李保国把钱退了回去。

李保国不但不要农民的一分钱，还经常自己花钱买来修剪果树的工具送给果农，有时还贴上自己的课题经费。

正如他的妻子郭素萍所说，1981年，李保国从河北林学院毕业后留校任教，他就立志用学到的知识帮助太行山区的农民脱贫致富。这个承诺，他坚守了35年。

人们也终于明白李保国为什么不收农民的钱，为什么不收农业企业的钱了，因为他最见不得农民受穷。

在太行山前南峪村，这个他投入毕生心血的地方，如今已是果园飘香、森林环绕、小桥流水的"世外桃源"，享有"太行明珠"之称，植被覆盖率高达 94.6%，1995 年获联合国环境规划署"全球五百佳"提名奖，被林业专家赞为"太行山最绿的地方"。现在的岗底村，山绿、水清、人富、观念新，成为知名的小康村，实现了生态效益、经济效益和社会效益的协同发展。

2016 年 2 月，有记者采访刚满 58 岁的李保国："想过退休以后再做点儿什么，过什么样的日子吗？"

"我已经习惯了山里的生活。到时候，也许就和老伴儿找个小山村住下。"李保国想了想回答。

李保国的心里，始终装着巍巍太行山下的农民兄弟。在他心中，与自己的付出相比，农民给予他的回报，比脚下的太行山还有分量。

李保国心里装着农民，农民也把李保国当成亲戚甚至家里人。谁家做了好吃的，只要李保国夫妇在村子里，都会想着去喊他们来家里一起吃饭。

一天上午，李保国从岗底村开车要赶回保定上课，在内丘县摩天岭村边遇到堵车。李保国心里焦急，就下车去看情况，发现是一辆重型卡车出现故障堵在路中间，附近却没有汽修店。

车越堵越多，一些村民围过来看热闹。后面车上有个人认识李保国，就下车跟他打招呼。

围观的人中有位老汉，他上下打量着李保国问："你是河北农大的李保国教授吗？"

"是啊。老人家，有事要帮忙吗？"

"哎呀！李教授，终于见到你啦！"老汉激动地说，"我闺女婆家是白塔村的，离岗底二里地。是你帮助我闺女、女婿发家致富，他们一回家就夸你。今天总算见到真人啦！"

老汉听说李保国正急着赶回保定参加一个学术会议时，就说："快把我家院墙推倒，让李老师的车过去！"

没容李保国阻拦，几个人一拥而上，将路边一堵土坯墙围成的农家院扒开一个三米多宽的缺口。

李保国过意不去，想要给老汉一些补偿，被老汉谢绝："你为百姓们做了那么多好事，从来不收一分钱。我要你的钱，让乡亲笑话！"

五

9月初，河北农业大学的新生刚刚入学。在众多的新生中，有个名叫王磊的，很细心。他发现，总有一些农民打扮的人，提着大包小包走进林学院办公楼一层，一直走到最西头的办公室。

那些人总是行色匆匆，他们来学校干什么？为什么还提着大包小包？王磊感觉很奇怪，就向师兄请教。师兄告诉他，那里是李保国教授的办公室，那些人是从农村赶来的果农，他们的大包小包里装的是土、病枝和病叶等样本，慕名来向李保国教授请教问题。

一年三百六十五天，李保国有两百多天在基地，跟农民在一起，跟果树在一起，跟大地在一起。回学校上课的日子，他还要接待从各地赶来请教的果农。

李保国时时刻刻把农民的事挂在心上，手机通信录里超过三分之一的号码是普通农民的。因为咨询的人多事多，为便于区分地域和事项，他干脆给号码的主人备注成"井陉核桃""平山苹果""栾城杨核桃""平山西北焦核桃"……这样，每当电话响起来，他一看来电备注，就能快速判断大概事项。他还让人们记住每次询问的事项和解决办法，他说日积月累，终有一天会成为专家。

李保国始终记得他是农民的儿子，见不得百姓们受穷。他恨不得一夜就能改变农村贫困面貌，一夜就让农民发家致富。然而，作为大学教授，李保国当然明白所有的事物都有其发展规律，一夜致富是不可能的。所以，他能安下心来做事，能专心致志做事，能痴迷其中做事，因此，他能做一件成一件。"安、专、迷"就是他对自己的评价。

为了让每一个农民兄弟都尽快富裕起来，培养"土专家"是李保国要做成的一件事。于是，他把课堂建在基地，搬到果园，把学生们带进太行山，扎根在生产实践一线。他说："搞科研就要像农民种地一样，春播秋收，脚踏实地。扎不进泥土地，就长不成栋梁材。"

为了教果农们果树刻芽技术，李保国亲自爬到树上示范，反复演示。可是，人们常常听了后头忘了前头，本来很简单的动作要领，村民们却记不住，害得李保国不得不反复爬上树做示范，手把手教技术。但是，从始至终他都没有一句怨言，更不会像批评学生那样批评村民记性差。他对助手们说："给农民讲课，不能把给硕士、博士上课那一套搬来，得把你的技术、你的成果变成农民能理解的、能记住的、能做到的最简单的东西。"

试想，如果满嘴都是科技术语，农民能听懂吗？李保国从青年时期就懂得如何跟农民打交道，什么样的语言能直通农民大脑，什么样的事情能触及农民心灵，因为他是农民的儿子。

"去掉直立条，不留扇子面""见枝拉下垂，去枝就留橛"……李保国把科技术语转换成农民易于接受的口语和顺口溜。他还善于用形象的比喻，让果农容易听懂，容易记住。

"果树不能结太多果，就好比一个家庭，同样的钱，养一两个孩子可以让他吃得饱、长得壮，但要是养七八个就要挨饿受冻、面黄肌瘦。"这是他在对果农们讲疏果的重要。果农们听了，会开心一笑，而后点点头。李保国告诉他们一定要重视疏果，不能舍不得。

对于情况特殊的村民，李保国会格外关照，因为他不想让任何一个农民兄弟掉队。

村民杨会春对套袋技术掌握得慢，还弄掉好多小果子，把负责教他的女技术员气哭了。女技术员找到李保国哭诉，李保国二话不说，承担下教杨会春的任务。杨会春果然动手能力差，李保国就一次又一次、一遍又一遍地教他，直到把他教会。这用了李保国一天多的时间。而李保国始终保持着耐心，丝毫没有急躁情绪。在以后的日子里，李保国对杨会春格外关注，常常给他开小灶，为他重点讲解。经过李保国精心培养，杨会春成为闻名十里八乡的土专家，周围的果农经常邀请他当师傅、去讲课。种苹果，加上提供技术服务，杨会春一年收入十几万元，改变了贫困的生活状况。

梁国军是个"80后"，没能考上高中，又不想复读。李保国知道情况后，推荐他到河北农大进修，专门学习果树管理。刚到保定，人生地不熟，梁国军心里发怵。李保国亲自领着他办入学手续、交学费、办饭卡、认宿舍，告诉他图书室、教室、澡堂在哪儿，去火车站坐几路车，到了火车站怎样坐车回家。一切安排妥当之后，还把他带到家里吃饭。

梁国军进修了一年，这期间，李保国一有时间就去看他，询问他学习和生活中是否有困难，是否需要帮忙。

梁国军进修结业后，李保国先后安排他到多个村子帮助果农管理果树，一方面在实践中巩固课堂上学来的知识，另一方面把书本上的知识传授给果农。经过多年锻炼，梁国军成为果树管理方面的能手。

"科技致富，不能光依靠我一个人，要把农民变成'我'，把大家都培养成管理果树的专家。"李保国是这样说的，也是这样做的。

为使果农系统地学习果树管理技术，他让杨双牛借助邢台市农校的资源，在岗底村开办中专学历果农培训班，择优录取100名学员，之后又开办了大专班。2010年，岗底村191名果农获得国家颁发的果树工证书，成为全国第一个"持证下田"的村庄，一些重要媒体给予了报道。

2015年12月10日下午，岗底首届村民苹果专家论坛会在村民活动中心大厅举行。坐在点评席上，面对自己亲手培养出来的200多名果农专家，目光逐一扫过那一张张熟悉的面孔，李保国不禁心潮澎湃，百感交集。

"把农民变成我"这是李保国的强烈愿望。如果每个农民都成为掌握农业科技的行家里手，那么，脱贫致富就指日可待。李保国先后举办不同层次的培训班 800 余次，培训人员 9 万余人。

李保国在学校教学认真，教授农民也很认真。

秋天，苹果丰收了，郭素萍却察觉出李保国心中的不安宁。"唉！"李保国重重的叹息仿佛一颗雷，听得郭素萍心生几分忐忑。

"后边学，前面忘，还不能责备他们。我们又不可能日夜守在这里，毕竟还有更多的事情要做。你说，怎样才能让大家牢牢记住苹果的生产管理技术呢？"李保国望着郭素萍——这位多年来一直跟随自己转战各地的工作战友和生活伴侣，说出了自己的忧思，"我们得想出一个好办法，让大家在苹果生产管理上看得明白、听得懂、记得住、会操作，什么时间该干什么一目了然，我们在不在这里，他们都能独立应用。"

"你是打算用车间的规范化的流程来教大家管理苹果树，对吧？"郭素萍沉吟片刻，说出自己的理解，"授人以鱼不如授人以渔。"

"对，就是这个意思！"李保国不禁伸手拉住郭素萍的手，激动之情溢于言表。星星知我心，妻子比星星更懂自己啊！李保国很想给郭素萍一个深情的拥抱。

说做就做，雷厉风行是李保国一贯的工作作风。他和助手们对岗底村种植管理红富士苹果的流程和经验进行了系统梳理，利用晚上时间把村干部和技术骨干叫到宿舍，一起商量，一起琢磨，终于将生产过程各个环节纳入标准化生产和标准化管理轨道，形成了通俗易懂的128 道生产工序。

这 128 道工序中，分栽植、幼树期管理、结果期管理、盛果期管理四个阶段。每道工序都用简明易懂的语言来表述要做什么、怎么做，甚至告诉大家为什么这样做。

比如，第 2 道工序——修建排水系统，是这样写的：山坡上的苹果园在整地的同时，横向每隔 80~100 米修筑一条纵向排水沟。排水沟要用石头水泥浆砌或水泥石子浇筑，长久耐用，既可排水，又能灌溉，还可行人。

"新栽幼树在发芽前进行定干，方法是剪去幼树顶端部分，留干高度90~120厘米。"这是对第13道工序——"幼树定干"所做的说明。

在这128道工序的表述上，李保国力争用百姓的口语来表达，尽量避免学术用语。他说："文绉绉的，百姓能听懂？即使能听懂，老百姓也不喜欢那种腔调。"

所以，在规范这128道工序时，李保国不但严把工序技术关，还严把文字语言关。

经过一番努力，科学的管理工序诞生了。李保国对岗底村的杨双牛说："有了好的管理方法，以后咱们村日子好过了，咱这128道工序可别光在兜里掖着，你要在媒体上公布出去，让咱们太行山里每一个种苹果的乡亲都富起来！"

"您说得对！一花独放不是春，百花齐放春满园。"杨双牛爽快地答应了，凡是来取经的，他们都毫不保留地教给人家。

这128道工序，每一道看起来简单，但是，要按部就班地去做，有的人会产生偷懒和侥幸心理。

举个例子。第58道工序是"采集花粉"，这道工序要求将采集的花朵的花药取下，放在洁净干燥的纸上，通风晾干，然后收集到小瓶中冷冻保存，以备人工授粉使用。

乍一听，采集花粉活儿不重；一上手，却发现原来是个精细的事儿，其中有许多需要注意的要点。一是采集时间应该在大气球期，即花蕾分离期到初花期，这时的花蕾已经分离膨大但尚未开放，花粉粒发育充实，利于授粉；二是应该选择在上午天气干燥、花朵上无露水时进行，否则会影响花药的晾晒；三是采花的原则要选择与栽培品种亲和力强、花粉量大、花期相近的品种；四是对采回的花要先拨开花瓣将两朵花心对磨，使花药落在铺好的油光纸上，通风晾干，收集到小瓶中冷冻保存备用。

花粉采集工序细碎，采集成功的花粉在冷冻的情况下，一般可以保存一年。但是不宜长期保存，否则花粉中的生物活性物质容易消失。最近几年风调雨顺，没有出现过果树不易授粉的坏天气，采集的花粉派不上用场。基于此，有的人就想省掉这一环节。

村里的杨老汉就是这样想的。他不但偷懒没有采集花粉，还在村里说起风凉话，四处嚷嚷说这道工序没必要，说城里来的教授不过那么两下子。

然而，天有不测风云，正值苹果树开花授粉的关键期，出现了连雨天。如果错过授粉关键期，将会影响一年的收成。所以果农们开始人工授粉。

杨老汉手头没有花粉，急得团团转。他让儿子从网上购买花粉，网上却无货，急得杨老汉恨不得抽自己耳光："都怪你自己不听李老师的话！"他想去找乡亲们借花粉，可是因为他曾经四处说风凉话，此时觉得丢尽了脸面，无法跟乡亲们张口，不去借又不行，无奈之下只好让他儿子去借。

人们采集花粉的量，基本跟自家的果园需求持平，谁家也不会采集太多。杨老汉的儿子跑了整个村子，凑来的花粉刚够 2 亩果园用，还有一亩多果园无粉可授。因为这件事，杨老汉的果园减产四成。

"你们得听我的！"李保国听说这些事之后，气得小胡子一翘一翘的。他辛辛苦苦做出来的 128 道工序，是一道都不能少的。看着果农因为不听话而减收，他是又生气又心疼。

第 102 道工序是"叶片营养分析"，要求"7 月中旬叶片充分成熟后采叶，以备进行叶片分析。叶片能及时准确地反映树体营养状况，可以利用叶片分析数据指导施肥。采摘叶片时，应注意分园分片，不要在一个果园或一棵树上采叶，确保科学性和准确性"。

工序里讲得很明白，还是有人不按要求做，当叶片大面积变黄之后，才心焦如焚地去找李保国请教。李保国告诉他，这是缺铁造成的，得赶紧采取补救措施。他还说，治不如防，有再好的刀枪药，也不如不拉口子。

六

李保国是个有家有业的人。他的家还不止一个。他亲口对人说，他有三个家：一个是永久的，在保定市河北农大家属院；一个是临时的，在平山葫芦峪、邢台前南峪、内丘岗底村、临城凤凰岭等一些主要帮扶基地；一个是流动的，在他那辆越野车上。

为了让乡亲们尽快脱贫致富，一年中，李保国有200多天在帮扶基地，或者在去基地的路上，所以，在保定河北农大家属院的固定的家，反而成为他匆忙的人生之旅中驻足时间最短的驿站。整个家属院里，李保国家的水电费是最少的。但是，只要李保国在家，晚上他家的灯总是小区内最后一个熄灭的，因为他要利用晚上的时间给学生们修改论文。

李保国最牵挂的家在帮扶基地，因为那里有他关心的百姓，有他关注的果树。他常对人讲，太行山人民为我国革命和发展做出了巨大贡献，作为一名党员、一名教授，有责任、有义务为太行山人民脱贫致富干几件实事。

李保国心里装满百姓，所以，他大量的时间用在帮扶各个基地上，足迹遍及太行山所有山区县，身上常常沾着泥土，嘴上说着百姓能懂的方言俚语。

岗底是李保国多年帮扶的村。他和郭素萍1996年就搬到岗底居住，从李保国内心讲，岗底已经成了自己的家，岗底人也把他当成了自家人。不仅仅是村民，就连村里的小孩子都能熟识李保国的身影。

"李保国又来了！"李保国刚走到岗底村口，就有小孩子认出了他，欢快地蹦跳着，扯开嗓子在巷口喊了起来，像是在给整个村子通报喜讯。

李保国见了，就会笑得眯了眼睛，胡须上翘，然后伸出手，慈祥地摸摸小孩子毛茸茸的头，再轻轻刮刮他的小鼻子。小孩子就会满足地咯咯笑着跑开。

因为任务重，1996年正月初六，李保国一家三口就返回了岗底村。

"郭老师，李老师在家吧？今天中午你们到我家来吧，包了李老师爱吃的饺子，还炒了几个菜！"一位大嫂走进家门，热情地邀请郭素萍一家去她家吃饭。

"这个……"郭素萍有点儿犹豫。大过年的，到人家家里吃饭，合适吗？

"大过年的你们也不歇息，别自己做饭了，到我家去吧！"大嫂不容分说，拉住东奇的手就往外走，"李老师，到我家吃饺子了，你最爱吃的韭菜肉馅饺子！"她回头对正在整理资料的李保国说。

"好，好，谢谢啊！"李保国急忙应承。

大嫂拽走了李东奇，李保国和郭素萍只好跟了过去。

刚吃了几口菜，饺子还在锅里煮着，就听外面有人喊："李老师，你得到我家去吃饭！要不是你帮我给果树除了病虫害，我这个年还不知道怎么过呢！"

李保国放下筷子，跳下炕，走到门口一看，原来是隔着一条街的杨老汉。他就笑了，说："我在这边刚吃上。"

"那……那你也得到我家去吃！"杨老汉马上虎着脸对李保国说，"你不去，就是瞧不起我！"

"好好好，我去，一会儿就去！"李保国笑着答应下来。

夹了几口炒菜，喝了两口小酒，吃了一碗饺子，主人才放走李保国一家。

李保国不敢吃饱，他要让肚子留着空余，好去杨老汉家。

让李保国没想到的是，他们刚走到杨老汉家门口，隔壁的邻居就热情地拦住了他们："来我家吧，做了你爱吃的！"

就这样，一顿午饭，李保国带着妻儿吃了三家。当他们打着饱嗝往家走的时候，有朋友打电话给他拜年，李保国兴奋地说："我们全家在岗底村过年呢，这儿热闹，就是呀，叫我吃饭的人太多，不去谁家都不高兴，一顿饭我要吃两三家，有时候一天要吃六顿饭！"

李保国还有一个重要的家，就是那载着他和郭素萍奔驰于路上的车。先是一辆捷达车，后来因为跑山路多，换成了越野车。

李保国和郭素萍，一个擅长教学，一个专职科研，和如琴瑟，伉俪情深，领导把他们安排在一个课题组。这样，保定的家是聚少离多的地方，车却成了他们"流动的家"。

随着工作量的增加，基地的范围也越来越大，车上这个流动的家也愈发重要。车的后备厢总是塞得满满的，换洗衣服、草帽、雨靴、工具包、矿泉水、方便面、面包、咖啡，应有尽有。

学校领导考虑到李保国长期下乡和出差的需要，打算为他配专职司机。李保国心领了领导的好意，委婉地拒绝道："还是自己开车好，说走就走，方便工作。何况我几乎天天上山下乡，节奏快，铁打的司机也受不了。"

从此，李保国既是指挥员，又是战斗员，还是驾驶员，开车载着爱人郭素萍往返于八百里太行山的沟沟岔岔里，开车带领10万农民甩掉了"穷帽子"。看到他们，就会让人想到"凤凰于飞"。这个词用在他们夫妇身上再恰当不过。平时，李保国开车，郭素萍就坐在副驾驶座上为他接打电话、查询资料、打理一些事情。

乏了，郭素萍就为李保国冲上一杯咖啡提神。有时候走得太累了，他们就在车上打个盹儿，喝口水，啃上一块面包。

听过李保国唱歌的人，都说他唱歌好听，腔是腔，调是调，有时候还唱得荡气回肠。他最喜欢唱的是《流浪歌》。有兴致的时候，会在车上唱给郭素萍听。

"流浪的人在外想念你，亲爱的妈妈；流浪的脚步走遍天涯，没有一个家……"

接过太行山脱贫致富接力棒的李保国，在太行山中流浪的李保国，会时不时想起妈妈。岁月早已模糊了生身母亲的容颜，但他不忘她的生养之恩；他跟继母的关系一直相处很好，胜似亲生，他牵挂着继母，继母也牵挂着他。

李保国就像一个流浪者，从家到课堂，从课堂到基地，再从一个基地到另一个基地……跟流浪者不同的是，他有家，而且有三个他深爱的家。

李保国多么希望自己能走遍天涯，足迹所到之处都绿树成荫、硕果累累，人们都有幸福的笑颜。

长期的超负荷工作，李保国的身体每况愈下，糖尿病和心脏病侵扰着他。学校领导多次安排李保国教授住院接受治疗，可他每次住不了几天就急着要出院，他惦记着果园里的果树和教室里的学生。李保国教授说他是从农村出来的，见不得老百姓受穷！他在太行山区推广林业技术36项，示范推广总面积1080万亩，累计增加农业产值35亿元，纯增收28.5亿元。

2016年4月10日凌晨，李保国因为心脏病猝然在保定离世。这个消息震惊了许多人。临城、内丘、平山等地，农民自发在村里设置灵堂为他守灵。上百万人在网络上怀念祭奠他，为他点亮烛光。前南峪人把他的事迹刻成碑文，矗立于村口……这一天，千山含悲，万林低泣。

"已经给他联系好医院了，总是忙，就是没时间去做搭桥手术。"郭素萍的眼泪像断了线的珠子，扑簌簌地滚落到地上，"一般医生讲病情时，不让患者在场，怕增加患者负担。但我们家不一样，我特意叫他一起听，就是希望医生能帮我劝住他，把工作节奏慢下来。"

李保国生前的确忙，他哪里有时间留给一台手术呢？再说，如果手术后不让他上山下地干活儿，那可怎么办？

虽然他不知道生命的终点在哪一天，但他一直在用奔跑的姿势，与病魔赛跑，从病魔手中抢夺时间。

让我们来看看属于李保国的最后的日子吧。

4月1—6日，邢台、南和、前南峪、保定……基本一天一个基地。

4月7日，在顺平县与省科技厅相关人员讨论"十三五"山区开发的方向。19∶57,修改好2014级硕士研究生李惠的论文,给李惠发送邮件。"写得不错！"这是李保国对这篇论文的评价。他从题目、摘要到正文，做了多处修改。这是他此生最后一次修改论文，也是他发出的最后一封电子邮件。

4月8日，上午，驱车一个多小时，从顺平赶回保定。一刻也没休息，召开课题组成员会，为项目验收做准备。下午，他亲自驾车，带着课题组成员奔赴石家庄，一直忙到晚上10点。

4月9日，周六，上午，主持2014—2015年河北省科技支撑计划项目的3个项目的验收会。下午，参加一个果树节水灌溉项目会议。傍晚返城的路上，他像往常一样安排下周的工作："下周一、二在校给本科生上课，周三去青龙，周四去滦县……"郭素萍都一一记下，以防跟别人的邀约发生冲突。这期间，他接了许多咨询及求助电话。晚上11点多，他终于忙完一天的工作，休息。

4月10日凌晨，郭素萍被他不顺畅的呼吸惊醒……李保国虽然离开了我们，可是，他的事迹将永远被铭记。

李保国的助手齐国辉记得："李老师知道我怕冷，冬天出门前总是提醒我多穿点儿衣服；知道我不吃辣椒，到基地出差时，总是叮嘱做饭时少放辣椒。吃饭时经常说：'多吃点儿，你是干活的主力。'但在报成果时，他却把我们往前推，在荣誉面前从来不考虑自己。"

李保国的第一个硕士研究生顾玉红记得，当时李保国老师把自己的笔记本电脑借给她写论文，他的儿子李东奇说他偏心学生。

郭素萍记得那唯一的一次"旅游"。2015年，中组部安排劳模去海南好汉坡度假休养。因为李保国的身体状况，河北农业大学的书记叮嘱郭素萍，要她紧跟李保国，他走到哪儿，她就跟到哪儿。所以，郭素萍自费参加了这次休养。这让李保国很不满意，一路催着她："交钱去，交钱去，快去交钱！"还说，"以后这样的事儿，你别瞎掺和！没看通知啊，不让家属陪同！""如果你身体没问题，我才懒得跟你来呢！"一片好心的郭素萍有种被冤枉的感觉。

同事们记得，他融会贯通经济林、病虫害防治、水土保持等知识，把自己会的毫无保留地分享给大家，包括教学用的PPT。对他来说，同行是朋友。

厂家的老板记得，李保国把申请下来的专利，免费送给工厂使用。"把事情做好就行！"这是他唯一的要求。

千千万万的农民记得，那荒山变成了绿山和金山，而李保国却一文不取。李保国笑呵呵地说："国家给我发着工资，一个月八九千元，吃不清喝不清。这么多年，名、利，我没有追求过。我相信，你只要干事就行了，终究会有人认可。"

百姓认可了，社会也认可了，李保国却躲着"名"走。记者们到前南峪采访时，他能躲就躲开镜头，能回避采访就回避采访。岗底村想为他立个功德碑，被他断然拒绝，后来改成送给学校的，但他要求不许出现"李保国"三个字。他说："功劳是团队的，是学校的，不是个人的。"

每天想着做事，做一件事就成一件事，这让李保国内心充盈着幸福，名和利已经无法钻进他的内心。别看他说话冲，脾气倔，可他咧着嘴笑的时刻非常多。对他来说，世界上好像没有"发愁"二字。即便有发愁，也是技术上遇到难题时的皱眉头。眉头皱不了多久，难题被攻克，李保国又咧嘴笑了。就像人们说的那样，李保国是个幸福感指数很高的人。

斯人已逝，浩气长存。

李保国的汗水与心血滋养着八百里太行，他的名字将与巍巍太行山同在！

种在八顷地上的三个脱贫故事

◎司　娜

在距离塞罕坝几十公里的山脚下，有个小山村叫八顷，它距围场县城60公里，人口不多，由10个村民组组成，共有346户1186人，住户分散。据老辈人说，是因为昔日清朝开围时，有个王爷跑马圈地，策马扬鞭，一口气跑了八顷地而获得分封得名。自从大清开围后，一百多年来，山民祖祖辈辈生活在这里，日出而作，日落而息。守着几亩薄田度日，没有大福大贵，粗衣淡饭，倒也安生。

改革开放以来，村民或进城打工，或搞些小本买卖，虽手头有些活泛钱，但因为山沟偏僻，土地贫瘠，没有什么文化，还是和县里其他农村比起来，收入差距很大，被列为有名的穷乡僻壤"西三区"，十里八乡闻名。民间流传："姑娘不嫁西三区，彩礼倒贴活不起。"青壮年劳力常年漂泊在外打工，姑娘不愿嫁进来。

2018年河北省广电局派来了以公共服务处处长郭安治为第一书记的扶贫工作组驻村扶贫。工作组给村民讲知识，讲政策，带领村民脱贫致富。穷了上百年的山沟沟，忽然一夜间吹进来一股春风，吹得村民心里热乎乎的：再也不能这么穷了——大家伙儿摩拳擦掌，跃跃欲试。

一、上任之初遇考验赊欠百万建大棚

郭安治带领的工作组是 2018 年 3 月 10 日进驻八顷村的。刚进村摸排村情，就眼看到了 4 月份春耕季节，可是村里与海南某公司签约的高端玫珑瓜种植项目建大棚资金还没有着落。

看着空落落的合同，一大片积雪覆盖着白茫茫的农田空地，村民们期盼中掺杂疑惑的眼神，郭安治书记心里不安定了。他明白，土地是农民的命根子，一年之计在于春，产业是脱贫致富的根本。八顷这个全省深度贫困村能不能打个翻身仗，这个玫珑瓜种植大棚很重要。

他心里更清楚，自己正接受党和人民严峻考验。

"绝不能让党的威信在八顷村降低半分，绝不能辜负党和人民对自己多年的培养。"郭安治这个受党和国家教育多年的青年干部在日记里写道。从入党宣誓那一天起，他就励志做好燕赵大地一块砖，哪里需要就要牢固奠基在哪里。

了解到有企业原先欲赊货给村里建设大棚后又毁约了，郭安治书记火速带领村支部书记唐凤歧赶到这家单位。

精诚所至，金石为开。在郭安治急群众之所急，利用各种关系，带领村支部书记唐凤歧多方跑办下，终于感动了河北霸州华信金属制品有限公司老总容庆明，他当场表态赊欠 124 万元钢材让村里先建棚，并每吨钢材在原来基础上再让利 30 元。4 月 16 日，容总感动之余，兴之所至，又在自己办公室挥毫为八顷村工作组题词：支持扶贫事业，共建友好单位。几个遒劲大字，熠熠生辉，挂在八顷村会议室墙上，照耀着工作组扶贫脱贫之路。

很快，经过干群二十多天义务奋战，一个总投资 206 万元，占地 148 亩，建有 158 个冷棚的玫珑瓜基地项目得以顺利实施，一顶顶银白色塑料大棚拔地而起，巍峨矗立在八顷大地，蔚为壮观，成为八顷村的亮点工程。当年实现产业丰收。2018 年 9 月 23 日，在全国首个丰收节上，164 万斤玫珑瓜圆圆滚滚、香香甜甜，运往丰宁基地，再从这里销往全国。

在 2018 年中秋佳节之际，郭安治作为全省驻村扶贫第一书记典型，接受长城网直播。

一时，燕赵赤子一心为民的动人场景，传向祖国各地。

"郭书记，不简单！好样的！"八顷村的老百姓，纷纷对郭安治竖起了大拇指。

玫珑瓜大棚项目在建考验，没有把郭安治书记考"煳"，反而考出香喷喷甜瓜，考出八顷村民信任的民心，考出工作组树立起来的党的威信。

二、一份协议书两份红手印

老婆跑了，杳无音信，留下女儿和他一个人苦巴苦业过日子，这就是 5 组贫困户 42 岁李春生的现状。他初中毕业，前些年外出打工见了些世面，有点儿活络头脑。早些年，媳妇因为他日子穷，看不到希望而撇下他和一个女儿跑了，无奈自己又当爹又当妈种地苦熬。这几年，女儿上高中住宿在外，好不容易自己有点儿空闲，种地之余，想搞点儿小生意，赚钱养家糊口。

做小生意容易，可本钱没有啊。虽说只是万儿八千块钱，可是对于一穷二白的人来说，还是头大的事情。何况自己前几年，头脑发热听信别人传言，说养獭兔挣钱，结果，除去本钱不说，养了还没人收，白白赔了好几万。眼见上次欠的钱还没还上，哪还有本钱再干养猪养鸡的事情呢？再说亲戚朋友都借遍了，也没的可借了。为这事他急得直跺脚，吃不下饭，睡不好觉，牙龈肿起老高。

百般无奈之际，听说工作组来了，抱着一线希望，来驻地找到第一书记郭安治："郭书记，求求你，帮帮我！"

听完李春生的叙说，望着他那无助、可怜巴巴的眼神，一股同情的心酸涌上郭安治心头。一个大男人，如果不是被逼无奈，怎会低三下四说出这样求人话语。

"别愁，老李。你激发内生动力没条件创造条件也要创业这种精神，非常难得。工作组了解到你的情况属实，放心，有工作组在村里，一定会想办法让你过上好日子。"郭书记对怯怯生生、愁眉不展、一脸憔悴的李春生拍拍肩膀，安慰道。

当时，老家衡水的年仅四十多岁的郭书记，经过十年夫妻两地分居生活，刚刚在省会石家庄买了新房，妻子也刚刚调入省城，正准备装修，夫妻团聚，结束两地分居生活。

是自己先搬进新房，还是让贫困村民过上好日子？郭安治书记毫不犹豫地选择了后者。因为，他不会忘记，自己是第一书记，帮助贫困地区人民群众脱贫致富是第一书记义不容辞的职责。

"喂，媳妇，我想跟你商量个事……"当天深夜，在驻地，郭书记拨通了爱人的电话，征求爱人意见。

第二天，郭书记从镇里银行柜员机取出 5 万元钱，这是媳妇把准备还房贷的钱，打到了他的银行卡上。

"拿去，老李！好好养鸡，不要利息！"当郭书记把沉甸甸的 5 万元现金郑重递到李春生粗糙的大手上的时候，李春生这个刚强农家汉子激动得说不出话来，眼里噙着泪花。

为了防止懒惰情绪，激励李春生早日养鸡致富，郭安治还细心地和李春生签个协议，约定一年后归还，不要利息，并现场双方签字按手印。一份协议，两个红手印，见证了双方的信任和契约。

"郭书记把家里还贷款的钱都拿出来了，不装新房装鸡舍，我李春生也绝不能当孬种。"七尺汉子李春生在心里暗暗下定决心。随后，李春生用这笔钱翻修了鸡舍，给鸡舍通上了暖气，一年后归还本金。

2018 年秋天，李春生鸡舍存栏 1500 只土鸡，通过卖土鸡蛋，不仅自己当年实现脱贫，还带动 6 个贫困户发展柴鸡养殖业。

三、"倒春寒"倒出干群凝聚力

2019 年 4 月末，春播时节，一场西伯利亚寒流袭来。顿时，温暖的春日天气骤然变冷，气温下降，当地老百姓俗话说的"倒春寒"来了。

24 日这天，上午小雪，中午渐渐变大，村民一开始还没有当回事。认为是正常的春雪，甚至还有几分窃喜。因为俗话说，春雨（雪）贵如油。哪知，临近傍晚，雪越下越大，鹅毛大的雪片窸窸窣窣飘下，很快，大地一片银装素裹。

本来，地处高海拔的坝下八顷村春季下点儿小雪很正常。刚从外地奔波销售富硒土豆归来的郭安治书记，吃完饭正在写材料。眼见大雪已达到十几厘米厚，一丝不祥涌上心头。赶忙放下手中笔记，穿上雨靴，拿上除雪锄头，带领队员来到玫珑瓜大棚基地查看。

果然，暮色中，一排排大棚在雪地里孤零零肃立，任凭大雪欺凌，瑟瑟发抖。薄薄的塑料大棚，积雪有十几二十几厘米厚，压得"嘎吱""嘎吱"响，摇摇欲坠，有的大棚已经不堪重负被压塌了。

不好，倒春寒引起百年不遇的雪灾了。大棚就是农民的命根子，是工作组帮助村民脱贫致富的饭碗。绝不能让老天爷砸了八顷村民好不容易端起来的脱贫致富饭碗。灾情即险情，郭安治第一时间通过微信向县里、省局汇报雪灾险情，取得上级领导信任和支持。随后二话不说，和队员立刻投入除雪战役。

这时，八顷村党支部书记唐凤歧闻讯也带领村两委班子成员、党员、小组长，拿着长柄除雪锄头，赶来救灾抢险。

两支队伍不约而同会合一处，共同奋力除雪。

一米八三的郭书记蹚在齐腰深的积雪里，夜色中，奋勇当先，挥动着十几斤重的长把铁锄，一下又一下单调地重复着。寒冷的天气里，头上冒出了热汗，混着雪水，顺着脸颊流淌。

在驻村工作组和八顷村党员干部群众连续几个小时奋力抢救下，200 个大棚，只被大雪压垮 3 个，保住了集体财产，保证了春季玫珑瓜顺利播种。

"郭书记和工作组真行！是实实在在的八顷人！"

经过这次百年不遇倒春寒雪灾战役，驻村工作组和八顷村干部群众的心贴得更紧了，两支队伍更有凝聚力了。

经过一年多来驻村工作队、村干部的共同努力，八顷村形成了产业项目可圈可点、驻村帮扶用心用情、扶智扶技有声有色的良好局面。实现了由 2016 年贫困人口 199 户 466 人减少到目前 59 户 132 人，贫困发生率由 39% 降至目前 9.2%。

习总书记说，脱贫攻坚是硬仗中的硬仗，必须付出百倍努力。省广电局驻八顷村第一书记郭安治做到了，成为总书记指示忠实的践行者。他也因为出色的扶贫脱贫工作，作为全省优秀驻村工作第一书记代表，参加 2018 年河北省国庆招待会，并被河北省委评为 2019 年全省扶贫脱贫优秀第一书记。

如今，他依然坚持驻扎在八顷村，黑红脸膛，目光坚毅。他的瘦高身影，在田间、在地头，为 2019 年底八顷村全面实现脱贫致富奔波着……

"80后"村主任的"小康村"之梦

◎刘　　剑

拜访陈光时，他刚从北戴河艺术村回来，他去取经和"偷艺"，通过学习那里的民宿布局和设计，为北戴河河东寨将来的民宿建设做准备。

河东寨，是陈光生于斯长于斯的地方。

历史上的河东寨，是个小渔村，大多数村民以打鱼为生，20世纪末21世纪初，由于渔业政策调整和周边旅游产业的兴起，村民开始转产，从"闯海"转为"上岸"，从过去的面向大海，变成了面向游客。

陈光也是较早地从闯海人变成上岸人的典型，2005年，他从部队复员后，就开始在社会上闯荡，以经商为主，开过饭店，做过工程。直至2015年，成为河东寨的村主任。

那一年，他33岁，是整个北戴河各村镇里，第一个"80后"村主任。

飞了，是为了引来金凤凰！

在村委会办公室，悬挂着一幅河东寨鸟瞰图，河东寨村落的各个角落在上面一览无余。

陈光指着图，如数家珍，娓娓道来：

"这一片老居住宅，将来要做民宿，精品民宿；这个双塔中间的底下，做亲子教育基地；这一片角落，离着山比较近，将来做康养，建老年颐养中心。河东寨，就得有硬件吸引人——"

鸟瞰图是陈光用无人机拍下来的。随着无人机缓缓升空，整个河东寨村山林区情况尽收眼底。河东寨村将防火区分为 8 个点位，通过无人机，每到一处发现问题就能及时通知。

无人机还可以飞到村民的居住区，检查街道、房前屋后的卫生情况。谁家门口堆放垃圾，谁家墙角堆放柴草，陈光都能及时发现，然后将图片传到本村的微信群公开，再进行清理整改和验收。

从无人机管理村庄开始，慢慢地陈光又在此基础上有更大的想法。在鸟瞰图的基础上，他设计了一个规划图，图纸落实后，再做PPT招商，有想法合作或投资的人，河东寨都举双手欢迎。

用无人机管理村庄，陈光开了北戴河村干部的先河。脑子快、学习能力强，是年轻人的特点，而把这个特点用于村管理中，成了陈光的优势，也成为将来河东寨引来投资合作者的利器。

拆了，是为了建得更好！

一个小村落，也是一个大社会，光靠脑筋活和聪明肯定还不行。

2015 年，陈光回到阔别多年的家乡，临危受命，担任河东寨的村主任。

这时的河东寨村，是远近知名的脏乱差村，陈光上任之前，村子里的大街小巷堆满了柴草，再加上村民占道私建的棚亭车库，使得本该宽敞的街道通行困难，街角处的空闲地块也都被各种柴草垛占据，大街小巷垃圾遍地、污水横流……

因为众多历史遗留问题，村里派系斗争激烈，村领导班子不合，村民也趁机"拉帮结派"搞派系斗争，违规违法上访更是家常便饭。

这个烂摊子，陈光最初也不想接，经过激烈的思想斗争，征求了家人朋友的意见，他决定参加换届选举，朴实的年轻人最终打动了村民，他当选了。

下了这个决定，是因为陈光从小在这里长大，熟门熟路，对这里有很深的感情，更重要的，他自己在外闯荡，有了一番事业，衣食无忧，而眼见着村子越来越破落，家乡人并不富裕，心里也着急。

2015年1月，村委会换届选举成功，6名委员成功当选，61岁的李来锁和32岁的陈光当选为党支部书记和村委会主任。这对老少配一开始并不和谐，老书记保守务实，年轻主任敢想敢干，思想观念的不同使得他们在工作中矛盾频出。镇领导看在眼里，急在心里，隔三岔五来村里找他们分别谈心谈话，慢慢地，这对"老少配"终于度过了"磨合期"，同乡间小辈与长辈间的亲情，终于让他们开始精诚合作，村级各项工作开始步入正轨。

新村领导班子上任干的第一件事，就是个烫手山芋——拆违。

道路狭小、无法通车是河东寨村的老大难问题，而造成这种原因的，是几十年累积下来的基础设施老化、私搭乱建、柴草乱堆等现象，很多房子都用来开民宿，私搭私建更是严重。其中利益错综复杂、矛盾纠纷众多。

村班子成员入户做工作最初屡屡碰壁，拆违工作陷入僵局。

面对此情此景，村领导班子决定，从自身做起，将以身作则作为突破口。李连锁和陈光等村委会先从自家做起，拆了自己建的车库、棚屋，老百姓看着村班子、党员和代表们纷纷自愿拆除了自己家的违建棚亭，从抵触开始转为支持村里拆违工作，开始主动拆除自家的违建。

全村78条街巷，540户家庭，他们一条街一条街地推进，一户一户地做思想工作，碰到了"钉子户"，村两委班子就想方设法地找到他的亲朋好友去做工作，坚决做到公平、公正、不开特例。

"拆"是为了更好地"建"，这是河东寨村在老百姓中间反复强调的一个主旨。

支部书记李来锁介绍："以前村里的自来水管道老化严重，到处跑冒滴漏，冬天还好，一到夏天用水高峰，三天两头停水，没办法我们只能准备临时水车，一旦停水就赶紧用水车供水，老百姓苦不堪言，村干部筋疲力尽。"

村主任陈光补充道："其实我们拆违并不是想给老百姓制造麻烦，而是想把自来水、污水、天然气等基础设施一并改造。"

开展拆违以来，全村共拆除私搭乱建3.3万平方米，涉及320余户村民，占全村总户数的半数以上。这不仅拆出了6.5米宽的村路，还将自来水管网、污水管网、天然气管网统一规划施工入地，不但占地达到合理配置，工期也大大缩短，实现了水、电、气入户率100%，群众再也不用担心停水问题，不用忍受雨水、污水横流的困扰。

一个村庄，被更换了全新的血液，注入了健康的元素。新一届村委会，也凭此站稳了脚跟。

美了，是为了让更多的人来!

拆除违建，空出大量土地，增加了数处可利用的空间，可村委会并没有急功近利地把工程整体承包出去寻找盈利点，而是自己购买土方、木头、方砖等材料，自己找工人建设，为村民建设公园、休闲场所。

陈光对此有清醒的认识，"只有环境美了，舒适方便，才能吸引更多的游客，发展经济，过去我们的民宿不行，就是因为周边的配套设施太差了。"

曾经位于北窑片区的垃圾转运站是一处老大难的"顽疾"，占地500多平方米的转运站垃圾遍地、臭气熏天、蛆虫乱爬，附近村民在这块空地上建起了11处违建。为了根治"顽疾"，陈光说："我们挨家挨户做工作，跟大家说我们会建一个更好的公园，对大家开民宿更有益处。"这样反反复复说，才一点点说通了大家，最终把违建车库都拆除了。

"原来开门就是臭气，现在门前就是休闲广场，近可游园、远可看海、门前还有停车场，这个周末我家房价达到 150 元/间，爆满！"垃圾点变成大公园，民宿经营者杨艳华说起拆除违建，再也不是满腹埋怨。

按照这种思路，河东寨村共清理出了四处空地，建成了 4 处景观公园，还在清理过程中发现了一处古井，村委会把古井重新修葺一新，建起了凉亭，成为村中的地标。

一组组数字说明着变化。他们清理房前屋后垃圾杂草达 2 万吨；拆除 19 座公共旱厕，新建 5 座星级厕所；设置封闭垃圾箱 10 个；建设完成停车场 4 处，新增硬化街道 4900 米，建设完成 4 处近 1500 平方米的景观公园，增加绿化面积 1600 平方米；组建村民微信群，安装 70 余个摄像头，让"智慧村庄管理平台"初现模样……

"绿树村边合，青山郭外斜。"这里如今绿树成荫，民居雅致，整洁干净，地上路面几乎一尘不染，昔日脏乱差的环境，一去不返，人居环境整治不仅改变了村庄面貌，更改变了人的面貌……"绿水青山就是金山银山"，如今的河东寨村无疑是海滨镇最干净的村庄，环境变美让这里的村民也收获了生态红利，目前已有 90 户村民走上了特色民宿的路子，游客入住人数年年增长。村庄美了，人们的口袋了也有了钱，打造精品特色"美丽渔村"，不再是个梦。

面对未来，这位年轻的村主任充满信心。理想正插上翅膀，随着他手中的无人机飞翔在蓝天之上。

打造温暖幸福生活的人

◎蔡　楠

2018年冬天，赵海军从武邑县卫健局财务科调任圈头乡卫生院院长。

当时，武邑县卫健局健康扶贫工作正值攻坚阶段。先诊疗后付费，大病集中救治，家庭医生签约，四重保障制度，出院一站式服务等，正在如火如荼地进行着。特别是针对农村贫困户"看病难、就医难"状况，卫健局重点打造的"村中心卫生室"工程更是成为工作重点。

赵海军上任第一天就遇到了一件奇葩的事情。

史河沿村36岁的张永禄，精神病又犯了。他在街上打了人，打的不是一个，是三个。这三个人，还是三个老太太。三个老太太家属不干了，把老太太送到了张永禄的家里要求赔偿。犯病的张永禄却还在家里疯狂着，上蹿下跳，摔东砸西。张永禄的父亲岁数大了，管不了自己的疯儿子，气得坐在地上直哆嗦。

张永禄是卫生院确定的扶贫对象。平时属于贫困慢性病患者，发病时就又成了贫困重症患者。赵海军得知消息后，带着副院长和医生赶到了史河沿村。他们先是制服了张永禄，把他送到了精神病院。然后又劝说着三个老太太的家属将老人们弄到医院，该检查的检查，该用药的用药，没事的就又劝说着回了家。

纠纷暂时平息了。但张永禄的问题来了。他从精神病医院回来后，时好时坏。每次都跑到乡卫生院来治疗。张永禄的老父亲都感到十分费事。赵海军就问张永禄："你怎么不就近去中心卫生室呢？"张永禄的父亲说："去了，网不通，刷不了医保卡，那里报销不了！"

赵海军陷入了沉思。在他来圈头乡之前，乡里已经建成了方便群众治疗的 3 个中心卫生室，覆盖着全乡 44 个自然村。一个中心卫生室负责着几个或者十几个村的联系工作。但是网络用的是联通网，用户多，网络繁忙时跟不上，刷卡、拿药、报销不能正常进行。不解决这个迫切的技术问题，方便群众就医就是没有落到实处啊！

就这样，赵海军第二天就又折回了县里。他跑医保中心，跑财政，跑县医院，几天下来，终于把医保专线的事情谈妥了。不久，投资 180 多万的医保专线在圈头乡开始了铺建。

当 3 个中心卫生室的医保专线和乡卫生院中心卫生室联络畅通运行的时候，赵海军领着张永禄和他的老父亲来到了他们村附近的胡家村中心卫生室。村医胡庆东第一个给他们刷了卡，结清了以前的医药费：凡是门诊拿药的报销 75%，住院治疗的报销 90%。报完销后，张永禄的医保卡里还有结余。那时候，张永禄没有犯病，他咧着嘴笑了，他的老父亲给了他一巴掌："傻小子，还不谢谢赵院长和胡医生！"

被叫作傻小子的张永禄就给赵海军和胡庆东鞠了一个很深的躬。

村医胡庆东对他们爷儿俩说："不用谢俺们，要谢就谢国家的健康扶贫政策吧。国家的政策就是要让贫困地区的人口能够看得起病，看得好病，看得上病，少生病。村民有个头疼脑热的到村中心卫生室来买药，零差价销售，售价与进价一样，当场就能报销。现在赵院长给咱把网络弄通了，咱们享受的是一站式服务，现在是买药刷卡不出村。记住，以后别总往乡卫生院和县医院跑了，咱们现在是直接通着县里的医保中心呢！"

赵海军拦住了胡庆东："老胡，别说了，我今天下乡正好检查检查你的中心卫生室合不合规范。来！你带我看看！"

胡庆东就不说了，他带着赵海军来检查了。卫生室 80 多平方米的房子被分隔成诊断室、观察室、治疗室和药房等，房间宽敞明亮，药品、器械摆放有序，房间里还配备了电脑、打印机、中西药品柜、诊疗床等设备。

赵海军满意地点着头："硬件是上去了，我们还要加强软件建设。最近，县里决定搞一次乡村医生职业技能和技术的培训，20 天，你可要去参加啊！"

"那是我老胡求之不得的事情呢！虽说我行医多年，在三乡五里吧，也算有点儿名气，但当医生的是活到老学到老，只要学好了，才能更好地帮人看病是不是？"胡庆东高兴地说。

赵海军拍着老胡的肩膀说："你就别吹了，那我就给你报上名了！"

在赵海军看来，健康扶贫不仅仅是看病、拿药、报销，在农村，健康扶贫的含义要广得多。就说柳庄村的李成龙吧！他提出了个奇怪的要求，不但要给他治病，还要帮他去残联办个残疾证。

办个残疾证李成龙是符合条件的。办残疾证是需要李成龙自己去办的。但李成龙去不了。

今年 43 岁的李成龙患的是脊髓瘤，高位截瘫，因病致贫。媳妇外出打工，孩子还小，年老的父母平时照顾他的饮食起居，无人帮着拿药。赵海军就常来给李成龙送药，还给他送来了高血压慢性病卡。为贫困慢性病患者办卡，也是武邑县卫健局推出的一项健康扶贫措施。贫困慢性病患者在村中心卫生室购药即买即报，解决了外出买药、索要发票、等到年底再报销等一系列问题。给李成龙办了这个卡，村医就可以直接上门送药，并且可以开展刷卡报销一条龙服务了。对李成龙这样的家庭非常合适。

药送来了，卡办完了。正当赵海军要往外走的时候，李成龙说话了："赵院长，我想……我想……"

赵海军说："你有什么就说吧，我们会认真听取你的意见的。"

"不是意见，是……是想让你帮我办个残疾证。"李成龙终于说出了自己的诉求，"你在县里认识的人多，我肢体残疾，这条件也符合，求你们给办办吧！"

赵海军就开始为李成龙忙活。他给李成龙拍照片，写说明，去了残联，又请专家来给李成龙做了入户鉴定。按照正常程序，办理了残疾证。

当李成龙领到了国家第一笔困难残疾人生活补贴的时候，他让赵海军给他转到了他的慢性病卡里。他说："赵院长，我不是想贪国家的便宜，我是想存钱做脊髓瘤手术，也少让医院里给我报点儿，我相信我还能做好这个手术，我还想做一个健康的人，做一个正常的自食其力的人，我治好了病就不拖累你们了——"

那时候，赵海军听了，觉得李成龙已经不是一个残疾人或一个慢性病病人了，至少他的精神是健康的。他有些激动。他看到了李成龙思想里闪光的东西。原先他还认为这件事情超出了他健康扶贫的范围，但现在他一点儿也不这样觉得了。

他就觉得他这些天的忙活是有意义的。

可是妻子的埋怨却来了。正当赵海军紧锣密鼓地整修改善卫生院南楼，准备为失能、半失能的五保户建设医养中心的时候，妻子的电话打来了："赵海军，你还是这个家里的人吗？你还是女儿的父亲吗？女儿的事你还管不管？"说完就呜呜地哭了。

赵海军这才想起，他已经一个月没有从乡下卫生院回城里的家了。赵海军的女儿今年高考。平时勤奋好学，刻苦认真，但就是因为同宿舍的舍友打呼噜，吵得睡不着觉。女儿有时候晚上就跑出宿舍在楼道里待着，久而久之得了神经衰弱，就不再住校了，走读。在卫健局上班的时候，赵海军开车管接送。这下乡来工作了，接送没了保证，妻子不会开汽车，就骑电动车接送。平时还好说，遇到下雨下雪的，骑电动车有困难，妻子能不着急吗？

赵海军安慰着妻子："别急别急，你先克服一下困难，我忙完这两天，接送的活儿我包了——"

"不用你管了，你的车私车公用接送病人去吧，我打的！"妻子的哭声停止了，口气也明显软了，但听得出来还是有情绪。

"好，打的吧！好老婆，我给你发个红包！"赵海军哄着妻子。

"好，发就发个大的啊！"妻子挂了电话。赵海军知道，妻子原谅了他。

正是因为有了像赵海军这样对工作不推不搡，遇到问题就迎着问题走、就努力去解决问题的人，圈头乡、武邑县卫健委的健康扶贫工作才能做到卓有成效。才能让贫困群众看病有地方，有医生，有制度保障，才能切实减轻贫困人口治疗疾病的经济负担，也才能助推贫困人口恢复劳动力、脱贫增收，摆脱长期贫困！

在武邑县乡村，已经建成50个村级中心卫生室，"10分钟医疗圈"已经形成。赵海军和他的同事们，就是打造"10分钟医疗圈"的人。

当然，他们更是为贫困人口打造温暖幸福生活的人！

山上的世界

◎远　牵

山中农夫

十月的风吹过山岭，我们跟着老李大步流星地走在高低起伏的山路上。

老李说，这里地处燕山主峰雾灵山东麓，在白河的上游，平均海拔有 750 米；这里地势北高南低，属于正向采光的山地果园；这里是东经 117 度 40 分 54.27 秒，北纬 40 度 47 分 20.27 秒，老李说这话时不经意显出了他的专业味道。之所以将位置坐标锁定得这么精准，是因为老李本身也是一名专业的地理测量工作者。

我现在是个农民了！老李抓起坡边的一顶草帽戴在头上，回头冲着我们哈哈一乐。

一辈子没当过农民，退休后终于可以圆梦了，当个好农民就是老李现在的人生梦想！老李的夫人是位教师，她对老李的农夫梦虽不是十分理解，却也鼎力支持。她说每次随老李进山，就完全开启了一种不同寻常的农夫生活模式。对这种泥里来土里去的山民生活，她一直在努力适应中；而老李不一样，他完全乐此不疲，一待就半个多月不出山，做一个山里的农夫其实是他更向往的一种生活。

农夫的生活就像这山里的泉，特别甜！兴致满怀的老李带我们走进了他的绿色生态果园基地。

紫 色 国 光

老李叫李嘉海，他在山里搞绿色生态种植，从签订承包合同到现在已经有 15 个年头了。从刚开始一点点地平整土地，修通道路，蓄水灌溉，找技术支持，所有这些前期投入的工作，老李都事无巨细地亲力亲为，无论在时间还是资金上，老李付出的是一个农夫对土地的全部热爱。从他栽上树苗，到嫁接出农研成果中最理想的品种，再到他的果园开花结果，算起来老李在安匠乡岭沟村的投入也已经上千万元了。但是直到前年，他的投入才开始有所回报。而他开发的这片林地，也随着岭沟村的脱贫摘帽，成为村里人奔小康的一个重要基地。

这里的果树共 3331 棵，苹果树 2500 棵，其他树木有山楂、梨、桃、杏、西梅、榛子等立体交叉种植的北方树种 800 多棵。这里的气候昼夜温差大，又有花岗岩石渗透的水质，非常适合种植苹果。由中国农业大学教授带队几经实验研发出的国光新品种以"今图"冠名。"今图"果型壮，营养多，色味绝特，除了有国光苹果口味酸甜的特性，那通体红得发紫的品相与色泽在内地苹果中实属罕见，堪称翘楚。

"坡地上铺的是反光地膜，苹果上色全靠它！"老李指着果树下那一条条银光闪闪的箔带，告诉我们说随着太阳高度的不同，果实会 360 度无死角地均匀接受阳光的照射与反射，正因为光照时间足够长，老李的苹果才能红得发紫。"紫国光"的挂果源于精细化的培育，从剪枝、授粉、灌溉、储存、装箱各个环节，老李都有一套自己的标准。为了监测当地气象指标，山上建有标准的气象观测站；为了升级储存能力，又专门新建了地上恒温仓库。眼下正是收获季节，对于摘果动作老李一点儿也不含糊，他不厌其烦地跟我们示范怎样取果不伤枝条。

当这些诱人的紫苹果摘下来后，每一个苹果的果柄都要被修剪平齐才能装箱。我们看到一群岭沟村的女人围在一起正拿着小剪在最后装箱，她们不远处的山脚下，这些高品级的紫色国光苹果正沿着蜿蜒山路，与外部的市场环境顺畅连接……老李用自己的"今图"苹果，带动了岭沟当地人安居乐业，大家正一起踏踏实实地走在奔小康的路上！

半 亩 方 塘

从山腰下行，看到山坡下的低谷处有两大片水塘。水塘边上，有一群大白鹅正一字排开扑棱着翅膀从水塘里游出来翻山爬坡，这些大白鹅在水塘附近神气活现地群居。水塘成了它们的水上乐园，山上的水源除了山体上开凿的一眼水井作为饮用水，灌溉水主要来自水泥制的大型天然蓄水池，也就是眼前看到的这两方水塘。大白鹅们临水照影，曲颈嬉戏着嘎嘎向天欢歌，给这山里空静的苹果园增添了几分自然生趣与诗情画意。同时对这些鹅的零散放养也正在形成一条循环良好的生态链：大白鹅的饲料可由山间自给自足，养鹅除了有经济价值，家禽散养更重要的是在于尝试摸索一条绿色无污染、可循环、可再生的立体交叉生态链条。在果园散养大白鹅也是在实现老李心中那个致力于做有机果园、绿色农业的农夫梦。

而经济价值显著的当属另一方水塘。走近水塘才发现这里的景象简直让人目不暇接。原来这个水塘养了一池锦鲤。作为一种观赏性鱼类，这两年市场对于锦鲤的需求直线上扬，经过调研，老李认为可以在他的果园里把这个商机做足。他购置鱼苗后，在他果园的水塘里开始小规模地精细养殖。山上的自然环境为锦鲤养殖提供了得天独厚的条件，花色大小不一的锦鲤，包括一些观赏鱼同时在水塘里游弋，成为果园发展多种生态里富有新意的一笔。

果园里这半亩方塘里养殖的白鹅与锦鲤，是老李绿色生态框架的一部分,这并非是异想天开的独创,而是老李绿色果园生态的一个组成部分。这个生态有内部生态与外部生态两个方面。内部的饲肥料链条可以上下环节循环使用,而外部的观光采摘及与有机农业为主题的文化活动,也正在成为安匠乡最有亲和力的一张绿色名片。

塞罕坝人

作为一个承德人,老李把他的农夫梦扎根在了岭沟村,无论是山里的风吹日晒,还是外界的风云变幻,都不能动摇老李开发荒山的决心,这是因为他骨子里深藏着一种塞罕坝精神。这种精神让他坚信,荒山野岭可以变成金山银山,如果能通过开发地域资源,带动当地人一起致富,那就更是值得认真去做的、造福子孙的一项事业了!

老李曾不止一次地动情讲过塞罕坝的故事。在那个蒙汉合璧的美丽高岭上,经过 30 年的艰苦创业,塞罕坝人把沙地荒原变成了浩瀚林海。他们科学求实、无私奉献的精神让老李钦敬不已。老李在具备了一定的创业条件后,塞罕坝人献身"绿色事业"的豪情壮志时时激励着老李大胆开拓,他正在像一个真正的塞罕坝人一样,用心把一个充满活力的绿色生态基地做出特色。如今老李的生态果园基地在往年精细工作的基础上,经济回报一年比一年好;而在安匠乡的康庄大道上,老李心里还规划着新的蓝图,他相信再过 15 年,沟岭村的这片正在开发中的山林也定会创造出一个不同凡响的新奇迹。

秋天是丰收的季节。在老李的果园收获的果实,除了结在树上的硕果,还有一些瓜蔬的果实,以及许多叫不上名字的可以入药的野生草本的果实,这些形态各异的植物,它们的果实大小不一,但都是圆圆的。这些圆圆的果实,圆了老李的农夫梦,也圆了安匠乡的小康梦……走进沟岭,来到山上,这里随处可见的果实让你相信,这就是一个正在生长着壮大着的圆圆世界。

牛爱国：38年种树梦

◎浩　渺

引　子

　　白沙村实在是太小了，掩映在河北省保定市境内太行山的褶皱里，难以发现。白沙村周围的峡谷山峦泛着些碧绿，像一颗宝光熠熠的翡翠藏匿在深山，不被人识。但如果你置身其中，一切便会放大，那些关于大山和绿树的故事立时鲜活起来。

　　不论酷暑寒冬，每天早上的五点钟，76岁的白沙村村民牛爱国早已起床，然后背起镐锨，脚步哂哂地走在石板铺就的蜿蜒山道上。老花狗早已集结待命，或前或后地随老牛奔跑起来。这牛爱国，个子不高，脸上带着一股山里人特有朴实憨厚的微笑，在山道上的行走是那么踏实有力，动作协调，双脚像铁钩一样抓住山地，双臂灵巧地甩动起来。一切都和大山那么融合，仿佛他就是大山的组成。这一晃就过去了38年。牛爱国从38岁的青壮年，跨越到了近耄耋之年。然而这里的大山却说，他还是个毛孩子呢，我们正需要他。

　　全国绿化奖章获得者、全国水土保持先进个人、河北省绿化模范、河北省劳动模范、河北省两个文明建设先进个人……一座座山峰由星星点点的浅绿变成墨绿色的深邃的绿，黄褐色的风刮土沙变成了黑褐

285

色的山林植被，不知名的山鸟鸣啾，不知名的小动物时常出没。青山绿水，悠悠乡愁，被完好无损、生动活泼地存续下来。

这便是牛爱国的种树故事。30 年前他的种树故事就被人们广泛传播，人们大多以为，他只是想种种树，致点儿富，然后就是昙花一现而已。熟悉老牛的人说，你还是不了解老牛哇！

名字的来历

1945 年 2 月乍暖还寒的日子，牛爱国出生在四面环山、少耕地多石头的白沙村。那个时候，抗日战争进入尾声，龙居、慈家台、白沙这些周围的村落，一直是杨成武晋察冀一分区司令部所在地，是可靠的根据地和大后方，当地群众有着高昂的革命积极性。

牛爱国的母亲就是村里的妇女主任。儿子一生下来，父母就一改当地起名福啊禄啊的习俗，按新风俗起名叫"爱国"。当时的边区课本里，有一课叫《我们是中国人，我们爱自己的祖国》，这便是牛爱国之名的由来吧。果然，少年的牛爱国也没辜负父母的期望，从小学读到初中，一直是勤奋上进的好学生。

进入社会生活后，牛爱国一直坚持着读书的好习惯。《水浒传》《今古奇谭》让他知晓了历史的厚重；《野火春风斗古城》《雷锋的故事》让他明白了做人的品质和道理。还有他喜欢的一些杂书和实用的医药偏方，更坚定了他学以致用、安邦济世的人生信念。

20 岁之前，他先后经历了 20 世纪 60 年代三年困难时期和 1963 年的大洪灾，生活的磨难使他的意志坚忍刚强。他在积蓄着、准备着，等待着生活为他开辟更为广阔可为的舞台。

梦想之树开花

实践梦想的机会终于来了。

1982 年，正是改革开放的春风吹遍祖国大地的时候，人们对美好生活的梦想变得愈加迫切。人人都在琢磨致富的路子，牛爱国当然也没有闲着。白沙村可耕地少，加之 1963 年那场洪水的冲刷，要想向土地要效益可就困难了。靠山吃山，靠水吃水。要想富，多栽树。作为土生土长的山里人，正值青壮年的老牛目光锐利，他把目光投向广阔无垠的山场。就在这一年里，老牛与另外两户村民开始承包村里第三队的 2000 亩荒山，承包期是 50 年，林木产生的效益和队里按比例分成。

他开始了漫漫的征程跋涉。

老牛迫不及待地爬上山地。荒山之上星星点点地生长着野生的灌木丛，贫瘠的山地裸露着土黄。第一步该从哪里开始啊？但无论从种什么起步，都得需要钱。购苗木需要，购树种同样需要！那时候，城里人有闲钱的都不多，乡下的深山村里有闲钱的那更是寥寥无几。老牛毕竟是念过初中的，脑筋好使，他去了一趟县林业局。领导一听老牛的设想，当即决定提供 7 万多棵侧柏苗、洋槐苗，还有近 200 公斤的树种。这让老牛掉下了眼泪，关键时刻还是党的好政策帮了大忙，这也更坚定了他守卫养护山林、回报社会的想法。

怎么样把数万株的幼苗安全顺利地抬上路滑坡陡的山地呢？老牛像呵护着自己的孩子，千万般小心地将树苗手抬肩扛地弄上山。然后是一个接一个地挖出鱼鳞坑。数万个坑啊，就是这身强力壮的山里汉子，也觉得有点儿挺不住。挺不住也得挺！为了节省时间提高效率，老牛他们中午不回家，由山下家中送来干粮，吃喝完毕眯瞪一会儿接着干。直到这一轮干完，老牛才觉得身子像散了架，但心中的舒坦却是说也说不完的。

刚栽上的这些大多是绿化树木，一时半会儿很难见到效益。再说树苗是栽上了，可养护管理哪一样缺得了钱呢？老牛又琢磨上了，他承包了村里几百棵的柿子树，那时候柿果的价格还不错，除了必要的开支，老牛将卖柿子的大半收入，全部用到了山林的养护上。那些日子，一有空闲老牛就往山上跑，像中了魔怔。老伴儿有时笑着气他说，你别回家了，跟山上的树过得了！老牛也不生气，照做不误。有一回去邻居家喝喜酒，他一看来得早了，就一溜儿小跑着上山浇了一畦儿树，又一溜儿小跑着回来，此时喜宴正好开始。

老牛的山绿了

牛爱国是个实干者，又是个爱动脑筋勤琢磨的人，这与他年轻爱读书、集医方的习惯有关。在长期与山林树木打交道的过程中，老牛逐渐摸索出了提高果木嫁接成活率的好办法。以前接穗蘸蜡都是蘸两头，中间不蘸。老牛发现接穗全蘸不仅提高嫁接成活率，还可延长嫁接时间，从春分一直接到立夏。他还发现接穗蘸过蜡之后，立刻投入凉水中，可以保留蘸蜡的完整性。老牛还是个热心人，无论是村里、邻村的乡亲，甚至外县的请他去帮助嫁接果树，他都会毫不保留地将核心技术传授给他人，在本村更是分文不取，白撺忙。人们都习惯地叫他"老牛"，这在乡间，是个很权威的尊称。

种着树，修着路。老牛知道，只单纯地想种好树，还必须有多种途径的相互配合。老牛天生就是一个闲不住的人，在打理树木的同时，修建谷坊坝320道，建集雨工程窖7个，整修山间道路3000多米，修建石拱桥、盖板桥各一座，安装变压器一台……早在1989年就有专家说过，老牛承包的荒山极易发生泥石流，但现在30多年过去了，一次泥石流也没发生过。老牛的植树造林、水土保持可谓功不可没！

现在，老牛承包的山林已连接成片，白沙峡谷一片翠绿，林木果树交相辉映，林涛声阵阵传来，仿佛来自天际的赞美之声。

一组数字也许是个旁证：1982 年至今，栽松柏 9 万多棵、洋槐 1 万多棵、黄连木 1 万多棵、杏树 6 万多棵、柿树 2000 多棵、杜仲 2000 多棵、酸枣改接大枣 800 多棵……这片绿色的峡谷，如今已成为城乡人们生态旅游的佳地，带动了农家院、土特产品的营销。保定市委、市政府授予牛爱国为"当代愚公"。

我们看到的只是一组数字，数字背后产生的社会综合效益，却是我们无法估量的。但我们相信，那将是巨大的。

不是尾声

牛爱国一说起树来就会滔滔不绝："树长得怪好儿的，我就忒开心，看着就高兴。"

十六年前，他自己想了个多种树的招数，就是种"生日林"。那年他 60 岁，种了 60 棵树。以后每年如此递增。当地老年协会十多年前就在老牛的山上建立了"老年林"，已种植树木数千棵。许多青年人也都在山上种植了各种纪念树。2020 年清明节，老牛捐出 8000 棵松树苗，响应乡党委的号召，用于"文明祭祀植树"活动。

我们，保定市满城区作家协会一行跟随老牛上山，也种上了自己的成长纪念树。

牛爱国说，谁栽棵树都不成问题，有更多的人栽树，那得是多大多大的一片绿呢。

爱羊成痴

◎戎　飞

　　站在村头望向远处的山坡，一团团白云在缓缓移动，忽而向左迂回，忽而向右挥洒，继而又执拗地向山顶蜿蜒。白的云，绿的草，蓝的天，再加上不停变幻的曲线，目光所及，辽远开阔。风声、鸟鸣、树叶在风中飞舞的"沙沙"声，天籁般缠绵入耳，我一度以为置身仙境。

　　几个小时前，站在阔别经年的故乡的西风里，举目四顾，皆为陌路，心意凄惶。朋友在文中写道："从前没有随着我们的长大而离开，从前还在。"可是，我的从前在哪里？这个被我称之为"故乡"的地方，全然没有我离开时的模样，就连从前藏在巷子深处的老房子，也变成了面目狰狞的瓦砾堆，失去了记忆的温度。如若不是家乡牵记游子，盛情邀请参加"小康路上"的笔会，恐怕很难再主动回到这里。

　　而现在，眼前的景色早已令那些清冷宁寂烟消云散。

　　分明，肩头是暖的。

　　回头看，一张小麦色的脸，一双乌黑笃定的眸子，笑着露出亮白整齐牙齿的嘴里蹦出一串乡音："戎飞，你回来啦！老远看觉得就是你，果真是。"一排白得出奇的牙齿，在阳光下一闪一闪地发亮。大脑紧急搜索了一下，"杨彩霞"三个字浮出水面，她是我的小学同桌加初中同学。她是小学三年级下学期从乡下转学到县城的，老师把怯生生的她带到教室，因为个子矮，调整了我同桌的座位后，让她和我坐在一起。

课间她问我借练习册的时候，那一排亮白整齐的牙齿引起我极大的兴趣。她说："我妈说，我姓杨，还属羊，牙齿长得也像小羊。"边说边把双唇向两边用力张开，让我看她引以为傲的牙齿。其实，与她关联的，何止属羊和牙齿长得像小羊，羊元素充斥在与她相关的所有空间。她的书包上绣着一只呆萌的羊，课本用印有羊图案的挂历包着书皮，毛衣的左胸上依旧有一只羊……

她从笔记本里拿出一张照片，是她和一只小白羊的合影，指着那只小羊告诉我，那是她养的。她身上，也有着淡淡的羊的气息。

离开家乡三十余年，能一眼认出我的人少之又少。此时，心间尽是温软。

心底的感慨还没来得及滋生，口中的话刚到唇边，她已经拉住我的胳膊，说："走走走，去我家。"

没给我做出任何反应的机会，她的一双手牢而有力地长在我的胳膊上，热烈又坚定。那样的不容置疑，一如她和我同桌时，不由分说地将情态各异的小羊画满我所有的笔记本扉页和封底，恨不得在每页空余的地方再画只小羊。我戏说她"爱羊成痴"，她毫不介意，并为此自豪。

到这个村庄采风，入户走访也是活动内容之一，索性随着杨彩霞走。一路上，她都在和我讲她的羊，指着山坡上让我着迷的云团，骄傲地说："看，那是我的羊群。"

此时，那些云团已经到了山坡更高一些的地方，散落开来，像一朵朵雨后新生的蘑菇，定睛细看，才能辨别出它们在有规律地缓缓移动。

风云过往漫卷而来，我很好奇分别的这么多年里杨彩霞经历过什么，是什么让她舍弃好不容易从乡下抵达的县城，又是什么让她再次回归到乡下。

向她家走，一路上，遇到的乡亲都亲切地和她打招呼，语气眼神中尽是尊敬。穿过村里的小街小巷，每户的房子都很新，还有许多二层小楼，完全不是我想象中农村凋敝的模样。

杨彩霞家的二层小楼立在离山坡较近的地方，院子很大，一进门，右侧就是一个大大的羊舍，羊舍与她的小楼相对，中间的院落种着花儿、果树、蔬菜，在夏末的轻风中花朵摇曳生姿。青色的果实压低枝头，芫荽在地里，韭菜在地里，油菜在地里，黄瓜在地里，芹菜也在地里，它们冲着我笑，一如儿时老爸经营的小院。旧景旧人，熟识的欢快让心变得轻灵欢荡。

叙旧与言新在院子里的石几旁铺展开来，杨彩霞泡了龙井，微风把院子里花儿的香气送来又带走，她的身上依旧有羊儿的气息。茶香、花香、羊的气息混合在一起，有浑然天成的自然之妙。大学就读畜牧专业的她，一定是因着对羊的热爱做出的选择，毕业后分配到县畜牧局，负责引进种羊和育种工作。

在一次"科技下乡"活动中，她回到从小生活的村庄，村庄不再有从前的活力，变得贫瘠萧条，那些靠天吃饭的人不得已离开家乡外出务工，几个养殖户也不成规模，没有科学养殖技术的支承与指导，动辄被传染疾病就会血本无归。而她的老家有着得天独厚的养殖优势，那儿不仅有大片的草场，还有一条流淌不息的小河，水草丰美。

家乡的现状让她百感交集，回到县城，说服同在畜牧局工作的爱人，他们向局领导申请回乡扶贫。刚开始，住在四面透风的老屋，夏天还勉强过得去。塞外坝上的另外三季，春天风走沙飞，秋天日夜温差巨大，冬天更是北风呼啸，滴水成冰，住在老屋，就连基本生活都受影响。即便那样恶劣的条件，也未能改变她的心意。她在服务好现有养殖户的同时，又深入每家每户，劝说外出务工的村民返乡搞养殖，再利用所学优势加上县里政策扶持，引进小尾寒羊良种，不断更新养殖技能，组织更多的养殖户进行"走出去，引进来"的学习。

她不仅带领大家搞养殖，还为养殖寻求出路，利用同学之间的联系，积极沟通，保证养殖的牲畜有销路。成立育种基地，同时带动附近几个村的养殖业发展。在她不折不扣的努力下，她的家乡成了远近闻名的养殖村，三年脱贫，五年奔小康不再是遥不可及的梦。小康路上，她是无怨无悔的引路人。

谈及当初回乡的艰辛，那排晶亮整齐的牙齿又随着展开的笑脸在夕阳下闪闪发光，她说，从前经受的白眼、不解、冷言冷语，现在看来，都不是事儿。看着羊群在河滩、山坡上吃草，看它们由小到大，看着越来越多外出务工的人回来，看着乡亲们脸上的笑和信任的目光，心里的欣慰和快乐是无与伦比的。根本轮不到去想吃过的苦，受过的委屈。小时候县城是个令她神往的地方，那时离开她的小羊，并不快乐，可毕竟有太多东西吸引着一个孩子的注意力。长大后，越来越深切地意识到，她离不开那些羊儿，和它们在一起的简单快乐，是无可替代的。

她还说，当年她惴惴不安地去县城上学，我是她交到的第一个好朋友，给了她莫大的温暖和帮助。她被太阳晒成小麦色的脸在斜阳下格外动人，眸子里闪着朴素真诚的光华。

我懂她的快乐，也懂她的执着。

说话间，羊群回家了，羊儿们鱼贯而入，其中一只小羊朝着杨彩霞"咩咩"叫了好几声，看她扬扬手，羊儿才乖乖地进入羊舍。刚刚冷清的羊舍顿时热闹起来。杨彩霞看着羊群的眼神，就像看着放学回家的孩子，散发着母性的光芒。她指着那个跟在羊群后面回来，有着古铜色皮肤，和她一样长着雪白整齐牙齿的人说："这是我爱人，研究生羊倌。"

"戎飞，留下来吃饭，我这就去做，和你这个爱羊成痴的老同学好好叙叙旧。"语气坚定得不容辩驳，话音刚落，研究生羊倌已经挽起袖子去院子里择菜了。

爱羊成痴，细细回味这四个字，用来形容杨彩霞真是再恰当不过。《陶庵梦忆》记得好："人无癖不可与交，以其无深情也。"杨彩霞有癖，爱羊之癖，因癖成痴，终有所成。这个深情的人啊，记着世间每一分好，爱家乡，爱这山山水水，更爱她心心念念的羊儿们。

那天，我们在乡村院子里，对着黄昏的山谷吃饭。羊儿的"咩咩"声是餐间伴奏，杨彩霞和羊儿的故事与笑声交融在一起，难分彼此。她的充实快乐，是我们这些住在城市口琴孔里的人无法企及与体会的。

新房子与旧房子

◎王东梅

等到我爸七十岁的时候，他最引以为傲的仍旧是他这辈子盖过的四次房子。

那年，是我爸结婚的第三年，不但有了我，妹妹在妈妈的肚子里也开始蠢蠢欲动了。爸爸眼看着自己的小家与日壮大，于是和我妈商量要盖一所属于自己的房子。我妈听了，没说支持也没说反对，只问了一句，拿啥盖？

我爸兄弟姊妹六个，他排行老大，因为家里人口多，也因为和继母关系不和，我爸和我妈婚后只能寄住在邻居家。这也是我爸迫切想要盖房子的另一个原因。可是拿什么盖呢？分家的时候，我爸只从家里拿出来两副碗筷。我妈在家带我，我爸一个人辛苦养活一家人，哪里还有结余？拿什么来盖房子呢？

我爸闷着头卷了一宿喇叭烟，天亮了，我爸和我妈说，借钱，也要把房子盖起来。

房子终于盖起来了。

三间土坯房。我记得那个傍晚，我扒着门框看我爸抹墙。西天上，一朵朵晚霞似锦，映得俺家的土坯房也像披上金色的光芒。在这光芒里，我看见我爸鼻尖上竟然挂上了一个泥点，我就忍不住呵呵呵地笑起来。

我爸，也呵呵呵地笑。

我爸说，你不可能记得，你那时候才两周岁多一点儿。我急了，大声和爸爸分辩，我就是记得。我爸就又笑了，哈哈大笑。我爸说，算你记得。你个小丫头投胎的时候一定没喝迷魂汤。说完，我爸又是哈哈哈地笑。

那段日子我爸可爱笑了。动不动就笑。也是，能让他笑的事太多了：妹妹出生了。家里又多了一口人。以后还会再生女儿，生儿子，爸爸的队伍会越来越大了。生产队散了。我爸虽然不再是大队长了，可是我爸有手艺啊！我爸出去给人打家具，工资可比工分高多了。我妈去集上收缝纫活儿，晚上回来，就把缝纫机踩得嗒嗒嗒响。

只三年，我爸就又坐不住了，我爸说，他揽活的地方有人家盖的是砖房子。红砖的。房子高高的，窗户大大的，屋里摆的是木头的双人床，三开门的大衣柜，可好看了。我妈心动了，于是我爸扒了刚住了三年的土坯房，在原地盖起了三间豁亮的红砖房。

我爸和我妈说，十里八村咱是头一份。我妈说，好！

我爸和我妈的好日子就在我妈的这一声"好"里开始了。

我妈的服装摊上最近老有人问，有没有牛仔裤？问得多了，我妈就动了心，仔细问了才知道是北京传过来的一种新款服装，在北京火得不行。

我爸和我妈就买了车票，去了北京。两天后回来的时候，我爸的背包里不但有了一条牛仔裤，还有了一卷做牛仔裤的布料。从北京回来的第二天，我妈的服装摊上就有了五条"北京新款牛仔裤"。等散集的时候，牛仔裤就变成了25块钱。我爸傻眼了。他叮叮当当给人打一天家具才挣两块五，我妈半个晚上就挣了他十天的工钱。这账我爸不用算，我爸说，咱俩搭伙吧，你做，我卖。

现在想来我爸当时做了一个多么英明的决定啊。这个决定让他在三年里迅速成了我们县里的第一个万元户，县长拉着他的手让他传授致富经验，我爸就任县长拉着他的手到处去做报告。

忽然有一天，我妈说，你别去做报告了，又有了。老娘婆说，这胎指定是男孩。我爸就又笑了。要知道这会儿的我爸已经有三个女儿了，我爸就想再要个儿子。想儿子儿子就来了，可是让儿子住哪呢？

我爸看看他曾经引以为傲的三间红砖房，和我妈说，盖房。给我儿子，盖大房子。

三间红砖房拆了，原地基西扩，在我弟弟出生的前三天，我们一家人搬进了四白落地、一砖到顶、预制板顶子的新房子里。五间，比以前多了一半。我爷爷背着手屋里屋外转了一圈，说，你小子烧钱哪！这房子盖得像个铁壳壳，八级地震都轰不倒。我爸说，越结实越好，儿子这辈子就不用再盖房子了。

我爸的心意是好的，可惜话说早了。我弟弟确实落生在给他预备的新房子里，可我爸没想到他儿子也像他一样是个"房虫子"。而且比他本事还大，竟然把房子盖到北京去了。我弟说，要让更多人都住进他盖的房子里。

等我爸明白过味儿来，三个女儿一个儿子，就只剩下我一个留在他身边，陪他住在老房子里。

房子确实老了。三十年了。当初屋檐下窝着的一窝小鸟扑棱棱都飞走了。原先这房子是村里最高的，为这我爸把上房的梯子加长了老大一截。现在不行了，四周陆陆续续盖起了两层、三层的小楼，这房子就眼见着矮下去了。于是，我爸的心里就多了一桩心事。

突然之间夜里就下起了雨，雨越下越大，越下越大。我爸想起床看看院里落下啥没收净的东西没。脚一沾地，脚下竟是哗啦啦的水。

屋里进水了。

那天晚上，屋里进了五十厘米深的水。沙发、床、家具、衣物，都泡在了水里。

第二天我爸才知道，村口的世纪大街为了迎接省里的检查验收，堵了下水道口。结果，雨水漫灌，一夜之间，淹了十八家。

另外十七家都在忙着晒衣服、搬家具，去市政府喊冤，我爸却在忙另外两件事。第一件事，我爸给工程队打了一个电话，让人家下午过来拆房子。第二件事，我爸去银行，取出了所有的积蓄。我爸说，闺女，等着，爸给你盖新房子。

我爸六十二岁那年又热热闹闹地盖起了他这辈子的第四所房子。每一块砖，每一块瓦，每一个犄角旮旯他都不放过，都要亲眼看了，亲手摸了，才肯放心。我爸说，闺女，别人都盖楼，咱偏不盖，咱盖个一层，你看着你爸咋给你盖出花儿来。

一百天，整整一百天，我爸自己设计、画图、监工，一座仿古式的建筑，就在村里戳立了起来。房子盖好了，从门前经过的人，都忍不住啧啧啧地赞叹一番。

我爸说，你是不知道盖房子是一件多么快乐的事啊。像什么呢？就像一个打江山的皇帝。一所房子就是一个王国。

我爸问，闺女，你不懂了吧？

是啊，我不懂我爸的快乐。甚至，我想体验一下这种快乐的机会也没有了。城市的进程已经推进到我的家门口了，一抬头，满眼里都是高高低低的楼房。将来，我的新房子势必也是在其中的某一栋里。

我现在能做的就是每天猫在书房里，盖一所所文字的房子。只有小学文化的我爸，不懂我的房子。他甚至想不明白，一个农民的娃娃咋就成了作家。我爸问，你那房子高吗？你那房子大吗？我说，还不够高，还不够大。我爸就"哦"一声。说，继续盖吧。说完，就捏着他的茶壶，去院里，摆弄他的花花草草了。

望着我爸乐颠颠的背影，我知道，他也不懂我盖房子的快乐。

彩的菜

◎张金刚

一

等一个炫彩的春天，远没有想象的那么简单。但再难，只要挺住，熬过去，自然会为生命涂上欢喜的油彩。这"彩"，属于希望的大地，属于有梦的人们。

2020年，由于新冠肺炎疫情的持续侵扰，人们从未如此对春满心渴盼，盼大地复苏，盼万物生发，盼繁花盛开，盼天清气朗。

位于阜平县城南十几公里的胭脂河，流淌了不知多少年，有过咆哮，有过安然；有过冰封，有过激流。此时异常平静，如被岁月智慧了的老母亲，张开宽广温柔的双臂，拥黄沙、河石、红花、绿柳入怀，更拥着两岸勤劳不息的胭脂河儿女。

清明后的胭脂河清澈缓流，有着无限魅力。在我眼中，水再清，也是"红"的，红在传说中宁死不向权贵低头跳河自尽的胭脂姑娘，红在抗日军民及阜平儿女在胭脂河流域浴血奋战的红色传奇，红在那晶莹雪亮且米粒含一道鲜艳红线的"胭脂稻"，红在胭脂河浇灌孕育出的百姓们丰腴富足、红红火火的日子。

我爱看这悠远的红，也爱看那新生的绿，更爱看各色相融打眼的

"彩"。山野迷人的"彩"来自自然慷慨的馈赠，可北果园广安村西的"彩"却来自一位"菜先生"二十余年倾心的创意描摹。

二

认识菜先生已有数年，林林总总听过他一些故事，也有过数次相谈甚欢的交际与小酌。不高的个头、精爽的头发、结实的身板、朴素的衣着、快意的谈吐，这形象、这气质与他退伍老兵的身份很搭调，骨子里透着那么一股子劲儿。

原本约好春节期间畅叙，可因疫情一再搁置。春暖乍寒的午后，一入胭脂河南岸的阜彩蔬菜基地，清爽的风夹带着泥土的芳香迎面吹来，本能地打了个寒战，倍儿精神地冲着大门内喊了一嗓子："菜先生，干啥呢？"我一直这样称呼他，种菜种得如此先声夺人、风生水起，他配得上"先生"二字，他也乐于应声。

"稍等啊！"声音很远很小也很闷，显然他不在办公室，应该在某座蔬菜大棚里，可近前十余座，真辨不清是在哪座。逃离拥挤的县城来到乡间，一时被清秀的春景迷了眼：南山连绵不绝形成天然屏障，河滩开阔平坦自是肥沃良田，一株株杨树、柳树整齐列队静默守护，一座现代化的蔬菜基地向西赫然铺陈，望不到头……正四下欣赏，一黄一黑两条大狗先于菜先生向我而来。我并未躲闪，对菜先生的信任给我壮了胆儿。

喝退狗儿，菜先生满脸憨笑上前拍了我的肩："一年没见，别来无恙。"我指了指他沾满泥土的双脚，打趣道："你还是这么热爱故乡的土地。"他使劲儿点头："你懂我。"我当然懂。

2000年，菜先生是带着种菜梦想从甘肃退伍返乡的。自然条件恶劣的甘肃军营都能种出新鲜蔬菜，老家不缺地，不缺水，为啥就没人种大棚蔬菜？还是大山阻碍了视野，禁锢了思想。没想到，菜先生一提出要种菜，父母首先站出来反对。菜先生无奈远赴山东寿光取经，后向亲朋好友借款七千元，在远离故土的王林口辛庄村租地三亩，盖了三个凉棚试种蔬菜。尝到甜头后，菜先生想回村承包土地扩大规模。哪料又是父母以"给不了承包费我们不管"为由，劝村民不要租地给他。乡亲们爱地惜地，视土地为命根，同时又只重眼前利益，放不开头脑和手脚，菜先生都理解，无奈又到城南庄宋家沟租了两百多亩地。

来来去去十几年，菜先生客居他乡打拼，就一个心思：一定要种出阜平自己的有机蔬菜。其间，有过资金的难题，有过与村民的纠纷，有过雪压大棚的痛楚，有过外出学习的辗转，有过开拓市场的艰难，但每一步他都走在厚重的大地上，走得实，走得稳，走出了一片天。辛庄、宋家沟，我都去过。逐渐识得了那些从未见过的有机蔬菜，也见证了菜先生从一个创业小伙到基地老板的成长历程。

乡亲们最终没有信了菜先生父母的话，纷纷腾出地劝他回广安种菜，因为眼见宋家沟的百姓不仅拿到了每年一千元的租地款，还打工挣上了工资。就这样，占地三百余亩的阜彩蔬菜种植股份有限公司终于建在了家乡的土地上。这土地，曾送给他儿时贫穷的愤懑迷茫，也送给他参军远行的坚定决绝，没想到若干年后，竟是这又怨又爱的土地召他返乡，送给他种菜置业的满腔热情。这一干，就无法停住。

三

菜先生跺跺脚："沾点儿土才是种菜人嘛！走，带你看看我的菜。"我很欣赏他这种农民儿子朴实乐观的本色。每次来都看菜，我却每次都保持有初见的新鲜。菜品不同，长势不同，色彩不同，自有不同的观感，最主要的是那生机勃勃或瓜果累累的景象着实格外新鲜。

拉开棚门，撩起棉帘，走入棚内，满满的润湿感催得我每个细胞都活跃舒爽，土地与秧苗自然散发的清香令我有种回归儿时菜园的恍惚。

西葫芦、西红柿、韭菜、辣椒、黄瓜，郁郁葱葱，鲜灵可人，大都拔着节，开着花，坐着果，特别是那韭菜味儿、西红柿味儿，引得我大口大口呼吸，都不过瘾。菜先生说："我就想在我儿时的土地上种出儿时的味道！"

土地上沿袭的种菜土法与现代科技结合，种出了品质优秀的阜彩蔬菜，这是菜先生最津津乐道的得意之作。菜先生看着他的黄瓜，两眼放光："看这黄瓜，我就是要它自然生长，从不干预。瓜熟蒂落，瓜长成，花已枯，这才正常。那些所谓的'顶花带刺'，其实并非真正新鲜。"整棚黄瓜乖巧地在吊绳上打着旋儿地比赛攀爬，一会儿生出绿叶，一会儿绽开黄花，一会儿结成小瓜，都透亮透亮的，你追我赶，可劲儿地热闹着。西红柿更是如此，似壮年的小伙儿有着旺盛的精力，一嘟噜一嘟噜的花与果不拘一格地张扬着。忍不住摘一颗泛红的一口咬下，香味浓郁，汁液满口跳跃。嗯！是儿时的味道。

菜先生视菜如命，给予了最贴心的呵护，当然也得到了最可心的回馈。

种子绝对来自知名农业科学研究机构的最新成果。一颗颗优良、纯正的种子在现代化育苗温室里苏醒、萌芽，长成一株株冲劲十足的幼苗，择优移植在施了羊粪等有机肥的沃土之上，得阳光沐浴，由山泉浇灌，接下来就瞧好吧。当然，疏花疏果必不可少，还要定期"喂"些"豆饼"。初听这词儿，感觉种菜好奢侈。菜先生笑了："豆饼是种有机肥，就是发酵处理过的做豆腐剩的豆渣，榨油剩的花生渣、瓜子渣、菜籽渣之类的，能改善土壤性状，菜也长得壮。"我还真是"尴尬"了。

草与虫常来捣乱，菜先生开出一套"绿色大处方"治它们，坚决不用药。给地铺上地膜，草便长不起来，不仅保温保湿，瓜菜长得好，还省了很大人工。棚里装上诱虫灯，放上粘虫板，虫子胆敢造次，统统乖乖被俘。正因如此，每次到菜先生大棚里摘的菜，大都可以免洗即食，绝对放心。

还不放心？好，放大招儿！农产品追溯系统已安装近四年，数枚摄像头分布于基地数个角落，实时监控。土壤酸碱度、空气指标、水质、瓜果生长情况，何时育苗栽植，何时施肥浇灌，何时采收发货，都能第一时间上传至大数据库。上市瓜蔬都贴上了二维码，"吱"地一扫，菜品信息一目了然，赢得了客户的信任与青睐。菜先生骄傲地说："这就是智慧农业的魅力！"我深以为然。

二百余座冷温大棚、一百余亩露天蔬菜，大路瓜菜、特色蔬菜，撑起了菜先生的"多彩"基地。菜先生发出邀请："你现在来得不是时候，等采摘季一定来尝尝我的'蔬菜宴'，我都申请品牌注册了呢！"不得不佩服他的先见之明，更对那养眼养胃的"蔬菜宴"充满期待。

茄子紫、黄瓜翠、豆角绿、菜花白、番茄红、萝卜青、胡萝卜橙，常见蔬菜的色彩已足够亮眼；而那紫色的土豆、白菜、生菜，黄色的西瓜、茄子、香蕉、西葫芦，黑色的土豆、番茄、胡萝卜，更是绝对吸睛。再加上菜先生"报菜名"般介绍我认识的杭椒、杭茄、荷兰豆、红菊苣、冰菜、结球茴香、苹果苦瓜、火星果等营养功能型特色蔬菜，见都没见过，更别提做与吃了，真是让我大开眼界。我给菜先生建议："不妨依托咱的基地，与中小学联合，搞个农业研学，也让小朋友们开开眼。"他激动地握住我的手："正有此意，也欢迎你们的文艺家来采风。"我与菜先生一拍即合。

瓜菜色彩缤纷，琳琅满目，除了常规菜的常规做法儿，真想象不出那些特色菜是个什么吃法儿，是蘸酱、凉拌味道好，还是热炒、涮锅味道妙？菜先生卖了个关子，埋了个伏笔："我的特色菜在北京、石家庄、保定等大中城市市场，很受欢迎的。等时令到了，请你来品尝如何？"我拭目以待。

四

数座棚内都见有工人在忙碌，此时的工作主要是疏花、搭蔓、授粉，也有在收割韭菜的，"沙沙沙"一镰镰下去，满棚都是浓郁的韭菜香。这些雇自广安本村的留守妇女们种了一辈子地，稍加培训便可熟练操作。一位翻着藤蔓疏花的大婶讲起来头头是道："这是哈密瓜，为了保证瓜的品质，必须摘掉这些花，直到十五个节儿以上才留花坐瓜。"说完，"嘎巴嘎巴"又摘掉数朵娇嫩的小黄花。

棚外遇到一位挥锹铲土的大叔，上前搭话："你也在这儿打工？一个工给你多少钱？"大叔憨憨一笑："我是临时替我老伴儿来的，她挣多少工钱，我也不过问。"我乐了："看来，你在家不掌钱。"旁边一位大婶说："我们一个工有六十的、七十的，还有八十的。这样守家在地打个工，自家家里的、地里的活儿也都落不下，家门口儿就能挣钱。好着哩！"

菜先生悄悄告诉我："他们中有不少建档立卡贫困户，这也算是精准扶贫、有效帮扶嘛！"指着新整出的棚间过道两侧的土地说，"这里要种上油葵，既是景观，还能榨油。"他望着地，我望着他，透过他笑眯眯的双眼，我似是看到了一片片金灿灿的油葵在迎风舞蹈，笑脸洋溢，其间是游览观光的游客、穿梭忙碌的工人，还有专情于这片土地的菜先生。

站在村口，与菜先生一起回望夕阳下镀了金的蔬菜基地，久久驻足，没有讲话，我深懂他的不易与骄傲。

为打破这沉静，我八卦地问："疫情防控期间你都干了些啥？"菜先生"嘿嘿"一笑："我闲不住，育苗，栽种；读书，学习；网上联络订单，拓宽销售渠道，哪样儿都没落下。我还给防疫一线捐了一百箱蔬菜呢。"我给他点了个大大的赞。谈及以后，菜先生很有信心，"疫情把大众消费对绿色有机蔬菜的需求提前了好几年，也更坚定了我的方向，就是初心不改地永远追求'高品质高质量，营养健康安全'，继续占领高端市场，走进城市社区，搞活网络销售……有机蔬菜前景一定会更好！"

五

"菜先生"叫顺嘴儿了，竟一时叫不惯他的本名"马志国"。

在田间地头见马志国多了，竟淡忘了他被河北省委、省政府授予的"河北省农村青年拔尖人才"的身份，淡忘了他被河北蔬菜行业协会授予的"蔬菜大王""蔬菜科技示范标兵"的称号，淡忘了他是在石家庄股权交易所挂牌上市公司的老总，淡忘了他是阜平县政协委员、"十佳致富带头人"……

其实，马志国对加身的这些"彩"看得很淡："做人做事扎实本分，才配活在这块土地上。"我最欣赏他褪去光环，卷起裤管，撸起袖子，两脚沾泥打理蔬菜的模样，虽然四十三岁的他有了白发，有了皱纹，论颜值真谈不上多帅，但在许多人眼中，大棚中、土地上、菜丛间神情专注的马志国最帅，那才是他人生真正的"高光时刻"！

"殷红"的胭脂河静默东流，新绿的广安村一派生机。望不到边的白色大棚、露天良田似是一片秘境之地，清一色绿油油的秧苗正在拔节或即将登场，在这片孕育了革命，孕育着希望的沃土里，深藏了一个色彩斑斓的"惊人秘密"。植秘者、揭秘人都是"菜先生"马志国，这秘密便是引人遐想的"彩的菜"，我们都在期待秘密揭晓的那一天。

"食"话实说

◎郭孟收

古语有云："民以食为天。"母亲则说："肚里有粮心里不慌。"看来无论何时，吃饭对于老百姓来说都是件天大的事情。

因此，对于如何将吃饭的事情做好，便不敢有丝毫懈怠。夫人一贯倡导绿色健康的饮食理念，我也只能是如影随形。水煮红薯、玉米面窝头、小米杂粮粥、素炒青菜，便成了日常餐桌上最为常见的饭菜。虽然"食无肉"，好在"居有竹"尚可聊以自慰。读医科大学的女儿也一再叮嘱吃饭要清淡，饭菜一定要少盐、少油、多粗粮、多蔬菜。然而，这与多年以前的农家饭何其相似。但实则，却已是天壤之别。

计划经济年代的农村，粮食还并不充裕。吃饭的问题，依然困扰着大多数的家庭。粮食不够，红薯来凑，是当时填饱肚子的唯一办法。因此，吃上不掺红薯粉的"净面"窝头，成了那个年代最大的奢望。"无米下锅"的窘境，时常让母亲对做饭一筹莫展。而红薯、玉米杂面窝头又实在黏涩难咽，尤其年幼的孩子们更是不愿多吃一口。母亲就想尽了一切办法，自己动手腌制下饭的咸菜。春天的柳树芽，夏天的苜蓿叶，秋后的地瓜蔓、蓖麻花，都是腌制咸菜的绝好食材。农村人对能入口的东西辨识度极高。凡是能吃的树叶、野菜都能被母亲的一双巧手做成可口的饭食。茄子秧咸菜，就是母亲的一大创举。

茄子，连同十几株秧子都是从生产队里分来的。母亲摘下茄子后，一直觉得这许多的茄秧丢弃太过可惜。于是便试着将秧皮剥下来，开水烫过后用盐腌起来做成了咸菜。没想到竟然入口鲜嫩脆爽，别有一番滋味。后来街坊邻里听说了，便纷纷找母亲讨要制作这种咸菜的方法。母亲也只无奈地苦笑着说，孩子小，吃不下饭，只是糊弄着他们多吃口干粮罢了！

土地联产承包责任制的实施，让人们的热情得以在自家田地里全面释放。粮食，尤其粗粮已日渐丰裕。饥一顿饱一顿的日子，已然一去不复返了。向往已久的黄灿灿玉米面窝头也终于摆上了饭桌。吃饱了肚子，便开始筹划着让生活过得更加有滋有味。于是，在自家承包的田地里还种上了应季的蔬菜及花生、大豆等油料作物。锅里有了油，端上桌的饭菜自然也丰富了不少，逢年过节还能吃上肉。做饭，对于母亲来说也变得轻松了许多。生活的改观，让人欣喜不已。尤其是孩子，对美食的渴望更加强烈。至今，每当提起哥哥生病的事情，母亲仍然唏嘘不已。那年十岁的哥哥生病吃不下任何东西，当母亲问他最想吃什么时，他想也不想地回答道，焖窝头。的确，焖窝头是母亲为我们改善伙食时最爱做的美食。半棵白菜，一点点油，再将切成小块的玉米面窝头放在锅里一起焖炒。无论在哪里疯玩，焖窝头的香味总能瞬间将我们拉回到饭桌前。油汪汪、香喷喷的焖窝头，成了那个年代最美味的回忆。

后来，隆隆的机器声打破了村庄的宁静。机械化的耕作方式让农村彻底告别了种田靠老牛、锄头的历史。粮食的产量也是打着滚地往上翻。"自己能吃多少啊，主要是卖！"村里人拍着鼓起来的腰包不无自豪地说。昔日赖以生存养家糊口的麦粒粒，而今已经成了勤劳致富的金疙瘩。田野里，一望无际的麦子收获在即。家里刚刚买的小四轮拖拉机派上了用场。迎着夏日的朝阳，开着自家的拖拉机一趟一趟往返在田地里。将一捆捆的麦子装上车，也将一片金黄色的希望装进心里。抹一把脸上的汗水，带着满身的麦香回到家。厨房里美味飘香，自己动手炒菜做饭，是生活中的一大乐趣。吃饭，也成了劳作之余的一种享受。饭桌上鱼、肉丰腴，再炒几个可口的小菜，炕头上一坐，喝上一瓶凉水里冰过的啤酒，一天的劳累，便都化作了饭桌上全家人的欢声笑语飘出了窗外。

时间跨过了新世纪的门槛，农村的历史也翻开了崭新的一页。生态化农业园区，标准化种植专业合作社等现代化农业模式如雨后春笋般在农村蓬勃而起。新型农村合作医疗、农村养老保险制度的普及推广，也让农民彻底没有了后顾之忧。农家人也开始更加注重自身健康和日常保养。如何健康养生，成了街头巷尾田间地头人们谈论最多的话题。城里人倡导的绿色健康饮食理念也在悄然影响着农村的每一个家庭。

几十年过去，农村变了，农家院里的生活也发生了翻天覆地的变化。如今的饭桌上竟然已经很少看到大鱼大肉的场景了。取而代之的是素雅清淡的时鲜蔬菜，营养丰富的五谷杂粮。各色野菜、野果等一度被遗忘的田间闲味，又重新被请回了饭桌。吃饭，不仅仅要吃出美味，更加要吃出营养和健康。而做出一桌色、香、味俱佳的饭菜，则变成了一门生活的艺术。这种野菜能降血脂，那种瓜果可以防"三高"，这些专业的医学名词在村里的老人嘴里说出来一点儿也不稀奇。这都得益于每年的医疗专家下乡义诊和医学常识讲座。年过八旬的母亲逢人就说："人家城里专家讲的，多吃粗粮，多吃菜，能活过一百岁嘞！"这不，今年母亲亲手做的一坛子苜蓿芽咸菜，早早地就被乡亲们"一抢而空"了。大家都说现在日子好了，还是忘不了从前的味道。

几十年不忘初心，改革开放的擎天巨手，为农村打开了一片全新的天地。

几十年风雨兼程，每一张农家饭桌，都见证了国与家的辉煌巨变。

锅碗瓢盆中，跃动着奋进的旋律；柴米油盐里，流淌着生活的赞歌。

浇麦悲欢

◎小　雨

从省城一直往东南，行程大约一百里，不用拐弯就到了古城赵县。从赵县城再往南，约走二十里，也不用拐弯就到了槐河之畔的野鸡铺。据赵县县志记载，野鸡铺原为八股团儿，散落在槐河南北两岸，形如野鸡展翅，故名曰野鸡铺。1963 年的一场洪荒大水，将南岸的几个团儿"冲"到了北岸，至此，野鸡铺将鸡头鸡尾鸡爪子统统收拢，规整成一个三千余人的大村。这是五一节的上午，我从高楼密集、人流如织的省城闹市渐入绿荫连绵的热土故地，我的心情豁然开朗起来。

下得车来深深地吸一口气，见平展展的麦田望不到头，田里一排排喷灌正在"嚓嚓、嚓嚓"地喷淋得起劲。不远处，一位高个儿老人正在路旁树荫下拿着手机又唱又扭，心想这便是那浇麦人了。看着他那个自在劲儿，瞬间将我的思绪拉回到二十多年前。

那时候，我最害怕的就是开春浇麦这行当。当时停电是家常便饭。地多、块多、井台多，一户人家六七个井台有的是，多亏我家的地块还整齐，二十亩地仁井台，那也够我忙活的。早春时节，块块麦田都要扒畦埂，淘垄沟，扬化肥，要与地邻们抢井台，定好先浇后浇的顺序。之后就准备浇地的家当：铁锨、改锥、扳手、铁钳、地龙（连接机井口与我家地头垄沟的软塑料管）、绑地龙的绳子、水头上铺的塑料布，还有井台上的钥匙及三刀闸。一切准备停当，再在脑海里滤一遍明天的行程：早起先去井台上铺塑料布，用绳子将水龙固定好，把闸接好，再折回变压器抄字、合总闸，回到地里合上井边的闸。总算上了水，线路长，电压低，流水像哈喇子，你急它不急。

记得有一次，大概是1998年开春吧，老公外出打工，我把一切准备就绪，偏偏就忘了拿那根捆水龙的绳子，这物件虽小却离不了。我急得抓耳挠腮、捶胸顿足，只得不远三里路折回去取。这天，真是"春天里来春风高""大风起兮黄沙扬"。我俯下身子迎着顶头风走在河滩土路上，任凭黄沙满头满脸地泼，走一步退两步，步步维艰。好不容易拿来了绳子，祸不单行，风忒大，电杆上的电线荡着"秋千"绞在了一起，"嚓嚓嚓"，竟然擦着了火，"啪！"一下子烧断停电了！我一气之下，跺着脚骂着脏话哭了。风沙眯了眼睛，越揉泪水越多，更心疼那已经撒下的底肥啊，再浇不上水，它们就悄悄蒸发了，那可是好几百块的血汗钱啊！家里还有年幼的孩子和病恹恹的老娘，托给邻居照顾着呢……

就这样，浇了这块浇那块，浇了头水赶二水，三水四水紧着上。一个个春天，就是这样在浇地抗旱中熬过来的，跟头跟跄地连做梦都是垄沟跑了水，双手从被窝里悠出来了……

看不见摸不着的电，是我们种田人的依赖。可是它大多是晚上十点以后才来，清早五六点就走，人们想它盼它又骂它是"夜叉鬼"。最数浇河南三里之外的那块大田难熬，一浇就是整整三夜。我和老公经常如搬家似的将浇地家当一一准备好，开着拖拉机，裹着被窝卷，一人穿俩袄，棉靴外头套上雨鞋，全副武装地出发。漫荒野地里伸手不见五指，我们便在井台上挂一个灯泡，然后钻进车斗被卷里等电。早春奇寒，冷风飕飕犹如狼叫，拍打得车挡板叮叮当当。又冷又怕，还要想着何时来电。翻来覆去刚眯着，灯泡一下亮了，魂还没全就一摇三晃下来争分夺秒。夜夜浑身湿透，雨鞋里灌满的露水倒了几遍又灌满。

　　我和老公拿着手电，一人改水口，一人照明。可碰上巡垄沟，改口的人就得摸黑。后来发现有人将手电绑根绳子挎在脖子上，还有人买了矿灯样儿的头灯，我们也赶紧托人去买，这样自然腾出了人手。可一改水口，双手握着铁锨铲来堵去，灯光也来回晃悠，弄得眼花缭乱。有时候电池耗干了，不亮了，干着急也没用。有道是劳动创造智慧，一点不假。至今我家里还保存着一盏古怪的灯，一盏全世界独一无二的灯，那是公爹为我们特别"研制"的。公爹在一块小木板上钉一根长钉，钉尖朝上，把蜡插在上面，再罩上一个敲去了底儿的玻璃瓶。这样一盏新鲜的"浇地灯"就登场了。改口时我们把它蹾在垄沟沿上，风吹不晃，还腾出人手去巡垄沟，改完水口再提灯到下一个畦口。于是乎，我们提着那一盏细弱的小蜡灯，一畦一畦地将清澈的春水喂饱麦苗。都说，春天最美最浪漫，然而在我们浇麦人眼里，整个春天都浸泡在泥水和寒露中。这一浇就是一春，只有到了麦田万顷金黄时，我们的浇地之战才能暂告一段落。那种母育待娩般迎接丰收的感受，才是最美最香甜的。

　　说来，"面朝黄土背朝天、半生弯腰老来曲"的时代已成为不堪回首的历史。就连我最头疼的半夜浇地，到后来也简单到扛着铁锨，拿着电卡，往电表上一刷，清亮的井水就奔涌而出。电缆线埋在了地下，不至于连线停电急得人哭了；泵口连接了地下水道，井水通过事先打开的出水口直接流进垄沟，水口处配置了水泥凹槽，不用再怕水急冲溃，再也不用来回卷那从机井到地头的一百多米水龙了，更不用因为忘了拿一根绳子而顶风破浪般地奔走了……至于改水口这桩费力气的活，身板纤弱的我常常蹲在地头，畅想着发明一种"简易活动垄沟"，材质轻便，抽屉似的重叠拉拽样式，浇麦时扛到田里拽开，每个畦口装一块插板，拉开一块浇一畦再插上，再抽一块浇下一个畦，以此类推，连铁锨也不用扛。那才算是彻底的"浇麦革命"呢。可如今，这一蓬蓬喷淋设备让我的"简易活动垄沟"没出世便夭折了，给我的梦想来了一个跳跃式翻转，怎不叫人惊讶和开怀！

这时候，那位老人已经走近了我，笑嘻嘻地说："咋啦，闺女，稀罕这喷淋吧？"

"是啊，大爷，现在浇地真是简单，把垄沟都淘汰了。想起以前没日没夜的又是泥又是水，我的腰腿都落下了毛病。"

大爷关了手机，饶有兴趣地打开了话匣子："你那个时候算不上受罪哩，我这个年纪的人可是都赶上了。打记事起，我爹我爷爷是拧辘轳浇园。后来安了水车，套上老牛拉着，没牛没驴的就得人拉，累得人困马乏。后来有了锅驼机、柴油机，可要发动那机器不多吃俩馍馍，或没个壮小伙还真不行。一说浇地，小车拉上那柴油机下沟爬坡，手上起泡肩上硌出血印。再后来有了拖拉机，咱就觉得这就是现代化了，嗒嗒嗒开到井边，挂上套子一摇开就能出水。没想到后来用了电，方便是方便了，水头上铲铲堵堵的活儿总是脱不了身。前几年，人们开始用一次性的水龙（超薄塑料软管），浇一个畦剪一截，成本不大也是浪费。这会儿可好了，国家给铺设了喷淋管道，浇个地真跟闹着玩似的。瞧瞧我，都这岁数了，七十五！"他说着用手比画了一下，"我眼见了浇灌庄稼的好几次革命啊！有生之年，我能在地头上听着手机里的歌儿，蹦蹦跳跳，锻炼着腿脚就把地浇了，真是一种享受，做梦都没有想到！"

正说着，东面传来"嗡嗡"的声响。抬头一看，那片麦田上空飞着两架小飞机，它们在主人的遥控指挥下，给正吐穗的麦子洗着"防护澡"。现在喷雾器也飞上了天！惊得一只老鹰在天高盘旋着、俯视着，搞不清这两个长着翅膀的家伙是哪路神仙……

此时此刻，我不禁想起一句话："故乡留不住身体，他乡留不住灵魂。"这是像我们一样迫于无奈进城谋生的游子之声——身体劳累在他乡，灵魂却永驻于故土。虽然，这里曾有我数不清的泪水和愁苦，可多年以后再回眸，才发现没有一个地方比家更温暖，没有一个地方比根更拴心。如今，家乡正在发生着天翻地覆的变化，这片土地更需要有志者和追梦人们重返故土来接力，那么我们的野鸡铺一定会变成凤凰村。

我想，我终究会回来的，回到生我养我的槐河边，将精神的火炬永远置于身体和灵魂并存的地方。那时候家乡将以更美的容颜接纳我，而我将以落叶归根的方式与她厮守。

浇　地

◎崔治营

　　水利是农业的命脉，多少年来，浇地一直是种田人心中的一桩大事。

　　刚分田到户那两年，我家底子薄，一没水泵，二没柴油机，要说有的就是父母的力气。在一穷二白面前，父亲选择了坚忍，在自己一百多米长的三亩责任田里打了九眼压水井，浇地的时候，采用"步步为营"的策略，每浇完十多米就挪一个井眼儿。

　　为了挪井方便，父亲置办了一根八米多长直径一寸的白塑料管，压井头固定在管子的一端。挪井的时候，父亲先抱着压井头将管子拔出一截，然后抱着压井头在前面走，让娘继续拔管子。娘弯下腰，双手交替着将管子从井眼里一尺一尺地拽出来，然后用两块红砖和一块塑料布将井眼盖好。父亲抱着压井头拖着管子刚来到下一个井眼儿，娘就将上一个井眼儿盖好了，她几步奔过来将新井眼儿挖开，然后将管子一尺一尺送入井眼儿中，到剩下最后两米的时候，父亲让娘站到一边，他麻利地将塑料管全部插入地下，只剩下半米来长的一截铁管接头和半米来高的压水井头，然后用木头橛子和铁丝将井头固定好，就开始压水浇地。这个活儿是耐力活儿，得弯下腰一下一下实实在在地压，投机取巧和急功近利在压水井这儿是行不通的，你匀匀实实气定神闲地压，水就匀匀实实不慌不忙地出，你使蛮力，水就跳起脚溅你一身表示抗议。

当年我就不懂这个理儿，刚压了几十下心就浮躁了，一下一下狂压起来，井水立时也没了好脾气，一会儿就将我的鞋和背心弄湿了。父亲见状，说："去看畦口子吧，这个活儿你干不了。"现在想起来，我心里很愧疚，当时怎么就不知道沉下心来多压会儿水，让父亲和娘多喘口气儿呢。

经过几年的积累，结合我家劳力少的实际，父亲置办了一台三马力小柴油机和一台出水口直径一寸半的小水泵。用这俩小洋玩意儿浇地省劲儿多了，父亲先将水泵和铁管安装好，再用两条三角带标着轮子固定小柴油机，娘则用土坷垃将水泵出水口砸实，再拿稀泥抹匀，准备工作就做好了。父亲这才右手拿起摇把儿，单腿跪在柴油机前，左手提起减压，然后右臂发力，小柴油机的大轮子就飞转起来，父亲瞅准时机放下减压，小柴油机立时从烟囱里吐出一股子青烟，随后就"嘣嘣嘣"欢叫起来，也就喘两口大气的工夫，被稀泥糊住的水泵口"哗"的一声被冲开了，一道锨把粗的水柱喷出多半米远。

用小柴油机浇地大大解放了父亲和娘的劳动力，上水以后，娘一个人就能看着浇地，父亲腾出工夫来再去干别的活。回想那些年，真是多亏了那台"小三马"和那台"小寸半"，是那对"小兄弟"帮助我家实现粮食的一次一次增收，让我家一步一步走向温饱和富足。

"小三马"和"小寸半"摽着劲儿为我家干了八年，我已经长大了，再使唤它们就像拿着耳挖勺挖土似的很不顺手，再说家里也有了底子，就将"小兄弟"换成了六马力柴油机和四寸泵，家伙大效率就是高，"小三马"和"小寸半"两天才能浇完的地，六马力和四寸泵多半天就浇完了。

不过，六马力和四寸泵也有不出活儿的时候。有一年夏天，受"厄尔尼诺"现象的影响，春夏秋三季大旱，玉米苗出土以后就遭受了酷热煎熬，别说是赤日炎炎的中午，就是早晨，小苗也没精打采憔悴不堪，看着就让人心疼。没办法，浇地吧，要命的是"真空井"里水不够喝了，炕头般大的畦刚浇一半儿就干井，父亲不急不躁，干了井就停机器，待歇上半个小时，再次发动柴油机，浇完下半个畦井又干了，父亲就再次关闭柴油机。这样折腾了一上午，父亲心一横，午饭后就将铺盖拉到了井边，我明白这是要打"浇地持久战"了，有什么好说的，打就打吧，反正就这几亩地，哪怕一天浇一分，总有浇完的时候，就是再难，总比父亲和娘当年用压水井要容易吧。心里放下了包袱，那"持久战"打起来就有了信心和力量，历尽艰辛半个多月，终于取得了那次抗大旱的胜利。

进入新世纪，年近花甲的父亲种地仍然雄心不减，与此同时，党和政府也加大了对农田水利的建设和维护力度，清干渠，修深井，架高压线，多策并举之下，我家的六马力和四寸泵就没了用武之地，它们只得接受"小三马"和"一寸半"一样的高调而来低调退役的宿命。

现在，正值小麦催苗黄金期，浇地又成了父亲和其他庄稼人的头等大事。不过父亲很淡定，全然没有那年指挥我打"浇地持久战"的悲壮。也难怪，十九大之后，政府持续加大惠农力度，村后干渠里调来了水，村东蓄水坑边修上了扬水站，地下管道修到了地头边，有了这些"硬核"，浇地还有什么可怕的呢？

前天下午五点，西斜的太阳暖暖地照着大地，父亲喊我去浇他的二亩麦田。我们铺好直径六寸的地龙，父亲让我先撒小麦专用肥，他自己骑上电三轮飞一样去了扬水站。我一边撒着专用肥，一边想象着扬水站中的父亲潇洒地抬手举臂，然后果断地按下绿色的电源按钮，扬水泵随之"轰"的一声回应，一股粗壮的水柱便排山倒海一般冲进了黑暗的地下管道……未及我再发挥想象，那清清凉凉的水就从地下管道里兴奋地跃出来，在六寸地龙里一路向前，到地龙口，"唰"的一声冲出老远。看着那喷涌而出的绿水，我兴奋地将一把专用肥高高地抛向空中，白色的肥粒唰地落下来，划出一道优美的弧线。

片刻，父亲骑着电三轮回来了，老人家坐在三轮上，古铜色的脸上挂着微笑，他卷起一支"喇叭筒"，点燃，一团混合着幸福和满足的烟雾便袅袅地升起来，升起来……

　　庄稼人浇地的大事成了多么小的一件小事啊！我望望麦田里欢快的流水，再望望电三轮上神仙一样的老父亲，禁不住唏嘘感慨：现在从浇地中获得的爽快，是四十年前做梦也梦不到的啊！

淀上杂拾

◎王炳一

寻找与自然同步发展的规律，比寻找自豪更重要

    游览白洋淀，被安排在下午。坐在游船上，赏着水乡秀美独特的景致，一种别样的心情随风弥漫，心胸也觉顿时开阔了起来。太阳照在微风吹皱的湖面上，那圈圈细小的波纹向远处荡漾开去。几个光着屁股、六七岁的小男孩们，在离我们不远处用丝网围成的一片水域上顽皮地游玩嬉戏，我想，他们的水性是从小就练就的。迎面不时轻盈地荡过几叶扁舟，头戴草帽的晒得黝黑的船夫在小舟上悠闲地划动双桨，船头的水鸟也在午后的阳光中惬意地亭立假寐，偶尔一艘游艇迅猛地开过，那旋起的片片水花溅起了一团水雾，打破了午间这份怡人的宁静，又仿佛平添了一份难得的生动与灵气。

    被水乡清新、恬淡的氛围所感染，我站起身，向驾驶室里那位年轻的小伙子走去，想寻出对这里更多的了解。小伙子纯朴健谈，见我对这里的风情面貌饶有兴致的样子，兴味盎然地跟我谈起了白洋淀的养殖业、旅游业，谈起了白洋淀近几年的经济发展和历史变迁，谈起了白洋淀的荷花苇塘，谈起了白洋淀上杀得鬼子落花流水的"淀上神兵"雁翎队……从他脸上飞扬的神态和愈渐高扬的声音中，看得出，小伙

子心中，对这片神奇的淀水充满着热爱和自豪。而当谈到与水乡儿女唇齿相依的淀水时，小伙子的面容却显得有些黯淡，说话的声音也渐渐低沉下去，"近几年，由于工业的发展，这里的水污染较严重，我小的时候，这里的淀水还很清澈，听爷爷讲，过去我们白洋淀，水源充足，清澈见底，比现在喝的矿泉水都清亮呢，一眼看下去，可以看到水底畅游的小鱼小虾呢……不过，你们现在来得正是时候，十天前这里水位还很低，行船都困难，现在所见的淀水是从别处引水来填充的……"是啊，过去的水更纯净，过去的芦苇更葱绿，过去的鱼虾更繁多，过去的荷花更鲜艳，一汪浩渺的淀水，曾滋养起多少水乡人的记忆。

然而，历史的长河和滋养的记忆，却无法涤净淀水的混浊，如果说白洋淀的"干渴"是天灾，我们可以"引黄济淀""水库调水"；那么人为的污染，我们又该用怎样的眼光来审视？我尽量让眼睛忽略掉那层层混浊。夕阳余照，苇莲接天，渔舟唱晚的景象令我怡悦，但我的心却随之跌宕起伏：古朴的水乡让我们心旷神怡，但感性的人们在触摸历史、融入自然的同时，终是觉察了古老的淀水缓淌的沉重和秀荷悄绽的不安。如果对白洋淀的历史做纵向对比剖析，对白洋淀风雨历程进行深刻沉思，从中找出与自然妥帖同行的规律，从中受到启示，从而为现实服务，那么，我们不就为白洋淀的美丽和持久发展寻出了一条道路和锻就了一把通向幸福之路的钥匙了吗？

一篇作品的命脉，是生活和意态上的真实

孙犁纪念馆坐落在白洋淀一处安静的地方。绿草如茵，荷塘环绕，碧水蓝天陪伴着并不寂寞的先生。对着镜头，书有"大道低回"的碑亭里，绿水轻风，孙犁先生正在其间恬淡坐读。

看着这样暖融融的设计，我放下手中的相机，研究起这座碑亭与孙犁先生坐读的雕像。整体的设计，宛如相架中镶着一幅老照片，碑

亭似一副古老厚重的相框，而孙犁先生则神情生动地嵌于其中。"大道低回，大味必淡"一直是孙犁先生的文风和金玉之言，先生对人生有如此文心静气，而设计者却也别具知心和匠心的本领，用巧妙的设计来凸显先生一生质朴温柔的会心。难怪，从他那淡淡的笑容里，让我品到了意味深长，让我觉出了清气犹在……孙犁先生的处世像是有距离感的，他冷静、深入，不随波逐流，他用生活本质的情感与美征服人，他用为人为文的真实，始终自信地写作。距离，相反地，并没有让孙犁先生感到寂寞，却由此感到充实的欢愉，我在想，是不是如鲁迅所语"当我沉默着的时候，我觉得充实；我将开口，同时感到空虚"？正是这种真实，这种寂寞成为他创作的命脉，以至最终塑造了充满个性的自我？铁凝在对孙犁先生的回忆中曾多次提到他戴套袖的情节，那副青灰棉布套袖也因此给我留下极深的印象。当细心的铁凝发现戴套袖并不是对孙犁先生的临时"武装"时，"一副棉布套袖到底联系着什么，我从来就说不清楚。联系着质朴、节俭？联系着勤劳、创造和开拓？好像都不完全"。是啊，到底联系着什么？孙犁先生珍爱的如果仅仅是衣服，为什么一位山里老人的靛蓝衣裤，又能引他写出《山地回忆》那样的名篇？尽管《山地回忆》里的一切和套袖并无瓜葛，但它却联系着织布、买布。那应该是人生的质朴与美丽吧！

不知为什么，写到这里，在这浮躁纷繁的天地间，我的心竟也在微波荡漾的淀水中，生成了不染的荷莲……望向环绕四周的百亩荷塘，是先生造就了荷花淀，还是《荷花淀》成就了先生？两者实是互为关联相辅相成的，孙犁的艺术创作与人格魅力为荷花淀增加了浓重的人文气息，而《荷花淀》让孙犁挖掘到了植于心底的人情美。

历史，是推动文化变迁和升华的车轮

喜欢上了文学，也就知道了"读万卷书，行万里路"的重要。那是人生的另一种历程，用脚用心用脑综合体验文化的一种自由的方式。当漂流过大江南北的三毛高唱"远方有多远？请你告诉我！"时，我的心已刻不容缓地跨过山水，跟随历史，跋涉在方寸之间。我的倩影留在了马德里，我的足迹印在了撒哈拉，我的思绪飘在了这方多情的淀水上……

　　白天游览完白洋淀的秀美风光，晚上，我们在白洋淀的最后一个节目，便是"放河灯"。"放河灯"是淀区渔民为祈求吉祥而形成的一种传统风俗，就是坐船到河里指定的区域，把用纸船载着的点好的蜡烛船轻轻地放到河里，并许下自己最美好的愿望。按照六个人一组的规定，我捷足先登上了小小的木船。掌舵的都是当地有撑船经验的水性好的老乡，他们边熟练地划桨摇船，编织袋子里递给我们一些用纸折好的小船和一把蜡烛，我与爱人慢慢地将小船撑开，摆放在船头的木板上。船上此时安静的氛围，让我感到了一种宗教式的虔诚。希望是美好的也是共同的向往，我怀着真挚而神圣的情感，在风中轻轻燃起放在五只纸船中的每一根蜡烛，然后，在爱人点起的"噼里啪啦"的鞭炮声中，把载着祝福与心愿的小船放进河里。河面上霎时漂起了点点河灯，夜色里如落入凡间的精灵，眼睛里闪烁着神秘而魅惑的光芒。我的思绪也随着满目明亮跳跃的河灯，天马行空地转移到了安徽贵池山区里，那举着火把，戴着面具，锣鼓喧天，手舞足蹈，请神驱魔，热烈上演的傩舞之中。我想，河灯的意义与傩祭相同，都是人们在特定季节驱逐疫鬼祈求平安的一种祭仪。而在形式上，傩戏傩祭却让人有些困扰。老祖宗留下的东西中，固然有需要追索留存的价值，那就是文化，而其中总还要去摆脱一些什么吧？照本宣科、照单全收未必是好事是益事。难怪有人曾直呼："一个个山村，重新延续傩戏傩祭，长久地跳腾下去，这该算什么样的事端？"

　　相比之下，"放河灯"的这种风俗形式就让我们心里舒服多了，也让我们心安理得多了，水乡人民生活水平不断提高，"放河灯"的内涵也随之发展变化，由祈求吉祥到欢庆娱乐，由单纯的祭祀仪式上升为有地方特色的文明的民俗文化，历史推动着文化进程的不断变迁和升华。

"唱山歌咧，这边唱来那边和，山歌好比春江水，不怕滩险……"优美而欢快的对歌声，把我从贵池傩戏中拽了回来。放完河灯，那种凝重的氛围被远远近近的歌声打破，一条条小船载着欢快的歌声行进在河面上，那点点星火眨着新奇的眼睛，漂向了岸的远方。夜色里，看不清面容，分不出声音，大家你一句，我一句地对起了山歌。

希望的田野

◎大城小丽

    小时候家的东边和南边都是开阔地，平坦、肥沃的黑土地上一茬一茬地种着玉米、大豆、小麦，站在院中就能看到父辈们春种秋收，辛勤地劳动。受父母熏陶，很小就能流利地背出二十四节气歌，也渐渐了解节气对应的农事。在父母口中每个节气都有跟农活紧密相关的谚语："清明忙种麦，谷雨种大田；三月雨，贵似油；四月雨，好动锄。"暮春初夏正是农村种田、侍弄园子的最佳时节，故乡一望无际的田野和老院子里的桃红柳绿，时时萦绕在心田，于是亲近自然到农村去看看，再次成为久居城市的我的日思夜想。

    择一日天高云淡，风和日暖，寻一条乡村小路慢行。路两边的房屋、院落，既陌生又熟悉，农家小院的生活气息瞬间唤醒我的记忆，久违的泥土味道和着平常人家的烟火味倍感亲切。小狗汪汪着我这不速之客、大鹅嘎嘎着欢迎词，我的脚步不由得缓些再缓一些。

    小榆树植成的整齐院墙已绿意盎然，一对夫妻在园中忙着背垄、做畦，台阶上稍大一些的女孩带着弟弟在玩耍；母鸡红着脸从鸡窝踱出来东瞅瞅西看看，突然发出的清脆咯嗒声，吓得小花猫慌忙窜到墙后；园中塑料地膜探出土豆秧肥大的叶片，茄子苗、羊角葱嫩绿挺拔，刚刚割过的韭菜齐刷刷拱出地面；园子角落的梨花、桃花相继凋谢，一片片嫩叶在枝头随风轻摆；榆树钱紧密相拥，淡绿色的串串圆片不分昼夜窃窃私语，树上一根枯藤还缀着两颗去秋的扁豆种子，新宠旧爱续写着季节轮回的田园故事。

村间院落、高树、矮蔬使我目不暇接。走过村庄，视线在广袤无垠的田野上延伸，前些日子经过时有两台旋耕机在作业，机器走过的地方，隆起条条长龙般的垄畦。昨天夜间一场不大不小的雨下得正是时候，今天该是播种的好时机。果真左边那片土地上机器轰鸣，有播种机在田野间驰骋忙碌。如今种田从播种、施肥到收割、装袋完全实行机械化，省时间、省人工、省物力，与我印象中的种田大相径庭。那时父辈们日出而作，日落而息，种地、铲地、耥地、间苗、施肥……一年到头有忙不完的活计，年复一年的辛劳，日子依然摆脱不了贫穷。现在的农民彻底告别脸朝黄土，背朝天，汗珠掉地摔八瓣的传统劳动模式，再也看不见犁耕人种，荷把锄头在肩上的原始耕作画面。

回走时路过一个健身广场，有村民劳作后在健身器材上休闲、放松。我看见旁边长长的木椅上坐着一位老人，走过去礼貌地打听路线，老人指指自己的耳朵："你大声说，我左耳背。"我笑着把刚才的话又重复一遍。老人很热情地指路，之后跟我解释耳朵是怎么病坏的。我的倾听使老人很开心，慈祥、憨厚的面容一如邻家叔伯般亲切。我索性坐下来与老人攀谈，我指着那片大地说："现在种地、插秧可省事儿，都是机械化了。"一说到土地，老人立刻精神起来，他声音洪亮地说："早些年说实现农业现代化，像似做梦，没想到这么快就实现了，我也赶上好时候了。"我插话："听说粮食价格偏低，愿意种庄稼的人不多了吧？"老人用表情反对我的想法："从古至今啊，粮食都是老百姓的命根子，这些年政府为了支持农业发展、提高我们的收入，给了不少优惠政策，粮食'直补'的钱直接存到种田人的银行卡上，现在都积极种田，土地会越来越有价值，谁还舍得撂荒啊！"

想不到这是一位紧跟时代、与时俱进的老人，他又深有感触地说：

"丫头，现代化真好啊！那些孩子们比赛似的要把日子过好，忙完这阵子，有的出外打工，有的出门做生意；我儿子还会用网络卖咱自己种的东西呢！我活这大岁数可是开眼界了！"在老人的叙述里我看到的是新时代的农民，他们不再是头脑简单、四肢发达只会干活的一代人。他们学会用科技武装头脑，足不出户也能把日子过得越来越富裕。今非昔比，农村农民的生活发生了天翻地覆的变化，日子一点儿不比城里差，很多家庭不仅铺上地暖、安装了淋浴、使用上坐便，还能享用城里人羡慕的纯绿色蔬菜和新鲜空气。老人由衷地说："都是党的政策好啊，日子过得比蜜还甜！"老人的话让我想起八十多岁的老父亲，一个曾经做过多年生产队队长、有着几十年党龄、对土地无限依赖的老父亲，这些耳熟能详的话他老人家也不止一次地对我讲过。我的内心瞬间温暖起来，每一个热爱土地的人都是值得尊敬和敬佩的。

告别老人已是傍晚时分，夕阳的余晖给旷野镀上一层金光，燕子归巢、鸡鸭进窝，袅袅炊烟在祥和的村庄上空飘散，我身后的大喇叭里传来悠扬的歌声：我们的家乡，在希望的田野上……

秋 收

◎刘国强

金秋十月，乡下的庄稼熟了，韩家鄞村的空气里弥漫着五谷杂粮的馨香、瓜果李桃的芳香和鱼虾蟹的腥鲜味道。

村西的稻田地已经放干了水，稻穗籽粒饱满地垂下了头，似是猜出了将被收割的命运，那么无精打采的样子。

村东那片低洼地种着以"红眼蛇""瞎八斗""散穗粘"为当家品种的大高粱，高粱穗已经红透了，冉冉得像举着一片火炬。由于它抗洪涝、耐盐碱，村人都爱昵地称它为"海里站"。

村南头种着一片玉米地，品种有"红灯笼""白马牙""二流子"。这是第二茬了，第一茬早已掰下来卖给城里人煮着吃了。这茬玉米是农民们打成渣子留作自己熬粥吃的。

玉米地的畦与畦之间还套种着黄豆和爬豆，豆角已经熟透，有的咧开了嘴儿，晌午的太阳一照射，就听到啪啪炸角蹦豆儿的声响，农人们把黄豆叫作"兔眼儿"；把爬豆叫作"大红袍"或"花腰"。

村北是块瓜地，甜瓜的品种有"白沙蜜""顶皮红""桑儿青"；西瓜的品种有"楚霸王""大花皮"两种。这是错季的晚瓜，瓜农们已经开始张罗着卖上了，每天都有瓜贩子开着"三马子"前来收购。

卢老歪在他家后院的河坡上种了一溜儿冬瓜，冬瓜秧爬得满坡都是，冬瓜大得如"拗柱"般，吃不饱就抱不动。

芦花家在院子里种了几棵倭瓜秧，倭瓜秧顺着墙往高爬，爬到了倒座的房顶上，结了一房顶圆圆的倭瓜，倭瓜黄灿灿的，大的摘下来可以供小媳妇们当蒲墩儿坐，号称"小磨盘"。当然，倭瓜是用来熬粥吃的，那是又甜又香啊！

肥肥壮壮的鱼儿们都静静地浮上了水面，几天来，他们已经感觉到了一些异样，总有一些背着氧气瓶的车辆开过来，从车上下来的陌生人跟主人连比画带说些什么，好像是在谈价钱；蟹儿们腆着满籽儿的大肚子都晃晃悠悠地从水里爬上了岸，它们咕噜咕噜地聚在一起，互相谈论着将要发生什么事情；虾儿们惊恐了，它们一批批跃出水面一尺多高，好像要把这些新奇和茫然看个透。

殊不知，一张大网就要撒下，就要把它们卖给鱼贩子们，交到鱼市上去了。

丰收在望，辛勤劳作一年的农民们，人人脸上都挂着掩饰不住的喜悦。这天，种稻人家的老人和孩子们都起了个大早，背着皮包、抱着麻袋来到了他们的稻田地头上。孩子们追逐着逮蚂蚱捉鸟儿，老人们坐在田埂儿上吧嗒着老旱烟，看着一辆辆收割机在田里给他们收割熟透的稻谷。

如今他们再也不用猫腰撅臀用镰刀割稻了，再也不用拿脱粒机打稻了，再也不用折腾十天半月把人累得散架了。他们在地头儿上坐着唠着嗑，几袋烟的工夫就把几十亩的稻谷收割完成了。收割机直接把稻谷粒子吸进肚子里，然后吐到农民的麻袋里去。农民们也不用把稻谷拉回家去，早就有稻谷加工厂的老板和粮贩子们开着卡车、三马子车砍价来了。他们加工成大米后，挂上招牌，可以卖出更高的价钱。只要农民们感觉价钱合适，在地头儿上就直接做了交易，他们能够交换成一大皮包现金，承包大户们甚至能够换成一鱼鳞袋的钱，直接把钱背回家。

　　董大爷家除了承包了虾池外，还承包了一百亩的稻田地。昨天出虾背回半鱼鳞袋子钱，今天割稻又背回半鱼鳞袋子钱，把两袋子钱倒在炕上一摊，老两口坐在炕上开始数，数过来数过去总也没数出准数，两人数的总是两个结果，自个儿记着自个儿的吧，前后也都不一样，数累了就躺在钱上睡一觉，醒了再接着数。"他×的，咋总也数不完呢？"董大爷不耐烦地憋不住骂了一句，把钱一推，逗得老伴儿哈哈哈地乐了个四仰八叉。

　　董大爷一家早就进了小康，儿子大学毕业留在了北京，女儿在挪威安了家，两个孩子非常优秀，买房也没花上他们多少钱，老两口挣这么多的钱也没派上大用场，钱多了反而睡不好觉。老两口躺在炕上枕着钱纳闷，这年头，钱咋能让咱们这么"老么咔哧眼儿"的主儿、数不过数来的主儿挣来呢？俺祖宗三代都是雇农，你们家是佃户，要不是解放，要不是分了地，要不是跟着党走社会主义这条道，咱们家还不知道给哪儿扛活呢？老伴儿笑嘻嘻地听完也兴奋地说，要不咱们给人点儿呗，我兄弟家那个老二日子过得紧巴。老头子一听说，快拉倒吧！他游手好闲，荒着地不种，整日玩牌喝酒，我就是把钱烧了也不能给这样的二流子、败家子，把你们老李家的脸都丢尽了。老伴儿沉默了。过了一会儿，老伴儿又说，对，给宋秃子家点儿，老两口子老年丧子，没儿没女的怪可怜的。董大爷听了沉默了一会儿说，倒是，不过他们老两口子都有低保，七十多了还开上工资了，区里还有照顾他们的单位，他们的地还流转给了他们的侄子，一年也收入两三万的，给他们钱也没处花！老两口发愁喽……

　　眼巴前儿最让老两口子发愁的是数不过钱来，怎么着也得知道个数啊，不然真成了二百五了。卖虾、卖稻谷，都是买家和旁边的人帮着算的账，稀里糊涂就把钱背回来了，哈哈。让自己的内侄来数，信不过他，不怕贼偷就怕贼惦记。请邻居家的人来数等于露富，传出去更不好。等着孩子们回来数，那还不猴年马月的事？过年都没准回不回来。这可咋好哎！愁坏了老两口子。最后，还是董大爷提出，请工作队的人来数，他们是公家人，在村子干了好多实事儿。他们还没架子，好说话，嘴也严，不至于说出去。对，就这么办！老两口拿定了主意。

第二天的下午，董大爷在村委会找到了我们，偷偷跟我说明了来意。我会心地一笑，当即派小曹和贵东前往董大爷家。小曹和贵东把整钱和零钱分开，把一百元的、五十元的、二十元的、十元的、五元以下的分开，一万元捆一捆儿。三十分钟就数完了，共计五十一万八千九百七十六元整。小曹和贵东回来替老人传话，说董大爷想向社会捐点儿款，若哪儿受了灾一定要告诉他，他相信咱们。董大爷的想法令人感动。

我们下乡快一年了，我知道韩家疃村地多水多，生态环境好，村民生活水平比较高，全面实现小康社会不会落伍。然而，现在村里缺少年青一代，年轻人都不下地干活，下地的都是四十五岁以上的人，五六十岁的是主力。年轻人都选择到企业打工，在城里安家，在城里没楼房就说不上媳妇，农村后继无人。这也是全国农村的一个现实缩影，随着我国工业化进程的速度不断加快，像韩家疃这样的美丽乡村即将消失，也许再过二三十年，韩家疃村就真的不存在了，我很为之惋惜！望着家家缕缕炊烟，我有点儿怅然若失，也许我们也快要离开村里的缘故吧，内心总是生出一股子恋恋不舍的失落情绪。

一阵锣鼓声打断了我的思绪，这是村里的农家女秧歌队开始活动了。这是我们来到村里后，给这个秧歌队命的名，并请区文化馆的舞蹈老师对她们进行了培训，她们有热情、爱运动，晚饭后就会自发地来到村委会的广场上扭秧歌，放纵性情、放纵丰收的幸福。村里的男女老少，听到这鼓点声就会走出家门聚集到这里跟着扭，扭不动的老人们会带着小板凳来看热闹，他们凑在一起评论着这家媳妇、那家娘儿们的扭姿，不时地发出阵阵笑声。

我们工作队也会加入扭秧歌的人流中，踏进村民们的情感里，舞出丰收的喜悦和幸福的新气象。

我和一条路的情缘

◎康哲峰

沈从文说过："我行过很多地方的桥，看过很多次数的云，喝过许多种类的酒，却只爱过一个正当最好年龄的人……"我要说的是："我爬过很多地方的山，蹚过很多地方的河，看过很多美丽的风景，却最终爱上一条平凡的路——常山路。"

一

我十几年前调到县城，就在常山路旁边安上了家。那时，它还是一条简陋的水泥路，短而瘦，干瘪而苍白。它本是一条断头路，东到槐阳大街，需从陈村桥下拐往京广国道；西至嘉惠街，再往西是一条小土路和一大片庄稼地。我就住在这条路的中间位置。

那时的路边除了几家单位和几个正在建的小区，几乎就没什么商铺，白天走在街上显得空旷，夜晚就更加寂寞，望着萧条的街道，心里倍感冷落。慢慢地适应之后，我心才定了下来。自己选的路，就是荆棘和沼泽，也要走成光明坦途。就像这条日夜往来相伴的路，我就不信它一直是这个样子。我坚信，这条路必将成为元氏县的地标，现在，不过是刚刚开始蜕变罢了。

二

鲁迅先生说过：地上本来没有路，走的人多了，也就成了路。可见，路，就是用脚一步步走出来的，是人类前行中躺着的历史纪念碑。

这条路很快就变得不安分起来，先是开始向西延伸，最后和省会南延的红旗大街连接。这条路一下子活了起来，就像一条支流接入大江大河，一下子通透起来，流转如意。

路上的格局也在悄悄变化，先是仅中间一个绿化带，两边各分机动车和非机动车道，因无分割，常常人车混行，很不安全。后来，机动车道和非机动车道之间各自又打造出一溜儿绿化带，将人车分离。这样不仅仅安全系数大了，三条绿化带将路面打扮得更加美丽。随后，路灯也开始安装，竟然是高雅美丽的"华灯"，晚上灯亮之后，璀璨华贵，流光溢彩，竟有一种在北京长安街上徜徉的感觉。

路变了，变美了，走在这样的路上，上下班也是一种享受，早晨出发，路是一道幸福的彩虹；晚上回家，路是一条璀璨的星河。

三

屈原曾经如此感慨："路漫漫其修远兮，吾将上下而求索。"我们常常将目光射向天涯尽头，总想趁着年轻走遍千山万水，殊不知，身边的路也是千变万化，转眼繁华，自成风景。

我在常山路上奔波，看似单调，循环往复，然而人生却日益丰富，每天的努力叠加起来发生质变效应。我从一个教师，成长为小有名气的作家。常山路也在我身边悄悄丰富自己，路两边高楼迭起，手可摸星辰；店铺变幻，你方唱罢我登场，不变的几个老面孔早成了业界传奇。绿化带内的绿植气候已成，郁郁葱葱，如三条绿色巨龙蜿蜒而去，将常山路遮蔽在一片清幽之中。路两边人流如织，物阜民丰，小区星列，商家如云。路中间车水马龙，动静有序，聚散无常，各奔前程。路边除了原有的常山广场进行了扩建和美化，以中央的青铜巨鼎和南边的文化汉白玉石墙闻名远近外，在西边还兴建了一座元氏公园，进口处公子元的塑像昭示着千年古县的来历不凡。园内湖光山色，草木成荫，四季花开，鸟语盈耳。公园向西，是元氏绿廊，万亩森林，一片花海，掩映其间的常山路愈发迷人，石武高铁横贯而过，古郡牌坊拔地而起，常山路终于也活出了自己的风采和味道。

四

春天最早来到常山路上，当西部绿廊那片蜡梅开始飘香的时候，天空竟还应景地飘着春雪，雪里寻梅，别是一番诗情画意。随后，路中央绿化带中的碧桃、山杏都仿佛在一夜间醒来，伴着如丝细雨，睁开惺忪的睡眼，你瞅瞅我，我瞅瞅你，然后彼此笑闹成一团。路上的花不开则已，一开就是连成片，飞成霞，漫成雾。从南方迁植到这里的玉兰树，竟然也不畏严寒，在料峭的春风中绽放满树的灯盏，我家小区口就有一棵白色的玉兰，一人多高的开满花朵的树冠里竟然还藏着一个圆润的鸟窝，有一对小鸟在这里飞进飞出。盛世民贤，恩德及于鸟兽。人来人往的常山路上居然有这样一个温暖的细节。我感慨之余，写了一首诗：谁在暗夜里／点燃灯盏／点燃一树繁花／那些火一样的嘴唇／吻过三月的春风／更加饱满／依巢而立／灯盏温柔／回家的路／因为守望／而一路光明。（《树上的灯盏》）

夏天虽然不再有春日的繁花满枝，云蒸霞蔚，然而，绿叶葳蕤，繁茂叠翠，别是一种韵味。酷暑蒸人，这个时候，一片浓荫绝对要胜过满枝花朵，即使从欣赏的角度，绿叶，尤其是那些新生的，拥簇在一起努力生长的嫩叶，也不见得比花朵差了，更何况，树上的叶子绿

得有层次、有逻辑、有精神。从常山路一路看过去，你才发现自己对
"绿"的认识太浅薄了。那绿色其实并不单调，反而丰富无比，深绿、
浅绿、嫩绿、浓绿、青绿、老绿、新绿、黄绿……在这绿色大军中还
点缀着一些鲜花，紫色或白色的木槿，火红火红的石榴，蓝色的鸢尾，
嫩黄的金针，让这绿色的主流更加显得大气和雅致。更别提那些碧桃
上累累的青涩小桃子，核桃上圆滚滚的青皮小核桃，柿子树上也挂满
了长盖子的小柿子，都那么养眼，都那么令人欣喜和充满希望。

秋天一直是我偏爱的季节，更不用说是在我深爱的常山路上。常
山路的秋色就是一首百听不厌的经典之歌，嘹亮、深情、富于韵律而
回味隽永。秋天的常山路是色彩的集中营。大自然将最美丽的颜色都
倾泻到了这里：金黄、深紫、亮绿、火红、淡蓝、墨黑……色彩如同
一道道天籁，在我的脑海里盘旋。这些颜色有高有低，有远有近，分
布得并不均匀却有着天然的节奏，仿佛在生命的高潮奏响的最强命运
交响曲。秋天的常山路给人的感觉不是萧索凄凉，而是热烈深沉，更
加给人以对生活的热爱和对生命的珍惜。穿行在这条路上，身心都是
丰盈愉悦的。滚滚车流里落叶翩然而下，如同一只只蝴蝶在车左右轻
盈飞舞，每一片落叶都是常山路一句深情倾诉，每一片落叶都是常山
路一道不朽的风景。走在这条路上的人也都带着惬意和满足的笑容，
在这一派秋光里感叹着生活的幸福和人生的圆满。

冬天终于带着凛冽的寒风来到了。常山路的丰富和繁华也变成了
简约和朴素。下雪了，大雪覆盖的路上一片白茫茫，真干净。这时候
的人和车都变得轻手轻脚，和这个世界温柔相待。车也很少发出轰鸣
和按响暴躁的喇叭，发动机微微的鸣响，车子就像在滑行。人们也不
高声说话，沉浸在这一片的寂静和祥和里，仿佛能听见雪花飘落的声音。
这条路，银装素裹，就像蜿蜒而去的一条银龙，在雪霁之后的阳光下，
闪着耀眼的光芒。路上的树都落光了叶子，一根根树枝挑着白雪，像
一把把闪着寒光的长刀刺向青天。偶尔有喜鹊在树间搭窝，就像一座

雪筑的城堡，高踞在树杈上，俯瞰着街道和人世。冬天的常山路更能给人思考，四季轮回，万物休憩，冬季是一个藏的季节，是一个沉淀底蕴的季节，是一个爆发前蓄力的季节。冬季的常山路看似平静了很多，其实，在厚厚的积雪与冰凌之下，隐藏的还是一颗火热的心。

五

清晨，旭日初升，甘露普降，绿化带中的苍松翠柏，银杏金针，碧桃红樱，幽兰芳草都清新摇曳，在晨风中翩翩起舞，抖落一身璀璨的珍珠。被辛勤的清洁工精心打扫的道路如同一张干净的笑脸，迎来新的一天。路上的行人都在紧张有序地穿行于自己的专属道路上，平安快捷，秩序井然。秩序本身也是一种美，这种美就像这常山路，不显山不露水，只是默默地运行，甘心奉献，不被人知，也不争不怒，坦然面对。

夜晚，这条路忙碌了一整天，安歇下来，显得悠闲恬然。夜色中，两列华灯在夜空中睁着美丽的眼睛，注视着街道两边出来散步的安适的人们，路中的车流也显得从容，连喇叭声也变得温柔。路两边的商户也都打亮街灯，热情地招呼顾客，尽显小城一派烟火气。徜徉在这样的路上，竞争与压力得到缓释，希望和信心得以建立。

常山路在烟火红尘中蜕变升华，让我放飞心灵，涤荡灵魂，明悟幸福，结我一世情缘，也成为我们元氏小城不可或缺的一道风景。

变　迁

——凤凰城印象

◎高贵英

凤　　凰

灵寿城一直被称为凤凰城，源自一个美丽的传说。相传如今的县委大院内曾有两棵高耸入云的松树，就是凤凰的羽翼，有两眼水井是凤凰的眼睛，紧邻的松阳河上有一座木桥，是凤凰栖息的窝，还有一座大水塘是凤凰饮水的地方。

松阳河清凌明澈，两岸绿树成荫，河中有很多青蛙日夜鸣叫，远远听来像是"松阳书院"莘莘学子琅琅的读书声。而灵寿城里文化气息十分浓郁，举人、进士不胜枚举，堪称风水宝地。

明末清初南方来一县令至此，起初官声不错，只是他老婆有点儿小肚鸡肠，见不得别人好。县令的老婆游历来后，看到这城风水绝佳，便起了歹意。她趁县令不注意，偷偷命人用石灰撒入水塘、水井、松阳河中，又砍掉大松树，将木桥拆除换成一座石桥。这样凤凰既没有了饮水的水源，又失去了栖息地，还被砍掉羽冠，弄瞎眼睛，凤凰就这样凄惨地死去，城容城貌日渐颓败。

路　过

凤凰已沉寂在往日时光里，而历时经年的灵寿旧城，却以残破的姿态静静地伫立在岁月长河中，仿佛一直在静默中倾诉，或者它是在等待机缘浴火重生吧。

此时，掬起时光的杯盏游走在松阳河畔，沐一帘剪剪柳风，走近灵寿旧城，零距离触摸时，几多情境若隐若现，虽时过境迁，却在心中沉淀了初见惊心再见惊艳的心路历程。

春天的旧城，映入眼帘的是破墙旧院瓦砾蒿草。被岁月浸染成灰褐色的老屋摇摇欲坠，长满青苔的灰瓦上，一蓬蓬衰草在风中摇曳，破旧的墙体和洞穿的玻璃，挤满了厚重的灰尘，彰显着斑驳而历经沧桑的印迹。

那般的模样，让人不敢探看，生怕里面住满了蜘蛛、虫蚁和壁虎，还有那幽深的黑会莫名地吓人一跳。于是，走过时，有意无意地在心中放逐那些会引人回到黑白光景的影像。

怀　想

再次路过时，视界骤然间变得宽阔起来，看见一片被大型机械拱撞后的狼藉，房屋、树木在尘埃飞扬中不见了，只剩下满眼的残砖断瓦罗列成殇。

霎时间有些时光交错的恍惚，从前所有的影像迤逦而来，伴着儿时的记忆如电影胶片般徐徐回放。也许，心海中还在执着流连老城旧时的光景？不知道这样的大拆迁，会将这城变身成怎样的娇姿玉颜？

于是将自己穿越回去，停驻在一段旧时的风景里，让纯粹的思绪停驻在许久以前的地平线上。就这样和记忆中的城面对面围炉夜话，如同在大雪的冬夜里，灵寿着一袭旧时萼绿的衣，我一着往日银红的袍，在红泥火炉旁促膝畅谈，像从两小无猜时就点了朱砂的缘，我在眉间，城在鬓边，城在这里，我在回忆。

想来本以为旧城的模样早已在心中黯然神伤，散发着幽幽的残墨淡痕，如今再看，辗转在心海的却是正准备涅槃升腾的灵邑凤凰。

漫　步

最好的日子是把记忆当琴来弹，弹不怨不艾的《汉宫秋月》，弹无嗔无妄的《平沙落雁》。浮世一卷，渐渐让云卷云舒把一丝丝忐忑带离留白的篇章，当然还是得在心底守住一份怀念，不然，旧时的情怀在春去秋来中，就会失去曾经的况味。

于是携着一首往日时光和对未来的期待再次走近旧城，惊讶的是那些断壁残垣已消失不见，那些曾经留在记忆或梦里的信息，像嘚嘚的马蹄，越跑越远，一个闪神，旧城就跑出了心上山河。

从这以后我会经常走去看望，想再次找寻时光留下的残记，却常常会在松阳河湾的水墨画廊里迷失。从这个路口进来，静水悠长，闪着粼粼如钻的眸光，那些如精灵般俏丽的花木，缭乱了我的寸心，这一轮风韵给得也忒恣意了些，让我不得不承认，沿着曲径漫步草木深深，却如走迷宫般找不到回家的路了。

踏　花

惊叹的是仅仅几日间，就有这般的画者和诗者，洋洋洒洒用画意般的大手笔将旧城精雕细琢，倏然间旧城的一切都从沉寂中变得鲜活起来。

曾经的废墟上，小桥流水潺潺流淌，假山石上叠水瀑布一瀑三叠，石间的缝隙中，缥缈的雾岚袅袅婷婷地飞舞缭绕，曾经干涸了的凤凰饮水池，此刻鱼跃清波涟漪荡漾。花圃内花仙子一夜间张开花袋，将这片土地撒满了各种各样的奇花异草，花草间蝶飞蜂舞，曲路蜿蜒，看来凤凰真的涅槃重生了。此刻人流如织，陌上花开正盛，只等你缓缓归矣。

于是在春光烂漫或夏风轻舞之时，在金秋十月枫叶流丹之时，在琼芳飞舞、严寒逼近之时，一些更暖的、更美的丹青画卷，隐匿了久远的旧城和年代。碧水绕城，奇花紫树，草木葱茏，叠翠堆绿的松潨湾路，像缀满颗颗绿色的宝珠，给灵山秀水的凤凰城平添了几分钟灵毓秀的姿韵。

守　望

"松潨一湾锁翠微，晓河印月满亭晖。游人信步花间里，惊起蝴蝶款款飞。"远山含黛夕照松河，一泓碧水清可鉴人，花间穿行安谧幽静。在这里漫步汀洲，和花草水云对话，恰似乘上凤凰的羽翼飞，令人如入瑶台之境……

于是，我踏花而来，着翠色心情，深深爱上这花间水色。想那过往已太过陈旧无须再拎起，以后我会在这里，置身于潺潺的溪边，拈起一行行流年，守望这一座叫作灵山秀水的城池。然后将漫长的时光层层叠加，与凤凰城如影随形相依相偎，寂静欢喜，陶然忘机。

无论是春暖花开还是寒梅枝俏，我和城都会在彼此的身影里缠绵春秋。我就在桥西眉画小山，而城在桥东簪蝶恋花。

村庄地图志

◎王福利

我只能按照时间行走的路线，绘制一个村庄曾有过的物象，也只能以主观的视角，描述与地图上某个点关联的故事。

先被勾画出轮廓的，是村南叫作"园"的地方，那是原先的菜园和树园。

坐在毛驴车上的一个钟头里，我常常疑惑于生产队当时为什么把菜园选在离村子这么远的地方，以至于单干后的户家为了浇那几畦白菜，将大部分时间都耗费在路上。当我在菜畦尽头的高高河堤爬上爬下、惊喜于荆条墩下的大蜗牛时，父亲还没有与人合伙承包比菜畦更远的那片梨树园，我的想象，也只停留于河堤对岸的另一个村庄。

记不清是第几茬梨成熟的时候，我坐在装满香面梨、雪花梨的毛驴车上，跟着父母走到了村子更南的村庄。单调的吆喝声，在陌生街道渐低了下去，剪枝打药摘梨的那双大手，拿起一个超大的雪花梨，叹息着几分钱之低的价格却无人问津。不能停歇的车轮继续前行，沿着街道走向下一个村庄，离家愈远的我，在害怕迷路的恐惧里一次次询问着回家的时间，在那张焦急又失望的脸上，在天色渐暗中，总也得不到准确的答复。

面对西屋炕上地下小山一样的梨堆，年幼的我只是当作了菜畦尽头的河堤，只想到了走村串巷的新鲜，却忽略了大人一遍遍翻拣着梨堆时的疲累表情，却只顾着享受吃不完的美味，在大人吃着舍不得扔掉的烂梨时，专拣没有半点儿腐斑的香面梨解馋。满屋吃不完的梨，是"园"与梨树园的最深味觉嗅觉记忆，在此之后，这段记忆就开始淡化、不再延续——既要忙着管理梨树、卖梨，又要奔劳于十多亩庄稼地里，因为实在忙不过来，父母只好忍痛放弃了梨树园。我不知道承包梨树园的那几年赚没赚钱、赚多赚少，但多少年后父亲对外人说起刚刚单干时的那段经历时，还是颇为自豪，那已成为他自己的魄力与能力的证明。

还是那辆装满大梨的小拉车，停在地图上叫作"供销社"的旁边，车上是醒好的面团和冒着热气的馃子。

当我早晨醒来的时候，常常是在馃子摊后面的筒子房里。叫醒我的，有时是父亲"当当当"在板上切着剂子的声音，有时是沿着铁锅溢飘的油烟呛鼻味道，或是买馃子的人与父母打招呼、攥着钱推让的声音。等买馃子的人走远后，母亲总是埋怨着父亲的傻大方，把一大捆馃子白白送人了；父亲有时又反过来埋怨母亲，每次秤杆都已经高高的了，实诚的母亲还要再给人家搭上一两根。

在我印象中，炸馃子的买卖干了不短的时间，因为每天递到眼前的早饭，都是一个灌了鸡蛋的"炸老虎"，我自己不记得吃早饭时的表情，按父亲的话说，我后来一看见馃子就直咧嘴。就是从那时起，我吃"顶"了馃子，到今天也不再吃一口。我吃"顶"了，父亲的累却没有受够，当他看到在原来自己摊位的地方，在即将关门的"供销社"旁边，又架起一个新馃子摊时，话语中总是带着遗憾与眼热：要不是你妈妈眼不行，受不了油烟，咱家继续干下去也能挣不少钱。新馃子摊前那个操着外地口音的我们称呼"二奶奶"的麻利人，快速忙碌的一双手，在父亲眼中像个搂钱的耙子。

我无法判别到底是母亲还是父亲的原因，让我们家不能通过卖馃子赚到大钱。母亲的理由是，父亲炸出的馃子总是不起，品相不好看谁来买啊；好不容易有来买的，又经常白送，照这样还怎么赚钱？父亲在言语上无法反驳母亲，但在行动上还不死心，与亲戚搭伙，将馃子摊转移到了百里之外富裕起来的渔村。在那一年里，我除了再次吃"顶"了渤海湾的"石榴黄"大螃蟹，父亲除了落下风湿腰痛的毛病，只剩下母亲的重复埋怨，埋怨着父亲又白白受了一年累；我想，这样的结局，也是父亲自己傻大方的性格所致吧。

我从村北学校小跑回家的路线，与父亲从村东厂子快步回家的路线，在地图上形成垂直交叉的点，这个点所处位置，是当时村中最热闹繁华的十字路口。

我在小学里年年考第一的荣耀，父亲与别人一同干起了第一家棉纱厂的荣耀，共同成为父亲在村里炫耀的资本。我想，父亲最值得炫耀的，不是那个小厂子的规模，它太小了，只是原来生产队的一排三四间小土房；也不是分到家里多少块布头，那些布头后来全部甩卖后也没卖多少钱；他用夸张语气最想告诉别人的，是最先走到了距村庄达数千里之远的大都市，塘沽，广州，这两个与港口、与对外开放联结在一起的名字，在我的心中，在没有走出过村庄的庄稼人眼中，充满了遥不可及的神秘。

当年的我，明知父亲每次出门回来的描述里都有夸张成分，却也在有限的想象力里，不得不选择相信每个细节。比如有一个细节，让我对外面城市的印象久未改变：父亲与同伴坐火车到达广州时，冷冻海鲜已融湿了纸箱，害怕海鲜变质的两个土里土气的外乡人，抱着纸箱心急火燎地穿行在装束新潮的都市人之间，一不小心，纸箱蹭到了某个人的衣角，此人当即怒目而视。父亲赶紧擦拭着貌似价值昂贵的衣料，同伴也不住地说着道歉的话。我在听着这样的描述时，并未听出父亲语气里的卑微，他所要传达的意思，应该是他作为一个在外闯荡多年的生意人所独具的应变能力，这种能力是村里大多数没见过世面的人所不具备的。

父亲从广州给我捎回来的那件防寒服，也让我在很长一段时间里，沉浸在小伙伴们的艳羡目光里。平常母亲是舍不得让我穿的，只有出门、过年的时候，母亲才从柜子里拿出来，给我套在棉袄的外面。一年又一年，防寒服口袋处的破口，露出了里面薄薄的纤维棉，又被母亲缝好，接着让我穿。但我又不愿穿了，不只是衣服破了、小了的原因，主要是因为伙伴们这时也已穿上了防寒服，是他们的父母从乡里集市买来的。

正当我想更清晰地遥望和追赶父亲所到达的远方，上了岁数的父亲，又返回小村；此时他在这张地图上所到达的最远处，只是村北桥头处的枣树园。

坐着车或开着车返回城里，路过那片枣园的时候，总会想起没有种上枣树之前这片庄稼地的样子，但怎么也记不清楚原本属于自己家的那二亩地所在位置。父亲应该是记得那块地的具体方位，即便现在那条长长土路的两边、包括河堤的斜坡上，都种满了高高低低密密匝匝的枣树。

从村南的梨园到村北的枣园，对于父亲不只是方向与远近的改变，更是身份的转变；父亲还是干着剪枝、打药的活计，但现在已成一名打工者。此时承包这片枣树园的人，用不着再像父亲当年那样，既忙活着果树的管理，又抢收着地里的庄稼，既付出繁重的体力劳动，又操心着结果后的销售，还忧烦于烂掉的枣比卖掉的还要多；此时的承包者，更像个真正老板的样子，管理着上百亩的园子，忙时有几十人在园子里打工，枣的销路也不用愁，成熟时有人上门来收购。

顺从着身份转换的父亲，很满足于这份离家如此之近的工作，干起活来比原先在自己树园里更卖力气，一千多块钱的工资，就让他感觉已经很对得住自己付出的劳累；而且，能有这样一份守着家的"高薪"工作，不知令多少同龄的老人们眼馋。父亲有着自知之明：像他这么大年纪的，去外面打工谁要啊！毕竟身体大不如前，尤其是盛夏时穿着厚衣背着药水机子在密不透风的园子里十天半月地打药，是远远超出他身体负荷的，我却也从未听到过一句抱怨。他用来防止中暑的秘方就是，衣袋里总是装着好几瓶藿香正气水。父亲对于一份不用出村的工作的珍惜，远远超过县城里我对自己工作的珍惜。

当我以现在的五间砖房为地图原点的时候，父亲也把始终不愿走远的老宅三间南房，作为他行走路线的最早坐标，那也是他们那代人的共同原点。当在外漂泊的家族老人回村探望的时候，就由父亲作为导游，领着他们辨认着更早那张地图上的每个标识，包括只剩下一块空宅基的结婚时住过的南房，还有纵横相连的仅容两个人擦肩而过的窄窄胡同，以及空无一人的已经倒塌和即将倒塌的邻近土房小院。

每当这时，我也意识到，自己所绘制的村庄地图，只是自己在村庄生活轨迹的短短呈现，在此之前，在此之后，那些标识，我只知道一个大概的轮廓，甚至一无所知。

风中有朵雨做的云

◎张佃永

越过长城，走向塞外，走进坝上，最明显的感觉是，天大，地大，风大。

南方的毓秀，总会把风雕琢成轻吟浅唱，柔柔地拂面润心，伴着春光与花鸟，融入诗，沁入酒，成为裁出细叶的"剪刀"、杨柳青烟中的纤手和吹梦到西洲的和煦，然后酿成风月、风情与风流，在"吹面不寒杨柳风"和"风细柳斜斜"的熏染中，或生出些许惬意，或引发几多伤怀。

北方的风，不会用"吟"或者"抚"传递柔情，无论从哪里现身，都带着一股子强劲的寒气，至温柔的作态是吹，甚至，吼。力道之猛、持续之久，常常是骇人的。

与这样的风相比，破掉杜甫草堂的秋风便算不得厉害。岑参倒是见识过："轮台九月风夜吼，一川碎石大如斗，随风满地石乱走。"这风，不是薛宝钗"好风凭借力，送我上青云"的闲愁，也不是汉高祖"威加海内兮归故乡"的点缀，而是塞外人面对的日常生活，它随时可能把人们手里的饭碗夺去。

坝上更是一个风口。这个从蒙古高原向华北平原过渡时猛然停了一下、高了一些的地方，没有险峻的大山阻挡，正好无端地生出太多的大风，在广袤的高原上放荡不羁。没有被蒙古高原的沙漠吞噬，已经是这块土地的幸运。

但大风却经年不息。"一年一场风，从春刮到冬"是"春天刮出山药籽，秋天刮起犁底层"的任性和无情。

不仅风大，相伴的还有干旱、寒冷、霜冻，除了生命力极强的松柏、白杨和皮碱草，其余的都难以长出繁茂。人们赖以生存的粮食，别无选择地只剩莜麦、胡麻、土豆少数几种抗旱抗寒的作物，艰难地在大风、干旱与霜冻的夹缝中挣扎，它们的生命力总是强大的，土壤里哪怕点滴的潮湿，也能被它们当作生长的力量，顽强地把自身撑破发芽，顽强地破土，顽强地顶着高原的太阳生长、拔节抽穗，经历磨难让颗粒逐渐饱满。

但长成了又能怎样呢？突如其来的一场大风，就会把一切摔打得精光，让一年的辛苦化为凄凉。

在塞外坝上，每年都会有好多地方上演"茅屋为秋风所破"的场景，只不过，所破的，不再是茅屋，而是人们赖以活命的粮食。

大风只是一种自然现象，却如此紧紧地扼住了塞外坝上那么多人生命的脖子，成为这里贫困落后的罪魁与祸首，千百年而不悲悯、不松手，任他们的汗流成河、泪流成河。

家在尚义，一个塞外之外大风盘踞的地方。

村子如穴位一样，镶嵌在大地的脉搏上，通过蜿蜒的小路与远处同样镶嵌在大地上的另一个村子遥遥相望，在无边的原野上，显得那么渺小。村子里清一色低矮的土坯房，房不高，土坯墙却厚，饶是如此，在大风尖厉的吼叫中，似乎也在剧烈摇晃，瑟瑟发抖。

我家的房子是爷爷奶奶建起来的，在村里所有的房了中更低矮。好处是窝风。爷爷、奶奶走了以后，爹和娘最大的目标，是人口少了以后家里可以有吃有穿。只有种地一条路，他们便盘算着季节变化，该种的时候，在哪怕干裂的土地上划开一条缝，把精心筛选的种子连同一份忐忑、一份期盼和一份侥幸一齐播下。盼一场雨，愿把双眼望穿。十天以后，若是赶不上一场雨，那些拼了命破了身子顶出嫩芽的种子，就会生生被风的舔舐和旱的炙烤扼杀，那便是一年的希望成为泡沫。

侥幸活下来的庄稼，终于等来六月渐渐露头的雨水，把濒临死亡的生命焕发出一种感恩般的茁壮。爹和娘欢天喜地，每天早早就到了地里，把绝处逢生的庄稼锄了又锄。

七月，风小了许多，难得的雨水也多了些，昼夜温差加大，天赐的良机让庄稼蓄积了特别的营养。

但谁也不知道，温柔下来的大风又在策划着怎样的阴谋，给感恩般生长的庄稼设置了怎样的陷阱，觊觎着它们的丰腴。

那年，正是收割时节，后半夜时，院子里被风刮得乱跑的农具相互撞击，响声把娘惊醒。每年的这个时候，娘连睡觉也是支棱着耳朵的，就怕风声。这时候随风潜入夜的，往往是灾难。

推了推鼾声正浓的爹，娘就坐起来穿衣服。

爹光着身子起来，打开窗户上的小耳窗，"呼"的一声，一股风拥着一团雨进来，"还有雨！"

娘穿衣服的手顿了一下，"收一点儿算一点儿吧。"她喃喃着。

"这么大的风雨，去了也白搭，最多也就割倒些莜麦秸，天亮了再去，还不是一样？"

爹来了气。

想想也是。娘叹了口气，和衣躺下，却再睡不着，听得雨停了，便起身匆匆热了点儿旧饭吃了，和爹一起去地里，探望她殷勤照料了几个月的庄稼。

沿路的情形是凄惨的，风交雨，庄稼全都摔打倒伏，雨水又把它与下面的土和成了泥。

所有的庄稼，都默默倒伏在泥土里，再不肯起来，它们的身上，还有未曾落完的水珠，像眼泪。娘顾不上大地的泥泞，一屁股坐在我家地里，目光呆滞。

"收点儿秸秆吧，好歹还能喂牛。"爹也无奈。

那一年，我家受饿。全村的人几乎都这样。

人们厌倦着大风，却又无法离开，脚下有祖宗在。出门在外，也羞于提起自己的家乡，怕那衣服皱褶里隐藏着的寒酸掉出来，引起别人的不屑。

爷爷在这里住了七十年，爹和娘搀扶着多坚持了二十年。他们走了，风还在。

人们的心里，一直在期待一种回响。

在风的摔打和侵蚀中依然把所有的力气和希望倾洒给大地，是一种无与伦比的韧性与执着。

迎风而歌——哪怕是悲歌，更是一种可歌可泣的骨气与豪气。

风中，有朵雨做的云。

那天，风也刮得很大，我们带着尚义县关于"风"的资料第一次赴京与神华集团旗下的国华能源有限公司对接。大风像是知道我们的企图，把我们乘坐的那辆桑塔纳刮得左摇右摆。

车过张家口，和风拂面。大家的情绪也活跃起来。

"春风拂面，好兆头。"县长的话让大家感到鼓舞。

果然是好兆头。国华能源有限公司答应"试·试"的积极态度，让那次京城之行成了"蝴蝶效应"的发端。

"宣战"行动在全县普及：一大批人仔细搜集风能的优势；一大批人裸露在酷暑和严寒中记录不同时段、不同高度的风速、风力；一大批人挖掘所有的人脉资源，制定最"低洼"的政策；县委、县政府用"锲而不舍，执着追求"激昂着所有人的心……

三年。河北省第一家风电场落户尚义，之后陆续到来的，是龙源电力、三峡能源、国电电力、中广核等一个个来头不凡的企业，550万千瓦的开发规模，让尚义的平川高岗、沟岔阡陌甚至房前屋后，矗立起数以千计的钢铁"风车"，在"哗哗"作响中转出一个童话般的风车世界。

"无恶不作"的大风转身变脸，就由一种自然现象成为资源，县里的"铁杆庄稼"，每年缴纳上亿元的税金。无数个风机曼妙地旋转，不仅勾画出一幅壮丽的风景，更舒展了坝上人战胜风魔的酣畅。

扶贫产业新业态，让人们不再以种植作为生活的支点，村子里大量的土地，已经退耕还林还草。"风水轮流转"。曾经担心房子被大风所破的人们，早已搬迁住进了楼房，进入了扶贫工厂当起了工人。

"没想到，这辈子还能住上楼房，更不敢想，这辈子还能进入工厂挣钱。"那些在风蚀日晒中，脸膛黝黑、额头纹路如刀刻的汉子媳妇，粗糙的脸上笑开了花。

世间的事原本奇妙。坐在敞亮的楼上听风，已然体会不到它的叫嚣与狰狞。想想也真是不该再对这大风耿耿于怀的，尽管它造就了坝上千百年的荒凉，也曾夺走过我几十年的口粮，但它能够痛改前非，成为一种资源，该是对自己作孽的补偿。而且，这资源不尽不竭。

想对曾经冷落过和未曾谋面的朋友说，在尚义等你。风虽然大些，但大风下的别致，却正是这里的风景。我的心里，除了固有的真诚坚守，再不担心被你看到隐在眉宇间的卑微和藏在衣服皱褶里的寒酸。